Graeme Hague

Tödliches Puzzle

Deutsch von Ulrich Hoffmann

Weltbild

Originaltitel: *Missing Pieces*
Originalverlag: Leisure Books, Nex York

Besuchen Sie uns im Internet:
www.weltbild.de

Weltbild Taschenbuch

Der Autor

Graeme Hague lebt mit seiner Frau Lisa und drei Hunden im südwestlichen Teil Westaustraliens. Wenn er nicht schreibt, komponiert er und produziert Aufnahmen seiner Musik. Er hat in Australien bereits sechs Romane veröffentlicht, die in mehrere Sprachen übersetzt wurden. Mehr über den Autor erfahren Sie auf seiner Website www.gramehague.com.au.

Danksagung

In unserer Branche hört man immer wieder den Namen Selwa Anthony – vor allem als Autor. Aber speziell bei diesem Roman und dem schwierigen Weg, den er zwischen Idee und Veröffentlichung zurückzulegen hatte, gebührt ihr besonderer Dank.

1

Lena Hargreaves hatte keinen Grund zu glauben, dass es kein ganz normaler Tag werden würde. Alles war wie sonst. Sie war gekleidet wie immer, sie sah aus wie eine professionelle Sekretärin in ihrem engen Rock mit passendem Kostümjackett, dunkler Strumpfhose und schwarzen Schuhen; die Haare hatte sie zu einem Pferdeschwanz zurückgebunden. Sie trug hochhackige Schuhe, allerdings keine Stilettos. Ihre Lesebrille war modisch, aber auch praktisch, mit einem kräftigen Rahmen und einem Band daran, sodass sie sie um den Hals hängen konnte. Als sie den Flur in Richtung des Empfangsbereiches der Firma im 21. Stock durchschritt, trug sie die Brille allerdings auf der Nase. Jedes Mal, wenn sie an einem Büro vorbeiging, schaute sie schnell hinein. Sie war bereit, jedem, der schon da war, zuzunicken und ihn anzulächeln.

In Wirklichkeit konnte Lena wegen der starken Brillengläser praktisch niemanden erkennen. Lediglich verschwommene Formen verrieten ihr, ob jemand in dem jeweiligen Büro saß. Doch sie wusste, dass die Brille sie geschäftig wirken ließ, also behielt sie sie auf und tastete sich eben durch eine Welt schwammiger Umrisse und unscharfer Grenzen.

Ihr Arbeitgeber belegte ein ganzes Stockwerk mit Büroräumen. Vor Kurzem hatte man versucht, in der Etage darüber noch etwas anzumieten, um ein Archiv anzulegen. Stattdessen hatte die Verwaltung ihnen zu einem sehr guten Preis einen Raum im obersten Stockwerk angeboten, dem zweiunddreißigsten, und sie hatten ihn genommen. Dort lagerten die alten Ordner und das Archivmaterial zentral, damit die Mitarbeiter nicht so viel Zeit damit verschwendeten, irgendetwas zu suchen. Das Management hatte sich gedacht, wenn die Leute schon den Fahrstuhl benutzen mussten, war es im Grunde egal, wie viele Stockwerke sie fuhren. Aber nach den ersten paar Wochen waren die Mitarbeiter nicht sonderlich zufrieden mit dem neuen System. Man brauchte die »alten« Akten häufig, und diejenigen, die nach oben fahren mussten, beschwerten sich, dass sie im Foyer ewig auf die Fahrstühle warten mussten. Und selbst wenn es nur eine Minute dauerte, die richtige Akte zu ziehen, war der Fahrstuhl, wenn sie oben ins Foyer zurückkehrten, immer schon irgendwo anders hingefahren, sodass es zu einer weiteren nervtötenden Verzögerung kam.

Lena drückte einen Stapel Aktenmappen an ihre Brust, als sie zum Fahrstuhl ging. Die vier Fahrstuhlschächte befanden sich in einer kleinen Nische, die vom Empfangsbereich aus nicht einsehbar war. Mit der Brille auf der Nase fiel es ihr leicht, den »Aufwärts«-Knopf zu sehen – Lena konnte nah genug herantreten, dass er in ihr Schärfefeld geriet. Sie drückte darauf und trat einen Schritt zurück. Im Warten sah sie sich um; sie versuchte, durch die Verschwommenheit ihrer Brille etwas auszumachen. Aber niemand war in der Nähe, und die Rezeptionistin am Schreibtisch hatte den Kopf gesenkt, sie hatte zu tun. Zufrieden, dass niemand sie beobachtete, schaute Lena hoch zu den Zahlen über der Fahrstuhltür. Sie waren ein wenig verschwommen, aber sie konnte sie lesen. Wenn sie jedoch nur ein paar kleine Schritte zurücktrat, wurden die Zahlen immer unschärfer, und Lena wusste, dass sie sich selbst in die Tasche log, wenn sie behauptete, sie dann immer noch lesen zu können. Mit einem Seufzen und nach einem weiteren schnellen Blick, um sicher zu sein, dass niemand sie beobachtete, schob Lena die Brille hoch auf ihre Stirn. Nach einem Augenblick der Verwirrung stellten sich ihre Augen auf die neue Situation ein, und die elektronischen Ziffern erschienen scharf und klar. Sie schaute kurz hinunter auf die Mappen, die sie an die Brust drückte, und ließ sie nach hinten kippen, sodass sie die Beschriftungen sah. Aber obwohl diese in großer, fetter Schrift vorgenommen worden waren, erschienen die Buchstaben nun verschwommen und unleserlich. Lena schnalzte enttäuscht mit ihrer Zunge. Sie ärgerte sich über ihre schlechten Augen, wo doch alles andere so gut lief.

Ein Klingelton zeigte an, dass der Fahrstuhl gekommen war, und Lena ließ ihre Brille herunterkippen, aber als die Türen sich öffneten, sah sie, dass die Kabine leer war. Sie ging schnell hinein und unterdrückte einen kleinen Schauder, als sie durch die Türen trat. Lena hasste Fahrstühle, und das begann mit der Angst, zwischen den sich schließenden Türen eingequetscht zu werden. Obwohl sie wusste, dass sie sich sofort wieder öffnen würden, sahen sie zumindest so aus, als könnten sie einen zerdrücken, und sie erschrak jedes Mal, wenn sie sich zu schließen begannen, bevor sie ganz drin war.

Als der Fahrstuhl seine geschmeidige Aufwärtsfahrt begann, machte sie sich sorgenvoll Gedanken über die gesamte Mechanik. Soweit Lena wusste, befand sie sich jetzt in einer Stahlschachtel, die an einem erschreckend dünnen Kabel hing. Sie hatte zu viele Filme gesehen, in denen Fahrstuhlfahrer durch ein zerfasertes, fast schon zerrissenes Kabel in Gefahr gerieten. Natürlich konnten sich im Film alle gerade rechtzeitig retten, und die Zuschauer sahen bloß entsetzt, wie die leere Kabine durch den Fahrstuhlschacht ihrer Zerstörung entgegenstürzte, das durchtrennte Kabel nutzlos hinter sich herziehend. Aber Lena konnte sich lebhaft vorstellen, wie es war, darin gefangen zu sein. Sie erschauerte wieder und sah besorgt die Wände um sich herum an. Der Fahrstuhl zuckte, und sie hielt verängstigt den Atem an, aber dann erreichte er das oberste Stockwerk. Die Türen glitten auf, und sie sah, dass die Fahrstuhlnische auch hier menschenleer war.

Das oberste Stockwerk war unbenutzt; hier gab es nur die Archivräume ihrer eigenen Firma. Die Einrichtung war noch so wie nach Fertigstellung der Bauarbeiten, mit schlichten, billigen Teppichen und Pastellfarben an den Wänden. Es roch neu und ein wenig nach Chemikalien, Farben, Klebstoffen. Die Klimaanlage auf diesem Stockwerk hatte man abgestellt, um Energie zu sparen. Die Archivräume waren durch eine unbeschriftete Tür vom Flur aus erreichbar. Lena hatte einen eigenen Schlüssel – genau genommen hatten viele Leute einen Schlüssel, denn eine Menge Mitarbeiter mussten hierher kommen. Was die Sicherheit anging, war die Sache ein Witz. Es war eines dieser Managementprobleme, das Lena sofort in Ordnung gebracht hätte, wenn man sie nur gelassen hätte. Sie fantasierte oft davon, wie sie dies oder das lösen würde, wenn sie befördert würde. Sie schwang die Tür weit auf und schob eine kleine Kiste davor, damit sie nicht wieder zufiel.

Der Archivraum war ursprünglich als mittelgroßer Konferenzsaal geplant worden. Jetzt wurde er unschön durch große Buchregale unterteilt, durch metallene Aktenschränke und stapelweise Pappkisten, in denen sich muffige Akten befanden, mit denen sich Lena dankenswerterweise noch nicht hatte beschäftigen müssen. Der Raum war unordentlich und nur mit Hilfe von hastig per Hand beschrifteten Schildern organisiert. Im Grunde genommen stand einfach alles da, wo gerade Platz war. Man musste suchen, bis man den Bereich fand, den man brauchte; erst dann ergab sich eine Art Ordnung. Der einzige strukturierte Bereich war ein Schreibtisch hinter der Tür, wo alle notieren sollten, wer sie waren, welche Akten sie mitnahmen, und sie später wieder aus dem Register streichen sollten, wenn sie zurückkamen. Auszubildende wurden häufig hochgeschickt, um Unterlagen wieder einzuordnen, die auf den Schreibtischen verblieben waren. Lena war eine der privilegierten Sekretärinnen, die diese ungeliebte Aufgabe nicht erledigen mussten. Sie packte ihre eigenen Akten einfach auf den Tisch, damit sich jemand anders darum kümmerte, und strich mit einem Bleistift, der mit einem Stück Seil an dem Register festgeknotet war, die Akten durch, die sie zurückgebracht hatte. Dann zog sie einen Zettel aus der Tasche und las nach, welche neuen Mappen sie brauchte.

Lena schloss die Tür zum Archiv nie ganz, wenn sie allein hier heraufkam. Es war unnatürlich ruhig im Vergleich zu den Büros unten, und es gab haufenweise kleine Ecken und Verstecke, wo sich jemand verbergen konnte. Wenn noch jemand anders Akten holte, war der Raum eine Oase im Vergleich zu der Arbeit unten, und man konnte ein bisschen plaudern oder sogar tratschen. Manche Mitarbeiter, das wusste Lena, rauchten hier auch, obwohl es verboten war.

Aber wenn sie allein im Raum war, wie jetzt, fand sie es ein wenig beängstigend.

Nervös schritt Lena durch das Labyrinth aus Regalen und Aktenschränken. Sie wusste, dass sie sich anstellte, konnte aber nicht anders. Die beste Antwort auf dieses Gefühl war, die Akten ausfindig zu machen, so schnell sie konnte, und dann wieder abzuhauen. Sie wünschte sich jetzt, dass sie einen der Auszubildenden gebeten hätte, es für sie zu erledigen. Genau genommen durfte sie das nicht, weil sie nicht hochrangig genug war. Aber ein paar der jüngeren Männer mussten nicht lange überredet werden, wenn Lena freundlich lächelte.

Die erste Akte fand sie leicht. Die zweite war nicht aufzutreiben, und sie ging zurück zum Verzeichnis und stellte fest, dass jemand anders sie schon bei sich hatte. Lena stieß ein verärgertes Geräusch aus, weil sie nicht darauf gekommen war, gleich zu Anfang ihre Liste mit dem Ausleihverzeichnis abzugleichen. Das tat sie jetzt und stellte fest, dass die anderen beiden Akten, die sie suchte, immer noch irgendwo hier oben waren.

Zwischen den Aktenregalen hörte Lena, dass jemand anders ins Zimmer kam. Sie war einerseits erleichtert, dass jemand hier war, und hoffte andererseits, dass es sich um jemanden handelte, denn sie kannte und mochte, deswegen rief sie:

»Hallo? Wer ist da?«

Sie versuchte, freundlich zu klingen, nicht ängstlich.

Sie erhielt keine Antwort.

»Ist jemand da? Hier ist Lena aus der Buchhaltung.«

Immer noch antwortete niemand.

Mit gerunzelter Stirn ging sie zurück zum Verzeichnis. Es war niemand da. Lena schob ihre Brille hinunter auf die Nasenspitze. So sah sie zehn Jahre älter aus, das wusste sie, aber im Augenblick war ihr das egal. Der Rest des Raumes war nun erkennbar, und Lena schaute sich besorgt um. Es sah so aus, als wäre sie immer noch allein.

»Ist hier nun jemand, oder nicht?«, fragte sie, innerlich gespalten zwischen dem Gefühl, sich lächerlich zu machen, und ihrer Angst.

Es war still im Raum.

Spontan trat sie aus dem Archiv hinaus und schaute den Flur entlang. Die Brille immer noch hinuntergeschoben, konnte sie sehen, dass einer der Fahrstühle in diesem Stockwerk stand; die Türen waren offen und warteten darauf, dass jemand ihn zu sich rief. Entweder das, oder jemand war gerade aus dem Lift *raus*gekommen.

Aber Lena befand sich, wenn sie dem Schweigen glaubte, das auf ihre Fragen folgte, immer noch allein im zweiunddreißigsten Stock.

Vielleicht war es einer der Reinigungsleute, und er ist in einen anderen Bereich des Stockwerks gegangen, dachte sie und versuchte, die Anspannung zwischen ihren Schulterblättern zu ignorieren. Das Geräusch des ankommenden Fahrstuhls musste das gewesen sein, was sie eben gehört hatte.

Plötzlich aber erschienen ihr die geöffneten Fahrstuhltüren ausgesprochen verlockend – und Lena fühlte sich hier nicht mehr wohl. Sie hatte schon eine Akte, was hieß, dass sie den Weg nicht umsonst gemacht hatte. Sie kümmerte sich nicht weiter darum, dass sie die Akte in das Verzeichnis hätte eintragen müssen, und zog einfach die Tür zu, wobei sie die Kiste, die sie offenhielt, zur Seite schob. Sie wartete gerade lange genug, um die Tür zuklicken zu hören, dann lief sie durch den Flur in Richtung der Fahrstühle. Jetzt hoffte sie plötzlich, dass der Fahrstuhl lange genug auf ihrem Stockwerk hielt, um ihn noch erwischen zu können. Lena starrte die offenstehende Tür an und ging schnell; sie hoffte, dass die Türen so blieben. Sie war in der Versuchung, loszulaufen, riss sich aber zusammen.

Die Fahrstuhltüren begannen sich zu schließen, und sie hechtete gerade noch rechtzeitig hindurch, woraufhin die Türen wieder aufsprangen. Ihre Brille begann, von ihrer Nasenspitze zu rutschen, und in einer geübten Reflexbewegung schob sie sie wieder ganz hoch, sodass die Welt um sie herum sofort verschwamm. Verblüfft murmelte sie: »*Mist!*«, und schaute durch die Türen hinaus. Der Raum draußen schien leer zu sein, ebenso wie der Flur, der in die entgegengesetzte Richtung führte. Mit einem erleichterten Seufzer drückte Lena den Knopf mit der Nummer 21 und lehnte sich an die Rückwand des Fahrstuhls. Sie schloss die Augen und atmete ein paar Mal tief durch, um sich zu beruhigen. Wie immer schienen die Fahrstuhltüren ewig zu brauchen, um sich zu schließen.

Als der Fahrstuhl abwärts glitt, fühlte Lena sich augenblicklich sicherer und begann sich zu fragen, ob sie albern gewesen war. Sie traf die Entscheidung, niemand davon zu erzählen, dass sie aus dem Archiv geflohen war. Lena öffnete die Augen und riss sich zusammen, verwandelte sich wieder in die effiziente, professionelle Sekretärin.

Dann sah sie etwas auf dem Boden vor sich liegen. Sie war überrascht, dass sie nicht daraufgetreten war, als sie in den Fahrstuhl hechtete. Sie kniff die Augen zusammen und versuchte, trotz Brille scharf zu sehen, aber es gelang ihr nicht. Sie beugte sich vor und starrte das Ding an, konnte aber nicht erkennen, was es war. Sie wusste, dass ihr noch ein paar Sekunden blieben, bevor der Fahrstuhl ihr Stockwerk erreichte und die Türen sich öffneten, also schob Lena die Brille wieder hinunter auf die Nasenspitze und schaute darüber hinweg.

Das Ding auf dem Boden wurde sichtbar.

Es war ein abgetrennter menschlicher Finger.

Die Rezeptionistin im einundzwanzigsten Stock hörte Lenas gedämpften, entsetzten Schrei, kurz bevor der Fahrstuhl mit seinem schrillen Klingelton anhielt. Erstaunt schaute sie auf und sah, wie die Türen sich öffneten und Lena heraustaumelte, ihr Gesicht war weiß vor Panik, und sie presste die Hände fest auf ihren Mund.

Die Aktenmappe lag offen im Fahrstuhl hinter ihr, die Seiten unprofessionell auf dem Boden verstreut.

2

Detective Sergeant John Maiden fand, dass er schon viel zu lange auf der Polizeiwache *The Rocks* tätig war. Nach sieben Jahren hatte er mehr als genug davon, Kleinkriminelle festzunehmen, Säufer, Nutten und Junkies, die mitten in der Nacht in das Geschäftsviertel der Stadt taumelten und Sachen anstellten, die Maiden für »Blödsinn« hielt. Blödsinnige Raubüberfälle auf japanische Touristen oder blödsinnige Angriffe auf Geschäftsleute, die wiederum ihrerseits zu blöde waren, zu einer vernünftigen Zeit nach Hause zu gehen. Sie parkten irgendwo am Ende der Welt bis spät in die Nacht und konnten dann nicht begreifen, warum ihre Karren geknackt oder geklaut wurden. Manchmal legten diese Kriminellen einander blödsinnigerweise auch noch gegenseitig um, aber das begeisterte Maiden auch nicht. Normalerweise war der Täter ein Lover oder ein bester Freund, und innerhalb weniger Stunden wurde jemand verhaftet. Entweder das, oder die Umstände eines Mordes waren so sinnlos, zufällig und obskur, dass die Akte im Grunde sofort zur Seite gelegt wurde, ein weiterer Fall, in dem irgendein bekiffter Vollidiot einen anderen ebensolchen umbrachte. Die Polizei hatte nicht allzu viel davon, sich sehr zu mühen, den Täter zu finden. Man verschwendete dafür eine Menge Zeit und Steuergeld, während Detectives wie Maiden im Dreck der Sackgassen herumwühlen mussten und Leute befragten, die kaum mehr ihren eigenen Namen wussten. Derjenige, nach dem die Detectives suchten, war sowieso meist schon halb tot aufgrund einer Überdosis oder einer infizierten Nadel. Der Schuldige konnte gut und gerne in der nächsten Nacht selbst die Kehle durchgeschnitten kriegen. So was passierte, da war

Maiden sicher. Manche Leute schienen einfach spurlos vom Antlitz der Erde zu verschwinden.

Er seufzte und starrte durchs Fenster auf die Geschäftsleute runter, die den Fußweg entlanggingen. Sein Schreibtisch war im rechten Winkel direkt an die Scheibe geschoben, die durch Gott weiß welchen Schmierfilm grau getönt war. Maiden war überzeugt, dass die Reinigungsleute sein Fenster niemals sauber machten. Er konnte sich auch nicht erinnern, dass jemals jemand die Außenseite sauber gemacht hätte, die mit Citysmog bedeckt war. Er lehnte sich zur Seite und drückte seine Stirn an das kalte Glas. Maiden war ein starker, kräftig gebauter Mann, und sein Stuhl stöhnte aus Protest. Er konnte eine Menge Leute auf den Straßen herumlaufen sehen, und an den Fußgängerüberquerungen bildeten sie wilde Schwärme. Maiden fragte sich, was die alle dort unten um zehn Uhr vormittags auf den Straßen der Stadt trieben, statt an ihren Schreibtischen zu sitzen und zu arbeiten so wie er – es mussten Touristen und Schüler auf Ausflügen sein. Er fragte sich, ob es irgendeinen von denen kümmerte, wie sich diese geschäftige, aufregende Stadt gegen Mitternacht in etwas ganz anderes verwandelte, und dass Polizisten wie er dann, bevor der Morgen dämmerte, alles wieder in Ordnung gebracht haben sollten.

Natürlich kümmert sie das, dachte er trocken. *Sie kennen die Regeln – die meisten von ihnen jedenfalls. Mitten in der Nacht, wenn sie alle sicher in ihren Betten stecken, ist Sydney nicht anders als irgendeine andere Stadt. Wir könnten genauso gut im verfluchten Los Angeles leben.*

Das Glas beschlug von Maidens Atem, und er wischte ihn mit dem Finger weg, bohrte ein kleines Guckloch in die Kondensation. Er entdeckte eine große Gruppe japanischer Touristen in leuchtend farbigen Klamotten, die zwischen den grau-schwarzen Wintersachen aller anderen auffielen. *Schaut euch ruhig die verfluchte Oper an,* dachte er stumm. *Macht eine Million Fotos – und vergesst nicht die verfluchte*

Brücke daneben. Und den Zoo. Vielleicht pisst euch sogar noch ein Koala an. Er grunzte ein humorloses Lachen, das sein Guckloch wieder beschlagen ließ, seufzte und wandte sich ab.

Maidens Schreibtisch war einer von vielen in dem Großraumbüro. Manche waren Gemeinschaftsschreibtische, an denen Polizisten Stühle, Telefone und das ganze Durcheinander teilten. Er hatte Glück, dass er seinen eigenen hatte, aufgrund seines Ranges und der Jahre, die er schon auf der Wache war, obwohl das die Leute natürlich nicht daran hinderte, sich sein Telefon zu greifen, kaum dass er weg war. Das störte ihn nicht. Ihn störte eigentlich nicht mehr viel, im Augenblick. In letzter Zeit waren ihm Arbeit und Leben weitgehend egal. Immerhin ließ er seine miese Laune nur selten an anderen aus. Er war der Meinung, dass sie alle im selben Sumpf steckten, nur waren alle verschieden begeistert davon. Es war niemandes Schuld außer seiner eigenen, dass er immer noch denselben Job machte, am selben Ort.

Er nippte an seinem Kaffee und schnitt ein Gesicht, weil das Gebräu lauwarm war. An diesem Morgen hatte er eine Stunde mit langweiligem Papierkram verbracht, und jetzt gingen ihm die Entschuldigungen aus, sich nicht bei seinem Abteilungsleiter zu melden, einem unfreundlichen Kerl namens Longman, um zu erfahren, was der heute mit ihm vorhatte. Longman, das wusste er, würde schon genervt sein.

Ein anderer Detective, Sayers, der denselben Rang innehatte wie Maiden, setzte sich auf einen in der Nähe stehenden Schreibtisch. Er war ein kleiner, drahtiger Mann, stets gut gelaunt. Er schaute von einem dicken Papierstapel auf, den er auf den Schreibtisch hatte fallen lassen, und entdeckte Maiden.

»Hast du die Listen von der Zentrale gesehen?«, rief er über den Lärm im Büro hinweg.

»Nein«, entgegnete Maiden mit einer Stimme, die rau war vom Kaffee und den drei Zigaretten, die er in schneller Folge auf dem Weg zur Arbeit geraucht hatte. Er begann zu husten. »Sollte ich?«

»Dieser Gewehrräuber war wieder unterwegs. Diesmal hat er sich einen Schnapsladen mit Drive-Through-Fenster vorgeknöpft. Hat sich zwischen den Stapeln mit Bierkisten versteckt, bis der Laden abgeschlossen war, dann hat er sich den Manager vorgeknöpft, als der das Geld zählte.«

Maiden nickte zögernd und versuchte, ein wenig Interesse aufzubringen. Eine Reihe Raubüberfälle in letzter Zeit, offenbar begangen von derselben Person, war außerhalb seines Bereiches vorgefallen und ging ihn daher nichts an. Aber er verspürte ein wenig Eifersucht, denn irgendwer irgendwo konnte sich mit einer einigermaßen anständigen Ermittlung vergnügen. Der Gewehrräuber erarbeitete sich einen Ruf, und die Presse war auch schon auf ihn aufmerksam geworden.

»Na ja, er scheint es ein wenig schlauer anzustellen als die anderen Trottel«, sagte Maiden und zuckte mit den Schultern.

»Aber hör mal, das Interessante ist, er hat dieselben Sachen getragen und dasselbe gesagt, aber seine *physische* Beschreibung passt nicht zu den anderen Malen.« Sayers schaute Maiden erwartungsvoll an, und der ging darauf ein.

»Okay, was ist der Haken?«

»Der Manager des Hotels scheint ein Schießgewehrliebhaber zu sein und hat eine detaillierte Beschreibung der Waffe geliefert. Es besteht eine gute Chance, dass es dieselbe Waffe ist, und deshalb glaubt man im Moment, dass es zwei Typen sind, die sich abwechseln und das Risiko teilen, mit derselben Waffe.«

»Wissen das die Zeitungen?«

»Nein, wir versuchen definitiv, es für uns zu behalten.«

Und du hilfst dabei nicht gerade, dachte Maiden, behielt es jedoch für sich. Es war sinnlos, wichtige Verbrechen wurden sowieso überall diskutiert. Maiden war jetzt doppelt so genervt, nachdem er gehört hatte, dass der Fall eine interessante Wendung genommen hatte. Und schlimmer noch, nach diesem neuesten Überfall gab es große Chancen, dass eine Sondereinsatzgruppe gebildet würde, um die Räuber zu fassen, was hieß, selbst wenn die plötzlich in Maidens Bereich tätig würden, hätte er immer noch nichts mit der Sache zu tun. Und die Chance, dass er in eine Sondereinsatzgruppe aufgenommen würde, war gleich Null.

Sein Telefon klingelte, weswegen sie sich nicht weiter unterhalten konnten. Er griff mit einem müden Seufzer danach. »Maiden hier.«

»John, ich brauche Sie jetzt in meinem Büro. Stehen Sie zur Verfügung?« Es war Longman.

Die Frage war reine Höflichkeit – Maiden hatte nicht ernsthaft zu sagen, dass er *nicht* konnte, aus welchem Grund auch immer. Und dennoch war er für einen Augenblick in der Versuchung, noch mehr Papierkram und andere Ausreden vorzuschützen, nur um Longman zu nerven.

»Ja, alles vor einer Minute erledigt. Ich komme gleich.«

Er nickte Sayers zu, stand auf und ging zum Ende des Großraumbüros in Longmans kleines Büro. Auf dem Weg dorthin begegnete er mehreren Leuten und bedachte jeden mit einer kurzen, humorlosen Begrüßung – außer einer seiner Kolleginnen, die er anlächelte und die sein Lächeln erwiderte. Die meisten Frauen fanden ihn attraktiv, trotz seiner ziemlich ramponierten Gesichtszüge und seines sturen braunen Haars, das sich weigerte, sich irgendeiner Ordnung zu unterwerfen. In zwei Monaten würde Maiden neununddreißig werden, und zufälligerweise waren es dann auch genau zwölf Monate seit seiner zweiten Scheidung. In letzter Zeit, das wusste er, hatte er nicht viel gelächelt.

Longman lächelte auch nicht, als Maiden in sein zu kleines Büro trat.

»Da sind Sie ja«, sagte er und schaute kurz auf. »Ich habe hier etwas, das wir uns ansehen sollen.«

Er reichte Maiden, der sich nicht die Mühe gemacht hatte, sich zu setzen, einen Bericht. Maiden überflog das Blatt, sein Blick huschte blind über die Standardinformationen, bis er die Fallbeschreibung erreichte.

»Ein Finger?«, fragte er und zog die Augenbrauen hoch. »Ist das alles?«

»Wenn wir eine Leiche und ein Schlachtermesser voller Blut hätten, würde ich's Ihnen sagen«, erklärte Longman ungeduldig. »Es ist bloß ein Finger, und mehr weiß ich auch nicht. Rufen Sie die Tatortleute an, wegen der Details, falls es welche gibt. Offensichtlich kümmert sich die schwarze Witwe darum. Wie heißt sie noch?«

»Janet Brown«, entgegnete Maiden und würgte seinen Zorn herunter. Wegen des ständigen Sarkasmus' und Zynismus', den Longman hemmungslos den Leuten unter sich entgegenbrachte, mochte ihn niemand. Aber er schien es ganz besonders zu genießen, Maiden zu nerven. Vielleicht, weil der offensichtlich der nächste Anwärter auf Longmans Posten war und eine Art Bedrohung darstellte. Maiden schaute noch einmal auf den Zettel und setzte hinzu: »Ich habe ein paar Mal mit ihr telefoniert, sie aber nie getroffen.«

»Tja, nun können Sie wieder mit ihr reden. Ich denke, Sie sollten das Mädchen verhören, das den Finger gefunden hat, deswegen habe ich sie gebeten, zu bleiben, bis Sie kommen. Lassen Sie sie nicht zu lange warten. Ich will nicht, dass Sie zu viel Zeit damit verschwenden – Sie wissen ja, wie man diesen Blödsinn möglichst schnell erledigt. Ich wette, es wird sich als irgendein Medizinstudentenquatsch herausstellen.«

Maiden bestätigte bereits die Anweisungen und wedelte mit dem Bericht in der Luft, während er das Büro verließ. Er kehrte an seinen Schreibtisch zurück, griff nach dem Telefon und wählte eine interne Nummer, die ihn mit den Tatortspezialisten verband – der Spurensicherung im Police Centre in Surry Hills. Er hörte das Klicken der Zentrale, dann fragte ihn eine Telefonistin kurz angebunden: »Welche Abteilung?«

»Ich möchte mit Janet Brown sprechen.«

»Bleiben Sie dran. Ich muss mal versuchen, sie zu finden.«

Solltest du nicht wissen, wo sie ist?, dachte Maiden, immer noch gereizt. Er tippte mit einem Finger seiner freien Hand auf seinen Schreibtisch. Ein paar Minuten lang hörte er nichts anderes als das Klicken der Umschaltungen, wenn sie überprüften, ob er noch wartete, was ihn noch mehr ärgerte, weil es ihm als ungeheuer unpersönlich erschien.

»Da hätte ich ja auch rüber*laufen* können«, sagte er schließlich. Das stimmte zwar nicht, aber die Vorstellung, selbst hinzufahren, wurde mit jeder Sekunde, die verging, attraktiver. Er würde zehn Minuten brauchen bis Surry Hills. Maiden nahm an, dass er nach der Fahrt bessere Laune hätte, und es konnte auch nicht schaden, Janet Brown einmal persönlich kennenzulernen, da er schließlich oft mit ihr zu tun hatte. Sie war vor einem Jahr zur Leiterin der Abteilung ernannt worden. Zuvor hatte sie sich in einem der obskureren Labore versteckt. Obwohl Maiden und Janet Brown beide schon seit Jahren bei der Polizei arbeiteten, waren sie einander nie begegnet. Aber mittlerweile ging Maiden davon aus, dass es nicht schaden konnte, der berühmten schwarzen Witwe ein Gesicht zu geben.

Sie hatte diesen Spitznamen schnell bekommen, und genauso schnell hatte er sich ausgebreitet. Janet Browns Mann war vor ein paar Jahren gestorben, und offensichtlich trauerte sie immer noch. Alle sagten, dass sie einfach nur schweigsam und professionell wäre, sie würde niemals Gespräche über irgendetwas anderes als die Arbeit suchen und sich nicht mit Smalltalk oder Tratsch aufhalten. Unter ihrem weißen Laborkittel trug sie stets dunkle Kleidung. Im *The Rocks* erzählte man sich, dass sie sehr gut aussah, was sie nur noch interessanter wirken ließ.

Maiden entschied sich, zu fahren. »Leckt mich am Arsch«,

sagte er und legte auf; er war überzeugt, dass die Zentrale ihn nur in der Warteschleife hängen ließ, um ihn zu ärgern. Er erhob sich und nahm sein Jackett von der Rückenlehne seines Stuhls. Er zog es an, klopfte auf die Taschen, um sicherzustellen, dass seine Geldbörse und seine Zigaretten da waren, dann rief er hinüber zu Sayers: »Ich muss kurz mal rüber nach Surry Hills, falls jemand mich sucht.«

Sayers hob eine Hand und nickte, ohne von den Papieren vor sich aufzublicken.

Draußen erschauerte Maiden in der kühlen Winterluft und bereute es schon, die Wärme seines Büros verlassen zu haben. Aber jetzt war es zu spät, zurückzukehren, also zog er die Schultern gegen die Kälte hoch und eilte zu seinem Wagen, wo er sofort die Heizung hochdrehte, bevor er auch nur den Motor anließ.

Am Empfang im Police Centre saß jemand, den er nicht kannte, also musste Maiden sich ausweisen, bevor er in die gesicherten Bereiche durfte. Er ging nach unten in den Keller und dann in der Hoffnung, jemand zu treffen, den er kannte, langsam an einer Reihe Büros entlang. Aber das tat er nicht, und deshalb klopfte er leise an die Tür eines Zimmers, in dem eine Frau im weißen Kittel über ein paar Papiere auf ihrem Schreibtisch gebeugt saß. Sie schaute ihn durch eine leichte Brille an.

»Ja?«, fragte sie freundlich.

Maiden war immer höflich und sanft, wenn er mit Frauen zu tun hatte, vor allem mit hübschen. »Ich suche Janet Brown, aber ich weiß nicht, wie sie aussieht. Ich habe bloß mit ihr telefoniert.«

»Ich bin Janet Brown.«

Maiden war erstaunt. Sie war viel jünger, als er erwartet hatte, höchstens Ende dreißig. Und die Gerüchte stimmten. Sie sah sehr gut aus, obwohl sie sich keine Mühe dafür zu geben schien. Janet Brown trug nur einen Hauch Make-up und hatte ihr dunkles Haar zu einem dicken Pferdeschwanz zurückgebunden. Sie hatte feine Gesichtszüge und große braune Augen. Der Laborkittel ließ ihre Figur fast formlos erscheinen, aber aufgrund der Art, wie sie saß und wie ihre Schultern wirkten, hätte er sein Haus verwettet, dass sie schlank war.

»Man hat mir gesagt, ich soll mit Ihnen wegen eines Fingers sprechen«, sagte er, als er sich erholt hatte.

»Ah«, sagte sie und nickte, erhob sich von ihrem Stuhl und ließ Maiden sehen, dass er recht gehabt hatte mit ihrer Figur. »Unser verschwundener Finger – nein«, korrigierte sie sich, »der Rest des Körpers fehlt, so ist das. Ich nehme an, Sie wollen ihn sehen?«

»Sollte ich wohl. Was können Sie mir darüber erzählen?«

Sie kam um ihren Schreibtisch herum und blieb plötzlich stehen.

»Nicht viel. Es ist schließlich nur ein Finger«, sagte sie und schaute ihn geradeheraus an. Maiden brauchte einen Augenblick, um zu begreifen, dass sie ihn nicht ärgern wollte, sondern nur ehrlich war.

»Nein, da hat man nicht viel«, sagte er und wollte sich schon entschuldigen, bevor ihm klar wurde, wie albern das wäre.

Sie ging los, an ihm vorbei in den Flur. Maiden erhaschte einen Hauch ihres Parfums und war überrascht, dass sie welches trug. Das passte gar nicht zu dem fehlenden Make-up und den uninteressanten Klamotten. Er folgte ihr durch den Flur in einen großen offenen Bereich mit zahlreichen eigenartig aussehenden medizinischen Instrumenten und Gerätschaften an hohen Arbeitstischen. Die meisten von ihnen wurden von Technikern benutzt, die allesamt Maiden und seine Begleitung ignorierten, als die den Raum durchquerten. Brown ging voran durch eine breite Schwingtür, und Maiden musste schnell die Arme ausstrecken, damit sie ihm nicht ins Gesicht knallte. Auf der anderen Seite betraten sie einen kleineren Raum mit Regalen voller Flaschen, Gläser, Dosen und

Plastikbehälter, alle beschriftet mit unaussprechlichen chemischen Namen.

Brown blieb vor einem großen Kühlschrank mit einer Edelstahl-Doppeltür stehen. Sie zog mit Mühe eine der Türen auf. Maiden fragte sich, ob er seine Hilfe hätte anbieten sollen, dann dachte er aber, dass sie das wohl kaum zu schätzen wüsste. Er konnte sehen, dass in dem Kühlschrank etliche eigenartige Flüssigkeiten und Mischungen in beschrifteten Flaschen standen. Brown pflückte etwas zwischen ihnen heraus und trat zurück. Mit einem metallischen Klicken schloss sich die Tür. Sie hob eine große, durchsichtige Zip-Top-Plastiktüte in Maidens Richtung, der sie automatisch entgegennahm. Der abgeschnittene Finger lag am unteren Ende der Tüte. Das blutige Ende war braun angelaufen, und man konnte einen Hauch Knochen sehen.

»Tja, es ist eindeutig ein Finger«, sagte Maiden nach ein paar Sekunden und versuchte, locker zu klingen.

»Sie haben Glück heute«, sagte sie freundlich. »Ich habe ihn als Übungsobjekt für ein paar Studenten benutzt, sonst müssten Sie Tage auf die Ergebnisse warten. So etwas hat nicht unbedingt höchste Priorität.«

Maiden brachte ein dankbares Nicken zustande.

Brown fuhr in kurzen Sätzen fort: »Okay, es ist der Zeigefinger einer rechten Hand. Blutgruppe war A positiv, der Besitzer war von weißer Hautfarbe. Nachdem er oder sie sich das letzte Mal die Hände gewaschen hatte, hat er eine Zeitung gelesen. Die Druckerschwärze war leicht zu finden. Davon abgesehen, gibt es nicht viel zu sagen. Die üblichen Hautschuppen unter dem Fingernagel, vom Kopfkratzen, aber das ist alles. Es ist schwer, das Bild eines gesamten Menschen aus nur einem Finger zu rekonstruieren«, endete sie mit einem Schulterzucken und sah ihn an.

Maiden hielt die Tüte näher vor sich und betrachtete den Finger genauer. Jetzt bemerkte er die schwarze Stempelfarbe, wo jemand zu Identifikationszwecken den Fingerabdruck genommen hatte. Er fragte das Offensichtliche nicht. Wenn man über den Fingerabdruck die Identität des Besitzers festgestellt hätte, hätte ihm das inzwischen jemand mitgeteilt. »›Er‹ oder ›Sie‹?«, fragte er und schaute sie einen Augenblick an. »Sie können nicht sagen, ob er einem Mann oder einer Frau gehört?«

»Ich kann sagen, dass der Fingernagel in letzter Zeit nicht gefeilt oder manikürt wurde, was höchstwahrscheinlich heißt, dass er von einem Mann stammt, aber nicht notwendigerweise. Er ist recht weich. Keine Hornhaut oder Narben, die auf handwerkliche Arbeit hindeuten, aber wenn es anders wäre, würde das auch nicht heißen, dass es ein Mann sein müsste. Man findet Frauen inzwischen auf jeder Baustelle. Die Weichheit verrät uns nur, dass der Besitzer höchstwahrscheinlich kein Handwerker war.«

»Wissen Sie, ob er tot war, als der Finger abgetrennt wurde?«

»Nein ... also«, Brown überlegte es sich anders, »jedenfalls war er noch nicht lange tot. Er könnte bis zu sechs Stunden tot sein, bevor der Finger abgeschnitten wurde, und ich würde keinen Unterschied feststellen.«

»Okay. Können Sie sagen, ob diese Person sich den Finger selbst abgeschnitten hat?«

Brown runzelte die Stirn und sah ihn an, bevor sie sich konzentrierte. »Darüber habe ich noch nicht nachgedacht, aber jetzt, wo Sie fragen, würde ich Nein sagen. Das kann man nicht sagen.«

»Mein Chef, Longman, glaubt, es wäre ein Scherz von Medizinstudenten.«

»Vielleicht«, sagte sie unverbindlich.

»Es könnte sein, oder?«, fragte er, während er den Finger noch immer gedankenverloren anstarrte. Er erwartete gar nicht recht, dass sie antwortete. »Vielleicht hat ihn ein Medizinstudent von irgendeinem namenlosen Kadaver abgetrennt, den sie im Unterricht zerlegt haben, dann in die Tasche gesteckt und als kranken Scherz in den Fahrstuhl geworfen. Ganz schön blödsinnig, wenn Sie mich fragen«, setzte er hinzu; er vergaß sich für einen Augenblick. Brown sagte nichts. »Andererseits ist vielleicht jemand von einem Wahnsinnigen entführt, ermordet und in kleine Stückchen geschnetzelt worden, und wir haben eins der Stücke gefunden.«

Brown sagte leise: »Oder, wie Sie vorgeschlagen haben, jemand hat sich den eigenen Finger abgeschnitten und zurückgelassen, damit jemand ihn findet. Aber wer würde so etwas tun?«

Maiden stieß ein humorloses Lachen aus. »Glauben Sie mir, diese Stadt ist voll mit kranken Schwachköpfen, die ihrer verdrehten Logik folgen und sich die eigenen Finger abschneiden, um gegen irgendetwas zu protestieren. Jedenfalls ist es nicht unmöglich.« Er reichte ihr die Plastiktüte zurück und nickte zum Dank.

»Soll ich ihn aufheben?«, fragte sie und wandte sich zum Kühlschrank.

»Ja, zumindest ein paar Tage. Machen wir es so: Ich rufe Sie an, wenn wir alle Möglichkeiten durchhaben und Sie ihn entsorgen können. Können Sie ihn bis dahin hierbehalten?«

»Kein Problem. Kann ich Ihnen sonst noch irgendwie helfen? Ich habe nämlich noch eine Menge Arbeit und bin heute Morgen spät gekommen. Selbst nach all der Zeit habe ich mich noch nicht an den Verkehr gewöhnt.« Sie klatschte die Kühlschranktür zu.

Maiden war plötzlich in Versuchung, sie auf einen Kaffee in die Kantine einzuladen, ließ es aber lieber. »Nein, danke. Aber können Sie mich hier wieder rausführen?«

»Natürlich«, sagte sie mit einem kurzen, kleinen Lächeln. Das veränderte ihr Gesicht, und Maiden konnte erkennen, dass sie wirklich hübsch war. »Folgen Sie mir«, sagte sie und nickte in Richtung der Tür. Dann wandte sie ihm den Rücken zu und führte ihn zurück zu ihrem Büro. Brown hielt nicht an, bis sie vor ihrer Tür stand, wo sie innehielt, ihn ansah und einfach nur »Auf Wiedersehen« sagte.

»Noch mal danke«, sagte Maiden. Er ging davon, blieb dann aber stehen, als ihm noch etwas einfiel. »Oh, das habe ich ganz vergessen – können Sie sagen, wie alt der Besitzer des Fingers sein könnte?«

Brown schaute ihn auf ihre ernste Weise an, überraschte ihn aber erneut damit, dass sie zögerte, bevor sie etwas sagte. Bis dahin hatte sie auf seine Fragen selbstsicher und zügig geantwortet, selbst wenn ihre Antwort nur darin bestand, keine Antwort zu wissen. »Nun, ich würde sagen, ein junger Mann – oder vielleicht eher ein junger *Erwachsener,* um auf der sicheren Seite zu sein. Aber zumindest älter als ein Teenager.«

Maiden hatte plötzlich den Eindruck, dass sie nach einem Grund suchte, das Gespräch weiterzuführen, aber nicht wusste, wie. Vielleicht sollte er sie doch auf einen Kaffee einladen.

Aber der Augenblick verging, und Maiden hatte keine Ahnung, wie er ihn zurückholen sollte. »Hey, das ist gut genug für mich«, sagte er lächelnd. Ihm fiel auf, dass er in den letzten zehn Minuten mehr gelächelt hatte als die ganze letzte Woche. Sie nickte und entschwand mit einem kleinen Winken in ihr Büro.

Danach besuchte er das Bürogebäude, in dem der Finger gefunden worden war. Als Maiden aus der Wache Surry Hills auf den Parkplatz trat, stellte er fest, dass es regnete, ein schwerer Niesel, der ihn schnell durchweichen würde. Fluchend duckte er sich zurück ins Gebäude und entschied, ein Weilchen zu warten, statt zum Wagen zu rennen. Er nutzte die Gelegenheit, eine Zigarette anzuzünden. Hinter dem offenen Tor des Parkplatzes konnte er sehen, dass überall Regenschirme zu blühen begannen, sodass es doppelt so gefährlich war, auf dem Bürgersteig zu gehen, weil alle sich duckten und versuchten, einander auszuweichen. Maiden beobachtete, wie die Leute vorbeieilten, und hatte einen Gedanken. *Was würden diese Leute tun, wenn sie morgens im Fahrstuhl einen abgehackten Finger fänden? Für die meisten von ihnen ist jeder Tag wie der davor. Gleicher Job, gleiches Büro, alles Routine, und dann – Überraschung! Vor deinen Füßen liegt ein amputierter Finger.* Maiden lehnte sich an die Mauer und folgte mit dem Blick einigen der Fußgänger, die am Tor vorbeigingen. Keiner von ihnen wusste, dass er beobachtet wurde, oder wenn doch, zeigten sie es nicht. Die meisten schauten zu Boden; sie achteten darauf, wo sie auf dem nassen Bürgersteig hintraten. *Die meisten von euch würden sich wahrscheinlich vor Angst in die Hose scheißen,* dachte er.

Zwei uniformierte Polizisten kamen aus der Tür hinter ihm und duckten sich schnell wieder aus dem Regen weg; sie drückten sich neben Maiden unter das Vordach.

»Viel zu tun?«, fragte er sie in dem Gefühl, aufgrund der Nähe freundlich sein zu müssen.

»Nichts Besonderes«, entgegnete einer von ihnen und zog die Schultern hoch, dann setzte er hinzu: »Dieser Gewehrräuber ist im Moment das große Ding. Alle sind ganz aufgeregt.«

Der andere Polizist ergänzte: »Vielleicht sind es zwei Leute, die auf die gleiche Weise vorgehen. Vielleicht sogar mit der gleichen Waffe.«

Maiden grunzte interessiert, sagte aber nichts. Er fragte sich, ob diese Männer ihre Informationen auf offiziellem Wege erhalten hatten oder durch Hörensagen. Wenn es Letzteres wäre, dachte er müde, dann würde es am nächsten Tag auch in der Zeitung stehen, wenn nicht schon am Nachmittag, und der kleine Vorteil der Ermittler war verspielt. Schlimmer noch, es konnte für einen Haufen Raubüberfälle von Nachahmern sorgen, und der einzige Hinweis, mit dem die Ermittler die einen von den anderen unterscheiden könnten, wäre nutzlos. Plötzlich nervte es ihn, noch länger zu warten. Er nickte den beiden Männern zu, warf seine Zigarette in eine Pfütze und eilte durch den Regen zu seinem Wagen.

Maiden parkte in einer Ladezone direkt vor dem Bürogebäude. Er trottete zügig durch den Regen in das Foyer und betrachtete dann die Übersichtstafeln mit den Firmen im Haus. Er zog einen kleinen Notizblock aus der Tasche und notierte sich die Firma, die das Gebäude verwaltete. Gleichzeitig überprüfte er sein Spiegelbild in der Glasscheibe. Maiden wünschte, er hätte einen Mantel übergeworfen. Der Regen hatte dunkle, hässliche Flecken auf seinem Anzug hinterlassen. Mit den Fingern durch sein Haar zu fahren, half auch nicht viel. Er zuckte mit den Schultern und ging zu den Fahrstühlen. Auf der Fahrt nach oben dachte er wieder darüber nach, wie die Menschen darauf reagieren könnten, einen abgehackten Finger auf dem Boden vorzufinden – vielleicht stand er jetzt sogar in genau dem Fahrstuhl, in dem das passiert war.

Im einundzwanzigsten Stock trat er aus dem Fahrstuhl und ging direkt zum Empfang. Er zeigte seinen Ausweis und bat darum, Lena Hargreaves sprechen zu dürfen.

»Sie ist in der Küche«, erklärte ihm die Empfangsdame und setzte vorwurfsvoll hinzu: »Sie ist vollkommen fertig, wollte nur noch nach Hause.«

Maiden wollte entgegnen, dass Lena bloß einen *Finger* gefunden hatte, um Gottes willen – keine kopflose Leiche. Er atmete tief durch und beruhigte sich, und dann sagte er stattdessen: »Ja, ich weiß. Aber es ist viel einfacher und deutlich hilfreicher, wenn wir ihr hier ein paar Fragen stellen können, wo sie den Finger gefunden hat. Dann kann sie uns alles zeigen.«

»Jemand hat all das schon getan.«

»Das war ein Streifenpolizist, kein Detective. Wo ist die Küche?«, fragte er, um weitere Diskussionen zu unterbinden.

»Den Flur entlang. Der letzte Raum auf der rechten Seite. Sie sollten aber anklopfen.«

Maiden tat seiner erneuten Verärgerung Genüge, indem er sich nicht bei ihr bedankte und ihren Ratschlag unbeachtet ließ. Er ging durch den Flur und spürte den Blick der jungen Frau auf seinem Rücken. Am Ende des Flurs sah er einen Mann aus einem Zimmer kommen. Irgendetwas an ihm machte Maiden neugierig, und er betrachtete ihn genau, als sie sich aneinander vorbeidrückten. Der Mann hielt den Kopf gesenkt und murmelte eine Entschuldigung.

Die Küche bestand aus einem nackten Formica-Tisch, umgeben von einem kleinen Kühlschrank, einem Elektroofen, einer Mikrowelle sowie einigen Küchenschränken. Lena saß allein am Tisch und starrte ärgerlich in eine Tasse Tee, auf der, wie Maiden sehen konnte, der weiße Schaum herumschwamm, der sich bildete, wenn Tee mit zu kaltem Wasser aufgebrüht wurde.

»Hallo, Lena. Ich bin Detective Maiden.« Er setzte sich ihr gegenüber. »Wer ist da gerade gegangen? Jemand, der hier arbeitet?«

Sie schaute ihn traurig mit rot unterlaufenen Augen in einem blassen Gesicht an. Wenn sie nicht so hübsch gewesen wäre, wäre Maiden genauso genervt gewesen, wie von der Rezeptionistin.

Diese Leute, dachte er, *benehmen sich, als hätten sie alle an einem Amoklauf auf einem Flughafen teilgehabt. Ganz bestimmt werden sie als Nächstes ihre bescheuerten Psychoonkels anrufen.*

»Kann ich danach nach Hause gehen?«, fragte sie sofort. »Muss ich mit noch jemand reden?«

»Nein, und es wird auch nicht lange dauern.« Er deutete in Richtung der Tür. »Was haben Sie gesagt, wer das war?«

Lena schniefte. »Ein Journalist. Ich weiß nicht mehr, von welcher Zeitung.«

Maiden schluckte einen Fluch herunter. Es war kein wirkliches Problem. Er mochte Journalisten bloß nicht. »Was haben Sie ihm gesagt?«

»Alles, was ich weiß. Die zahlen mir was dafür. Das ist doch in Ordnung, nicht wahr?« Sie schaute verbittert und abwehrend. »Ich meine, ich sollte doch irgendetwas dafür kriegen, nicht wahr? Wenigstens zahlt mir die Zeitung ein bisschen Geld.«

»Meinetwegen«, sagte Maiden kurz angebunden. »Erzählen Sie mir einfach, was heute Morgen passiert ist.«

Sie seufzte müde. »Das ist leicht – keine große Sache. Ich bin hoch zu dem Archiv, das wir im obersten Stock haben, und als ich in den Fahrstuhl stieg, um wieder runterzufahren, lag er da. Ein *Finger* auf dem Boden.« Lena zitterte und stieß ein Geräusch aus.

»Okay«, sagte Maiden ungeduldig. »Ist das alles, was Sie mir sagen können?«

Sie nickte.

Maiden schwieg. Er war bereits zu dem Schluss gekommen, dass Longman bloß Zeit verschwendete, vor allem seine. Hier rechtfertigte wirklich nichts den Besuch eines Detectives. Er war gerade quer durch die Stadt gefahren, nass geregnet und von einer Empfangsdame angemault worden, bloß für eine Fünf-Sekunden-Antwort auf seine Frage. Dasselbe hätte er auch am Telefon herausgefunden. Und der Bericht des Streifenpolizisten, der vor Ort gewesen war, wäre genauso gut gewesen. Darin stand dasselbe.

Maiden rieb sich die Augen und sagte sich, dass er die Sachen vielleicht ein bisschen gründlicher angehen sollte. Seine Apathie wuchs sich allmählich zur Gewohnheit aus. »Hören Sie, das ist schon okay. Aber um ganz sicher zu sein, Sie haben bestimmt niemand Verdächtiges in der Nähe gesehen? Niemand ist Ihnen gefolgt, um Ihnen vielleicht einen Schrecken einzujagen?«

»Na ja, ich glaube nicht ...«, sagte Lena mit einem hilflosen Schulterzucken.

Maiden konnte ein Problem riechen. »Sie wirken nicht sicher. Warum?«

Lena überlegte, ob sie Maiden erzählen sollte, dass sie geglaubt hatte, jemand sei mit ihr im Raum. Aber das würde die Sache nur verkomplizieren, und sie konnte dann womöglich nicht nach Hause. Also schüttelte sie den Kopf und sagte stattdessen: »Es ist nur, weil diese Archivräume immer so *komisch* sind. Da erschreckt man sich schnell, außerdem ist der Rest des Stockwerks leer und so.«

»Haben Sie das dem uniformierten Polizisten gesagt? Dass Sie Angst hatten?«

»Nein, nicht wirklich – es kam mir ein bisschen albern vor. Und ich wünschte jetzt, ich hätte auch Ihnen nichts davon gesagt.«

Maiden fragte nach, obwohl er es besser wusste. Auch er wollte mit der Sache durch sein. »Sind Sie *sicher*, dass nichts Sie verängstigt hat? Ist irgendetwas Eigenartiges geschehen? Wovon wir wissen sollten?«

Lena zögerte und ließ den Kopf hängen.

Maiden beugte sich näher und sagte ungeduldig: »Lena, ich werde nicht über Sie lachen oder Sie für dumm halten. Das Beste ist, wenn Sie mir alles erzählen, dann sind Sie es los, und wir können beide nach Hause gehen.«

Sie nickte abrupt und zog ein kleines Taschentuch aus ihrem Ärmel. Sie tupfte damit ihre Nase ab. »Ich ... ich dachte, jemand wäre dort oben im Archiv, aber als ich rief, antwortete niemand. *Das* hat mir ein bisschen Angst gemacht. Da war ein Geräusch, aber als ich wieder rief und immer noch keiner antwortete, dachte ich, dass es der Fahrstuhl gewesen sein musste, der nach oben gekommen war.«

»Der Fahrstuhl kam zu Ihnen nach oben? Derselbe, in dem Sie den Finger gefunden haben?«

»Als ich die Türen offenstehen sah, dachte ich, es wäre eine gute Gelegenheit, zu verschwinden. Ich hatte ein wenig Angst.« Sie schniefte wieder.

Ein besorgtes Gesicht erschien in der Tür und blickte herein, aber Maiden schaute so ärgerlich, dass es schnell wieder verschwand.

»Aber Sie haben niemand gesehen? Nicht einmal einen Schatten oder eine Bewegung, von der Sie *dachten,* es wäre jemand?«

»Nein, niemand.«

»Aber es muss doch jemand den Knopf gedrückt haben, damit der Fahrstuhl hochkam.«

»Nein, den kann man von überall hochschicken, indem man den Knopf für den zweiunddreißigsten Stock drückt und dann rausgeht.«

»Natürlich«, sagte Maiden, verärgert über sich selbst. »Lena, ich möchte, dass Sie mir jetzt noch genau zeigen, welcher Lift das war, und ich möchte den Archivraum sehen, dann sind wir fertig. Geht das?«

Sie nickte wieder und erhob sich zitternd. Er folgte ihr aus der Küche heraus. Als sie ins Foyer kamen und auf den Fahrstuhl warteten, konnte Maiden wieder den feindseligen Blick der Empfangsdame spüren. Er ignorierte ihn. Es dauerte mehrere Minuten, in denen die falschen Fahrstühle auf ihrem Stockwerk hielten, und Maiden beugte sich hinein und schickte sie wieder weg in andere Stockwerke, bis es ihnen schließlich gelang, den richtigen Lift in ihr Stockwerk zu lotsen. Als sie in die Kabine traten, versuchte sie, ihm genau zu zeigen, wo der Finger gelegen hatte. Das half ihm nichts. Der Streifenpolizist hatte sich nicht die Mühe gemacht, eine Markierung auf dem Boden anzubringen, was ihn nicht überraschte. Maiden war im Moment der Einzige, der den Fall überhaupt einigermaßen ernst nahm, und selbst das begann sich zu verflüchtigen. Ihm fiel auf, dass Lena nervös war, und er fragte sie, warum. Als sie ihm von ihrer Angst berichtete, in einer fallenden Fahrstuhlkabine gefangen zu sein, gab er sich Mühe, mitfühlend zuzuhören, dachte aber insgeheim, dass sie reichlich neurotisch war.

Auch der Archivraum brachte ihm nichts. Maiden war nicht mal eine Minute dort gewesen, bevor er recht sicher war, dass er so nicht weiterkam. Longmans Theorie eines kranken Scherzes wirkte ziemlich gut. Irgendwer hatte den Finger in den Fahrstuhl geschmissen, den Knopf für den zweiunddreißigsten Stock gedrückt, weil man dann am meisten Zeit hatte, um abzuhauen, und Lena Hargreaves war das ungeplante, versehentliche Opfer dieses geschmacklosen Scherzes geworden. Fertig, aus.

Fünf Minuten später fuhr Maiden zurück zum *The Rocks*. Es regnete jetzt noch heftiger, also musste er sich vorsichtig seinen Weg durch den Verkehr bahnen. Er schimpfte wegen des Wetters vor sich hin und wischte ungeduldig mit seinem Ärmel die Windschutzscheibe frei. Sein Besuch bei Lena Hargreaves war Zeitverschwendung gewesen, und jetzt würde er wieder nass werden, wenn er von seinem Wagen zum Eingang der Polizeiwache rannte.

Zurück am Schreibtisch füllte er seinen eigenen Bericht über die Sache aus und legte ihn als beendete Ermittlung ab. Später bat ihn Longman um einen kurzen Report über die Geschehnisse, und Maiden erzählte ihm, was er wusste; er betonte, dass er Longmans eigene Theorie eines Scherzes eines Medizinstudenten für das Wahrscheinlichste hielt. Nicht, weil er sich bei seinem Vorgesetzten einschmeicheln wollte, sondern weil es die einfachste und schnellste Möglichkeit war, diesen Mist loszuwerden.

Danach erwartete Maiden, nie wieder von diesem amputierten Finger zu hören.

3

Er wartete in dem großen, begehbaren Schrank. Die Dunkelheit umschloss ihn, und er bemerkte nicht den Duft der Kakerlakenköder und Mottenkugeln, denn er konzentrierte alle Aufmerksamkeit auf sein Gehör. Er hörte sie hereinkommen. Erst das leise Klimpern, mit dem der Schlüssel in das Schloss des Motelzimmers glitt, dann das Klicken, mit dem diese von innen geschlossen und verriegelt wurde. Es folgten gedämpfte Stimmen Erwachsener, die Nettigkeiten murmelten, und dann und wann ein leises weibliches Kichern. Er konnte alles hören: das saugende Geräusch der Kühlschranktür, das Öffnen einer Flasche, das Klingeln der Gläser beim Anstoßen, leise Musik.

Aber das waren nicht die Geräusche, auf die er wartete.

Er zuckte kurz zusammen, als er eine andere Tür aufgehen hörte; er fürchtete einen plötzlichen Lichtschein, der ihn enthüllte, aber es war nur die Badezimmertür nebenan. Er entspannte sich wieder. Das Plätschern, mit dem ein Mann ins Klo pinkelte, drang durch die Wand. Ein liebloses, unromantisches Geräusch, wenn man in Betracht zog, was gleich im Schlafzimmer vor sich gehen würde. Die Spülung wurde betätigt, dann drehte jemand den Wasserhahn auf und putzte sich die Zähne.

Auch darauf wartete er nicht.

Es folgten ein paar Minuten Stille, aber er konnte sich vorstellen, was dort draußen los war. Sie würden einander entkleiden, würden sich küssen und streicheln, wenn die Kleidungsstücke zu Boden fielen. Er hörte das leise Quietschen der Matratzenfedern, als sie auf das Bett fielen. Jetzt würden sich ihre Körper miteinander verschlingen, ihre Hände und

Finger würden tasten, während sie leise stöhnten und ihr Vergnügen teilten. Er lauschte jetzt konzentrierter. Sein Moment kam näher. Das Stöhnen wurde drängender, lauter und klarer, bis es die Musik übertönte; dann entstand eine kurze Pause, ein Lichtschalter wurde gedrückt, bevor die ekstatischen Laute wieder begannen. Die Frau begann, immer wieder und wieder dasselbe zu rufen.

Langsam öffnete er die Tür des Kleiderschranks.

Das Zimmer lag in vollkommener Dunkelheit – aber nicht für ihn. Er stand seit Stunden in dem schwarzen Kleiderschrank, und die Lichttröpfchen, die durch den geschlossenen Vorhang drangen, waren genug für ihn, um alles klar zu sehen. Die Leute auf dem Bett waren jedoch ohne die Nachttischlampe, die gerade ausgeschaltet worden war, praktisch blind.

Die Frau stand auf allen Vieren, das Gesicht zur Seite gedreht und ins Kissen gedrückt. Der Mann war von hinten in sie eingedrungen und hielt mit den Händen ihre Hüften gepackt. Das Bett zuckte unter ihren Bewegungen. Die Frau rief, dass er noch nicht kommen sollte, er sollte weitermachen. Das Gesicht des Mannes war eine verzerrte Maske, er hatte die Augen geschlossen, während er daran arbeitete, seinen treibenden Rhythmus zwischen ihren Beinen aufrechtzuerhalten und zugleich nicht die Kontrolle über sich zu verlieren.

Es war leicht, ans Bett zu treten, dicht hinter ihn.

Seine Hände packten den Mann um den Hals und zerrten ihn zurück. Der Würgegriff war entsetzlich effektiv, er zerdrückte die Luftröhre, sodass der Mann keinen Laut von sich geben konnte. Schreck und Schmerz verminderten seine Kraft zusätzlich. Trotzdem kämpfte der Mann, aber der Angreifer war viel stärker und konnte ihn immer wieder aus dem Gleichgewicht bringen. Gleichzeitig wurde der nackte Mann auf dem Bett derart fixiert, dass seine zuckenden Arme und Beine durch Laken und Matratze aufgehalten wurden.

Die Frau rollte sich eilig auf den Rücken und rutschte hoch

zum Kopfteil, die Beine gespreizt. Stumm streckte sie den Arm aus und schaltete die Nachttischlampe ein. Ihre Augen weiteten sich beim Anblick des Mannes, und ihr Atem kam in kurzen, scharfen Stößen. Eine ihrer Hände glitt hinunter zwischen ihre Beine. Innerhalb weniger Augenblicke begann sie sich zu winden und zu zucken wie der sterbende Mann vor ihr, und sie stieß erneut Laute der Ekstase aus. Dann kam sie zur Ruhe, die Augen verträumt, noch bevor ihr Lover sein Zucken einstellte und erschlaffte. Er hing aus dem Schraubstock-Griff wie eine Stoffpuppe.

Er trug den Mann ins Bad. Die Frau, immer noch nackt, folgte, nachdem sie etwas aus ihrer Tasche geholt hatte. Er gehorchte ihren Anweisungen, mühelos hielt er das Gewicht der Leiche, wobei er auch noch einen der schlaffen Arme über das Waschbecken strecken konnte. Sie hatte ein Messer und entfernte damit Haut und Sehnen am Handgelenk. Blut tropfte in das Becken, und sie achteten darauf, dass es nirgendwo anders hingelangte, obwohl das auf dem Kachelboden eigentlich egal war, solange sie hinterher sauber machten. Sie schaute ihn an, entschied sich und sagte ihm, was er tun sollte. Er hielt die Leiche mit einem Arm um die Taille, sodass er mit der anderen zupacken und mit einer Drehbewegung die Hand abreißen konnte. Er ließ sie in das Becken fallen, wo sie mit der Handfläche nach oben lag, die Finger leicht hochgebogen. Blut sickerte aus der offenen Wunde.

Sie holte eine große Plastiktüte ins Badezimmer, und sie falteten die Leiche hinein. Erst danach zog sie einen leichten Morgenmantel an, und nachdem sie eine Weile durch die Vorhänge gespäht hatte, um sicherzustellen, dass niemand draußen umherlief, schaltete sie die Nachttischlampe wieder aus und öffnete die Zimmertür. Ihr Wagen stand direkt davor. Es war ein großes Fahrzeug mit einem geräumigen Kofferraum. Die Leiche passte problemlos hinein, und sie hatten sie in wenigen Sekunden aus dem Motelzimmer in den Kofferraum geschafft.

Danach packten sie schnell ein, die abgetrennte Hand kam an ihren ganz speziellen Ort. Sie prüften noch einmal sorgfältig, dass sie nichts in dem Zimmer zurückließen, dann fuhren sie langsam davon.

Die Fahrt in die Berge dauerte weniger als zwei Stunden, denn der Verkehr um diese Nachtzeit war dünn, und die Ampeln an den Kreuzungen waren gut zu ihnen. Dann folgte der lange und schwierige Treck durch den Busch; er hatte die Leiche über seine Schulter geworfen wie ein Feuerwehrmann, während sie mit einer kleinen Taschenlampe den Weg beleuchtete. Es gab hier einen speziellen Ort, den sie kannten, wo der Weg an einem tiefen und tückischen Kliff entlang führte. Ein hüfthoher Zaun sicherte die Stelle. Ein idealer Platz, um Leichen loszuwerden.

Mit einem letzten Kraftakt stemmte er die Plastiktüte über den Kopf und warf sie in den Abgrund. Die Leiche flog mehrere Meter, bevor sie die Bäume weiter unten streifte, dann kugelte sie mit lautem Rascheln durch das Unterholz. Sie versuchte, dem Absturz mit dem Taschenlampenlicht zu folgen, aber es gelang ihr nicht. Sie hörten die Leiche eine Ewigkeit lang rutschen und fallen, wie ihnen schien. Die Pflanzen dort unten wuchsen hoch und mit breiten Blättern, obwohl sie den Großteil des Tages im Schatten verborgen waren. Solange die Leiche bis nach unten gelangte, wäre alles in Ordnung. Beim letzten Mal hatte es funktioniert. Sie war tagsüber zurückgekommen, um es zu überprüfen. Der Tote war vollkommen im Unterholz verschwunden.

Als sie nach Hause kamen, dämmerte es schon beinahe. Ein grauer Schimmer hüllte die Straßen ein, als sie durch die Haustür traten. Sie war zu begeistert, um zu schlafen, und wollte ihm seine Belohnung nicht mehr länger vorenthalten.

Als sie sie ihm gab, wurde er – vor Freude und Begeisterung – lauter, als er bei dem Mord gewesen war.

4

Longman rief Maiden in sein Büro, und der Detective erwartete die normale tägliche Besprechung. Stattdessen schaute Longman besonders grimmig.

»Erinnern Sie sich noch an die Sache mit dem Finger letzte Woche?« Longman hob einen Bericht hoch, hielt ihn aber so, dass Maiden ihn nicht greifen konnte.

»Was ist damit?« Maiden konnte Ärger wittern. »Ich habe Ihnen gesagt, was ich getan habe. Mehr kann man nicht tun.«

»Diesmal ist es eine ganze Hand, am Handgelenk abgerissen. Und es steht auch noch eine verdammte Botschaft darauf.«

»Scheiße.«

»Ganz genau«, sagte Longman trocken. »Und es ist eine andere Hand – ein anderer *Mensch*. Der Finger war von einer rechten Hand. Diese Hand ist auch eine rechte, und sie ist vollständig.«

»Gleicher Fahrstuhl?«, fragte Maiden, der versuchte, sein Hirn in Gang zu setzen. »Wie lautet die Nachricht?«

»Wieder ein Fahrstuhl, aber ein anderes Gebäude.« Jetzt reichte ihm Longman den Bericht vom Tatort. »Lesen Sie die Botschaft selbst – falls es eine Botschaft *ist*. Vielleicht ist es auch der Titel eines Songs oder Buches. Wer weiß? Sie sollten das ein bisschen ernster nehmen als beim letzten Mal. Ermitteln Sie mal ein bisschen. Machen Sie einfach, wofür Sie bezahlt werden.«

Maiden starrte Longman an, der den Kopf schon wieder sinken ließ, um den Papierkram vor sich zu bearbeiten. »Dann geben Sie mir besser nicht irgendeinen anderen Mist, während ich damit beschäftigt bin«, sagte er, die Stimme angespannt vor Wut.

»Meinetwegen«, entgegnete Longman mit einer wegwerfenden Handbewegung. »Aber machen Sie auch keine Riesensache daraus, klar?«

Maiden unterdrückte seinen Ärger, kehrte zurück an seinen Schreibtisch und zog seinen Notizblock hervor. Einen Augenblick fürchtete er, die entsprechende Seite rausgerissen zu haben, dann fand er aber doch den Namen der Gebäudebetreuung in dem Bürohaus, wo Lena Hargreaves arbeitete. Er schlug die Telefonnummer nach, rief dort an und bat um eine Liste aller Firmen in dem Gebäude; sie sollten sie ihm sofort durchfaxen. Das Fax kam innerhalb von zehn Minuten. Er machte mehrere Fotokopien, dann faxte er eine davon weiter. Als er an seinen Schreibtisch zurückkehrte, war er sicher, dass sein Fax bereits gelesen worden war. Er griff zum Telefon und rief bei der Abteilung für Vermisstenmeldungen an. Er bat darum, einen bestimmten Mitarbeiter zu sprechen.

»Ja, John Maiden hier, aus *The Rocks«*, sagte Maiden abrupt. »Ich brauche einen Abgleich mit einem Fax, das ich vor ein paar Minuten geschickt habe, und allen vermissten Personen, die in den letzten sieben Tagen gemeldet wurden.« Er hörte zu und runzelte die Stirn. »Ja, ich weiß, dass Ihr zu tun habt und alle warten müssen, bis sie dran sind, aber das sollte nicht lange dauern, denn es ist verdammt noch mal wichtig.« Er hörte wieder zu und seufzte über die Antwort. »Okay, ich warte zehn Minuten, solange Sie sicher sind, dass es *wirklich* nur zehn Minuten werden. Ich kann hier nicht eine Stunde warten, okay?« Er schaffte es gerade noch, den Hörer nicht aufzuknallen. Er war eigenartig nervös.

Die Antwort brauchte fünfzehn Minuten, und Maiden wurde schon unhöflich. Aber als er den Hörer wieder hinlegte, empfand er nichts außer dem kalten Gefühl, dass ihm da etwas Übles in den Schoß gefallen war. Eigenartigerweise war er gar nicht sicher, ob er das wollte.

Ein Angestellter im selben Gebäude wie dem, in dem Lena Hargreaves arbeitete, war vor zwei Tagen vermisst gemeldet worden. Ein Junior-Mitarbeiter namens Robert House, der für ein Inkassobüro arbeitete. Er war seit über einer Woche nicht zu Hause gewesen oder zur Arbeit gekommen. Und irgendwann hatte sein Mitbewohner ihn vermisst gemeldet. Sein Verschwinden wurde beschrieben als ungewöhnlich und völlig unerwartet. Keiner wusste, wo er war oder in welchem Zustand er sich befand, außer dass er als erwachsener, gesunder Mensch galt, ohne Vorgeschichte irgendwelcher Drogen oder medizinischer Probleme. Mit anderen Worten: Er war kein Diabetiker oder Epileptiker, der jederzeit krank werden und ziellos durch die Straßen irren konnte.

Maiden war bereit, eines jedenfalls über Mr Robert House anzunehmen: Wo auch immer er steckte, ob gesund oder nicht, ihm würde ein Finger fehlen.

5

Sie teilten Maiden einen Mitarbeiter zu, einen Detective Constable namens Martin Creane. Creane kam gerade erst von der Polizeischule. Er betrachtete den altgedienten Detective Senior Sergeant mit einer gewissen Bewunderung, als wäre Maiden ein Marine-Veteran, der höchstpersönlich jeden Strand am Pazifik gegen die Japaner verteidigt hätte und nun jede Menge Kriegsgeschichten erzählen konnte. Zuerst war Maiden genervt, dass er jetzt auch noch dafür zuständig war, was irgendjemand anders anstellte, aber bald änderte sich diese Einschätzung. Die Ermittlungen würden vielleicht eine Menge ermüdender Lauferei verlangen, und so konnte er wenigstens das meiste davon Creane reindrücken.

Maiden holte sich einen Zivilwagen mit Funkgerät und sagte, Creane sollte fahren. Das Bürogebäude, zu dem sie mussten, war in der Nähe, aber es hatte den ganzen Morgen geregnet, und er wollte ein Auto in der Nähe haben, falls er es brauchte. Er schaute Creane beim Fahren an, während sie sich durch die Straßen schlängelten. In Maidens Augen erschien er jung, vielleicht dreiundzwanzig oder vierundzwanzig Jahre alt, und auf eine sportliche Art gut gebaut. Creane trug einen modernen Haarschnitt, der zwar regelkonform war, aber dennoch als modisch angesehen werden konnte. Maiden erinnerte sich noch an eine Zeit, in der die strikten Haarschnitt-Vorschriften sie immer und überall als Polizisten entlarvt hatten, sodass man nicht einmal in Ruhe etwas in einer Bar trinken konnte, ohne dass die Hälfte der Kunden schon an den Fingernägeln kaute.

Creane fuhr langsam und suchte nach einem Parkplatz.

»Da«, sagte Maiden und zeigte, was er meinte.

»Das ist eine Ladezone. Ist das okay?« – »Natürlich ist das okay. Das ist ein verdammter Polizeiwagen, um Gottes willen.«

»Tut mir leid.«

Maiden seufzte. Er musste sich dem unerfahrenen Creane gegenüber besser benehmen. Aber er entschuldigte sich nicht direkt, stattdessen sagte er muffig, während er mit dem Finger auf den offiziellen Aufkleber auf der Windschutzscheibe tippte: »Theoretisch können sie uns einen Strafzettel ausschreiben, aber wenn irgendein Parkwächter das wagt, wenn ihm dieses Ding ins Gesicht starrt, dann kannst du dir den Sack gern vornehmen und ihn wegen irgendwas verhaften – ganz egal. Du tust der Stadt nur einen Gefallen, indem du einen weiteren verdammten Vollidioten von der Straße schaffst.« Creane nickte eifrig, und Maiden runzelte die Stirn. »Bringen sie euch denn gar nichts bei, bevor ihr raus dürft?«

»Ich habe den drittbesten Abschluss meines Jahrgangs, aber ich will verdammt sein, wenn ich mich auch nur an die Hälfte dessen erinnern kann, was sie mir beigebracht haben«, sagte ihm Creane und konzentrierte sich darauf, den Wagen rückwärts einzuparken.

Immerhin beeindruckt durch diese Ehrlichkeit, lachte Maiden unwillig, dann sagte er: »Egal, solange du eins nicht vergisst: Eine dumme Frage ist immer besser als ein dummer Fehler.«

»Das werde ich beherzigen.«

Eine amputierte Hand, zusammen mit einer möglichen Nachricht, war natürlich ernsthafter als ein Finger. Diesmal hatte der Streifenpolizist, der an den Tatort gerufen worden war, den Fahrstuhl gestoppt und abgesperrt, und die Hand lag noch so darin, wie sie vorgefunden worden war. Wiederum war die Entdeckung durch eine Sekretärin erfolgt, aber diesmal war es eine kleine Frau mittleren Alters, die schnell über ihren ersten Schock hinweggekommen und nun zurück an die Arbeit gegangen war. Sie hatte hinterlassen, wo die Polizei sie finden konnte.

Im Erdgeschoss des Gebäudes hing ein »Außer Betrieb«-Schild an einem der Fahrstühle. Maiden brauchte einen Augenblick, um darauf zu kommen, dass man wahrscheinlich den Fahrstuhl in dem Stockwerk gestoppt und abgesperrt hatte, in dem die Hand gefunden worden war. Das war gut. Viel besser, als wenn sie hier unten herumlag, wo mehr Leute vorbeigingen und neugierige Fragen stellten.

»Zwölfter Stock?«, fragte Creane.

»Ja, aber Sie können sich da oben mit mir treffen.« Maiden zeigte auf ein Verzeichnis der Firmen an der Wand. »Ich möchte, dass Sie die alle besuchen und nachfragen, ob irgendwelche Angestellten heute nicht zur Arbeit gekommen sind. Fragen Sie auch, ob die fehlenden Mitarbeiter angerufen und *gesagt* haben, dass sie nicht kommen, oder ob sie einfach nicht erschienen sind.«

Maiden ging im Reden zu den Fahrstühlen, und Creane folgte ihm. Er drückte den Knopf in genau dem Augenblick, als der Fahrstuhl kam. Er wartete, dass der einzige Fahrgast ausstieg, dann beugte er sich durch die offene Tür hinein, damit sie offen blieb, während er weiterredete. »Fangen Sie im Erdgeschoss an. Und achten Sie auch auf Leute, die schon seit ein paar Tagen nicht zur Arbeit gekommen sind.« Creane suchte in seinem Jackett nach einem Notizblock, während er aufmerksam zuhörte. »Wenn ich im zwölften Stock fertig bin, bevor Sie oben sind, mache ich dasselbe vom obersten Stockwerk aus abwärts, dann werden wir uns schon irgendwo treffen.« Maiden dachte einen Augenblick darüber nach. »Wenn wir uns überschneiden, kommen Sie runter ins Erdgeschoss. Sonst fahren wir uns nur den ganzen Tag mit den Fahrstühlen hinterher.« Er trat in den Lift und drückte auf die 12. Es entstand eine peinliche Pause, während sie darauf warteten, dass die Türen sich schlossen, und die beiden Männer schauten einander an, ohne noch etwas zu sagen zu haben. Creane winkte kurz und wandte sich ab.

Im zwölften Stock standen zwei uniformierte Constables vor den Fahrstühlen und schauten gelangweilt. Sie nahmen Haltung an, als sie Maiden sahen. Vor einem der Fahrstühle war grellgelbes Band über Kreuz gespannt, und darauf stand »Zutritt verboten durch die Polizeiverwaltung«. Maiden stellte sich kurz vor und deutete auf den Lift.

»Was ist passiert?«

»Die Fotos sind gemacht. Die Spurensicherung hat auf den Knöpfen nach Fingerabdrücken gesucht, aber sie sagen, das sei praktisch unmöglich. Die Knöpfe sind tieferliegend, sodass man mit der Fingerspitze drücken muss, und dabei entstehen fast keine Abdrücke. Manche von ihnen sind fast sauber. Wahrscheinlich haben die letzten paar Leute, die gedrückt haben, Handschuhe getragen.«

»Kalt genug ist es ja«, warf der zweite Polizist ein.

Maiden nickte zustimmend und sagte: »Können wir den öffnen?«

»Auf diesem Stockwerk gibt's eine Steuerungseinheit für den Fahrstuhl. Der Hausmeister hat den Fahrstuhl gestoppt und die Türen geschlossen, wie wir es wollten, aber dann hat dieser affige kleine Idiot uns keinen Schlüssel geben wollen. Wir müssen in das Büro da gehen und das Mädchen bitten, ihn wieder hierher zu rufen.«

Maiden runzelte die Stirn. »Toll, ein Hausmeister mit Ego-Problem. Machen Sie das, ja?« Er wandte sich an den anderen Polizisten. »Brauchen Sie eine Pause? Holen Sie sich was zu essen oder zu trinken.«

Der Constable nickte dankbar.

Maiden und der verbliebene Constable plauderten ein paar Minuten ziellos, während sie auf den Hausmeister warteten. Nach einer Weile überlegte Maiden, weil es so lange dauerte, ob er sich auf diesem Stockwerk schon mal nach fehlenden Kollegen erkundigen sollte, aber da hielt einer der Fahrstühle, und ein kleinwüchsiger, schmuddelig aussehender Mann in fleckigen Khaki-Klamotten trat heraus.

»Ich kann nicht alle fünf Sekunden zu euch hier hochkommen. Wie lange braucht ihr?«, sagte der Hausmeister dreist.

Maiden unterdrückte den aufflammenden Ärger. »Ich bin Detective Sergeant Maiden und leite diese Ermittlung. Ich möchte, dass Sie den Fahrstuhl aufschließen.«

Der Hausmeister drückte sich an ihm vorbei und zog ein paar Schlüssel aus seinem Gürtel. Er ging zu einem Schaltbrett hinter einer Glasscheibe und verwendete einen der Schlüssel. Er drückte ein paar Knöpfe und murmelte: »Ich hätte das verdammte Ding einfach selbst in den Müll schmeißen sollen. Hätte den ganzen Ärger gespart.«

Maiden sagte ruhig: »Okay, Sie sind ein toller Hecht. Und jetzt machen Sie den Fahrstuhl auf, in Ordnung?«

Der Hausmeister setzte einen schmollenden Ausdruck auf und fummelte weiter. Einen Augenblick später zuckten die Fahrstuhltüren, aber das Klebeband hielt sie verschlossen. Der Constable trat schnell vor, durchtrennte das Plastik mit einem Schlüssel, und die Türen glitten auf. Maiden trat vorsichtig ein und kauerte sich nieder. Der Constable blieb draußen, aber der Hausmeister drängte sich vorbei und steckte einen Schlüssel in das Bedienfeld im Inneren des Fahrstuhls. Er beugte sich vor und starrte die amputierte Hand über Maidens Schulter hinweg an.

»Ganz schön hässlich, oder?«

Maiden ignorierte ihn. Die Hand lag mit der Handfläche nach oben, die Finger leicht gebogen. Abgesehen von der Amputationswunde selbst wirkte sie unbeschädigt. Er rief über die Schulter dem Constable zu: »Ich bin der Letzte, oder? Sonst kommt niemand mehr?«

»Wir haben nur auf Sie gewartet, Sir.«

Jetzt drehte sich Maiden um, um ihn an dem Hausmeister vorbei anzuschauen, und bemerkte eine kleine Linse an der

Fahrstuhldecke. »Hey, das Ding hat eine Überwachungskamera! Hat jemand die Bänder überprüft?«

»Ja, ich selbst. Wer immer das war, hat einen Regenschirm benutzt«, entgegnete der Constable frustriert, in Erwartung von Maidens Reaktion.

»Er hat *was* benutzt?« Maiden schaute streng.

»Einen Regenschirm. Hat das verdammte Ding aufgespannt, als er in den Fahrstuhl trat. Nachdem er geöffnet wurde, kann man bloß ein graues Nichts sehen, denn die Kamera ist schwarz-weiß.« Im Ton des Constables lag ein Hauch Bewunderung.

Maiden seufzte. »Okay, der Täter ist also clever.« Er musste zugeben, dass es eine einfache Lösung war, und bei dem derzeitigen Wetter würde niemand auffallen, der einen Regenschirm trug. Er zog einen Kugelschreiber aus der Tasche und drehte damit die Hand um. Sie war überraschend schwer, und er brauchte zwei Versuche.

Auf dem Rücken der Hand stand in blauer Tinte unterhalb der Knöchel: »Geld ist nicht alles.«

Der Hausmeister bückte sich näher und flüsterte: »Glauben Sie, er ist tot?«

»Wer?« Maiden war jetzt wirklich sauer.

»Glauben Sie, die Hand kommt von einem Toten – ob jemand einen zerhackt hat?«

»Darüber kann ich nicht reden«, sagte Maiden knapp. Er verspürte keinen Drang, freundlich zu sein, und setzte warnend hinzu: »Und wenn jemand von der Zeitung kommt und rumschnüffelt, dann setzen Sie dem bloß nicht solche Scheißideen in den Kopf, okay?«

Maiden schloss die Augen und versuchte, die unpassende Frage des Hausmeisters zu verdrängen. Er musste erst mal die Grundlagen feststellen, bevor er weiterdachte. Erstens hatte Longman recht. Die Aufschrift war nicht unbedingt eine Botschaft. Eine Menge Leute schrieben sich irgendwas auf die Hand, um es nicht zu vergessen, und vielleicht hatten die Worte dort gestanden, bevor die Hand amputiert worden war. Maiden vergaß für einen Augenblick die Botschaft und überlegte, dass jemand, der eine abgehackte Hand in den Lift legen wollte, vermutlich nicht auf den nächsten Fahrstuhl wartete, um abzuhauen – wenn er das Ding nicht sowieso einfach nur auf den Boden geklatscht hatte. Er musste also die Treppe benutzt haben, um sicherzugehen. Er sah den Hausmeister an. »Wo ist die Feuertreppe?«

»Gleich vor den Fahrstühlen, da drüben.«

»Zeigen Sie sie mir.«

Als der Hausmeister aus dem Fahrstuhl trat, blieb Maiden stehen und fragte den Constable: »Hat die Spurensicherung Ihnen eine Ausrüstung dagelassen?« Der Constable zeigte auf eine kleine Vinyltasche, die in einer Ecke stand. »Ich habe genug gesehen. Packen Sie sie ein und fahren Sie sie nach Surry Hills. Bringen Sie sie zu Janet Brown, und sagen Sie ihr, ich hätte darauf bestanden. Letzte Woche hatten wir einen ähnlichen Fall«, setzte Maiden als Erklärung dazu.

Der Hausmeister führte ihn zu einer breiten Tür außerhalb der Fahrstuhlnische. Auf der Tür stand in leuchtend roten Buchstaben: »Treppe«. Maiden öffnete sie und schaute hindurch. Es war eine normale Zementtreppe mit Stahlgeländer. Ein Haufen Zigarettenkippen und der kalte Rauch zeigten, dass die Raucher hier manchmal eine durchzogen. Davon abgesehen, fiel Maiden nichts Ungewöhnliches auf.

Er hörte einen Ruf aus dem Flur und eilte zurück.

Der Constable kniete neben der Vinyltasche. Er hatte sich einen Wegwerfhandschuh über die eine Hand gezogen und hielt eine leere Tüte für Beweisstücke in der anderen. »Hey, fährt der Lift irgendwohin?«, fragte er besorgt.

Die Lifttüren waren geschlossen, das gelbe Absperrband war wieder zu sehen.

Wie als Antwort begannen die leuchtenden Ziffern über der Tür zu fallen. Maiden rannte zum Rufknopf, und obwohl er wusste, dass er zu spät kam, drückte er mehrfach darauf.

Mit einem frustrierten Knurren wandte er sich an den Hausmeister.

»Sie verdammter Idiot! Ich wollte nur die Türen aufhaben!«

»Sie ... Sie haben gesagt, ich soll den Fahrstuhl aufsperren«, plusterte sich der Hausmeister auf.

»Machen Sie sich nicht lächerlich!« Maiden starrte ihn an. »Und stehen Sie nicht rum! Können wir ihn anhalten?«

»Ich kann ihn abschalten, aber er hält erst an, wenn er im richtigen Stockwerk ist.«

Maiden warf die Hände in die Luft. »Um Gottes willen! Wo fährt er hin?«

»Woher zum Teufel soll ich das wissen?«

»Öffnen sich die Türen?«

»Natürlich.«

»Verdammt!« Maiden fuhr sich schnell mit der Hand über das Gesicht. Durch die Finger konnte er sehen, dass der Hausmeister immer noch vor ihm wartete. »Großer Gott, halten Sie den verdammten Fahrstuhl an, Sie Idiot!«

Halb verängstigt und halb wütend darüber, wie Maiden mit ihm redete, zuckte der Hausmeister zusammen, dann lief er davon und fummelte wieder an der Fahrstuhlsteuerung herum. Sie warteten alle besorgt darauf, in welchem Stockwerk der Fahrstuhl anhielt. Die leuchtenden Zahlen blinkten, bis sie die Ziffer »2« erreichten, dann stoppten sie.

»Wir gehen besser runter – nein, warten Sie nicht auf einen anderen Fahrstuhl«, schnauzte Maiden den Constable an, der die Hand zu dem Knopf ausstreckte. Maiden lief zur Treppe, die anderen folgten.

Ihre eiligen Schritte hallten laut über den Zement, als sie abwärts liefen. Maiden eilte voran, aber er merkte, wie der jüngere und fittere Polizist ihm in den Nacken hauchte. Eine Tür knallte irgendwo über ihnen zu – sicher hatte sich ein Raucher eilig zurückgezogen, als er den Lärm vernahm, den sie veranstalteten. Mehr als alles andere fürchtete Maiden, aus der Ferne einen Schrei zu hören, weil noch jemand die Hand gefunden hätte.

Mittlerweile hat sie schon jemand gefunden, sagte er sich, er musste sich ablenken von der Mühe, die es ihm bereitete, in diesem Tempo die Treppe hinunterzulaufen. Er war außer Atem, und seine Knie wurden weich. *Der Fahrstuhl war schon unten, bevor wir losgelaufen sind. Entweder ist jemand blind wie eine Fledermaus, oder er hat sie schon gesehen.*

Er rannte fast an dem kleinen Absatz für den zweiten Stock vorbei. Es war der Constable, der nach dem Türgriff langte und rief: »Hier, Sir!«, gerade als Maiden schon die nächste Treppe runterrennen wollte. Er wirbelte herum und sauste durch die Tür, die ihm der Constable aufhielt. Der Hausmeister war viel langsamer und mehrere Stockwerke zurückgeblieben. Maiden konnte seine Schlüssel irgendwo oben klimpern hören. Er wartete nicht auf ihn. Die Polizisten kamen von der Treppe, die sich an einer ähnlichen Stelle wie im zwölften Stock befand, in ein Foyer, aber die Einrichtung war anders, was Maiden einen Augenblick verwirrte. Ein Firmenlogo bedeckte die gesamte Wand gegenüber der Feuertreppe. Er riss sich zusammen und wandte sich in Richtung der Fahrstühle.

Maiden atmete erleichtert auf, als der Erste, den er sah, Creane war, der mit dem Fuß die Tür des Fahrstuhls blockierte. Neben ihm stand ein erblasster Mann in einem Anzug, der mehrere Nummern zu groß für ihn war. Der Mann redete aufgeregt mit Creane, der beruhigend eine Hand gehoben hatte und nickte. Der jüngere Detective schaute über die Schulter, als Maiden lautstark auftauchte, dann konzentrierte er sich wieder.

Maiden trat hinter ihn. »Alles unter Kontrolle?«, fragte er gepresst.

»Dieser Herr hat sich gerade böse erschreckt«, sagte Creane ruhig zu ihm. »Das ist Mr William Watson.«

»Tut mir leid, Mr Watson«, sagte Maiden und streckte die Hand aus. Watson schüttelte sie kurz, einen leeren Ausdruck auf dem Gesicht. Maiden erklärte: »Jemand hat versehentlich den Fahrstuhl wieder eingeschaltet.« In diesem Augenblick brach der Hausmeister durch die Tür. Er war ebenfalls außer Atem und sah erschöpft aus. Creane bemerkte, wie Maidens wütender Blick einen Augenblick in Richtung des Hausmeisters huschte, und verstand.

Watson sprach schnell. »Ich hab von dieser ... dieser Hand gehört. Jemand hat es mir erzählt, aber ich habe trotzdem einen Mordsschrecken gekriegt, bevor ich zwei und zwei zusammenzählte. Oder ist es eine andere?«

»Nein, Mr Watson, es ist dieselbe. Der Fahrstuhl wurde zu früh wieder eingeschaltet«, entgegnete Creane geschmeidig. »Glück für uns, dass jemand mit Ihrer Geistesgegenwart den Fahrstuhl gerufen hatte.«

»Ja – ja, das wohl schon.«

Der Hausmeister schaute in den Fahrstuhl hinein, als wollte er feststellen, dass es der richtige war. »*Er* hat mir gesagt, ich soll den Fahrstuhl einschalten«, erklärte er halbherzig. Bevor jemand antworten konnte, verschwand er im Inneren. Er klimperte mit den Schlüsseln und stellte den Fahrstuhl wieder ab. Maiden wandte sich an den Constable, der versuchte, nicht allzu offensichtlich zu keuchen.

»Um Gottes willen, holen Sie Ihr Zeug und tüten Sie das verdammte Ding ein, bevor es wieder davonfährt.«

Der Constable nickte bereits und zog Tüte und Handschuhe aus der Hosentasche, in die er sie auf dem Lauf die Treppe hinunter gestopft hatte.

Maiden kehrte zurück in den zwölften Stock und befragte die Frau, die die Hand gefunden hatte. Sie schien recht stolz darauf, von der ganzen Sache nicht allzu schockiert zu sein. Sie erklärte, dass sie einfach nur den Fahrstuhl gerufen hatte, um ins Erdgeschoss zu fahren und sich etwas zum Frühstück zu holen. Zuerst hatte sie gedacht, die Hand sei ein Scherz, und sie beinahe hochgehoben, um sie sich genauer anzusehen. Dann hatte sie einen Hauch vermodernden Fleisches wahrgenommen und begriffen, dass sie echt war.

»Einen Augenblick war mir übel«, gab sie zu. »Aber ich wusste ja, dass sie nicht hochspringt und mich packt, nicht wahr? Jemand muss sie dort als kranken Scherz hingelegt haben, oder? Tja, Pech gehabt. Ich bin nicht so leicht zu erschrecken«, setzte sie stolz hinzu.

»Gut für Sie«, erklärte Maiden, wobei er versuchte, beeindruckt zu klingen, und scheiterte. »Das ist genau das, was solche Scherzkekse nicht hören wollen. Wenn der Witz nicht funktioniert, dann machen Sie es vielleicht nicht noch einmal.«

Dann fragte er beiläufig: »Sie erinnern sich nicht zufällig, woher der Fahrstuhl kam?«

»Woher er kam?«

»Kam er aus einem der Stockwerke über Ihnen, oder von unten?«

Sie öffnete den Mund, um zu antworten, unterbrach sich aber. »Eigentlich nein«, gab sie zu. »Ich bin nicht sicher. Ich habe nicht hingeguckt.«

»Wie schade.« Maiden war enttäuscht.

»Kommt es in die Zeitung? Dass ich mich nicht erschreckt habe, meine ich.«

Maiden steckte geistesabwesend sein Notizbuch ein, er dachte schon an andere Dinge. »Tut mir leid, ich weiß gar nicht, ob es überhaupt in die Zeitung kommt.«

»Woher sollen sie dann wissen, dass ich mich nicht erschreckt habe, und den Streich nicht noch einmal spielen?«

Er brauchte einen Augenblick, um dem Gedanken zu folgen, und runzelte die Stirn. »Nun, vielleicht gibt es eine kleine Meldung, genau aus diesem Grund«, sagte er. Dann setzte er knapp hinzu: »Ich muss jetzt los. Vielen Dank für Ihre Hilfe. Wir melden uns, wenn es noch etwas gibt.«

Maiden stoppte am Empfang der Firma und fragte nach Mitarbeitern, die nicht zur Arbeit gekommen waren. Eine kurze Prüfung ergab, dass nur ein männlicher Mitarbeiter heute fehlte, und der hatte angerufen, um eine Woche früher in Urlaub zu gehen, weil seine schwangere Frau wohl schon Wehen hatte.

»Haben Sie den Anruf entgegengenommen?«, fragte Maiden die Rezeptionistin.

»Ja, und ich habe die Nachricht sofort weitergeleitet.«

Wieder besseres Wissen fragte er: »Fanden Sie, er klang … na ja, okay? Nicht zu gestresst oder so?«

»Er klang richtig gestresst, aber so klingt er, seit sie schwanger wurde«, setzte sie hinzu und ließ damit Maidens aufgeflammtes Interesse gleich wieder erlöschen. Er bedankte sich bei ihr, bat sie, Creane, wenn er zu ihr kam, zu sagen, er solle nach oben weitermachen, und nahm den Fahrstuhl ins oberste Stockwerk.

Die Bemühungen der beiden Detectives kreuzten sich im fünfzehnten Stock. Maiden fuhr mit dem Fahrstuhl zurück nach unten, aber obwohl das Foyer klein war und er mehrmals im Kreis ging, konnte er Creane nirgends finden. Er stand in der Mitte auf dem polierten Marmorboden und fluchte leise; er überlegte, ob er rausgehen und im Wagen nachsehen sollte. Da erschien Creane im Haupteingang mit zwei Plastikbechern Kaffee. Er sah, dass Maiden ihn entdeckt hatte, und ging daher direkt in Richtung eines der Wartesessel, die im Foyer herumstanden.

»Ich hab mal geraten und weiß mit zwei Stück Zucker genommen.«

»Gute Wahl«, murmelte Maiden und setzte sich. Die Sessel waren sehr weich, und seine Knie endeten auf einer Höhe mit seiner Brust. Es war unbequem. Aber mit dem ersten Schluck Kaffee verschwand sein Ärger. Den hatte er gebraucht. Sie begannen, ihre Notizen zu vergleichen.

In dem Gebäude gab es neunundzwanzig Stockwerke, alle

belegt. Wenn keiner fehlte, arbeiteten hier vierhundertdreiundneunzig Leute, den Hausmeister und die Reinigungsleute nicht mitgerechnet, die für die Gebäudeverwaltung tätig waren. Heute waren einunddreißig Leute aus verschiedenen Gründen nicht bei der Arbeit, die von Krankheit bis zu Geschäftsreisen reichten. Von denjenigen, die sich krankgemeldet hatten, schienen eigentlich alle gestresst geklungen zu haben. Aber Creane wies darauf hin, dass nur sehr wenigen Leuten jemals wohl ist, wenn sie ihren Arbeitgeber anrufen, um zu sagen, dass sie nicht kommen – vor allem, wenn sie gar nicht wirklich krank sind.

Creane hatte, wie Maiden, alle Firmen in allen Stockwerken gebeten, zu versuchen, Kontakt zu allen aufzunehmen, die nicht da waren. »In einigen Fällen ist das praktisch unmöglich«, sagte er. »Ein Typ ist auf einem Business-Seminar auf einer dieser Resort-Inseln an der Goldküste. Seine Sekretärin bezweifelt, dass er in den nächsten Tagen nüchtern sein wird, und sagt, wahrscheinlich sei er im Moment auf einer Jacht irgendwo mitten im Pazifik.«

»Manche haben eben Glück«, grummelte Maiden. Man hatte ihm ähnliche Geschichten erzählt.

»Was machen wir jetzt?«

»Wir nerven weiter, aber ich vermute mal, dass wir warten müssen, bis ein paar von diesen Leute wieder auftauchen – oder eben *nicht* wieder auftauchen, was ja auch der Fall sein könnte.«

»Oder wir warten auf noch mehr Leichenteile.«

Maiden zeigte mit dem Finger auf ihn und sagte milde: »Wir wissen nicht, ob die Eigentümer dieser Körperteile tot sind. Nimm nicht zu viel auf einmal an.«

»Okay, aber was finden wir als Nächstes, wenn überhaupt? Die andere Hand? Einen Fuß?«

»Ich weiß nicht, aber bei allem, was größer als eine Hand oder ein Fuß ist, gehe sogar *ich* davon aus, dass irgendeine arme Sau tot ist«, sagte Maiden und runzelte die Stirn.

Creane nahm einen Schluck Kaffee. »Ich hoffe, ich habe Dienst, wenn jemand einen ganzen Kopf findet.«

Maiden musste eilig schlucken. »Um Gottes willen, sagen Sie nicht so was!«

»Aber es wäre ein natürlicher Fortschritt, nicht wahr?«

»Vielleicht, aber noch ist es zu früh, das zu sagen. Vielleicht geht es gar nicht weiter. Vielleicht war dies das Ende.« Maiden klang nicht hoffnungsvoll, und Creane konnte es hören.

»Vielleicht war es auch erst der Anfang.«

Maiden schwieg eine Weile. »Sie sind ja wirklich ein fröhliches Kerlchen, was?«, sagte er schließlich. »Ich frage mich aber vor allem, was das soll?«

»Es hat diesem Typen, Watson, jedenfalls einen Höllenschreck eingejagt, das steht fest. Vielleicht geht es darum. Ich habe so ein komisches Quieken gehört, als ich diese niedliche Empfangsdame befragt habe. Ich habe mich umgedreht und zu den Fahrstühlen geguckt, und Watson schwankte ein wenig und hielt sich die Hand vor den Mund. Einen Augenblick dachte ich dasselbe wie er – dass er noch eine gefunden hätte. Aber irgendwie *wusste* ich einfach, was passiert war, und lief schnell hinüber. Er sah aus, als hätte er ein Gespenst gesehen. Es hat ihm wirklich einen Höllenschreck eingejagt.«

»Das kann schon sein – dass jemand versucht, den Leuten Angst einzujagen. Sonst ergibt nichts einen Sinn.« Maiden machte eine Pause und knurrte wütend. »Verdammtes Glück, dass Sie in der Etage waren«, gab er zu. »Dieser bescheuerte Hausmeister. Ich hätte ihm eine reinhauen können.«

Creane schaute neutral und sagte nichts. Stattdessen fragte er: »Vielleicht sollte es eine Warnung sein?«

»Vielleicht, aber wenn die Aufschrift nicht bloß Zufall ist, dann klingt die Nachricht nicht sonderlich nach einer Warnung.«

»Vielleicht ist es etwas Prophetisches, Biblisches – Sie wissen schon, wie ›Tut Buße, ihr Sünder‹ oder so? ›Geld ist nicht alles‹ klingt auch so in der Art.«

Maiden grunzte zweifelnd. »Ja – okay, das kann sein.« Nach einer weiteren gedankenverlorenen Stille fragte Creane: »Übrigens, wie soll ich Sie eigentlich nennen?«

»Mich nennen?«

»Ja, Detective Maiden, Mr Maiden, Sir, oder wie?«

Maiden dachte darüber nach, halb amüsiert, aber auch erfreut, dass Creane ihn so respektvoll behandelte. »Nenn mich John, aber nicht vor den anderen Junior-Detectives. Die sollen keinen falschen Eindruck bekommen.«

»Nicht im Traum«, grinste Creane, verbarg es aber hinter einem letzten Schluck Kaffee. Er suchte nach einer Mülltonne oder einem Aschenbecher, um seinen leeren Becher wegzuwerfen, aber da war nichts, also stellte er ihn auf einen nahen Tisch und zuckte entschuldigend mit den Schultern. »Und jetzt?«

Maiden ließ seinen eigenen Becher fallen, ohne auch nur einen Augenblick darüber nachzudenken. Er kippte um, sodass die letzten Kaffeetröpfchen auf dem Glastisch landeten. Maiden bemerkte es gar nicht und stemmte sich angestrengt aus dem tiefen Sessel heraus. »Jetzt lernst du Janet Brown kennen«, sagte er.

6

Maiden lehnte sich wie ein alter Bekannter in Janet Browns Büro und fragte: »Hatten Sie schon eine Gelegenheit, die Hand anzusehen?«

Sie schaute von den Papieren auf ihrem Schreibtisch auf und betrachtete ihn über ihre Brille hinweg. »Ja, aber nicht sehr lange. Ich habe aber auch nicht sehr lange gebraucht.« Sie winkte ihn herein. »Ich glaube, Sie müssen sie diesmal nicht selbst sehen?«

»Ich habe sie vor Ort gesehen«

»Mehrfach, habe ich gehört.«

Maiden verdrehte die Augen. »Ich habe nicht erwartet, dass es lange dauert, bis *die* Geschichte sich rumspricht. Ich hätte diesen blöden Hausmeister erwürgen sollen. Wer hat es Ihnen erzählt?«

»Ich werde doch nicht petzen. Gute Polizisten schützen ihre Quellen, ist es nicht so?«

»Ich kann es gar nicht abwarten, dass Longman mir die Leviten liest«, murmelte Maiden. »Das wird ein Fest für ihn.« Er deutete auf Creane, der ungelenk in der Tür stand. »Das ist Detective Constable Martin Creane. Er wurde mir zugeteilt, um mir bei den Ermittlungen zur Hand zu gehen.«

»Hoffentlich nicht wortwörtlich«, sagte Brown, erhob sich von ihrem Stuhl und streckte ihre Hand aus. Creane schüttelte sie, offensichtlich überrascht von ihrem guten Aussehen. »Ich habe nur einen Besucherstuhl, aber Sie können wahrscheinlich einen von nebenan klauen.«

»Ich kann stehen«, sagte er. »Wenn das okay ist.«

Brown dachte bereits an etwas anderes. Sie wühlte in den Unterlagen auf ihrem Schreibtisch, fand einige handschriftliche Notizen und las einen Augenblick darin. Die beiden Detectives warteten geduldig.

»Nicht viel anders als bei dem Finger – ich habe den übrigens noch«, setzte sie mit einem Blick auf Maiden hinzu.

»Behalten Sie ihn. Wir haben jetzt eine vermisste Person aus demselben Gebäude. Es sieht nicht gut aus.«

Sie nickte und begann, ihre Notizen laut zusammenzufassen. »Wieder ein Weißer – offensichtlich eine andere Person. Der Finger gehörte zu einer rechten Hand, und diese neue rechte Hand ist intakt. Wieder nehme ich an, aufgrund fehlender Maniküre an allen Fingernägeln sowie reichlich Körperbehaarung, dass sie einem Mann gehört hat. Gleiche Blutgruppe, aber die ist häufig. Die Fingerabdrücke sind nicht im System. Ich habe keine Ahnung, ob die Hand vor oder nach Eintreten des Todes amputiert wurde, falls der Tod überhaupt eingetreten ist. Die Farbe der Schrift ist nichts Besonderes, der Stift könnte von vielen Herstellern stammen. Es gibt nur eine Kleinigkeit, die vielleicht etwas bedeuten könnte, oder auch nicht ...« Sie hielt inne, um sich zu versichern, dass beide aufmerksam zuhörten. »Ich würde sagen, diese Hand wurde abgeschnitten und nicht mit einem Beil abgehackt oder mit einer Säge abgesägt. Die meisten Muskeln und Sehnen wurden mit etwas Scharfem durchtrennt, bevor die Hand am Gelenk abgezogen wurde.«

»Die Knochen wurden aus ihren Sockeln gerissen?«, fragte Maiden.

»Es gibt an dieser Stelle keine wirkliche Gelenkpfanne. Es ist nicht wie eine Schulter oder eine Hüfte, die man sich ausrenken kann. Das Handgelenk wird von einer komplexen Gruppe Muskeln und Sehnen zusammengehalten, und wenn man die zerschneidet, fällt die Hand praktisch von alleine ab. In diesem Falle war es beinahe so. Die letzten Sehnen wurden tatsächlich zerrissen, nicht durchschnitten, was vielleicht einen Mangel an Übung bei demjenigen zeigt, der es getan hat, vielleicht aber auch nur Ungeduld.«

Maiden zog die Augenbrauen hoch. »Wollen Sie sagen, das war jemand mit medizinischen Kenntnissen?«

»Überhaupt nicht. Jeder, der einem Brathuhn einmal ein Bein oder einen Flügel abgetrennt hat, weiß, wie man durch das Fleisch schneidet, bis das Gelenk praktisch keinen Widerstand mehr bietet. Eine einigermaßen intelligente, aber nicht fachlich ausgebildete Person würde es bereits für offensichtlich halten, dass man in gleicher Manier auch menschliche Glieder abtrennen kann. Ich sage Ihnen nur, dass diese Person ein sehr scharfes Messer verwendet hat, keine Axt und kein Beil.«

»Okay«, sagte Maiden und runzelte nachdenklich die Stirn. Creane wirkte ein wenig blass. Er war nicht sicher, dass er je wieder mit der bisherigen Begeisterung eine Hähnchenkeule verschlingen konnte.

»Das spricht aber auch nicht gegen unsere Medizinstudenten-Theorie. Es stärkt sie eher ein wenig«, bemerkte Brown und setzte trocken hinzu: »Obwohl ich sagen muss, dass der Täter in Chirurgie wohl durchfallen würde.«

Maiden ignorierte den schwarzen Humor. »Vielleicht. Aber letztlich wissen wir jetzt immer noch nicht mehr, abgesehen davon, dass wir diesmal eine ganze Hand haben.«

Creane räusperte sich nervös. »Äh, Mrs Brown, wenn derjenige, der diese Hand zurückgelassen hat, zuerst den Zeigefinger abgehackt *hätte* und wir heute eine Hand ohne Finger gefunden hätten, wie schwierig wäre es, festzustellen, ob die Hand und der Finger zur selben Person gehörten? Wenn man davon ausgeht, dass die Blutgruppe die gleiche ist.«

Brown dachte einen Augenblick nach. »Nicht schwierig. Zwar ist jeder Fingerabdruck einzigartig, aber es gibt immer noch sehr viele Übereinstimmungen zwischen den Fingern derselben Hand. Wir würden es praktisch sofort bemerken.«

»Du denkst in die gegenteilige Richtung, nicht wahr?«, sagte Maiden zu Creane. »Du willst darauf hinaus, dass gerade *weil* wir jetzt eine vollständige rechte Hand vorgefunden haben, der Täter uns gezielt und eindeutig wissen lassen will, dass sie von einem anderen Menschen als der Finger stammt. Er wollte nicht den mindesten Zweifel daran erlauben, wie viele Opfer es gibt, indem er eine linke Hand zurückließ.«

»Vielleicht«, sagte Creane schulterzuckend, aber er war geschmeichelt, dass Maiden sich überhaupt für seine Meinung interessierte. »Es könnte auch Zufall sein. Und es ist ja auch bloß eine Vermutung, dass beides auf einen Täter zurückgeht.«

Maiden grunzte nur und sagte dann: »Zu viele Zufälle.«

»Mehr kann ich Ihnen nicht sagen«, entschuldigte sich Brown. »Aber ich habe eine Nachricht für Sie.«

»Für mich?« Maiden zog die Augenbrauen hoch.

»Robin Bercoutte möchte, dass Sie so bald wie möglich zu ihm ins Büro kommen. Er sagte, Sie sollten es möglichst vertraulich behandeln.«

»Vielleicht sind Sie schon gefeuert«, murmelte Creane nur halb im Scherz. Bercoutte war Bereichsleiter – ein Teil der Polizeihierarchie, auf den Detectives wie Maiden selten trafen. Maiden nickte ihm zum Gruß zu, weil er schon so lange dabei war, hatte aber praktisch noch nie direkt mit ihm gesprochen.

Maiden grummelte: »Entweder das, oder Longman hat mich zum Constable degradiert. Vielleicht haben die auch schon von der verfluchten Liftgeschichte gehört. Ich gehe jetzt gleich zu ihm, dann habe ich es hinter mir.« Er erhob sich, dachte nach und wandte sich dann an Creane. »Martin, ich möchte, dass du die Vermisstenanzeige von Robert House anforderst – der Typ, von dem wir glauben, dass es sein Finger ist. Versuch mal, seinen Mitbewohner ausfindig zu machen – bei der Arbeit oder wo immer, und ihn ein bisschen kräftiger in die Mangel zu nehmen. Jag ihm ruhig einen Schrecken ein, wenn du willst. Man weiß nie, was passiert, wenn man auf den Busch klopft. Ich fahre rüber zur College

Street und krieg raus, was Bercoutte von mir will, und dann rufe ich die Leute an, mit denen wir heute Morgen gesprochen haben, um in Erfahrung zu bringen, mit wie vielen der Abwesenden sie inzwischen Kontakt haben aufnehmen können.«

»Das machst du im *The Rocks?*«

»Wenn ich noch einen Job hab, ja.«

Creane schaute entschuldigend. »Das war nur Spaß, ehrlich.«

»Ja, bei mir auch.«

Creane dankte Janet Brown und ging. Maiden suchte nach seinen eigenen Abschiedsworten, aber bevor ihm etwas einfiel, rieb sich Brown müde die Augen und sagte: »Zeit für meinen Morgenkaffee, schätze ich.«

»Es ist fast Mittagszeit«, erinnerte er sie mit einem kleinen Lächeln.

»Heute ist einer der Tage, an denen ich beides zusammenlege.«

Spontan fragte Maiden: »Darf ich Sie begleiten? Ich lasse mich lieber mit vollem Bauch feuern.«

Brown zögerte nur einen Augenblick. »Klar, gerne. Aber ich gehe nicht in die Kantine. Da kommt alle fünf Sekunden jemand und fragt mich nach irgendeiner Arbeitssache. Das ist nicht meine Vorstellung von einer Pause.«

»Wo gehen Sie hin?«

»Ich zeig's Ihnen.«

Sie nahm ihn mit in ein kleines Café nur eine Minute zu Fuß von der Polizei entfernt. Brown ging zu einer Nische ganz hinten im Raum. Maiden fühlte sich ein bisschen unwohl, als er sich zwischen Sitz und Tisch quetschen musste, beschwerte sich aber nicht.

»Und was ist das Tolle an dem Laden?«, fragte er.

»Der Service«, sagte sie. »Die sind schnell, das Essen ist gut, und ich muss mich nicht von hier wegrühren. Sie nehmen die Bestellung auf und bringen einem alles. Ich hasse es, mich anzustellen und diese verdammten Tabletts über die Bänder zu schieben. Ich verschütte dabei immer meinen Kaffee.«

»Ich weiß, was Sie meinen.« Sie wurden unterbrochen durch eine Kellnerin, die ihre Bestellung aufnahm. Sie wollten beide große Becher Kaffee, Maiden nahm außerdem ein getoastetes Sandwich und Brown ein Vollkorn-Salatbrötchen.

»Jetzt habe ich ein Problem«, sagte er mit einem Lächeln, als die Kellnerin weg war. »Wenn Sie nicht über die Arbeit reden wollen, worüber können wir dann reden? Ich kann mich nicht daran erinnern, wann ich zuletzt Zeit mit jemand verbracht habe, der nicht über die Arbeit reden will.«

»Ich will bloß nicht über *meine* Arbeit reden«, sagte sie, stützte ihr Kinn auf und schaute ihn mit einem ruhigen, ehrlichen Blick an, den er ein wenig verunsichernd fand. »Ich höre nur selten, was andere Leute so tun. Das wüsste ich gern.«

Maiden war überrascht und brauchte einen Augenblick, um zu antworten. »Also, ehrlich gesagt, das meiste ist langweilige, ermüdende Lauferei, und wir haben zu tun mit einigen der übelsten Leute der Welt.« Er hielt inne, als ihm klar wurde, wie das klingen musste. »Wissen Sie, das klingt schlimm, aber es macht mir nichts aus, dass ich schon vor langer Zeit jede Sympathie für Kriminelle verloren habe, selbst wenn es Nutten oder Drogensüchtige sind. Die Sozialarbeiter erzählen uns immer wieder, dass sie Opfer der Gesellschaft sind und wir Mitleid mit ihnen haben sollten, aber die meisten von ihnen haben immer noch genug funktionierende Hirnmasse, um ältere Leute wegen ein paar Dollar zusammenzuschlagen oder einen Eckladen für nichts und wieder nichts zu überfallen und dann in Panik irgendeine arme Sau zu erschießen. Und wenn wir sie dann einkassieren, dann wollen sie Anwälte und Anrufe und was auch immer sie in diesen verdammten Fernsehserien gelernt haben.« Maiden unterbrach sich, seine kleine Ansprache war ihm peinlich. Er zuckte mit den Schultern, starrte auf den Tisch und fragte dann abrupt: »Stört es Sie, wenn ich rauche?«

»Nein, ich schließe mich Ihnen sogar an.«

»Ich hätte Sie nicht für eine Raucherin gehalten«, sagte er, froh über den Themenwechsel, zog ein Päckchen aus seiner Tasche und hielt es ihr hin. Sie nahm eine und beugte sich über den Tisch in seine Richtung, um sich Feuer geben zu lassen. Dann lehnte sie sich zurück und schickte eine Rauchwolke zur Decke.

»Ich will immer aufhören, aber meine Nerven lassen das nicht zu. Macht mich das zu einem ihrer wertlosen, süchtigen Junkies?«

»Dann wäre ich auch einer. Hören Sie, vielleicht habe ich … ach, ich brauche bloß mal eine Pause«, sagte er, nicht sicher, ob sie scherzte oder wirklich beleidigt war.

»Und wie oft arbeiten Sie an etwas Spannenderem wie jetzt? Die Geschichte mit dem Finger und der Hand sieht ja so aus, als könnte etwas Großes daraus werden, oder? Sie haben gesagt, dass es schon mindestens eine Vermisstenanzeige gibt.«

»Es wird wirklich ernst«, sagte er und nickte. »Deswegen muss ich mich auch um die Firmen kümmern, mit denen wir heute zu tun hatten. Herausfinden, ob es irgendwelche Mitarbeiter gibt, die nicht erreichbar sind. Wenn auch aus diesem Gebäude jemand verschwunden ist, dann muss ich vielleicht den Panikknopf drücken.«

»Und was passiert dann? Nimmt man Ihnen den Fall weg?«

»Das hoffe ich nicht, aber wenn plötzlich eine Riesenjagd daraus wird, dann bilden sie vielleicht eine Einsatzgruppe.« Er zuckte mit den Schultern, als wäre ihm das egal, aber das war es natürlich nicht. »Vielleicht ernennen sie meinen Chef, Longman, auch zum Leiter. Das wäre übel.«

»Die sollten Sie in Ruhe Ihre Arbeit machen lassen. Jemand mit Ihrer Erfahrung erreicht doch viel mehr als irgendeine Einsatzgruppe, die rumläuft wie kopflose Hühner. Einsatzgruppen bestehen immer nur aus übereifrigen jungen Detectives, die meine Abteilung mit tonnenweise sinnloser Arbeit überhäufen.«

Maiden war nicht so sicher, ob er ihrer Meinung war, wusste ihre moralische Unterstützung aber zu schätzen. »Man kann nie wissen. Wenn es langsam mehr wird, dann bleibt es vielleicht alles in meinen Händen.«

Sie wurden wieder unterbrochen, diesmal durch die Ankunft von Kaffee und Snacks. Anschließend plauderten sie über Maidens Jahre bei der Polizei und die gemeinsamen Bekannten.

»Sie haben eine Weile ausgesetzt, habe ich gehört«, tastete er sich behutsam vor. Er versuchte, eine mögliche Abwehr zu spüren, aber Browns Miene blieb fast ausdruckslos, als sie ihn über ihren Becher hinweg anstarrte.

»Ich bin schon seit zwölf Monaten wieder zurück«, sagte sie einfach. »Ich hatte ein paar schlimme Jahre, in denen ich lange Auszeiten ohne Gehalt brauchte – solche Sachen. Sie wissen, dass ich meinen Mann verloren habe. Das und ein paar andere Dinge hinterher machten es nötig, dass ich mein gesamtes Leben neu geordnet habe.« Sie zuckte mit den Schultern, als wäre das nicht so wichtig. »Ich wollte stets weiterarbeiten, und jetzt weiß ich, dass diese Entscheidung richtig war. Ich brauche Beschäftigung – ganz abgesehen vom Geld.«

Sie sagte das ganz geradeheraus, ohne anzudeuten, dass sie auf Mitgefühl aus wäre. Trotzdem war es Maiden peinlich, und er murmelte: »Tut mir leid, das zu hören.«

»So ist das Leben«, sagte sie offen und zuckte wieder mit den Schultern. »Ich schätze, deswegen nennen sie mich die schwarze Witwe. Mich stört das nicht.«

Jetzt fühlte sich Maiden doppelt schlecht. »Sie wissen das?«, fragte er.

»Natürlich.« Sie lachte leise über sein Unbehagen, und es

klang in Maidens Ohren nicht besonders glücklich. Er konnte Fäden ihrer traurigen Jahre darin eingewoben hören.

»Hey, es heißt, dass Sie nie lachen«, sagte er zu ihr.

Sie vollführte eine Geste mit den Fingern und wurde ernst. »Ich versuche, einen gewissen Abstand zu halten.«

»Was tun Sie dann hier?« Er lächelte.

»Sie sind eine Ausnahme, weil Sie nicht in Surry Hills arbeiten. Ich würde das niemals mit jemand aus meiner Abteilung machen.«

»Dann sollte ich mich wohl geehrt fühlen.«

»Ich muss zugeben, dass es eine nette Abwechslung ist, hier zu sitzen und mit jemandem zu plaudern. Normalerweise starre ich ins Nichts, und mir gehen Spurensicherungsfragen durch den Kopf. Ich könnte genauso gut bei den anderen Leuten in der Kantine sitzen. Oh, und wagen Sie es ja nicht, mich einladen zu wollen. Das ärgert mich bloß und verdirbt alles. Aus irgendeinem Grunde scheinen Männer immer das Gefühl zu haben, sie müssten in so einer Situation die Frau einladen. Ich hasse das.«

»Auf den Gedanken wäre ich nie gekommen«, log er. Er hatte es gerade vorschlagen wollen.

»Gut. Wie auch immer, ich habe Ihnen ein paar meiner Geheimnisse erzählt. Was ist mit Ihnen? Ich sehe, dass Sie keinen Ehering tragen.«

Automatisch gingen die Sperren in Maidens Hirn hoch, aber diesmal ignorierte er sie. »Verheiratet samt übler Scheidung«, sagte er vorsichtig. »Zwei Mal sogar. Und ich habe festgestellt, dass ich nicht sehr gut darin bin, wieder Single zu sein. Ich war darin überhaupt noch nie gut.«

»Ich weiß, was Sie meinen«, sagte sie verständnisvoll. »Manchmal denke ich, dass ich ausgehen und neue Leute kennenlernen sollte – Männer, wahrscheinlich –, aber dann fühle ich mich ungeschickt und dumm. Außerdem will ich es in meinem Herzen auch gar nicht. Es ist noch zu früh«, setzte sie hinzu, und ihre Stimme verhärtete sich.

»So etwas dauert seine Zeit, und nur Sie werden wissen, wann Sie bereit dazu sind«, sagte er und überraschte sich damit selbst. Normalerweise würde er einen weiten Bogen um die Probleme von irgendjemand anders machen und ganz bestimmt keine Ratschläge anbieten.

»So sagt man«, entgegnete sie, und ihr Ton verriet ihm, dass das Thema beendet war. Es folgte eine kurze Stille.

Maiden schob seinen Teller und Kaffeebecher zur Seite. »Jetzt finde ich besser mal raus, was Bercoutte von mir will, bevor ich irgendwas wegen dieser Fundstücke in den Fahrstühlen unternehme. Vielleicht verschwende ich meine Zeit sonst auf etwas, an dem ich gar nicht mehr arbeite.«

»Glauben Sie wirklich, dass man Ihnen den Fall entzieht?«, fragte sie und sah zu, wie er aufstand.

»Ehrlich gesagt, habe ich keine Ahnung, was er will. Kann ich Sie zurück zur Wache bringen?«

Sie schüttelte den Kopf. »Ich habe noch fünf Minuten oder so. Ich bleibe noch ein bisschen und rauche noch eine. Vielleicht trinke ich auch noch einen Kaffee, wenn die Kellnerin schnell vorbeikommt.«

Maiden war enttäuscht, dass sie blieb, und einen Augenblick war er in Versuchung, sich auch wieder zu setzen. Aber er war nicht sicher, wie sie das fände. Stattdessen sagte er: »Ich werd mal sehen, ob ich mir eine schnappen und Ihnen rüberschicken kann, während ich gehe.«

»Danke.«

Er verabschiedete sich und wandte sich von der Nische ab, hatte aber nur ein paar Schritte getan, als sie nach ihm rief. Er hielt inne.

»Lassen Sie mich wissen, was mit Bercoutte ist. Ich schaue mir noch einmal die … die Sachen bei der Arbeit an. Ich wüsste gern, mit wem ich zu tun habe, wenn Sie es nicht sind.«

»Klar. Ich rufe Sie nachher an.« Er winkte und ging zur Kasse. Als er bezahlte, sagte Maiden, dass seine Begleiterin gerne noch eine schnelle Tasse Kaffee hätte. Die Kellnerin hinter der Kasse nickte und sagte, sie würde gleich rübergehen. Maiden bemerkte, dass er sich darüber freute, Janet Brown diesen kleinen Gefallen getan zu haben, und darüber wiederum runzelte er die Stirn.

Er hatte bloß Kaffee mit ihr getrunken, und nun dachte und benahm er sich wie ein Kind.

Brown schaute ihm mit einem nachdenklichen Gesichtsausdruck hinterher. So auf den ersten Eindruck hin mochte sie den Mann. Es war ein Gefühl, das sie lange nicht gehabt hatte, und sie war nicht sicher, dass es ihr gefiel. Ihr Leben war gerade dabei, wieder einigermaßen rund zu laufen, und sie brauchte keine Komplikationen. Aber es konnte nicht schaden, John Maiden bei seinen Ermittlungen ganz besonders zu unterstützen. Dann hätte sie die Gelegenheit, ihn ein bisschen besser kennenzulernen – und diese Vorstellung gefiel ihr.

Bercouttes Büro befand sich in der Polizeizentrale in der College Street in einer Etage, in der oft Pressekonferenzen und Fernsehinterviews abgehalten wurden, weswegen man sie immer ordentlich instand hielt. Als Maiden aus dem Fahrstuhl trat, kam er sich vor wie ein Eindringling oder wie jemand, der in einem Hotel übernachtete, das er sich normalerweise nicht leisten konnte. In den Fluren war es ruhig, und die meisten Bürotüren waren geschlossen. Alle Geräusche der geschäftigen Arbeit waren gedämpft.

Er fand die richtige Tür und ging direkt hinein. Bercoutte hatte einen kleinen Empfangsbereich mit einer Sekretärin, die schon seit vielen Jahren bei der Polizei arbeitete und Maiden gut kannte.

»Hallo, John«, lächelte sie ihn von ihrem Computer aus an. »Mr Bercoutte sagte mir, dass Sie vorbeikommen. Ich soll ihm Bescheid sagen, wenn Sie da sind.« Sie beugte sich in Richtung ihres Telefons.

»Hi, Mary. Ich schätze, Sie können mir keinen Tipp geben, warum er mich sehen will?«, fragte Maiden schnell, aber sie hatte schon den Hörer am Ohr und schüttelte, wenn auch mit einem Lächeln, den Kopf. Sie sprach kurz und legte dann auf.

»Gehen Sie gleich rein. Er ist frei.«

Maiden ging durch die Tür hinter ihr in Bercouttes Büro. Es war ein großer Raum mit getönten Panoramascheiben, durch die blau gefärbtes Sonnenlicht hereinflutete. Die Neonröhren an der Decke brannten, brachten aber nichts. Bercoutte saß hinter einem breiten Holzschreibtisch voll mit Papieren in ordentlichen Stapeln. Er hatte seine Halbglatze über etwas gebeugt, schaute aber auf, als Maiden hereinkam, und erhob sich; er streckte ihm die Hand hin. Er war ein klein gewachsener Mann, der vor dreißig Jahren, als er zur Polizei gekommen war, gerade eben die Eintrittsvoraussetzungen erfüllt haben mochte. Der Schreibtisch ließ ihn noch kleiner wirken. Aber seine Größe reduzierte nicht seinen Ehrgeiz. Bercoutte hatte mittlerweile eine hochrangige, sehr machtvolle Position erreicht.

»Schön, Sie zu sehen, John«, sagte er, beendete das Händeschütteln und deutete auf einen Besuchersessel. »Wie läuft's?«

»Ziemlich hektisch, wie immer«, entgegnete Maiden, dem die Vertraulichkeit unangenehm war. So gut kannte er Bercoutte nicht – jedenfalls nicht gut genug, um Nettigkeiten auszutauschen.

»Das ist immer so«, kicherte Bercoutte. »Aber Gott weiß, wie oft ich mir wünschte, dass ich noch da wäre. Es fehlt mir, rauszugehen auf die Straßen.«

Das möchte ich wetten, dachte Maiden, ließ sich aber nichts anmerken.

Bercoutte lehnte sich auf seinem Stuhl zurück und betrachtete Maiden gedankenvoll.

»Ich komme direkt zur Sache, wenn es Ihnen recht ist, John.«

»Natürlich.« Maiden zuckte leicht mit den Schultern. – »Wie gut kommen Sie mit Eric Longman klar?«

Jetzt geht's los, dachte Maiden sofort voller Bitterkeit. *Ich verstecke meine Meinung von Longman nicht, und jetzt werden sie das als Entschuldigung benutzen, um mich zu versetzen, wahrscheinlich irgendwo an den Arsch der Welt. Und das ist natürlich Longmans Werk.*

Er sagte mit ausdruckslosem Gesicht: »Wir gehen nicht zusammen aus, aber wir scheinen eine – gute, nehme ich an – Zusammenarbeit zustandezubringen.«

»Ich habe anderes gehört.«

»Es gibt natürlich andere Momente, das ist klar, aber ich muss sagen, dass ich da nicht allein bin. Longman kann ein bisschen ... schwierig sein.«

»Was halten Sie von seiner Arbeit?«

Das war definitiv dünnes Eis. Seine Beziehung zu Longman zu diskutieren, war gefährlich genug und schadete wahrscheinlich seiner Karriere, aber eine persönliche Kritik darüber zu äußern, wie der Mann seine Arbeit erledigte, war höchst riskant, ob man nun gefragt wurde oder nicht.

Bercoutte bemerkte sein Zögern und verstand. »Hören Sie, John, es bleibt alles zwischen uns, in Ordnung? Sie sind in dieser Abteilung jetzt wie lange – sechs, sieben Jahre? Sie sind ein angesehener und erfahrener Detective, und ich frage Sie nach Ihrer Meinung, weil ich glaube, dass Sie in der besten Position sind, um mich darüber zu informieren, was los ist.«

Maiden zuckte beinahe zusammen bei dem Wort »informieren« und der Konnotation, die es für einen Polizisten hatte. Er wollte anständig bleiben, konnte sich aber des Gefühls nicht erwehren, dass Bercoutte ihn mit sich ziehen würde, um zu kriegen, was er wollte. Er blieb vorsichtig und defensiv.

»Nun, wie gesagt, Longman und ich hatten durchaus Differenzen«, sagte er vorsichtig, »und es hat Augenblicke gegeben, in denen es ziemlich hitzig zuging. Aber ich glaube ganz ehrlich, dass nichts davon irgendwelche Auswirkungen auf meine Arbeit hatte, oder wie ich eine Ermittlung angehe. Ich tue das immer noch so gut, wie ich kann.« *So! Und jetzt schlag mir die Zähne ein und sag mir, dass ich trotzdem versetzt werde. Mir reicht's mit diesem ›und wie läuft's wirklich?‹-Mist, um Gottes willen.*

»Ich zweifle nicht an Ihren Fähigkeiten, John.«

Das war das Letzte, was Maiden zu hören erwartet hatte, und es überraschte ihn. Er brachte unsicher hervor: »Oh, ich verstehe«, und wartete darauf, dass Bercoutte es ihm erklärte.

»Longmans Job hätte vor ein paar Jahren Ihrer sein können, aber da waren Sie mit Ihrer Scheidung beschäftigt, und die Entscheidungsträger befanden, dass Sie die Lage nicht gut genug im Griff hatten, um die zusätzliche Arbeit zu bewältigen. Und dann haben Sie die gleiche Situation tatsächlich noch einmal hinbekommen – vor einem Jahr, oder? Aber zu der Zeit hat sich niemand sonderlich für Sie interessiert, deswegen war es kein großer Schaden. Was ist jetzt? Hat sich Ihr Privatleben stabilisiert?«

Maidens Gedanken wirbelten, während er versuchte, sein Denken in neue Bahnen zu lenken. »Die Ehe scheint nicht für mich gemacht«, entgegnete er sportlich.

»Das beantwortet meine Frage nicht.«

»Juristisch ist meine Scheidung ein Jahr her. Ich habe mit Tracey doppelt so lange nicht gesprochen. Ich rede sogar mit meiner ersten Frau noch öfter, ehrlich gesagt. Ab und zu erkundigen wir uns nacheinander.« Maiden zuckte wieder mit den Schultern. »Komisch, eigentlich.« Unter Bercouttes stetem, fragendem Blick wurde er ernster. »Ich glaube, dass ich diesen Bereich meines Privatlebens ziemlich klar sehe, inzwischen. Und es gibt auch nichts anderes, was schieflaufen könnte.«

Ein kleines Stimmchen rebellierte in Maidens Kopf. *Was*

zum Teufel hat mein Privatleben damit zu tun, wie ich meine Arbeit erledige? Wieso können die sich nicht alle um ihren eigenen Scheiß kümmern? Aber das Gespräch mit Bercoutte war plötzlich eine wichtige Chance geworden, und Maiden wollte sie nicht mit einem emotionalen Ausbruch verspielen.

»Nun, das höre ich gern, in Ihrem Interesse ebenso wie in unserem.« Bercoutte machte eine Pause.

Maiden riskierte es. »Darf ich das so verstehen, dass Sie mir Longmans Position anbieten?«

»So ungefähr«, nickte Bercoutte, als er seine Tasse abstellte. »Okay, wir denken es uns so: Uns ist klar, dass in Ihrer Abteilung die Probleme zunehmen, und alle Finger scheinen in eine Richtung zu deuten. Die beste Lösung scheint darin zu bestehen, Eric eine Option anzubieten, die er im besten Interesse aller akzeptieren sollte. Aber natürlich hätte er auch die Möglichkeit, gegen die Versetzung anzugehen, und wenn die Gewerkschaft sich dafür entscheidet, sich ausgerechnet seines Falles anzunehmen, könnte er sogar eine Abfindung rausschlagen. Niemand in diesem Gebäude möchte das erleben, aber so etwas kann passieren. Andererseits könnte Longman diese Chance auch mit beiden Händen ergreifen.« Bercoutte nannte eine Position in der Polizeiverwaltung, und Maiden erkannte sie sofort als das, was sie war. Es war die Art Job, die man Leuten kurz vor der Rente gab, die dort den Rest ihrer Zeit bei der Polizei absaßen. Und man konnte dort auch unerwünschte, aber unentfernbare »Lebenslängliche« aus der Schusslinie schaffen.

»Und was soll ich jetzt tun?«, fragte Maiden.

»Vor allem behalten Sie das alles bitte für sich. Und wenn wir uns Longman vorknöpfen, dann wird niemand Ihren Namen als Nachfolger nennen. Aber achten Sie darauf, dass Sie vorbereitet sind, wenn es so weit ist.«

»Okay.«

Maiden kam das alles unwirklich vor. Beförderungen in den oberen Rängen der Polizei waren normalerweise sorgsam orchestriert und überraschten niemanden. Manchmal gab es mehr als einen Anwärter für eine freie Stelle, aber es war immer ganz klar, wer genau im Rennen war. Das heimliche Manövrieren Bercouttes war außergewöhnlich und zeigte Maiden, wie groß die Sorgen seiner Oberen waren, dass Longman Ärger machte. Vor allem, wenn die Gewerkschaft darauf kam, dass man hier Einwände erheben könnte.

»Haben Sie im Moment irgendwas Wichtiges?«

Maiden wollte schnell »Nein« entgegnen, hielt dann aber inne. Stattdessen gab er Bercoutte eine kurze Zusammenfassung des Falles mit den abgetrennten Körperteilen. »Es besteht die Möglichkeit, dass das sehr unangenehm wird«, schloss er. »Wir bemühen uns gerade, aus dem zweiten Gebäude alle nicht anwesenden Angestellten ausfindig zu machen.«

»Irgendjemand hat mir vorhin schon davon erzählt«, sagte Bercoutte geistesabwesend. »Bei der Lage der Dinge ist es vielleicht gar nicht schlecht, wenn Sie mit einer solchen Sache beschäftigt sind. Dann haben Sie zu tun, wenn Longman merkt, was gespielt wird. Ich werde dafür sorgen, dass er nicht versucht, Sie davon abzuziehen.«

»Beschäftigen wird es mich, ob mir das gefällt oder nicht.«

»Gut. Ich melde mich.« Er streckte ihm wieder die Hand hin. Das Gespräch war beendet, und Maiden erhob sich, um zu gehen. Als er an der Tür war, sagte Bercoutte noch etwas. Der Augenblick erinnerte Maiden daran, wie er Janet Brown im Café zurückgelassen hatte, und er musste sich zwingen, Bercouttes letzten Worten zuzuhören.

»Und, John – wegen dieser amputierten Hand ...«

Maiden wandte sich zu Bercoutte um und zeigte immer noch sein höfliches Lächeln, auch seine Stimme klang weiterhin freundlich, aber in seinem Blick lag ein Hauch Autorität, dem man nicht zu widersprechen hatte. Er sagte: »Daran werde ich jetzt arbeiten.«

»Ich weiß. Vermasseln Sie's nicht, okay? Ich könnte Probleme haben, Longmans Job jemandem zu geben, der gerade einen Fehlschlag erlitten hat, verstehen Sie?«

»Ganz klar«, entgegnete Maiden ruhig, aber es ärgerte ihn gewaltig. Er wirbelte herum und ging durch die Tür, bevor Bercoutte es bemerken konnte.

Herrgott, dachte er wütend, während er durch den Empfangsbereich stapfte und Marys fröhlichen Abschiedsgruß gar nicht wahrnahm. *Die letzten sieben Jahren interessieren einen Dreck, wenn man in den letzten sieben Tag Mist gebaut hat! Dieses System ist wirklich und wahrhaftig am Arsch.*

Creane traf sich eine Stunde später mit ihm an seinem Schreibtisch. Maiden hatte die Zeit mit frustrierenden Anrufen bei den Firmen vom Vormittag verbracht, weil er versuchte herauszufinden, ob irgendwelche Angestellten schwer zu erreichen waren. Natürlich waren die meisten vom Angesicht der Erde verschwunden, und es war offensichtlich, dass Maiden mehrere Tage brauchen würde, bevor er irgendwelche vernünftigen Ergebnisse vorzuweisen hatte. Wer sich zu unrecht krank gemeldet hatte, würde jetzt nicht plötzlich auftauchen, sondern sich weiterhin ducken. Der einzige Erfolg ergab sich bei den Angestellten, die auf Geschäftsreisen waren. Ihnen ging es allen gut, was auf die eine oder andere Weise bestätigt worden war, selbst wenn man manche von ihnen nicht direkt hatte kontaktieren können.

»Glück gehabt?«, fragte er Creane, der sich erschöpft auf den Rand von Maidens Schreibtisch hockte.

»Der Mitbewohner ist quietschsauber. Du hast doch gesagt, ich soll ihm ein bisschen Angst einjagen, oder? Das arme Schwein hat sich fast in die Hose gekackt, als ich ihm sagte, wer ich bin. Er konnte mir nichts Neues berichten. Er hat gesagt, Robert House hätte sich ganz normal verhalten, überhaupt nicht merkwürdig, er hatte keinen neuen Freund oder Freundin, gar nichts. Ich bin auf dem Rückweg noch mal in sein Büro gefahren und habe versucht herauszubekommen, was er am letzten Tag trug, an dem er bei der Arbeit war. Da hatten wir immerhin Glück. Es scheint, als wäre Mr House beim Anziehen für die Arbeit ein Gewohnheitstier gewesen. Also, er hatte wohl auch nur einen Anzug, von dem seine Kollegen annehmen, dass er ihn zu Tode gereinigt haben muss, und ein Paar passende Schuhe ...«

»Besteht die Chance, dass er irgendjemand verärgert hat?«, unterbrach Maiden. »Er war Schuldeneintreiber, oder?«

»Ja, aber er war der Mann für die nette Tour. Den sie zu den alten Damen schickten, so in der Art. Die Firma hat ein paar andere Schwergewichte für Leute, die Ärger machen könnten.«

»Aber es ist immer noch eine Möglichkeit, nicht wahr? Vielleicht hatte er Pech.«

»Ja, darauf wollte ich gerade raus. Ich habe noch einmal seinen Mitbewohner angerufen und ihn gebeten, nach den Sachen zu gucken. Das war ein Treffer, denn sie sind da. Aber sein Freund denkt jetzt, dass Roberts Aufreißerklamotten fehlen, also könnte man vermuten, dass er von der Arbeit nach Hause gekommen ist, sich schick gemacht hat, und dann wieder loszog. Sein Mitbewohner findet das ein bisschen merkwürdig, denn sie sind selten ohne einander losgezogen.«

»Und jetzt kommt als Nächstes, dass du glaubst, sie sind schwul, und es ist eine Eifersuchtsgeschichte.«

»Nein, nach dem, was ich von dem Mitbewohner erfahren habe und was ich im Büro gehört habe, sind das zwei echte Schnarchnasen, die bloß in die Stadt gehen und träumen. An eine Frau kommen die nicht näher heran, als ihr 'ne Pizza zu bezahlen oder mit ihr im Fahrstuhl zu fahren. Sie besaufen sich und tun so, als würden sie sich köstlich amüsieren. Dann gehen sie nach Hause und wichsen in ihren zwei Schlafzimmern.«

»Warum hat er sich dann fast in die Hosen gemacht, als du angeklopft hast?«

»Schiss vor den Bullen, schätze ich.«

»Sollen wir mal bei den Drogies anrufen? Vielleicht wollen die mal vorbeigucken?«

»Ehrlich, John, ich glaube, da verschwendest du deren Zeit. Die härteste Droge, die diese Typen schlucken, ist Tylenol.«

Maiden seufzte und kratzte sich am Hinterkopf. Als er wieder aufschaute, hielt ihm Creane etwas hin. Er kniff die Augen zusammen und fragte: »Was ist das?«

»Die Maus von Roberts Computer. Perfekt für den Abdruck des rechten Zeigefingers.«

»Sehr clever. Die Spurensicherung soll die mit dem Finger vergleichen, den Janet Brown in ihrem Kühlschrank hat.«

»Ich dachte mir, dass du das vorschlagen würdest«, sagte Creane stolz, dann senkte er die Stimme. »Was wollte Bercoutte?«

»Nichts Besonderes. Bloß ein bisschen Unterstützung, und er hat gesagt, er würde uns Longman vom Hals halten. Uns unsere Arbeit machen lassen.«

Creane runzelte die Stirn. »Erstaunlich, dass er für so was Zeit hat.«

»Tja, da kannst du was lernen. Sei niemals überrascht darüber, wer sich für dich interessieren könnte. Jedenfalls nicht in diesem Job, so viel steht fest.«

»Genau genommen ist das schon die zweite Lektion.« Creane grinste.

»Ja? Was war denn die erste?«

»Dass dumme Fragen besser sind als dumme Fehler.«

»Guter Gott, hörst du immer zu, wenn ich was sage?«

»Unbedingt.«

7

Die beiden Männer bewohnten eine Ein-Zimmer-Wohnung im achten Stock eines Hochhauses. Andere, höhere Hochhäuser befanden sich in der Nähe, sie standen beisammen wie Gangster, die ein Opfer einschüchterten, verschatteten die Fenster der Wohnung zu jeder Tageszeit und ließen die Zimmer dunkel und deprimierend wirken.

Keiner der Männer legte besonderen Wert auf Sauberkeit. Der saure Geruch einer übervollen Mülltonne erfüllte die Luft. Leere Pizzaschachteln stapelten sich in einer Ecke. Überall standen provisorische Aschenbecher, die vor Kippen überquollen, zwischen zerdrückten Bierdosen und aufgeschlagenen Magazinen, von deren Umschlägen nackte Mädchen desinteressiert durch den Dreck lächelten. An einer Wand lag eine schmale Matratze, auf welcher der jüngere der beiden schlief, Howard. Er hatte kein Laken, und der Baumwollüberzug des Schaumstoffs wies einen länglichen braunen Fleck in der Mitte auf, wo er lag. An einem Ende lag eine zusammengeknüllte Decke.

Sein Kumpel, Decker, war vierundzwanzig Jahre alt, drei Jahre älter, und der Anführer. Er war Howards Vorbild, der seinen Mentor offen mit Kurzhaarschnitt, blauem Unterhemd, schwarzen Jeans und schwarzen Boots kopierte und eine eigene Sammlung Tattoos auf beiden Armen begonnen hatte. Decker akzeptierte Howards Imitation als ein Zeichen dafür, dass er etwas richtig machte – jemand hielt es für wert, ihn zu imitieren. Beide Männer hatten die harten, grausamen Gesichter von Jugendlichen, die nichts im Leben kennengelernt hatten, außer durchzukommen, aber Decker war drahtig und schlank, Howard viel größer und kräftig gebaut. Die

Leute bemerkten stets seine Hände, die selbst für seine muskulösen Arme ungewöhnlich groß erschienen.

Decker saß auf der einzigen Sitzgelegenheit, einem braunen Vinyl-Sitzsack. Hinter ihm murmelte auf einem tragbaren Schwarz-weiß-Fernseher eine Mittags-Talkshow. Der Empfang war so schlecht, dass die Figuren kaum zu erkennen waren, und es gab ein schreckliches Doppelbild. Der Ton setzte manchmal aus. Decker beobachtete Howard, der auf dem Boden in der Mitte des Zimmers kauerte und seine Sammlung zerknitterter Banknoten und Goldmünzen zählte.

»Vierhunderteinundzwanzig Dollar«, verkündete er enttäuscht. »Was habe ich letztes Mal gesagt?«

»Vierhundertdreizehn, du blöder Idiot. Du hast noch nicht zwei Mal dieselbe Zahl hingekriegt.«

»Es ist jedenfalls über vierhundert, das ist genau genug.«

»Warum zählst du dann immer wieder nach?«

»Weil ich nicht glauben kann, dass ich nicht mehr habe.«

»*Wir,* Kumpel«, sagte Decker sofort und knurrte.

»Ja, ja, ich weiß.«

»Bist du sicher, dass du unter dem Geldeinsatz nachgesehen hast?«

»Wie oft muss ich dir das verflucht noch mal sagen? Ich hab geguckt. Da war nichts.«

»Es war ein Drive-in-Schnapsladen, um Gottes willen. Da hätten Tausende sein müssen.«

»Tja, die haben wohl früh abgerechnet.«

»Wahrscheinlich war's in einer Papiertüte direkt vor deiner beschissenen Nase.«

Howard riss den Kopf herum, um Decker anzustarren. In seinen Blick trat ein ganz besonders leerer Ausdruck, aber sein Körper zitterte vor Wut. Sein Finger bebte, als er ihn hob, um auf Deckers Gesicht zu zeigen. »Lass mich in Ruhe, du Arschloch«, flüsterte er. »Ich hab alles gemacht, was du gesagt hast – ich hab es *richtig* gemacht. Es ist nicht meine Schuld, dass kein Geld da war.«

Decker beugte sich vor und streckte Howard drohend sein Gesicht entgegen. »Leck mich am *Arsch*, Howard. Wenn du anfängst, mir Ärger zu machen, bist du draußen. Ich brauch dich nicht, verstanden? Ich tu dir bloß einen Gefallen.«

Decker starrte ihn an, bis Howard den Blick senkte, aber ihm fiel auf, dass es schwieriger wurde. Er verlor die Kontrolle über Howard, langsam aber sicher. *Der kleine Wichser ist total verrückt, die meiste Zeit. Und er hat immer mehr Mut. Eines Tages nimmt er sich mich vor, und dann hört er nicht wieder auf. Vielleicht ist die Zeit gekommen, dass wir getrennte Wege gehen.*

Die Idee war in vielerlei Hinsicht attraktiv, außer in einer. Decker züchtete Howard dazu heran, die Risiken zu tragen, und langsam funktionierte es. Sein Protegé hatte keine Probleme mit bewaffneten Raubüberfällen. Howard begriff nicht den feinen Unterschied zwischen einem Raub mit einem Messer, einer versteckten Waffe und einem durchgeladenen Schrotgewehr im Anschlag. Wenn man erwischt wurde, konnte das den Gefängnisaufenthalt allerdings deutlich verlängern. Ein Richter konnte ein Exempel an einem statuieren. Aber Howard wusste nicht, dass die Kanone ihn zehn Jahre seines Lebens extra im Knast kosten könnte. Also brachte Decker Howard dazu, die Drecksarbeit für ihn zu erledigen. Vielleicht konnte er sogar die früheren Dinger, die er selbst gedreht hatte, Howard in die Schuhe schieben, wenn es so weit käme. Sie waren von ähnlichem Körperbau und etwa gleicher Größe und hatten immer die Balaclava getragen. Niemand bemerkte die paar Zentimeter Größenunterschied, wenn man ihm eine fette Schrotflinte unter die Nase hielt.

Howard hatte den Kopf wieder über die Kohle gebeugt und murmelte etwas vor sich hin.

»Was hast du gesagt?«

»Ich hab gesagt, ich brauch dich auch nicht. Ich hab eigene Ideen. Ich hab eigene Sachen am Laufen.«

»Wer? Du und diese verrückte Alte? Wie heißt sie? Fiona? Die ist so besoffen und bekifft, dass sie nicht mal weiß, welche Tageszeit es ist! Das Einzige, was sie weiß, ist, wie sie *dich* ausnehmen kann, Alter.«

»Lass sie in Ruhe!«, herrschte Howard ihn an. »Sie ist klüger als wir beide zusammen. Sie war mal Krankenschwester, bevor die Welt sie in den Arsch getreten hat, so ist das.«

»In den Arsch *getreten?*« Decker lachte unbarmherzig. »Sie hat sich mehr Drogen reingehauen als ihre verdammten Patienten, nicht wahr? Und wo wir schon dabei sind, hat sie's dir schon besorgt?« Er schaute Howard an und tat so, als täte er ihm leid, schnalzte mit der Zunge, bevor er den Kopf schüttelte. »Nein, und das wird sie auch nicht, du blöder Wichser. Du kannst ihr Drinks kaufen und ihr Kippen geben, bis du krepierst, aber mehr wird da nicht passieren.« Er lachte wieder. »Da hast du recht – dafür ist sie zu klug. Zu klug für dich.«

Fiona war eine ehemals attraktive Frau, die Howard in einem Hotel in der Nähe getroffen hatte. Zu viel Alkohol und Drogen hatten sie hässlich und jähzornig gemacht, aber sie konnte kaum mehr als dreißig Jahre alt sein. Sie wurde in der Bar toleriert, so lange sie keinen der anderen Kunden um Drinks oder Drogen anhaute. Nur Howard machte sich an sie ran, angelockt durch ihre Weiblichkeit – sie war die einzige Frau, die er kannte. Man wusste, dass Fiona Sex auf der Straße verkaufte, aber sie war klug genug, mit Howard nicht so weit zu gehen. Er war wertvoller, so wie er war, leicht angetörnt und ihren Fehlern gegenüber blind.

Schmollend begann Howard, wieder das Geld zu zählen. Decker wusste, dass er seinen Mitbewohner schon zu weit getrieben hatte und dass es Howard nerven würde, wenn er ihn auch bloß beobachtete, also griff er nach einer eine Woche alten Zeitung und breitete sie auf den Knien aus. Er hatte schon alles gelesen, was ihn interessierte – vor allem den Artikel auf Seite vier über ihren Überfall. Trotzdem überflog er ihn erneut und konnte sich einen weiteren Kommentar nicht verkneifen.

»Hier steht, der Bandit sei mit ›mehreren tausend Dollar‹ entkommen«, sagte er und schaute Howard über die Zeitung hinweg forschend an.

»Das ist Scheiße, und du weißt das auch. Warum schreiben sie so einen Scheiß?«

Decker hatte die Streiterei plötzlich satt. »Versicherung«, sagte er müde. »Sie sagen, wir hätten Tausende geklaut, um die Versicherung zu bescheißen.«

Howard streckte die Hand aus. »Lass mich mal sehen.«

»Du hast es schon gesehen.«

»Aber ich will's *noch mal* sehen, Mann. Hast du doch auch grade!« Howard beugte sich plötzlich herüber und riss Decker die Zeitung aus den Händen. Decker warf in einer Ergebenheitsgeste die Hände hoch, schützte dann Müdigkeit vor, verschränkte die Hände hinter dem Kopf und schloss die Augen.

Howard strich die Zeitung vor sich glatt und las den Artikel. Eine Minute später klatschte er die Zeitung mit einem angewiderten Grunzen zu. Er schaute über die Schulter und sah, dass Decker ihn nicht beachtete, also schmollte er weiter und starrte wütend auf die Titelseite. Er las eine der Überschriften und dann den kleinen Artikel darunter.

»Scheiße, sieh mal«, sagte er dann plötzlich.

Decker öffnete langsam die Augen und schaute ihn an. »Was jetzt?«

»Wir sind das Irrste, was in dieser dämlichen Stadt abgeht, und schaffen es auf Seite vier, aber jemand findet einen Finger in einem Fahrstuhl und kommt auf Seite eins. Warum zum Teufel?«

»Mir passt das gut.«

»Was soll das heißen?«

»Es heißt, dass ich nicht so 'ne Art Bonnie und Clyde sein will. Je weniger Zeitung, desto besser. Dann haben die Bullen nicht so einen Druck, und wir treffen nicht auf irgendwelche gottverdammten Helden, die uns die Tour vermasseln.«

»Ich finde, wir hätten auf Seite eins sein sollen.«

»Vergiss es.«

»Ein *Finger,* um Gottes willen. Scheiße, das können wir doch besser!«

»Ich hab gesagt, vergiss es!«

Howard wurde lauter. »Hey – und ich hab's verdammt noch mal satt, dass du mir sagst, was ich zu tun habe!«

Jetzt zeigte Decker auf ihn. »Schade, denn so ist es nun mal, Howard! Ich mach die Pläne und weiß, wie es läuft. Ich mach die Denkarbeit, und du bist derjenige, der es dann *umsetzt,* verstanden? Vergiss das ja nicht. Du bist die Kanone, Alter, und ich drück deinen verfluchten Abzug, verstanden?«

Decker wollte nicht schon wieder einen Anstarr-Wettbewerb beginnen, also wandte er sich bewusst von Howard ab, ignorierte ihn und schloss wieder die Augen. Er hörte, wie Howard aufstand, schaute aber nicht gleich nach ihm. Er öffnete die Augen gerade noch rechtzeitig, um zu sehen, wie Howard im Schlafzimmer verschwand.

»Hey! Was zum Teufel willst du in meinem Zimmer?«

Keine Antwort. Es gab dort einen Haufen Sachen, die Howard gefielen, zum Beispiel noch ein paar Pornos und einen kleinen Beutel Marihuana. Decker überlegte, ob er ihn rausrufen sollte, dachte sich dann aber, dass ein Joint Howard vielleicht beruhigen würde. Es gefiel ihm aber trotzdem nicht, dass er in sein Schlafzimmer ging, ohne zu fragen. Er hörte Howard zurückkehren und schloss schnell wieder die Augen, tat so, als wäre ihm alles vollkommen gleichgültig, aber dann folgte eine merkwürdige Stille.

Howard stand in der Tür. Unter einem Arm geklemmt hielt er das Gewehr. Mit der anderen Hand hielt er ungeschickt ein Kissen über den Lauf gefaltet. Er starrte Decker an, der erst nicht begriff, wozu das Kissen gut sein sollte.

»Howard, wenn du glaubst, du gehst jetzt so raus, um alleine einen Job durchzuziehen, dann fängst du besser an …« Dann bemerkte Decker den leeren Blick in Howards Augen und dass er vor Wut zitterte. »Hey, Scheiße – was hast du denn vor? Mein Gott, Mann, du musst doch nicht …«

Der Lauf schwenkte hoch und zeigte direkt auf ihn.

»Verdammt, Howard! *Nein!*«

Howard drückte den Abzug. Der Schuss war nicht besonders gedämpft, vielleicht gerade laut genug, um Zweifel bei allen zu wecken, die ihn gehört hatten. Aber im Augenblick war das Howard ganz egal. Kleine Schaumstoffstückchen explodierten aus dem Kissen. Das Gewehr hatte einen mächtigen Rückstoß, und der Großteil der Schrotkugeln klatschte in Deckers Kopf und Brust. Zwei durchschlugen sein Herz und töteten ihn augenblicklich. Andere Schrotkügelchen zerfetzten das Vinyl des Sitzsacks, und die weißen Polystyrol-Böhnchen spritzten heraus. Decker gab ein paar Grunzgeräusche von sich und zuckte zweimal, obwohl er bereits tot war, dann lag er still. Sein Kopf kippte rückwärts, und er starrte blicklos an die Decke. Eine Wunde knapp unterhalb seines Haaransatzes blutete nach hinten, das Blut sickerte durch sein kurz geschorenes Haar.

Die weißen Böhnchen liefen immer weiter auf den Boden.

Howard starrte die Leiche lange an, dann sagte er leise: »Irrtum, Decker. *Ich* drück den Scheißabzug, Kumpel.«

Jetzt erst bemerkte Howard, dass er zitterte, und er schaute erstaunt hinunter auf seine Hände, mit denen er die Waffe umklammerte. Das Zittern hatte mit dem rohen, unkontrollierbaren Ärger begonnen. Jetzt war es eher eine Reaktion – aber er verspürte keine Reue. Bloß die Verlangsamung des Adrenalins in seinem Blutkreislauf, er kam langsam runter. Deckers Brust war eine matschige Masse aus Fleisch, Blut sammelte sich in der Wunde. Das drohte eine richtige Schweinerei zu werden, und Howard wurde klar, dass er schnell etwas unternehmen musste. Er ließ das Gewehr sorglos fallen und ging hinüber, um eines der Laken von der Matratze zu ziehen. Er knüllte es zusammen und drückte es auf Deckers zerfetzten Oberkörper, wartete über eine Minute, wobei er die Sekunden flüsternd für sich zählte. Dann hob er das Laken wieder ab und begutachtete Deckers Brust. Der Teppich war aus Acryl, und der Großteil des Blutes sickerte nicht ein, sondern stand einfach auf der Oberfläche.

»Scheiße, Scheiße, Scheiße …«, murmelte Howard. Er bereute alles, außer seinen Partner getötet zu haben. Das Blut würde eine Schweinerei ergeben – einen Fleck, den die Polizei finden würde, wenn sie danach suchten. Der Lärm des Schusses konnte auch jemandem aufgefallen sein, und Howard legte ein wenig spät den Kopf zur Seite und lauschte darauf, ob Sirenen näher kamen, so wie es immer im Fernsehen war. Er wohnte *hoch oben,* um Gottes willen! Was zum Teufel sollte er mit der Leiche anfangen?

Und dann passierte etwas Merkwürdiges in seinem Kopf. Es war, als würde ihm plötzlich alles zu viel, und er machte dicht. Howard wollte sich einfach bloß hinsetzen und eine Weile die Augen zumachen.

Also tat er genau das.

Einige Zeit verging. Als Howard die Augen wieder öffnete, hatte sich nichts verändert, aber er war nicht mehr so gestresst von der ganzen Sache. Er sah, dass das Blut von der Brust jetzt in Deckers Jeans sickerte, und Howard fragte sich, ob er sie ihm ausziehen sollte. Es war immerhin eine gute Jeans, aber der Gedanke, seinen Freund auszuziehen, ließ ihn an irgendwelche kranken Sex-Riten denken, die man nachts in irgendwelchen Filmen sah, und er war nicht sicher, ob er das machen wollte. Dann bemerkte er die Zeitung und überlegte, ob er sie benutzen konnte, um damit das Blut aufzuwischen. Er wusste, das Papier würde es besser aufnehmen als die Laken, und dabei dachte er an den Artikel, dass jemand einen Finger in einem Fahrstuhl gefunden hatte.

Das kann ich besser, dachte er und betrachtete die Leiche in einem neuen Licht. Sie hatten eine große Machete, mit der sie ursprünglich die Überfälle hatten durchziehen wollen, bis Decker das Gewehr von einem Kleingauner gekauft hatte, den er kannte. *Ich könnte es jetzt eine ganze gottverdammte Woche lang auf die beschissene erste Seite schaffen, wenn ich wollte. Wie viele Finger hat er? Decker kann's scheißegal sein.* Dieser letzte Gedanke ließ ihn laut lachen. Es war, als könnte er jetzt Decker in die Mangel nehmen, und das fühlte sich gut an.

Howard hatte das Gefühl, dass er etwas besaß – eine Ressource, die ihm so viel Aufmerksamkeit verschaffen konnte, wie er wollte. Er war nicht sicher, was genau er damit anfangen sollte, aber die Vorstellung, jeden Tag in der Zeitung zu stehen, war wie eine Droge für ihn. Sie gab ihm das Gefühl, machtvoll zu sein, wichtig.

Er zerrte Deckers Leiche ins Schlafzimmer und wuchtete sie aufs Bett. Der Tote fühlte sich merkwürdig schwer an, was Howard nicht erwartet hatte, und einmal brach er kichernd zusammen, als er sich in den Armen und Beinen verhedderte. Es kam ihm alles so komisch vor. Er bedeckte die Leiche mit einem Laken.

Nicht so komisch waren die weißen Polystyrol-Böhnchen, die überall hinfluteten. Howard hatte seinen Humor ziemlich schnell verloren, als die Bohnen in alle Richtungen segelten. Zuerst hatte er versucht, sie zurück in das Loch im Sack zu stopfen, aber es kamen mehr raus, als reingingen. Dann fand er einen unbenutzten Müllbeutel und begann, sie mühsam da reinzuschaufeln. Es war schwierig genug, die Tüte aufzuhalten, und er konnte immer nur kleine Mengen hineingeben. Die Böhnchen-Klumpen, die von geronnenem Blut zusammengehalten wurden, gingen leichter, und Howard machte sich über die zuerst her. Als der Großteil der blutigen Böhnchen in der Mülltüte steckte, hatte sich der Rest durchs ganze Zimmer verteilt. Daraufhin gab Howard auf. Er redete sich ein, dass er es später machen würde, aber natürlich würde das nie geschehen.

Außerdem wollte er jetzt endlich etwas finden, womit er es auf Seite eins schaffte.

Sie hatten kein Schneidebrett, aber die beiden Küchenstühle hatten Holzsitze und -lehnen, also trug er einen ins Schlafzimmer und stellte ihn dicht ans Bett. Er nahm die Machete aus dem Regal, wo er auch das Gewehr hergeholt hatte. Dann packte er einen von Deckers Armen und legte ihn quer über den Stuhl, er drückte die Hand flach und spreizte die Finger. Es sah aus, als reckte sich Decker vom Bett zum Stuhl. Howard hielt mit einer Hand den Arm fest, mit der anderen nahm er das Messer, dann überlegte er, wo er am besten hinhackte. Er wollte alle Finger abschneiden. Er hatte das vage Gefühl, einen Haufen davon irgendwo hinzuschmeißen wäre besser, als einfach nur einen einzigen Finger zu nehmen. Nach einem Moment zuckte er mit den Schultern und entschied sich, einfach sein Bestes zu geben.

»Da hast du's, du beschissener Klugscheißer«, grinste er in Deckers Todesgesicht.

Vor sechs Monaten war Howard ein missratener Straßenjunge gewesen. Inzwischen war er ein bewaffneter Räuber. Jetzt war er ein Mörder, und er war angenehm überrascht, festzustellen, dass ihm auch dieser Teil der Sache gefiel. Was er vorhatte, machte ihm nicht die geringsten Sorgen. Ihm wurde klar, wie sehr er Deckers Rumkommandiererei gehasst hatte, und seine unfreundlichen Bemerkungen über seine Intelligenz und seine Fähigkeiten.

Er ließ die Machete in einem kurzen Schwung runtersausen. Howard fühlte sie auftreffen. Er schlug beim zweiten Mal fester zu und traf zwar nicht dieselbe Stelle, doch diesmal löste sich der Zeigefinger. Blut sammelte sich auf dem Stuhl und drohte, auf den Boden hinunterzulaufen, also ging Howard zurück ins Wohnzimmer, holte die Zeitung und breitete sie unter dem Sitz aus. Es war leicht, die Sache mit dem zweiten Finger zu Ende zu bringen. Der Daumen war auch einfach. Bei den letzten beiden Fingern musste er mit der Machete in einem anderen Winkel arbeiten, und beim ersten Versuch haute Howard komplett daneben. Er fluchte und ließ sich mehr Zeit beim Zielen. Als er fertig war, waren diese beiden Stümpfe gezackt und hässlicher als die ersten. Alle Finger, stellte er fest, waren nicht so sauber abgeschnitten, wie er es gewollt oder sich vorgestellt hatte.

Dann drehte er die Leiche auf den Bauch, um sich die andere Hand vorzunehmen, mit der er nicht viel besser klarkam. Die Schnittenden der Finger ließen sie wie verdrehte Wurststückchen aussehen. Aber er verdrängte seine Enttäuschung, er sagte sich, dass man sehen konnte, dass es Finger waren, und nur darum ging es. Er schob die verstümmelten Hände zurück unter das Laken, achtete darauf, dass die Leiche ganz bedeckt war, und sammelte die Finger ein. Neben der Küchenspüle fand er eine Plastikeinkaufstüte, dort legte er sie hinein. Er öffnete den kleinen Kühlschrank und betrachtete sein Inneres. Von irgendwo hinten kam der Gestank verrottenden Essens, deswegen erschien ihm das Gefrierfach als die bessere Wahl. Howard musste die Plastiktüte an einem dicken Eisbrocken vorbeischieben, der das Eisfach bewachte. Danach knüllte er die blutige Zeitung, die neben dem Bett gelegen hatte, in dieselbe Mülltüte wie die Polystyrol-Böhnchen. Er knotete sie oben fest zu und stellte die Tüte neben den Haufen leerer Pizzaschachteln.

Howard verspürte Zufriedenheit darüber, gute Arbeit geleistet zu haben. Alle losen Enden, wie Decker sie genannt hätte, waren erledigt. Das war es wert, runter in die Bar zu gehen, sich ein paar Bier zu gönnen und vielleicht ein bisschen Billard zu spielen. Möglicherweise fand er sogar irgendwo Fiona. Sie konnten wieder über ihre Pläne reden – die waren jetzt ganz sicher anders, ohne Decker. Ohne Decker hatte er vierhundert Dollar ganz für sich und musste auch nicht mehr erklären, wofür er sie ausgeben wollte.

Auch das war ein gutes Gefühl.

8

Als Howard am nächsten Tag erwachte, war er müde und verkatert. Er lag auf seiner dreckigen Matratze und versuchte, sich an die vergangenen vierundzwanzig Stunden zu erinnern. Das gelang ihm auch mühelos. Er verspürte keine Reue – nur ein Gefühl der Freiheit. Es war, als hätte er ein neues Kapitel in seinem Leben aufgeschlagen, und das Ergebnis hatte wirklich und wahrhaftig die Mittel gerechtfertigt. Seine größte Sorge war das Geld, das er im Hotel versoffen hatte. Es waren fast zweihundert Dollar, denn er hatte mit erstklassigen Spirituosen und Likören angefangen, und er hatte allen möglichen Fremden ein Dutzend Drinks ausgegeben, nachdem er sie beim Billard zunichte gemacht hatte. Auch Fiona hatte sich betrunken, und Howard war näher rangekommen als je zuvor, aber im letzten Augenblick überlegte sie es sich anders und verschwand, als er nicht hinschaute.

Aber sie war beeindruckt gewesen von Howards Plänen. Höllisch beeindruckt.

Howard entschied, dass er einen Burger und einen Milchshake zum Frühstück brauchte, krabbelte von der Matratze und erhob sich. Er war immer noch voll angezogen, inklusive Stiefeln. So schlief er oft. Er sah nach, ob er noch genug Scheine in der Tasche stecken hatte, und ging zur Tür, hielt aber inne, als er nach der Klinke griff. Es lag ein übler Geruch in der Luft, der anders war als der übliche saure Gestank des Zimmers.

»Scheiß drauf«, murmelte er für sich und warf einen Blick in Richtung Schlafzimmertür. Daran hatte er nicht gedacht. Aber jetzt war anderes wichtiger, und sein Magen knurrte.

Er musste etwas essen, dann konnte er auch wieder ordentlich nachdenken.

Draußen ließ ihn die Morgensonne die Augen zusammenkneifen. Er lief mit gesenktem Kopf, sodass ihm die Leute, die ihm entgegenkamen, aus dem Weg gehen mussten. Er wollte eine Zigarette, vor allem weil das ein wichtiger Teil seines Images war, aber er hatte sein Päckchen mit Drehtabak an der Bar liegen gelassen. Er zuckte mit den Schultern und entschied, dass er sich mit seiner neuen Freiheit und der Kohle auch ein Päckchen Fertige leisten konnte. Egal, welche Marke.

Der nächstgelegene Laden war ein kleiner Supermarkt mit Café davor. Er wurde von einem Vietnamesen geführt, und Howard hasste das, aber das Essen war gut und billig. Howard hasste Schlitzaugen, Chinamänner, Schwarze, und überhaupt alle anderen, die nicht weiße Arbeiterklasse waren. Oft träumte Howard davon, sich den Nazis anzuschließen, aber er war nicht einmal sicher, ob es in Sydney welche gab. In Amerika schien es sie überall zu geben, wenn man dem Fernsehen glauben konnte. Howard dachte, als er in den Café-Bereich marschierte, darüber nach, ob er genug Geld stehlen könnte, um nach Amerika zu fahren – nach New York oder sonst wohin, wo es eine Nazi-Partei geben musste.

Er bestellte seinen Burger und einen Milchshake. Als der faltige Besitzer sich der zischenden Pfanne zuwandte, nahm Howard leise eine Zeitung von dem Stapel vor sich und setzte sich auf einen Plastikstuhl am Fenster. Niemand sonst aß in dem Café. Er starrte auf die Titelseite und stellte sich sein eigenes Foto dort vor, wie ein Fahndungsplakat. *Das wäre richtig toll,* dachte er. In Wirklichkeit befand sich dort das Foto eines bekannten Politikers, der eine wütende Hand in Richtung Kamera schwenkte. Howard versuchte, den Artikel zu lesen, aber er ergab keinen Sinn für ihn. Da stand irgendetwas darüber, dass der Politiker Banken manipulierte, um Firmen zu schaden, die mit seiner eigenen im Wettbewerb standen. Nachrichten aus einer anderen, Howard vollkommen fremden Welt. Er blätterte um.

Jetzt betrachtete er ein hübsches Mädchen in einem weißen Bikini, das sich einen kleinen Welpen an die Brüste drückte. Howard starrte das Model an und versuchte sich vorzustellen, wie es wäre, mit so einem Mädchen zu schlafen. Dieser Gedanke ließ ihn den Atem anhalten und verursachte eine Regung in seinem Lendenbereich. Er hatte nur eine sexuelle Begegnung mit dem anderen Geschlecht aufzuweisen, und das war eine freudlose Prostituierte gewesen, die ihm noch mehr Befehle erteilt hatte als Decker. Sie hatte ihm gesagt, er sollte sich waschen und ein Kondom überstülpen. Schlimmer noch, sie hatte über Howard gelacht, als er Probleme hatte, das Verhütungsmittel richtig draufzuziehen. Die gelangweilte, professionelle Art, mit der sie seine Erektion dann wieder wachrubbelte, sich auf den Rücken legte und ihn in sich hineinstopfte, war so leidenschaftslos und desinteressiert gewesen, dass Howard den plötzlichen Drang hatte niederkämpfen müssen, ihr wehzutun. Als alles vorüber war – peinlich schnell –, hatte er sich angezogen und darauf geachtet, dass er seine Geldbörse noch hatte. Dann hatte er sie sinnlos und laut beschimpft, obwohl Howard selbst gar nicht sicher war, was sie eigentlich falsch gemacht hatte. Bloß war ein besonderer Augenblick seines Lebens überhaupt nicht so gelaufen, wie er es sich vorgestellt hatte, und das musste die Schuld der Frau sein. Es hatte nicht lange gedauert, bevor sie angefangen hatte zu schreien, er sollte sich verpissen, und er hörte schwere Schritte durch den Flur kommen. Howard floh, er drückte sich an einem riesigen Sicherheitsmann vorbei und hatte noch Glück, dass ihm auf dem Weg nach draußen keiner auf den Hinterkopf haute.

Ein Ruf des Cafébesitzers brachte Howard zurück in die Gegenwart. Sein Burger war fertig. Er holte ihn und den Milchshake vom Tresen und schob die Zeitung auf die andere Tischseite, um Platz zu schaffen. Jetzt, beim Essen, konnte er nur die untere Hälfte der Seiten lesen.

Unten auf Seite drei gab es einen kurzen Bericht unter »Letzte Neuigkeiten«, dass jemand eine amputierte Hand in einem Fahrstuhl irgendwo in einem Bürohaus gefunden hatte. Der Bericht verwies auf einen ähnlichen Vorfall eine Woche vorher, als eine Sekretärin einen einzelnen Finger gefunden hatte. Die Zeitung versprach mehr Details in der nächsten Ausgabe.

Howard hörte auf zu kauen. Wut erfüllte sein Hirn wie aus dem Nichts.

»Scheißdreck!«, blaffte er laut, was den Ladenbesitzer und einen Kunden erschreckte, der gerade zur Tür hereingekommen war. Howard starrte den Artikel an, die Buchstaben verschwammen vor seinen Augen. Als er wieder scharf sehen konnte, starrte er den Burger in seinen Händen an. Blindlings warf er ihn von sich, er klatschte ans Fenster.

Der Besitzer rief halbherzig: »Hey! Was glaubst du, was du ...«

»Halt die Schnauze«, brüllte Howard, sprang auf und kippte seinen Stuhl um. Mit einem wilden Schlag fegte er den Milchshake in einer weißen Fontäne zur Seite. »Scheißdreck!« Er schrie jetzt beinahe, sodass der andere Kunde floh. Howard packte die Tischkante und kippte den Tisch um, die Zeitung ging zu Boden, und Milch tropfte darauf, dann marschierte er zur Tür. Der Besitzer versuchte einen weiteren Protest, aber Howard brachte ihn im Gehen zum Schweigen, indem er mit dem Finger auf ihn zeigte.

»Halt bloß die Schnauze! Ich mach dich kalt! Dich und alle wie dich!« Er boxte im Gehen gegen das Glas der Ladentür, das splitterte.

Der Weg zurück in seine Wohnung verschwand im Nichts. Die Straßen und Menschen Waterloos fluteten ungesehen an ihm vorbei, einige der Passanten starrten ihn sogar entgeistert an, etwas, was Howard normalerweise dazu bringen würde, wütend zurückzustarren. Aber jetzt konnte er nur an die Mühe denken, die er sich damit gemacht hatte, Deckers Finger abzuhacken – und nun waren sie nutzlos. Jemand hatte ihn übertrumpft. Er stieß mit ein paar Leuten zusammen, von denen sich einige sogar beschwerten oder fluchten, aber Howard bemerkte es gar nicht.

Erst in der Sicherheit und Ruhe seiner eigenen Wohnung flaute sein Ärger wieder ab, und er begann nachzudenken, wenn auch nicht unbedingt vernünftig.

»Ich wollte so was machen«, murmelte er laut, ließ sich auf den verbliebenen Küchenstuhl fallen und legte den Kopf in die Hände. »*Ich* wollte so was machen, ihr Mistkerle. Ich hätte seine verdammte Hand abhacken sollen!« Er schloss die Augen und wartete auf einen guten Einfall, aber das war immer Deckers Aufgabe gewesen, und Decker lag jetzt tot im Schlafzimmer.

Howard blieb lange so sitzen, er beobachtete das sinnlose Wirbeln der Schwärze seiner Augenlider vor sich. Schließlich ebbte seine Verzweiflung ein wenig ab.

»Es geht immer noch«, sagte sich Howard plötzlich. »Ich kann irgendwas machen.«

Er dachte an die Finger im Tiefkühlfach und dass sie ihm jetzt nichts mehr brachten. Sie waren nicht gut genug, so war es. Howard stand auf und ging zum Kühlschrank, er klaubte die Plastiktüte aus dem Eis. Die Finger waren steif. Er nahm sie mit ins Bad und warf einen nach dem anderen in die Toilette. Nach den ersten vier spülte er und sah sie zufrieden verschwinden. Dann warf er den Rest hinein, spülte aber zu früh, bevor der Wasserkasten sich hatte füllen können. Es ängstigte ihn einen Augenblick, als die Finger noch da waren, nachdem das Wasser kurz über sie wirbelte, aber dann begriff er, was schiefgegangen war, und wartete ungeduldig darauf, dass das Zischen des Ventils aufhörte. Die nächste Spülung funktionierte. Howard überlegte, ob er Deckers gesamten Körper im Klo runterspülen konnte, wenn er ihn in kleine Stückchen hackte. Aber das schien ganz schön viel Arbeit zu sein.

Deckers Leiche war jetzt nutzlos für ihn. Die Hände ohne Finger wären nicht effektiv. Selbst ein ganzer Arm, mit einer fingerlosen Hand, erschien Howard falsch. Er musste die Leiche loswerden und vielleicht eine andere auftreiben, eine ganze und vollständige, die ihm mehr Möglichkeiten ließ.

Das waren die hässlichen, gefährlichen Gedanken, die in Howards Geist wucherten. Er brauchte Geld, was hieß, er musste losziehen und jemand überfallen – diesmal jemand Gutes, wo es viel Kohle gab. Und vielleicht hatte er dann auch die Gelegenheit, sein neues Spiel zu spielen. Vielleicht würde jemand zu mutig sein und Howard zwingen, auf den Abzug zu drücken, dann hatte er eine neue Leiche und eine neue Ressource.

Wie auch immer, ein Mord würde ihn auf die Titelseite der Zeitungen befördern. Die Vorstellung gefiel ihm.

Spät in dieser Nacht fuhr ein Unterkontraktor die Gabeln seines Müllwagens unter einen großen Industrie-Container hinter den Hochhäusern. Er drückte den Knopf, um den Müllcontainer über die Kanzel zu heben und den Inhalt in die Müllpresse nach hinten zu kippen. Der Fahrer hatte die Fenster fest geschlossen und die Heizung auf voller Kraft. Dieser Teil der Stadt machte ihm eine Höllenangst, obwohl er kein Geld bei sich hatte und die Kriminellen hier das wahrscheinlich wussten. Das Problem war, wenn man durch diese abgelegenen Sträßchen fuhr, konnte man nie wissen, wann man Drogendealer bei der Arbeit störte, und dann steckte man plötzlich tief in der Scheiße. Also schloss er die Türen ab, drehte die Fenster hoch und achtete darauf, wo er hinfuhr.

Außerdem sollte er in einen Spiegel schauen, der so angebracht war, dass er sehen konnte, was aus den Containern purzelte. Aber die Mühe machte er sich nicht sonderlich oft – er könnte sowieso auch nicht viel tun, wenn er irgendetwas entdeckte. Er würde jedenfalls nicht hinten durch den Müll krabbeln, um irgendein Kinderfahrrad zu retten, oder was auch immer sie von ihm erwarteten. Normalerweise war der Spiegel sowieso voller Dreck, sodass man gar nichts sehen konnte. Aber jetzt schaute er aus Langeweile hinein, und in der Nähe stand ein Flutlicht, was den herausfallenden Müll auf eine interessante Weise zu Silhouetten machte.

Für den Bruchteil eines Augenblicks hatte er das Gefühl, dass etwas Merkwürdiges und doch Bekanntes durch die Lücke zwischen Mülltonne und Laster stürzte. Sein Herz wurde kalt.

Er fragte sich, was er machen sollte.

Er entschied sich für die einfachste Lösung: Er würde seine Runde schnell beenden und dann zur Mülldeponie fahren, wie immer. Er würde, was auch immer es war, mit dem Rest des Mülls abladen.

Soll doch jemand anders das finden, wenn überhaupt.

9

Zur gleichen Zeit, zu der eine zweite vermisste Person gemeldet wurde, konnte man Robert House als Eigner des abgetrennten Fingers bestätigen. Auf der Computermaus hatte man einen guten Fingerabdruck vorgefunden, der leider passte. Maiden war nicht überrascht. Das hatte er erwartet. Das Einzige, was es ihm nicht verriet, war, ob House noch am Leben war, was er allerdings bezweifelte. Die Möglichkeit, dass House sich den eigenen Finger abgeschnitten hatte, verwarf Maiden vollkommen. Die schlimmste Alternative war, dass man House entführt und seinen Finger amputiert und in den Fahrstuhl gelegt hatte, als eine Art Nachricht, dass er noch am Leben war. Wenn das der Fall wäre, musste Maiden sich darauf einstellen, dass sie es wirklich mit einem verdammt kranken Typen zu tun hatten. Auch House zuliebe hoffte Maiden im Stillen, dass der junge Mann bereits tot wäre.

Immerhin hatten sie inzwischen schon eine ganze Hand.

Die Hand gehörte einem Mann namens Peter Dawes. Wieder war es ein Mitbewohner gewesen, der ihn vermisst meldete, angeregt durch die andauernden Anrufe von Dawes' Arbeitgeber, der wiederum unter dem Druck Maidens stand. Dawes war eines Abends nicht nach Hause gekommen, und sein Mitbewohner, Tom Fischer, ging davon aus, dass er einen Treffer gelandet hatte. Den zweiten Abend, den er nicht nach Hause kam, verbuchte er als besonders erstaunlichen sexuellen Erfolg, aber am dritten, dem die Anrufe von Dawes' Arbeitgeber folgten, einer Softwarefirma, konnte man nicht mehr so tun, als sei nichts. Danach war es einfach gewesen, einen Fingerabdruck von Dawes' Schreibtisch zu nehmen und mit der Hand abzugleichen.

Maiden und Creane gingen Fischer am frühen Nachmittag besuchen. Er und Dawes bewohnten ein gehobenes Drei-Zimmer-Stadthaus in Neutral Bay. Als die Polizisten die steile Einfahrt hochgingen, deutete Creane auf die Andeutung des Hafens, die man durch die Bäume ahnen konnte. Das Wasser glitzerte im schwachen Sonnenlicht. Maiden schnitt eine Grimasse und bemerkte, dass der »Hafenblick« wahrscheinlich fünfzig Dollar pro Woche Extramiete kostete. Beide vermuteten, dass die Unterkunft ein Fall von jugendlichem Größenwahn sein könnte. Creane schrieb sich auf, zu überprüfen, ob die Miete überfällig wäre.

Fischer öffnete die Tür vorsichtig und schaute hinaus. Maiden, der vor ihm stand, bemerkte, dass noch jemand anders drinnen war. »Detective Senior Sergeant John Maiden von der Polizeiwache *The Rocks.*« Er hielt seine offene Brieftasche kurz hoch, dann klappte er sie zu und deutete in der gleichen Bewegung auf Creane hinter sich. »Das ist Detective Constable Martin Creane. Sind Sie Tom Fischer?«

»Ja, der bin ich.«

»Wir möchten mit Ihnen reden, Mr Fischer. Über die Vermisstenanzeige, die Sie erstattet haben. Können wir reinkommen?«

»Heute Morgen waren schon zwei Polizisten da. Denen habe ich alles gesagt.« Fischer klang nicht freundlich.

Maidens Misstrauen wuchs. »Ist alles in Ordnung, Mr Fischer? Wir möchten Ihnen nur noch ein paar Fragen stellen.«

»Mir geht's gut. Scheiße, ja, in Ordnung. Kommen Sie rein.« Fischer entfernte sich von ihnen ins Innere des Hauses. Er war ein stämmiger, muskulöser Mann mit kurzgeschorenem Haar und kantigen Zügen. Die Eingangstür öffnete sich direkt ins Wohnzimmer. Die Vorhänge waren vorgezogen und das Licht gedämpft. Es war sauber und nett eingerichtet. Maiden bemerkte sofort den Marihuanageruch und warf Creane über die Schulter einen wissenden Blick zu.

Ein attraktives Mädchen saß auf dem Tisch und baumelte mit den Beinen. Sie beobachtete sie mit hartem Blick. Sie hatte langes blondes Haar und trug ein übergroßes T-Shirt, das bis zu ihren Oberschenkeln reichte. Maiden versuchte, lässig zu bleiben, wohingegen Creane sie offen anstarrte, er bemerkte ihr Aussehen und die schönen Beine.

»Und wer sind Sie, Miss?«, fragte Maiden barsch.

»Jennifer Musgrave«, sagte sie nonchalant. Als Maiden sie erwartungsvoll anschaute, starrte sie einfach zurück.

»Okay, und wohnen Sie hier, Jennifer?«

»Nein, ich bin nur auf Besuch.« Sie versuchte, cool zu bleiben, aber ihr Blick huschte immer wieder auf der Suche nach Unterstützung zu Fischer hinüber. Als Maidens Blick sich an die Dämmerung gewöhnt hatte, sah er, dass ihre Augen blutunterlaufen waren. Er wartete weiter, und sie setzte hinzu: »Tom und ich gehen miteinander, verstehen Sie?«

»Waren Sie letzte Nacht hier?«

»Ja.«

»Und die Nacht davor?«

»Die auch.«

Fischer versuchte, beleidigt zu klingen. »Hey, Leute, es geht doch um Peter, oder? Nicht um uns.«

»Das stimmt, Tom«, sagte Maiden geschmeidig und wandte sich ihm zu. »Wann haben Sie ihn das letzte Mal gesehen oder mit ihm gesprochen?«

»Als er Dienstagmorgen zur Arbeit ging.«

»Und seitdem haben Sie nichts mehr von ihm gehört?«

»Nein, nichts.«

»Das sind drei Abende hintereinander. Bleibt er normalerweise so lange weg? Hat er das schon mal getan?«

»Nein, nicht wirklich.«

»Nicht *wirklich?*« Maiden starrte ihn an. Creane, der ziellos durchs Zimmer streifte und sich Sachen ansah, blieb stehen und tat dasselbe.

»Nun, ich dachte, vielleicht hatte er großes Glück mit einem Mädchen, verstehen Sie. Ich habe mir also keine großen Sorgen gemacht.«

»Kommt er gut an bei den Frauen?«

Maiden sah, wie Fischer zu seiner Freundin hinüberschaute. Fischer sagte: »Normalerweise ist er ein wenig schüchtern.«

Maidens Stimme verhärtete sich ein wenig. »Dass Peter also plötzlich drei Nächte mit einer Frau verbringt, war ein bisschen weit hergeholt?«

»Ich schätze schon. Deswegen habe ich ja die Polizei angerufen«, wehrte sich Fischer.

»Heute Morgen, ich weiß. Arbeiten Sie, Tom?«

»Klar, in einem Fotoladen. Ich leite die Entwicklungsabteilung.«

»Warum sind Sie heute nicht bei der Arbeit?«

»Ich habe mich heute Morgen nicht gut gefühlt, deshalb habe ich mich krank gemeldet.«

Maiden schaute gezielt das Mädchen an, dann warf er Creane einen Blick zu. Sie meldete sich unerwartet zu Wort. »Okay, es war nicht schlecht, die Bude eine Weile für uns zu haben. Ist das etwa verboten?«

Maiden tat, als würde er sich für sie freuen. »Nicht schlecht? Während Ihr Mitbewohner also vielleicht irgendwelche Probleme hat, finden Sie zwei, dass es ganz schön ist, ein paar Tage Mami und Papi zu spielen, bevor Sie jemand sagen, dass etwas nicht stimmt.«

»Hey, er ist erwachsen, oder? Soll man etwa jedes Mal die Polizei rufen, wenn jemand nicht um Mitternacht zu Hause ist?«, fragte Fischer empört, bevor ihm klar wurde, was Maiden gerade gesagt hatte. »Was meinen Sie damit – Probleme haben? Sitzt Peter im Knast?«

»Würdest du bitte diesen reizenden Leuten erklären, was passiert ist, Martin?«, bat Maiden Creane freundlich. »Du hast all diese Notizen.«

Creane schaute einen Augenblick überrascht, dann räusperte er sich nervös. »Natürlich. Äh, das wird Ihnen möglicherweise etwas unangenehm sein«, warnte er ungeschickt. Er zog ein Notizbuch aus seiner Tasche und blätterte darin, obwohl das eigentlich nicht nötig war. »Vorgestern hat jemand eine abgetrennte menschliche Hand in einem Fahrstuhl im Geschäftsbezirk gefunden …«

»Ja, davon habe ich gelesen«, unterbrach Fischer. Aber ihm gefiel nicht, worauf das hinauslief. Das Mädchen schaute besorgt. Creane begannen sie leid zu tun. Maiden sah sich jetzt beiläufig in der Wohnung um.

Creane fuhr fort: »Ist Ihnen aufgefallen, dass man sie im selben Gebäude gefunden hat, in dem Peter arbeitet?«

»Ich glaube nicht, dass das dort stand.«

»Stand es nicht«, sagte Maiden kurz angebunden.

»Ich denke offensichtlich an den Polizeibericht, nicht den Zeitungsbericht …«

»Um Gottes willen, Martin. Sag's ihnen«, grummelte Maiden ungeduldig.

Creane fuhr eilig fort. »Nun, wir haben die Hand als Peter Dawes' identifiziert. Mit Hilfe von Fingerabdrücken«, setzte er hinzu, ärgerlich darüber, dass Maiden ihn so drängte.

Fischer fluchte erschrocken und ließ sich auf ein Sofa fallen. Dort saß er und starrte ins Nichts. Einen Augenblick später begann die Frau zu weinen und sprang vom Tisch herunter. Sie verschwand durch eine Tür und knallte sie hinter sich zu. Maiden spazierte hinüber und nahm etwas hoch, auf dem sie gesessen hatte. Es war eine Plastiktüte, die halb voll war mit einer grünen, blättrigen Substanz. Ohne etwas zu sagen, legte er sie vorsichtig wieder hin. Fischer rang nach Worten.

»Also … Peter ist ermordet worden?«

Creane wartete darauf, dass Maiden das beantwortete, und als das Schweigen zu lange anhielt, übernahm er es selbst. »Um genau zu sein, haben wir nur seine amputierte Hand gefunden, und unter normalen Umständen sollte der Verlust einer Hand nicht tödlich sein. Wir können also nicht sicher sagen, dass Peter tot ist, aber die Beweise und Umstände deuten darauf hin, dass ein Mord begangen wurde und die Hand irgendeine Form einer Botschaft ist.«

»Unter normalen Umständen? Was zum Teufel wären denn unnormale Umstände?«

»Genau, Mr Fischer«, sagte Maiden und kam näher. »Das hat Martin gerade erklärt. Es ist möglich, dass Ihr Freund noch am Leben ist, aber wir bezweifeln es. Sie müssen nun unsere Fragen beantworten, damit wir herausfinden können, wer dahintersteckt. Sind Sie sicher, dass er an dem Abend ausgegangen ist?«

»Natürlich bin ich sicher! Er ist ja nicht hier, oder?«

»Okay, ich formuliere es mal anders. Sind Sie sicher, dass er nach Hause gekommen ist, sich umgezogen hat und *dann* ausgegangen ist? Es besteht keine Chance, dass was auch immer ihm zugestoßen ist, ihm auf dem Weg von der Arbeit nach Hause zugestoßen ist?«

»Nein, er hat einen Zettel hinterlassen.«

»Hat die Polizei den mitgenommen?« Maiden richtete die Frage halb an Creane, der es hätte wissen müssen, aber Fischer antwortete.

»Die hielten das nicht für wichtig.«

Das ärgerte Maiden, aber er blieb ruhig. »Haben Sie die Notiz noch?«

»Hängt am Kühlschrank, unter dem Schoko-Magnet.«

Fischer rührte sich nicht, also ging Creane hin. Er fand ein zerknittertes Stück Papier zwischen mehreren überfälligen Rechnungen und einer Einkaufsliste. Er las es, bevor er es Maiden reichte. Darauf stand einfach nur, dass Dawes ausging, und Fischer sollte sich nicht die Mühe machen, für sie beide zu kochen. Maiden las das ebenfalls.

»Ist auch das normal?«, fragte er.

»Ich kiffe praktisch nie. Ich habe das schon ewig – genau genommen wollte ich es gerade entsorgen.«

»Die *Notiz,* Mr Fischer.«

»Oh, er hinterlässt mir oft irgendeine Nachricht, weil wir uns das Kochen teilen. Aber am Dienstagabend auszugehen, ist ein bisschen ungewöhnlich.«

»Wo geht er denn normalerweise hin?«, fragte Creane.

»Also, es gibt ein paar Läden, in denen wir zusammen waren, aber in letzter Zeit gab es ein paar Probleme mit Jenny, wenn Sie verstehen, was ich meine. Pete war auch ein bisschen in sie verknallt, und das hat die Sache ein wenig schwierig gemacht.«

Maiden seufzte theatralisch. »Okay. Und jetzt erzählen Sie Detective Creane hier, wo Sie an einem normalen Abend hingehen. Lassen Sie nichts aus, verstanden? Mir ist egal, ob es Schwulenbars sind, illegale Spielhöllen oder was weiß ich. Nennen Sie uns alle.«

Fischer gab Ihnen eine Liste, dann bat ihn Maiden um eine Vermutung, was Dawes angehabt haben könnte. Das führte zu einem kurzen Besuch in Dawes' Schlafzimmer, wo Fischer feststellte, dass eines der Lieblingshemden zu fehlen schien. »Und Jeans«, setzte er entschieden hinzu. »Peter trägt immer Jeans, wenn er jemand beeindrucken will. Wenn er das Hemd trägt, dann hat er auch Jeans an.«

Maiden fragte: »Sind Sie immer noch befreundet? Oder ist Ihr kleines Liebesdreieck aus den Fugen geraten?«

Fischer schaute ärgerlich. »Tut mir leid, dass wir alle bloß Menschen sind, in Ordnung?« Er starrte Maiden an, der ungerührt zurückschaute und auf eine Antwort wartete. Fischer zögerte, sagte dann aber harsch: »Ja, wir sind noch Freunde, aber es war ein wenig schwierig. Können Sie das begreifen?«

»Das mache ich andauernd – was ist mit dir?« Maiden wandte sich unschuldig an Creane.

»Ich ... äh, ich bin zu jung für so was«, entgegnete Creane.

Maiden nickte und verkündete abrupt, dass sie gingen. Er überließ es Creane, sich bei Fischer zu bedanken. Creane war überrascht, dass Maiden das Tütchen mit Drogen auf dem Tisch ignorierte und direkt daran vorbei zur Haustür marschierte. Die Detectives sprachen nicht miteinander, bis sie im Wagen saßen. Creane schaute Maiden erwartungsvoll an, er wollte wissen, wo sie als nächstes hin sollten.

»Zurück zum *The Rocks«*, sagte Maiden ihm und rutschte in seinem Sitz herunter.

Creane ließ den Wagen noch nicht an. »Darf ich etwas sagen?«

»Aber sicher.« Maiden schloss die Augen.

»Kannst du mich nächstes Mal vorwarnen? Wenn wir guter Cop und böser Cop spielen, meine ich.«

Maiden runzelte die Stirn, öffnete aber nicht die Augen. »Wieso spielen?«

»Du hast ihn so in die Mangel genommen, also dachte ich mir, du willst ihn einschüchtern, und ich soll der Nette sein. Das ist doch schon ein Standard, oder?«

»Nicht für mich. Ich befrage jeden so. Was zum Teufel kann man schon rauskriegen, wenn man nett ist? Dann haben sie bloß den Eindruck, dass sie die Klappe halten können, ohne all zu viel Ärger zu kriegen.«

Creane dachte einen Augenblick darüber nach. »Verstehe«, sagte er unsicher. »Und was ist mit den Drogen? Was sollen wir deswegen unternehmen?«

Jetzt öffnete Maiden ein Auge und schaute schräg zu ihm hinüber. »Sei nicht blöd. Ich verknack doch kein Mädchen, das so gut aussieht. Was bist du eigentlich für ein Polizist?« Als Creane ihn anstarrte, setzte Maiden geduldig hinzu: »Also, ich dachte mir, es könnte eine ganz gute Idee sein, Mr Fischer und seine Freundin an der langen Leine laufen zu lassen, um zu sehen, ob sie es schaffen, sich damit selbst zu hängen. Sie schienen nicht besonders traurig darüber, dass ihr Freund tot sein könnte, oder?«

»*Sie* schon. Aber Fischer halte ich auch nicht für den sensiblen Typ.«

Maiden hörte nicht zu. Er hatte die Augen wieder geschlossen und schien ein Nickerchen zu machen, also seufzte

Creane, schüttelte den Kopf und beugte sich vor, um den Wagen anzulassen.

Zurück auf der Wache schickte Maiden Creane los, um Kaffee und Sandwiches zu holen, und setzte sich an seinen Schreibtisch. Er war nicht ganz sicher, was er als Nächstes erreichen wollte. Einen schriftlichen Bericht zu verfassen, in dem stand, dass er nicht weiterkam, würde ihm auch nicht wirklich helfen.

Aber innerhalb weniger Sekunden wurde ihm die Entscheidung abgenommen. Das Telefon klingelte. Es war Longman.

»Maiden, Sie sollen in fünf Minuten eine verdammte Pressekonferenz geben. Was machen Sie hier?«

»Ich soll *was?*«

»Die Medien sind viel zu neugierig, als dass wir sie selbst schnüffeln lassen könnten, also hat der Boss eine Pressekonferenz einberufen, die Ihnen gehört. Also los, rüber in die College Street.«

»Warum zum Teufel hat mir niemand früher davon ...«

»Erzählen Sie mir nicht Ihre Probleme, Maiden. Ich habe genug eigene.«

Er legte auf.

Du Mistkerl. Maiden starrte das Telefon an. *Das hast du absichtlich gemacht, was wahrscheinlich heißt, dass du genauer weißt, wie es um deinen Job steht, als Bercoutte klar ist. Irgendwer flüstert auch dir ins Öhrchen.* Je länger Maiden darüber nachdachte, desto überzeugter war er, dass er recht hatte. Und Longman hatte ihn »Maiden« genannt, obwohl er bisher, selbst im größten Zorn, Maiden immer als »John« bezeichnet hatte. Das einzig Gute daran, was Maiden entdecken konnte, war, dass Longman sich verraten hatte. Zumindest wusste er jetzt, dass er noch vorsichtiger sein musste.

»Eine verfluchte Pressekonferenz«, murmelte er vor sich hin und erhob sich. Er entdeckte Sayers an seinem Schreibtisch und rief hinüber: »Hey, tu mir einen Gefallen. Wenn Martin zurückkommt, sag ihm, er soll zackig in den fünften Stock der College Street kommen. Ich muss zu einer Pressekonferenz, und er hat den Großteil der Fakten in seinem verdammten Notizbuch stehen.«

»Du gibst eine Pressekonferenz?«

Maiden versuchte, sein Jackett anzuziehen. »Ja, und lach nicht. Ich bin nicht gerade begeistert.«

»Besser, du kämmst dir die Haare und putzt dir die Zähne.«

»Schnauze. Wenn Martin nicht in zwei Minuten hier ist, geh ihn suchen, ja? Ich brauche ihn wirklich. Ich werde versuchen, es eine Weile hinzuziehen.«

Als Maiden im fünften Stock in der Polizeiwache College Street aus dem Fahrstuhl trat, traf er dort einen uniformierten Senior Sergeant namens Overman. Overman war der Pressebeauftragte der Wache, er beschäftigte sich mit allen offiziellen Anfragen. Er war auch dafür verantwortlich, PR-Auftritte mit Wohltätigkeitsorganisationen und Fundraising-Veranstaltungen zu koordinieren, weswegen er ein hübsches Büro auf diesem Stockwerk wert war. Und weil er nun schon da war und immer ordentlich seine Uniform trug, hatte er auch noch die Aufgabe bekommen, die Pressekonferenzen zu organisieren und die richtigen Leute in die richtige Richtung zu schicken. Er kannte Maiden gut.

Jetzt trat er vor, ein Klemmbrett unter einem Arm. »Da sind Sie ja, John. Ich wollte gerade einen Suchtrupp losschicken.«

»Ich habe von dieser verdammten Geschichte erst vor fünf Minuten erfahren.«

Overman schaute einen Augenblick überrascht. »Na ja, keine Panik. Es ist nur eine kleine Sache mit sechs oder sieben Zeitungen, aber wenn die genug Platz freischlagen und große Überschriften bringen, dann gibt's bei der nächsten bestimmt schon Fernsehen. Aber wie läuft's? Gut?« Er begann, Maiden langsam durch den Flur zu begleiten.

»Nicht wirklich. Wenn überhaupt, dann eher schlecht. Wir sind ziemlich sicher, dass irgendwo zwei Leichen auf uns warten.«

»Zwei?« Overman schaute überrascht. »Na, jedenfalls, das ist unschön – keine Fortschritte, meine ich. Die werden mehr wollen und die ganze Geschichte größer machen als Ben Hur, wenn Sie ihnen sagen, dass es möglicherweise ein Doppelmord ist.«

Sie blieben vor einer Tür stehen. »Ich bin überrascht, dass es überhaupt jemanden interessiert«, sagte Maiden und fuhr sich automatisch mit den Fingern durch das Haar und richtete sein Jackett. »Es muss die amputierte Hand gewesen sein, die diese Totengräber Blut riechen lässt. Wir haben bisher die vermissten Personen noch nicht erwähnt. Ich hatte gehofft, es würde ohne große Aufmerksamkeit durchlaufen.«

»Sie machen wohl Witze! Außerdem wäre sowieso früh genug jemand darauf gekommen – ein Finger und eine Hand ergibt mindestens zwei Leichen. Das sind ja genau die Nachrichten, nach denen sie suchen. Sie sind nur hier, um ihnen die Details zu servieren.«

»Na, besten Dank.«

»Kein Problem. Also, haben Sie so was schon mal gemacht?«

»Oft gesehen, aber nie selbst gemacht.«

»Es ist die übliche Geschichte. Sie sitzen am großen Tisch und beantworten, so viel Sie lustig sind, oder gar nichts, wenn Sie das besser finden. Es gibt eine Liste mit Sachen, von denen Bercoutte nicht will, dass Sie darüber sprechen, aber sie ist kurz. Die Stenografin heißt Judy, und ihr Mann ist bestimmt zwanzig Kilo schwerer als Sie, also kommen Sie bloß nicht auf dumme Gedanken«, endete Overman mit einem Grinsen.

»Sehr lustig. Wo sind Sie?«

»Mit drinnen, aber an der Tür.«

»Mein Assistent, ein Junge namens Martin Creane, sollte hierher unterwegs sein. Lassen Sie ihn rein, okay?«

»Klar. Nehmen Sie's leicht, John. Die meisten dieser Reporter sind bloß hier, weil sie nichts Besseres zu tun haben. Es sind Nachwuchsschreiber, die sowieso ersetzt werden, wenn Sie anfangen, von Mord zu reden.« Mit diesen Worten legte Overman eine Hand auf Maidens Schulter und schob ihn durch die Tür.

Es war einer der kleineren Konferenzräume. In der Mitte standen gepolsterte Stühle ungeordnet umher, hinten gab es mehrere Tische für diejenigen, die sie brauchten. Alles war ausgerichtet auf eine kleine Bühne, auf der ein einzelner langer Tisch stand, darauf ein Krug mit Wasser sowie Gläser und ein Mikrofon. Eine Stenografin – die eher eine Aufnehmerin war, denn sie bediente ein Aufnahmegerät, das mit dem Mikrofon verbunden war – notierte die Fragen der Journalisten.

Maiden ging nervös zur Bühne, nickte der Stenografin zu, als er sich setzte, dann schaute er die Reporter an, die ihn erwartungsvoll betrachteten. Es waren sieben, alle männlich, und sie saßen dicht beieinander, sodass er nur die Gesichter der vordersten erkennen konnte. Es war ein Haufen Klicken zu hören, als sie ihre Mini-Aufnahmegeräte einschalteten.

»Mein Name ist Detective Senior Sergeant John Maiden«, sagte er deutlich. »Sie können mir gern alle Fragen stellen, die Sie haben, aber bitte beschweren Sie sich nicht, wenn ich irgendetwas nicht beantworte. Ich werde mein Bestes tun, um alles zu erläutern, aber natürlich gibt es ein paar Dinge, die wir im Moment für uns behalten möchten. Ich möchte Sie bitten, laut und deutlich zu sprechen, um damit Judy hier das Leben zu erleichtern.«

Dann kamen die Fragen, die meisten davon bestätigten Tatsachen, Ort und den Fund des abgetrennten Fingers, dann ähnliche Erkundigungen zu der Hand. Maiden konnte an der Intensität der Reporter ablesen, dass auch sie spürten, dass etwas Großes begonnen hatte. Er dachte für sich, dass Overman wahrscheinlich recht hatte. Wenn es nicht bald einen Durchbruch in den Ermittlungen gab und der Druck sich weiter aufbaute, würde die nächste Pressekonferenz wahrscheinlich dreimal so groß ausfallen.

Jemand von hinten fragte: »Sind Sie der Meinung, Detective, dass es sich bei diesen beiden Ereignissen um zwei unabhängige Morde handelt?«

»Technisch gesehen kann man sowohl die gewalttätige Amputation eines Fingers als auch einer Hand überleben, aber realistisch betrachtet würde ich sagen, dass zwei Morde wahrscheinlicher sind und dass die Körperteile von den Leichen abgenommen wurden.«

»Wir sprechen also über einen Doppelmord, vielleicht sogar durch einen Psychopathen?«

Maiden zögerte. Er bemerkte, dass sie ihn alle erwartungsvoll anschauten, und entgegnete langsam: »Das ist eine Möglichkeit, wenn man die Sachlage betrachtet. Aber ohne tatsächliche Opfer ist auch das Gegenteil immer noch möglich. Die von uns identifizierten Eigentümer dieser Körperteile könnten immer noch am Leben sein, und sie würden natürlich an den Amputationen leiden. Vielleicht handelt es sich um eine zweifache Entführung. Es gibt auch eine dritte Möglichkeit …« Er machte eine Pause, damit sie genauer hinhörten. »Dass die zweite Angelegenheit ein Nachahmer-Verbrechen ist, inspiriert durch die Medienberichte über den Fingerfund. Manche Zeitungen haben das auf der Titelseite zu einer Sensation aufgeblasen.«

Maiden wartete darauf, dass jemand bestritt, dass seine Zeitung so etwas machen würde, oder wenigstens die Pressefreiheit verteidigte, aber damit hielt sich niemand auf. Derselbe Reporter fragte dann: »Sie verzeichnen in jedem der Bürohäuser vermisste Personen. Haben Sie die Opfer bereits identifizieren können?«

»Mit Hilfe der Fingerabdrücke sind Identitäten festgestellt

worden, das ist alles.« Maiden wollte schon mehr sagen, als er unterbrochen wurde, weil Creane sich zur Tür hereindrückte. Maiden schaute ihn ärgerlich an, aber Creane wirkte schon schüchtern genug.

Wieder war es derselbe Reporter, der die nächste Frage stellte. Maiden konzentrierte sich jetzt auf sein Gesicht, denn er dachte, es könnte sein, dass er es sich merken müsste. Der Mann klang, als wäre er in der Lage, Ärger zu machen.

»Detective Maiden, was ist mit der Leiche, die man heute Morgen auf der Müllhalde gefunden hat? Gibt es eine Verbindung zu Ihren Ermittlungen? Meine Quelle sagt mir, dass alle Finger abgehackt wurden.«

Maiden war überrascht. Er schaute zu Creane, weil er nicht wusste, wo er sonst hinschauen sollte, und bemerkte, dass der jüngere Detective mit allen Mitteln versuchte, Maidens Aufmerksamkeit auf sich zu ziehen. Gerade als das Schweigen peinlich zu werden drohte, gelang es Maiden zu sagen: »Äh, Detective Constable Creane hat sich dieses Aspekts für mich angenommen, aber wie Sie sehen, ist er gerade erst gekommen. Wenn Sie mich einen Augenblick entschuldigen ...«

Maiden legte die Hand über das Mikrofon und bedeutete Creane, näherzukommen. Der nahm eilig auf einem Stuhl neben ihm Platz, und sie steckten die Köpfe zueinander. Sie sprachen im drängenden Flüsterton.

»Wovon zum Teufel redet der?«, zischte Maiden.

»Ich bin unten drüber gestolpert. Es sollte uns auf dem normalen Weg erreichen, aber alle anderen wissen schon davon.«

»Irgendjemand spielt mit uns verdammte Spielchen«, sagte Maiden wütend. »Was wissen wir, und was können wir diesen Clowns erzählen?«

Creane berichtete ihm in kurzen, eiligen Sätzen: »Sie haben heute Morgen auf der städtischen Müllkippe ein Leiche gefunden. Einer der Müllsucher – du weißt schon, die Leute, die nach Flaschen und recycelbaren Sachen suchen – dachte sich, die Stiefel des Toten wären eine gute Beute, bis er bemerkte, dass der Besitzer noch drinsteckte. Das Opfer ist etwa Mitte zwanzig, sieht heftig aus und ist mit einem Schrotgewehr in die Brust geschossen worden. Und, ja, seine Finger fehlen. Alle. Ein paar Jungs durchsuchen im Moment die Müllkippe, aber die Leiche ist schon ein paar Mal umgehoben worden und deswegen vielleicht meilenweit weg von der ursprünglichen Abwurfstelle.«

»Wie lange ist er schon tot?«

»Ich hab nur Hörensagen, denn ich wusste, dass ich schnell hermusste, aber es heißt, er sei frisch – richtig frisch. Bestimmt nicht älter als zwei Tage.«

Ein Hüsteln aus dem kleinen Publikum erinnerte Maiden daran, dass die Reporter warteten. Er richtete sich auf und beugte sich näher ans Mikrofon. »Es tut mir leid, meine Herren, aber Detective Creane hat mir nichts Neues gesagt, was ich mit Ihnen teilen könnte.« Maiden setzte hinzu: »Ich kann bestätigten, dass auf der Müllkippe eine Leiche gefunden wurde, aber ich kann die fehlenden Finger nicht bestätigen …« Gemurmelter Protest wurde laut, und Maiden hob die Hand, um ihn zu unterbinden. Über die Unruhe hinweg sagte er: »*Scheinbar* hat man das Opfer in diesem Zustand aufgefunden, aber ich habe noch keine offizielle Freigabe, dies zu bestätigen. Sie können diese Information also als unbestätigt veröffentlichen, denn ich weiß, dass ich Sie sowieso nicht daran hindern kann. Wenn Sie sich die Mühe machen, eine Weile zu warten, kann ich Ihnen vielleicht mehr berichten. Aber das könnte einige Zeit dauern.« Maiden erhob sich, was das Ende signalisierte. »Das ist alles, ich danke Ihnen. Alle, die mehr brauchen, werden von Sergeant Overman hören.«

Zwei Leute riefen letzte Fragen, aber Maiden ignorierte sie und stapfte mit Creane auf den Fersen aus dem Saal. Overman folgte ihnen nach draußen, und Maiden ruckte mit dem Kopf in Richtung des Sergeant, um ihm zu bedeuten, dass er sich mit ihm in der kleinen gegenüberliegenden Küche treffen sollte. Er schloss die Tür, und die drei Männer beugten sich zueinander. Es roch süßlich nach kaltem Kaffee, der auf dem Tresen verschüttet worden war.

»Wussten Sie von dieser beschissenen Leiche auf der Müllkippe?«, fragte Maiden Overman ärgerlich. Er kannte die Antwort schon. Er erinnerte sich an die Überraschung in Overmans Blick, als Maiden sagte, dass sie möglicherweise mit zwei Morden zu tun hätten – zwei, nicht drei, wie Overman gewusst hatte.

»Ich hatte davon gehört«, schoss Overman zurück. »Ich ging davon aus, Sie wüssten bereits davon und würden sich bloß bedeckt halten. Sie sind schließlich der zuständige Ermittler, nicht wahr?«

Maiden seufzte erschöpft und fuhr sich mit der Hand durchs Haar. »Ja, ja, das stimmt, aber wenn man bedenkt, wie viele Informationen ich erhalte, könnte man glauben, ich wäre der Hauptverdächtige.« Er schaute Creane an und murmelte leise: »Longman.«

Als er sich umwandte, um Overman in die Augen zu sehen, sagte er: »Aber das ist nicht Ihr Problem. Also, muss ich Ihnen eine offizielle Bestätigung dieser fehlenden Finger besorgen? Oder können Sie sich selbst darum kümmern?«

Overman grinste schief. »Niemand wartet auf Ihre offizielle Bestätigung, John. In der nächsten Zeitungsausgabe steht schon eine Leiche, gänzlich fingerlos, ob Sie das nun bestätigen oder nicht. Nichts, außer ihnen zu sagen, dass die Information vollkommen falsch war, würde sie daran hindern, das zu drucken, und selbst das könnte möglicherweise nicht reichen.«

»Lektion gelernt«, sagte Maiden und wandte sich an Creane. »Also, wo ist diese verdammte Leiche?«

»Ich weiß es nicht.«

»Dann lass es uns rausfinden.«

Maiden nickte Overman zum Dank zu, und sie verließen

die kleine Küche. Eine Sekretärin lief vorbei und war überrascht, drei Männer durch die Tür kommen zu sehen. Als Overman seiner Wege ging, flüsterte Maiden Creane heiser ins Ohr: »Na gut, dann versuchen wir eben, Longman ganz zu meiden. Wenn du sein Okay für irgendwas brauchst – um einen Wagen zu holen oder einen Fotografen zu buchen, irgendwas –, sag's mir, dann denken wir uns etwas aus, um dieses Arschloch zu umgehen.«

Zurück an seinem Schreibtisch, Creane an seiner Seite, rief Maiden bei Janet Brown an. Sie meldete sich gleich.

»Janet, hier ist John Maiden.«

»Hallo, John«, entgegnete sie gelassen. »Haben Sie immer noch einen Job, oder hat Bercoutte Sie gefeuert?«

Maiden wurde klar, dass er mit ihr seit der gemeinsamen Kaffeepause nicht mehr gesprochen hatte, und er bekam augenblicklich ein schlechtes Gewissen. »Tut mir leid, ich hatte versprochen, ich rufe Sie an, nicht wahr? … Nein, ich stecke immer noch bis über beide Ohren drin, und es wird immer schlimmer. Hören Sie, können Sie mir irgendetwas erzählen über diese Leiche, die heute auf der Müllhalde gefunden wurde? Zum Beispiel wäre es eine große Hilfe, zu erfahren, wo das verdammte Ding überhaupt ist.«

»In der zentralen Leichenhalle. Ich habe einen meiner Mitarbeiter hingeschickt, um sie anzusehen.«

»Sie haben sich nicht selbst darum gekümmert?«, fragte Maiden, bevor er darüber nachdenken konnte.

Ihre Stimme kühlte deutlich ab. »Die Spurensicherung ist nicht einmal offiziell gebeten worden, die Leiche zu untersuchen. Ich habe nur vorsichtshalber jemand hingeschickt. Normalerweise haben wir Besseres zu tun, als uns Leichen anzuschauen, die ein oder zwei Tage unter nassem Müll gelegen haben. Er wird uns nichts anderes sagen, als was halb Sydney letzte Woche zum Essen hatte.«

»Angeblich hat man seine Finger entfernt.«

»Das ist keine ungewöhnliche Methode, um die Identität eines Opfers zu verbergen.«

»Es besteht aber auch die Chance, dass sie von demjenigen abgetrennt wurden, der den Finger amputierte, den sie im Labor liegen haben.«

»Ich halte meinen Mitarbeiter für absolut kompetent, das einzuschätzen. Ich werde Sie informieren, sobald ich kann. Wenn Sie es schneller haben wollen, können Sie versuchen, sich auf offiziellen Wegen an die Spurensicherung zu wenden, damit wir die Leiche offiziell unter …«

»Nein, schon in Ordnung«, sagte Maiden gepresst.

»Dann melde ich mich, John.« Sie beendete das Gespräch, und Maiden spürte eine der bekannten Zorneswellen kommen. Er bedankte sich knapp und legte auf.

»Wie immer müssen wir selbst losziehen«, grummelte er.

Die Fahrt zum Leichenschauhaus war nur kurz, gab Maiden aber die Chance, ein paar Ideen mit Creane durchzuspielen.

»Also, was wissen wir bisher, Martin?«

Creane hatte beim Fahren vor sich hingeträumt, er ließ die Stadt vorbeigleiten. Jetzt zuckte er schuldbewusst zusammen und zwang sich zur Konzentration. »Okay … äh, also, wir haben einen Finger in einem Fahrstuhl und eine Hand in einem anderen. Verschiedene Gebäude. Jedes Körperteil ist identifiziert und mit einem Menschen in Verbindung gebracht worden, der vermisst gemeldet wurde.«

Maiden nickte ungeduldig. »Ja, schon gut. Was ist mit diesen Vermissten?«

»Einer ist ein Zombie, und der andere im Grunde auch, soweit ich es sehe.«

»Das ist nicht gerade Polizeisprache, aber ich verstehe, was du meinst. Und?«

»Beide sind ausgegangen und kamen nicht zurück.«

»Jetzt fängst du an, in die richtige Richtung zu denken.«

Craene runzelte konzentriert die Stirn und fuhr fast automatisch. »Aber wie sie ausgingen war ungewöhnlich. Normalerweise gingen sie mit ihren Freunden weg, aber in diesen beiden Fällen waren sie allein – und es waren ungewöhnliche Wochentage«, setzte er schnell hinzu.

»Also, Martin. Was würde dich dazu bringen, an einem Wochentagabend alles fallen zu lassen, dich in deine besten Klamotten zu werfen und in die Stadt zu ziehen?«

»Mich? Eine Frau«, sagte Creane, ohne zu zögern, aber seine Stimme versackte, als ihm klar wurde, worauf Maiden hinauswollte. »Teufel, du willst doch nicht sagen, das war eine Frau?«

»Nein, aber ich glaube, eine Frau könnte als Köder benutzt werden. Damit haben wir erst mal die Wahl zwischen Transvestiten, aktiven Homosexuellen in Frauenkleidern, aktiven Heterosexuellen in Frauenkleidern, einer echten Frau mit ziemlich miesem Charakter – such's dir aus.«

»Das kann keine Frau sein«, sagte Creane entschlossen. »Nicht, wenn sie nicht Kampfsport betreibt oder so.«

»Ich neige dazu, dir zuzustimmen«, nickte Maiden. »Abgesehen davon, dass eine verborgene Waffe, die man im richtigen Moment zieht, auch reichen würde.«

Creane schwieg einen Augenblick. »Es wird wirklich von Tag zu Tag verwirrender.«

»Was du nicht sagst. Hör mal, wir behalten diese Ideen besser für uns, ja? Longman spielt seine Spielchen, und ich möchte ihn so lange wie möglich im Dunkeln belassen.«

Creane zuckte mit den Schultern. »Klar.«

Im Leichenschauhaus lag die Leiche auf einem Mitteltisch, unter einer schwarzen Plastikplane. Der Aufseher war ein kleiner, unerwartet fröhlicher Mann namens Wilson. Er führte die beiden Detectives zur Leiche, dann ließ er sie warten, während er eine Akte aus einem anliegenden Raum holte. In der Luft lagen Düfte von Chemikalien und Desinfektionsmitteln. Als er zurückkehrte, schaute Wilson überrascht, dass Maiden und Creane die schwarze Folie nicht selbst zurückgeschlagen hatten. Ohne große Zeremonie zog er sie hinunter bis zum Oberschenkel der Leiche. Maiden betrachtete Deckers Überreste regungslos, aber Creane gab einen Laut des Unwohlseins von sich, wandte den Kopf ab und tat ein paar Schritte zurück, bevor er schnell ein tapferes Gesicht aufsetzte und wiederkehrte.

»Wie Sie sehen, haben wir ihn noch nicht gesäubert«, erklärte Wilson geradeheraus, er hatte die Akte aufgeschlagen. »Aber wir könnten wohl. Die Spurensicherung ist seit einer halben Stunde mit ihm fertig. Dafür haben wir ihm die Klamotten ausgezogen, und am Fundort sind Fotos gemacht worden. Niemand wird eine Obduktion vornehmen, bevor seine Haut sauber ist.«

»Es ist ziemlich offensichtlich, woran er gestorben ist«, erklärte Creane und betrachtete die Brustwunde.

»Nicht unbedingt«, sagte Wilson und schaute von der Akte auf. »Die Schusswunde könnte der gezielte Versuch sein, die tatsächliche Todesursache zu verschleiern.«

Maiden verdrehte für eine Sekunde die Augen zur Decke. Er deutete auf die schartigen Stümpfe an einer Hand. »Hat man schon irgendwelche der Finger gefunden?«

»Wir haben noch nichts davon gehört. Das werden Sie wahrscheinlich vor uns erfahren.«

Maiden grunzte. »Und ahnen Sie vielleicht schon seine Identität? Kann man ihn mit Hilfe der Zähne identifizieren?«

»Nein. Gleiche Geschichte. Sie würden die Informationen zuerst erhalten.« Wilson nickte in Richtung der Leiche. »Aber ich bezweifle, dass dieser Typ je im Leben bei einem Zahnarzt war.«

»Sie könnten überrascht sein, was man Ihnen alles erzählt, bevor ich es erfahre«, murmelte Maiden. Er starrte dem toten Mann ins Gesicht. »Ich hätte gern ein paar Porträtfotos, um sie herumzuzeigen, also könnten Sie ihn saubermachen, aber schneiden Sie ihn nicht auf, bis wir die Fotos haben. Ich schicke einen Fotografen her, so schnell ich kann. Dieser Typ sieht für mich nicht wie ein Chorknabe aus, und ich möchte wetten, dass er mehr als einmal eine Zelle von innen gesehen hat. Vielleicht erkennt ihn jemand.« Wilson nickte, zog einen Stift aus seiner obersten Tasche und krakelte mühevoll eine Notiz in die Akte. »Was hatte er an?«, fragte Maiden.

»Schwarze Jeans, dunkelblaues Unterhemd und schwarze Stiefel. Wollen Sie die Sachen sehen?«

»Nein«, Maiden schüttelte den Kopf. Er deutete auf die Genitalien der Leiche und sagte zu Creane: »Er hat seinen Schwanz noch, was fast sicher ausschließt, dass die fehlenden Finger als Verstümmelung gemeint sind. Wenn jemand zum Vergnügen an Leichen herumschneidet, dann schnappt er sich immer auch die Genitalien.«

»Wir sind also sicher, dass die Finger entfernt wurden, damit wir ihn nicht identifizieren können?«, fragte Creane, löste seinen Blick von dem toten Penis und unterdrückte einen kleinen Schauer.

»Möchte man meinen.« Maiden runzelte die Stirn und schaute der Leiche wieder ins Gesicht. »Aber aus irgendeinem Grunde kommt mir dieser Typ nicht vor wie jemand, der Fingerabdrücke hätte, die uns wirklich interessieren. Vielleicht ist er ein Kleingauner, klar. Vielleicht sogar ein bisschen höher in der Nahrungskette, aber ich kann ihn mir nicht vorstellen als jemand, der so verdammt wichtig ist. Dafür ist er auch viel zu jung.«

»Vielleicht hat jemand gedacht, er sei wichtig genug, besser anonym zu bleiben, und sie bloß vorsichtshalber abgehackt?«

»Das ergibt schon mehr Sinn«, nickte Maiden, zufrieden mit Creanes Gedankengang. Er wandte sich abrupt ab. »Waschen Sie ihn für mich, ja?«, bat er Wilson. »Ich fahre jetzt zurück zum *The Rocks* und schicke sofort einen Fotografen hierher.«

Wilson hatte kaum Zeit, das abzunicken, bevor Maiden sich an ihm vorbeidrückte und zur Tür ging. Überrascht bedankte sich Creane eilig bei dem Leichenschauhausmitarbeiter und eilte hinter Maiden her. »Glaubst du, es gibt eine Verbindung zu unserem Fall?«, fragte er, als er Maiden eingeholt hatte und neben ihm in Gleichschritt fiel.

»Mein Bauch sagt Nein. Hast du gesehen, wie die Finger abgehackt worden sind? Dagegen war der in der Spurensicherung eine verhältnismäßig saubere Amputation. Aber wir können es uns auch nicht leisten, diesen Kerl völlig abzuschreiben. Besser, wir eliminieren ihn als Teil unserer Ermittlungen, so schnell wir können, und schieben diesen Mist zügig jemand anderem zu. Ich habe keine Lust, mit mehr Leichen dazusitzen, als wir müssen.«

»Glaubst du wirklich, die zwei verschwundenen Typen sind tot?«

»Unter uns, schätze ich, wenn sie es noch nicht sind, dann werden sie es sein, bevor wir sie finden«, sagte Maiden grimmig. »Fahren wir zurück ins Büro. Du kannst den Papierkram fertig machen, während ich ein paar Anrufe erledige.«

»Ich dachte, dass du als höherrangiger Ermittler für den Papierkram zuständig bist.«

»Nicht, so lange ich das von dir erledigen lassen kann.«

Der Nachmittag war eine elende Nerverei. Longman hielt sich an sein Versprechen, Maiden nichts anderes zuzuschieben, aber das betraf nicht die Fälle, an denen er schon dran war. Die meisten davon hatte er in den letzten paar Tagen vernachlässigt, und während Maiden sich zurück im *The Rocks* darüber hermachte, quetschte sich Creane an eine Ecke seines Schreibtisches und arbeitete an Berichten für sie beide.

In einem passenden Augenblick zog Creane die Liste der Nachtclubs hervor, die Peter Dawes angeblich mochte, und hielt sie Maiden hin.

»Was machen wir damit?«

Maiden schaute auf. »Okay, wir haben das Zugangskarten-Foto von seiner Firma, das wir rumzeigen können, aber das ist ein miserables Bild, und ich bezweifle, dass jemand ihn darauf erkennen würde, selbst wenn er wollte.« Er hielt inne und schnitt eine Grimasse. »Und im Augenblick sind seine reizenden, besorgten Mitbewohner meiner Meinung nach sowieso die stärkeren Verdächtigen.«

»Aber wir müssen es trotzdem checken, oder?«

»Stimmt.«

Creane schaute auf die Liste und sagte vorsichtig: »Es sind bloß sechs Läden. Das kann ich heute Abend allein machen, wenn du willst.«

»Willst du damit sagen, ich soll nicht mit?«

»Ich denke, die Läden würden dir nicht gefallen. Das sind keine heruntergekommenen Schuppen, John. Das sind Hightech Dance-Clubs mit sehr lauter Musik, die du hassen wirst. Rap und House Music, so was.«

»Rap und was?«

»Siehst du? Außerdem bist du zu alt. Jeder wird wissen, wer und was du bist.«

»Okay.« Maiden hob ergeben die Hand. Es hatte nicht viel gebraucht, denn er wollte das sowieso nicht übernehmen. Er war müde und wollte zu Hause ein bisschen was trinken und dann wie ein Toter schlafen. »Kannst du jemand mitnehmen? Ich will nicht, dass du das alleine übernimmst, falls du irgendwas in Bewegung setzt.«

»Ich mache ein paar Anrufe.«

Creane brauchte nur einen einzigen Anruf, um einen willigen Freund aufzutreiben, einen Junior Detective, der bei einer der großen Vorstadtwachen stationiert war.

»Kein Problem«, sagte er Maiden, nachdem er aufgelegt hatte. »Wir kümmern uns darum und feiern dann noch ein bisschen weiter«, setzte er hinzu.

»Meld dich morgen bloß nicht krank, weil du zu viel gesoffen hast«, knurrte Maiden, der wusste, dass er dankbar sein sollte, es aber nicht über sich brachte, das zu sagen.

10

Maiden selbst nahm ein paar Drinks mit einem Kollegen in einer nahegelegenen Bar. Vor allem wollte er den Verkehr meiden, bis die Rushhour vorüber war. Er verbrachte mehrere Stunden in der Bar, trank jedoch vorsichtig, weil er noch fahren wollte, und die beiden Männer genossen ihre Lästerei, bei der sie sich über ihre Fälle beklagten, Longman, das System, die Gehälter und überhaupt alles, was ihnen in den Sinn kam. Als sie hinausgingen, war es dunkel, und es nieselte.

Maiden hatte schon seit langem ein Arrangement mit einer Firma, die mehr Parkplätze unter ihrem Gebäude zur Verfügung hatte, als sie brauchte. Er kaufte dem geschäftsführenden Direktor der Firma jeden Monat eine Flasche guten Scotch und durfte dafür seinen Ford parken. Die Parkregelung war ein bisschen zu angenehm, und der Detective vermutete, dass er deswegen eines Tages um einen kleinen »Gefallen« gebeten werden würde, aber darum machte er sich jetzt keine Sorgen.

Auf seinen Ford war er stolz, er war das Einzige, was er unbedingt aus seiner letzten Ehe hatte retten wollen. Es war ein ehemaliger Polizeiwagen, den er billig auf einer Regierungsauktion erworben hatte. Seitdem hatte er fast noch einmal so viel für Alu-Felgen und Breitreifen ausgegeben, ein paar Rennstreifen, um die weiße Lackierung zu beleben, und eine Menge dafür, die Standardausstattung durch Komfort zu ersetzen. Die laufenden Kosten des Achtzylinders waren ihm egal; er konnte sich damit flott durch den Verkehr winden und an den anderen vorbeiziehen, und das gefiel ihm. Er wohnte in Annandale, und der Weg zur und von der Arbeit gab ihm reichlich Gelegenheit, das mit einem zufriedenstellenden Röhren auf einem der Freeways zu tun. Aber heute Abend fuhr er langsam; die Windschutzscheibe war wasserverschmiert, und von den nassen Straßen stob ein Sprühnebel auf.

So sehr Maiden nach Hause und sich entspannen wollte, konnte er die Tatsache doch nicht ignorieren, dass er einkaufen musste. Normalerweise würde er lieber hungern, als sich der Mühe auszusetzen, einen Einkaufswagen durch einen Supermarkt zu schieben, aber am Morgen hatte er den Kaffee alle gemacht und statt Toilettenpapier Taschentücher nehmen müssen.

Er hielt vor einem kleinen Supermarkt in der Nähe seines Hauses. Die Preise waren hoch, das wusste er, aber es war angenehm und weniger nervig als ein Einkaufszentrum, und er konnte direkt davor parken. Es regnete jetzt heftiger, und der Verkehr sauste an Maiden vorbei, als er schnell aus dem Wagen stieg und vornübergebeugt unter die Markise des Ladens rannte.

Drinnen war es warm und roch ein wenig modrig nach den Sachen auf den Regalen. Weiße Neonleuchten strahlten alles knallhart an. Maiden konnte nur ein paar Leute sehen, die sich durch die Gänge arbeiteten. Die Kassiererin hatte ihre Nase in einem Kitschroman vergraben und schaute nicht einmal auf, als Maiden mit großem Gerassel einen Einkaufswagen aus der Schlange zog. Er begann am einen Ende des Ladens und marschierte durch alle Gänge; was er kaufen wollte, warf er achtlos in seinen Einkaufswagen. Er rechnete nicht mit oder suchte nach Sachen im Sonderangebot. In der Kühlabteilung griff er nach Päckchen mit Bacon und Schinken – Sachen, die er schnell braten konnte. Etwas weiter hinten entschied er sich für ein paar grüne Gemüsesorten, obwohl er die unweigerlich tief unten in seiner Kühltruhe verrotten ließ. Die einzigen unverrückbaren Bestandteile von Maidens Ernährung waren Kaffee und jeden Tag eine Vitamintablette. Während er die verschiedenen Kaffeesorten betrachtete und überlegte, ob er eine neue Marke probieren sollte, spürte er, dass jemand hinter ihn trat.

Eine Frauenstimme sagte: »Nehmen Sie keinen entkoffeinierten. Die Chemikalien, die sie dafür brauchen, schaden einem mehr als der Kaffee.«

Überrascht wandte Maiden sich um. Janet Brown stand mit ihrem Einkaufswagen neben ihm. Sie zeigte ein kleines, amüsiertes Lächeln.

»Hallo«, sagte er entgeistert. »Was machen Sie denn hier?«

»Dasselbe wie Sie, so wie es aussieht. Die schrecklichen Haushaltspflichten, für die ich normalerweise keine Zeit habe.«

»Wohnen Sie in der Nähe? Ich habe Sie hier noch nie gesehen.«

»Ich bin gerade in ein kleines Haus etwa fünf Minuten von hier gezogen. Die Miete kostet mich ein Vermögen, aber es ist viel angenehmer als die Wohnung, in der ich vorher war.«

Maiden fiel auf, dass sie immer noch gut gekleidet war, und vermutete, dass Brown ebenfalls auf dem Heimweg von der Arbeit hier gehalten hatte. Als er an ihren Job dachte, erinnerte er sich an das letzte Mal, dass er sie angerufen hatte. »Ich muss mich noch bei Ihnen entschuldigen«, sagte er. »Ich war vorhin am Telefon ein wenig ungeduldig.«

»Wirklich?« Sie legte den Kopf schräg und betrachtete ihn nachdenklich. »Ist mir gar nicht aufgefallen.«

Maiden war überrascht. Er war sicher, dass Brown sich darüber geärgert hatte, wie er mit ihr gesprochen hatte. »Erinnern Sie sich nicht, dass ich ein bisschen überrascht war, dass Sie nicht selbst im Leichenschauhaus waren? Ich hätte Ihnen nicht sagen sollen, wie Sie Ihre Arbeit zu machen haben.«

»Ach, das.« Sie zuckte mit den Achseln. »So was vergesse ich, sobald ich auflege. Das passiert den ganzen Tag, also achte ich darauf, dass es mich nicht trifft.«

»Ja, aber trotzdem hätte ich das nicht machen sollen. Nächstes Mal, wenn wir Kaffee trinken, zahle ich die Rechnung, als Entschuldigung.« Maiden fand, dass er weichlich klang, und hasste sich dafür.

Sie nickte in Richtung des Regals hinter ihm. »Bevor Sie sich mit dem Instant-Zeug vergiften, ich hab richtigen bei mir zu Hause. Ich hab nicht aufgeräumt, aber wollen Sie vielleicht trotzdem eine Tasse?«

Maiden hatte damit nicht gerechnet, und man sah es ihm an.

Sie lachte und sagte: »Ich lade nicht ständig fremde Männer zu mir nach Hause ein. Aber ich habe natürlich auch einen Grund. Es gefällt mir nicht, wo die Umzugsleute den Kühlschrank hingestellt haben. Und ich glaube, mit ein bisschen Hilfe könnte ich ihn umstellen.«

Maiden schaute in seinen Einkaufswagen. »Ja, klar. Ich bin fast fertig, glaube ich. Ich muss nur noch ein paar Tiefkühlsachen holen, das war's.«

»Prima. Ich brauche auch nicht mehr lange. Wo stehen Sie?«

»Direkt draußen, der weiße Ford.«

»Okay, treffen wir uns an Ihrem Wagen. Meiner steht auf der anderen Straßenseite. Sie können mir hinterherfahren.«

Brown entfernte sich von ihm. Als Maiden seine Sachen bezahlte, hatte sie das entfernteste Ende des Ladens erreicht. Draußen verfrachtete er die Lebensmittel in den Kofferraum seines Wagens. Der Regen tropfte vom Vordach des Ladens in seinen Nacken, und er fluchte. Er knallte den Kofferraumdeckel schnell zu und ging wieder in Deckung, zog seine Zigaretten hervor und wölbte die Hände um das Feuerzeug, um die Flamme vor dem feinen Niesel in der Luft zu schützen.

Janet Brown brauchte noch fünf Minuten, sie kam gerade heraus, als er die Kippe in den Rinnstein schnippte. Er bot ihr an, ihre Lebensmittel auf den Rücksitz seines Wagens zu stellen, damit sie sie nicht durch den Regen zu ihrem eigenen schleppen musste. Sie akzeptierte seinen Vorschlag, und als sie seinen Wagen beluden, erklärte sie ihm, wie er zu ihr nach Hause kam, falls er sie im Regen aus den Augen verlöre.

Sie lief über die Straße zu ihrem dunkelblauen Toyota, und dann mussten sie beide eine Weile warten, bis Brown sich vom Rinnstein lösen und Maiden sich hinter ihr einreihen konnte. Es war nur eine fünfminütige Fahrt zu einer kleinen Straße mit einem kleinen Ziegelhaus in einem netten Garten. Maidens Wagen passte gerade eben noch in die Auffahrt, hing aber bereits auf den Fußweg.

Er kümmerte sich nicht weiter um die Einkaufstüten, stieg aus dem Wagen und eilte zu Brown auf die kleine Veranda. Ihm fiel auf, wie nah er neben ihr stehen musste; sie duckten sich aus dem Regen, der vom Verandadach tropfte, während sie sich bemühte, den Schlüssel ins Schloss zu stecken.

Sie sagte über die Schulter hinweg: »Vielleicht trinken wir erst einen Kaffee und sehen, ob der Regen nachlässt, bevor wir die Einkäufe ausladen. Ist das in Ordnung – oder haben Sie es eilig?«

»Nein, keine Eile. Und Kaffee klingt gut.«

Die Tür schwang auf, und mit einem erleichterten Seufzen trat Brown ein. Sie tastete nach dem Lichtschalter. Maiden folgte ihr und zwinkerte, als sie das Licht anschaltete. Sie befanden sich in einem Flur, der auf jeder Seite zwei Türen hatte und eine am Ende. Brown deutete nach links.

»Das Wohnzimmer ist hier, wir gehen jetzt in Richtung Küche. Das Bad ist am Ende, und die beiden hier sind Schlafzimmer. Es gibt nur zwei.«

Die Tür zum Wohnzimmer stand offen, und Maiden schaute im Vorbeigehen hinein. Das Licht aus dem Flur enthüllte ihm einen wohnlichen Raum mit zwei Sofas und passenden Couchtischen, einen Fernseher samt Video und einer tragbaren Musikanlage auf dem Boden daneben. Es gab einen Kamin, aber vor den geschwärzten Ziegeln stand nur ein kleines elektrisches Heizgerät.

Die Küche war frisch geweißt, und alles erschien makellos sauber. Die Spüle war frei, und der kleine Holztisch mit zwei Stühlen sah wie frisch poliert aus.

»Ich dachte, Sie hätten gesagt, es sei unordentlich«, sagte Maiden.

»Sie wissen schon, das sagt man doch.«

»Sie scheinen bereits richtig eingezogen zu sein.«

»Ich hab nicht mehr viel, es dauerte nicht lange.« Brown trat an die Spüle und füllte Kaffee in den Filter.

»Wo wollen Sie den Kühlschrank hinhaben?«

Sie zeigte es ihm. Es war weniger als ein Meter, und Maiden verschob den Kühlschrank mühelos auch ohne ihre Hilfe.

»Das war's, fünf Sekunden«, sagte er und zog noch das Stromkabel hinterher.

»Vielen Dank. Wollen Sie trotzdem einen Kaffee?«

»Klar.« Maiden beugte sich in Richtung des Fensters über der Spüle und schaute hinaus. »Ich hole mal Ihre Einkäufe, während Sie Kaffee kochen. Wer weiß, ob der Regen nachlässt – vielleicht wird er auch schlimmer.«

Er musste mehrmals zum Wagen laufen. Einmal bemerkte er, dass Brown einen Kuchen aus einer der Tüten genommen hatte, ihn auf einem Teller arrangierte und aufschnitt. Er stellte die restlichen Plastiktüten auf ein Bänkchen.

»Den habe ich extra gekauft«, sagte sie. »Gehen wir ins Wohnzimmer.«

Maiden nahm einen der Becher und folgte ihr wieder in den Flur. Die Beleuchtung im Wohnzimmer war sanfter, und sie beugte sich hinunter, um den Elektroheizer anzuschalten. Sie saßen jeder auf einem Sofa, und Brown zog augenblicklich mit einem zufriedenen Stöhnen ihre Schuhe aus. Diese Lässigkeit entspannte Maiden.

»Ein schönes kleines Haus«, sagte er und schloss mit einem Nicken seine Umgebung ein.

»›Klein‹ ist es wirklich, aber es reicht. Und was ist mit Ihnen? Wo wohnen Sie?«

Er beschrieb sein Haus, und dann wandte sich das Gespräch den verschiedenen Vorteilen davon zu, in Wohnungen, Reihenhäusern oder freistehenden Häusern zu leben. Sie sprachen allerdings nicht darüber, warum, denn sie waren beide Erwachsene, die allein lebten, statt mit Ehepartnern und Familie, wie man erwarten könnte. Keiner wollte die Überreste des Lebens durchkämmen. Sie sprachen auch nicht über ihre Arbeit. Maiden hatte das Gefühl, so wie seine Ermittlungen liefen, würden sie dazu noch reichlich Gelegenheit haben. Während die Zeit angenehm verstrich, fühlte er sich immer wohler und war schließlich zerrissen dazwischen, besser zu gehen, bevor er sich *zu* wohl fühlte, und zu bleiben, solange er konnte, um sein eigenes freudloses Zuhause zu meiden.

Brown sah zu, wie er den letzten Bissen von seinem Kuchen aß. »Möchten Sie noch etwas anderes essen? Ich kann schnell etwas machen.«

Maiden zögerte. »Nein«, sagte er schließlich. »Das ist nett, aber ich fahre besser heim. Ich habe noch meine eigenen Einkäufe im Wagen, und ich glaube, ich sollte mal wieder früh schlafen gehen.«

Brown zuckte mit den Schultern. »Es wäre wirklich kein Problem … aber wie Sie wollen. Da Sie ja in der Nähe wohnen und wir beide allein leben, können Sie ja auch ein anderes Mal zum Essen kommen. Es wäre eine nette Abwechslung, mal nicht nur für einen zu kochen.«

Wieder war Maiden überrascht, aber diesmal gelang es ihm, es nicht zu zeigen. »Gerne«, sagte er, und er meinte es auch so. »Ich muss zugeben, mir geht meine eigene Gesellschaft oft auf die Nerven.«

»Wir müssen bloß einen Abend finden, der uns beiden passt.«

Maiden trank seinen Kaffee aus und erhob sich zögernd. »Ich gehe dann mal.«

»Okay. Vielen Dank, dass Sie den Kühlschrank umgestellt haben.«

»Kein Problem. Danke für den echten Kaffee.«

Brown folgte ihm zur Tür. Als er auf der Veranda stand und die Schultern hochzog, weil er nach der Wärme des Wohnzimmers die Kälte des Regens fürchtete, wandte er sich um und sah sie in der offenen Tür stehen. In Strumpfsocken erschien sie ihm viel attraktiver als die strenge, geschäftsmäßige Version, die er bislang kannte. Maiden empfand eine plötzliche starke Anziehung und musste etwas sagen – irgendetwas.

»Ich rufe Sie morgen an. Da sind ein paar Sachen, die ich gern wüsste. Und vielleicht können wir uns dann auch zum Essen verabreden.«

»Besser am Vormittag. Am Nachmittag kommen ein paar Auszubildende.«

»Okay. Und noch mal Danke für den Kaffee.«

»Gute Nacht, John. Ich mache jetzt die Tür zu. Es ist kalt.«

Er winkte kurz und rannte dann zu seinem Wagen. Als er auf dem Fahrersitz Platz genommen hatte, war die Haustür zu und das Flurlicht ausgeschaltet worden. Er saß einen Augenblick gedankenverloren da, dann setzte er den Wagen aus der Einfahrt zurück.

Maidens Haus war genauso kalt und abweisend, wie er gefürchtet hatte. Er verstaute schnell seine Einkäufe, stellte die Klimaanlage auf »warm« und »Maximum«, um die Zimmer schnell zu erwärmen, und setzte sich dann mit einem Scotch auf Eis vor den Fernseher.

Aber er bemerkte kaum, was er sah. Stattdessen beschäftigten sich seine Gedanken mit dem kleinen Häuschen, das er gerade verlassen hatte. Er stellte sich vor, dass Janet Brown neben ihm säße, auf einem ihrer Sofas. Und in seiner Vorstellung ersetzte er das Elektroheizgerät durch knisternde Scheite im Kamin.

»Du träumst zu viel, John Maiden«, murmelte er vor sich hin und nippte an seinem Scotch. Aber das Bild verschwand nicht.

11

Greg Howlett konnte hundert Dollar in einen Pokerautomaten stopfen, und das Geld war weg, bevor er wusste, wie ihm geschah. Nur selten gewann er genug, dass es sich lohnte, es zurück in seine Brieftasche zu stecken – bloß die kleinen Gewinne, die ihn weiterspielen ließen und seinen Glauben am Leben hielten. Er hatte schon ein paar Mal über hundert Dollar gewonnen, aber wenn man ehrlich rechnete, lagen die Automaten weit vorn. Das Spielen begann, sein Erspartes aufzufressen, und irgendwann würde seine Frau etwas merken, wenn er nicht vorsichtig war.

Er hatte jedoch eine Möglichkeit gefunden, seine Verluste auszugleichen. Howlett arbeitete bei einer großen Buchhaltungsfirma in der Innenstadt. Vor Kurzem war dort ein System eingeführt worden, bei dem sich die Angestellten morgens als Erstes am Computer an- und abends als Letztes abmeldeten. Die Leitung nannte das »Effizienz-Evaluierung«, aber alle wussten, dass es in Wirklichkeit eine Methode war, um zu überprüfen, wer wie lange arbeitete und wer nicht. Die meisten hatten schon herausgefunden, wie man das System austricksen konnte. Das Einfachste war, wenn ein Freund sich für einen an- oder abmeldete, dann musste man nur hoffen, dass keiner der Chefs persönlich etwas von einem wollte.

Howlett nutzte das System noch geschickter.

Er verließ das Büro zur gleichen Zeit wie alle anderen, verdrückte sich aber, ohne sich abzumelden, und dann ging er in seine Lieblingsbar und spielte auf seinem Glücks-Pokerautomaten. Nach ein paar Stunden kehrte er zurück ins Büro, schloss mit seinem Schlüssel auf, meldete sich vom

Computer ab und berechnete die Überstunden. Ihm war vollkommen egal, dass seine Stunden, weil sie weiterberechnet wurden, irgendwann, irgendwo von irgendwem bezahlt werden mussten. Er fand, wer es sich leisten konnte, eine externe Buchhaltungsfirma zu engagieren, konnte bestimmt auch noch ein paar Dollar drauflegen, und vielleicht waren die Kunden dann sogar zufriedener, weil sie glaubten, dass er sich bis spät in die Nacht über ihren Büchern den Kopf zerbrach. So oder so kriegten sie, was sie verdient hatten.

Heute war er länger als sonst in der Bar geblieben. Er hatte am Anfang ein paar Mal beim Pokern gewonnen, sodass er gehofft hatte, dem großen Jackpot ganz nah zu sein. Stattdessen aber hatte er am Ende seine Gewinne wieder verloren und zweimal so viel ausgegeben wie sonst, als er versuchte, sie zu retten. Schließlich war sein Geld alle, und ihm blieb nichts anderes übrig, als nach Hause zu fahren. Aber vorher musste er sich noch vom Computer abmelden.

Es war dunkel, als er in das schmale Gässchen zwischen den Hochhäusern einbog. Die Gasse führte zu einer Sicherheitstür, für die alle Angestellten eine Plastikkarte hatten, deren Code es ihnen erlaubte, sich Zutritt zu einem kleinen Fahrstuhl im Erdgeschoss zu verschaffen, und mit dessen Hilfe dann auch zum Stockwerk der eigenen Firma. Howlett fluchte, als er sah, dass die Dauerbeleuchtung in dem kleinen Vorraum vor dem Fahrstuhl wieder eingeschlagen worden war. Das passierte regelmäßig, es war beinahe ein Wettbewerb zwischen den Vandalen und den Sicherheitsleuten, ob sie ein Licht anbringen konnten, das nicht kaputtzukriegen war. Aber wenn es nicht leuchtete, war die Ecke verdammt dunkel, und das hasste er. Links von ihm befand sich eine Treppe, die runterführte zur Parkgarage der Firma. Ein Stahlgitter sperrte ihn jetzt aus, denn es war nach sechs Uhr abends, und er würde mit dem Fahrstuhl nach unten fahren müssen. Sein Wagen stand dort, ein Privileg, das Howlett erhalten hatte, weil er die ganzen »Überstunden« leistete, solange einer der Seniorpartner im Urlaub war. Sein Fleiß sei sehr wohl bemerkt worden, hatte man ihm erklärt.

Es piepte leise, als er seine Karte durch das elektronische Schloss zog. Im gleichen Augenblick glaubte Howlett, ein leises Geräusch am Fuß der Treppe zu hören, und zuckte herum, um nervös in die Schatten zu starren.

»Hallo?«, rief er, ein unerwartetes Zittern in der Stimme. Er erhielt keine Antwort. Als die Sicherheitstür vor ihm klickte und sich öffnete, zuckte er erschrocken zusammen und drängte sich eilig hindurch.

Im Inneren des Gebäudes war er nicht weniger nervös. Es fühlte sich alles ganz anders an in der Nacht, und es waren nur die Notlampen an, die tiefe Schatten zurückließen. Ohne irgendwelche Kollegen erschien alles bedrohlich und leer, als wäre das Haus aus irgendeinem schrecklichen Grund hastig verlassen worden. Dies war immer der unangenehmste Teil seines kleinen Betruges, obwohl er wusste, dass er theoretisch in Sicherheit *im Inneren* des Bürogebäudes eingeschlossen war.

Der Boden der Fahrstuhlnische bestand aus poliertem Marmor, und seine Schritte hallten durch den Gang. Der Fahrstuhl wartete geduldig, die Türen standen offen, und Howlett trat schnell hinein. Er zog seine Karte durch das Lesegerät und wählte sein Stockwerk.

Als die Türen sich wieder öffneten, hörte Howlett das leise Jaulen eines Staubsaugers, aber es kam aus Richtung der Toiletten, nicht aus der, in die er musste. Es war ihm angenehm, zu wissen, dass er nicht ganz allein war, und seine Hand zitterte nicht mehr, als er die Glasdoppeltür vor dem Empfangsbereich aufschloss. Er ging zügig durch das Gewirr der Büros zu seinem Computer und war zuversichtlich, dass sein Betrug wieder gut laufen würde. Er machte sich nicht die Mühe, die Neonröhren anzuschalten; sich vom Computer abzumelden dauerte nur Sekunden. Aber als sein Monitor beim ersten Tastendruck zum Leben erwachte, bemerkte

Howlett, dass es nur wenige Minuten vor 21 Uhr war. Er entschied sich, zu warten, bis die nächste volle Stunde begann. Die meisten Leute würden das tun, dachte er sich. Im Schein des Computermonitors bemerkte er einen neuen Zettel auf seinem Schreibtisch. Er nahm ihn hoch und hielt ihn dicht vor den Bildschirm, um ihn in dessen Licht zu lesen. Es war eine handschriftliche Nachricht von Tysonne, einem der Partner.

Greg,

ich wollte etwas mit Ihnen besprechen, da ich wusste, dass Sie noch im Büro sind, konnte Sie aber nicht finden. Ich bin bis 19 Uhr hier. Können Sie für ein paar Minuten vorbeikommen?

Die Notiz war unterschrieben, und darunter stand »18:30«.

»Oh, Scheiße«, murmelte Howlett, und sein Magen fuhr Achterbahn.

Er lehnt sich an seinen Schreibtisch. »Scheiße, Scheiße, Scheiße«, wiederholte er. Wie oft war Tysonne zurückgekehrt, um zu sehen, ob er wieder am Platz war? War er noch im Büro? Dieser Gedanke sorgte für einen Augenblick der Panik, bevor Howlett sich erinnerte, dass die Glastüren verschlossen gewesen waren. Aber danach fühlte er sich nur unwesentlich besser. Tysonne konnte das Büro auch erst vor wenigen Minuten verlassen haben. Er konnte sich jetzt nicht ausloggen. Seine einzige Chance bestand darin, zu behaupten, dass er völlig vergessen hatte, das um fünf zu tun – kein großes Problem, wenn man bedachte, dass er im Moment der Firmenliebling war. Aber Tysonne war ein misstrauischer Sausack. Howlett wusste, dass der Partner sich fragen würde, ob er die Firma an der Nase herumführte, und das verschlechterte seine Situation deutlich. Er musste sofort aufhören, zu Unrecht Überstunden abzurechnen. Es wäre das Beste, wenn er sich eine Weile unauffällig duckte, aber er konnte auch nicht plötzlich aufhören, Überstunden zu machen – das würde Tysonne doppelt misstrauisch werden lassen. Das Einzige, was ihm übrig blieb, war, tatsächlich ein paar Überstunden zu machen, um zu beweisen, dass alles in Ordnung war.

»Verdammt«, knurrte er, stieß sich vom Schreibtisch ab und ging zur Tür. »Verdammt noch mal.«

Howlett dachte weiter über seine Möglichkeiten nach, während er das Büro verließ und den Fahrstuhl wieder betrat; die eingebildeten Schrecken des leeren Gebäudes wurden im Moment von seinen Sorgen überdeckt. Egal, wie er es betrachtete, er saß in der Falle. Am liebsten wäre er losgezogen und hätte jetzt erst mal was getrunken, aber sein Geld war weg, und er hatte keine Lust, zum Geldautomaten zu gehen. Außerdem war er spät genug dran.

Die Fahrstuhltüren öffneten sich und enthüllten die düstere Tiefgarage. Der Lichtmangel ließ Howlett einen Augenblick zögern, sein Fuß ragte bereits aus dem Fahrstuhl heraus, aber die Sorge um seinen Job, wenn er beim Überstundenbetrug erwischt wurde, löschte all seine anderen Gedanken und Sorgen aus.

»Um Himmels willen, schlimmer konnte es gar nicht kommen«, sagte er gereizt zu sich selbst. Er ging durch die Dämmerung und zog unbewusst in der Dunkelheit die Schultern hoch.

Die Tiefgarage wurde erhellt durch Reihen von Neonröhren, die in Maschendraht gehüllt waren. Manche von ihnen waren zerbrochen, dort war es düster, und Howletts Wagen parkte an einem solchen Platz. Während der Arbeitszeit standen über fünfzig Wagen in der Garage, aber jetzt waren es nur noch drei. Howletts war am weitesten weg, und er marschierte eilig über den Beton, während er sich fragte, wem die beiden anderen gehörten. *Leuten, die in einer besseren Position sind als ich*, dachte er, ließ den Kopf hängen und tat sich selbst leid. Er hatte sich seinem Wagen von der Beifahrerseite genähert, und als er nun um den Kofferraum herumging, tastete er in seiner Jackentasche nach dem Schlüssel.

Überrascht und von kalter Angst erfüllt blieb er stehen, als die Fahrerseite des Wagens in sein Blickfeld geriet. In die Schatten geduckt, unterhalb der Fenster, befand sich eine große, bedrohliche Gestalt. Augen schauten zu ihm auf.

»Was um Teufel wollen …?«, begann Howlett.

Das war alles, was er hervorbrachte, bevor ihm ein Kopf gnadenlos in den Solarplexus donnerte, sodass er nach Luft rang. Ein schwarzer Nebel des Schmerzes beschränkte seine Sicht, und er spürte, wie er fiel, aber ein kräftiger Würgegriff packte ihn am Hals, bevor er zu Boden ging. Sein Rückgrat bog sich unter seinem eigenen Gewicht, was einen stechenden Schmerz in seinem Rücken auslöste. Er spürte, wie er kräftig gegen den Wagen gepresst wurde, die Dachkante drückte gegen seine Schulterblätter. Instinktiv versuchte er, den Daumen, der sich in seinen Hals drückte, wegzuzerren, aber es gelang ihm nicht. Unter Angst und Schmerz verstand Howlett, dass er getötet werden würde, und er kämpfte, so gut er konnte, erschlaffte aber bald aufgrund des Sauerstoffmangels, und seine Bewegungen waren nur noch ein Winden und Zucken. Heißer Atem strich über sein Gesicht. Das war das Letzte, was Howletts Sinne wahrnahmen.

Als Howlett tot war, trat sie vorsichtig aus dem dunkleren Schatten an der Wand. Sie trug eine kleine Plastik-Einkaufstüte. Er bemerkte sie kaum, während er sich auf seine Aufgabe konzentrierte. Er brauchte einen Augenblick, um Howletts Leiche nach den Wagenschlüsseln abzutasten und dann den richtigen auszuwählen, um den Kofferraum zu öffnen. Sie schaute zu und warf regelmäßig Blicke in Richtung Einfahrt und Treppe, während er ungeschickt Howletts Leiche mit den Füßen voran in den engen Behälter stopfte. Eine silberne Klinge blitzte im Licht auf. Eine kleine Taschenlampe wurde eingeschaltet, und die Klinge durchtrennte den Ärmel des Jacketts, dann das Hemd darunter. Er zog den

Stoff beiseite und legte die weiße Haut von Howletts Schulter frei.

»Ich habe es dir gesagt, erinnerst du dich?«, flüsterte sie, als er zu zögern schien. »Du musst das übernehmen.« Nach einem Augenblick nickte er und beugte sich über den Kofferraum.

Er arbeitete ungeschickt; unerfahren hackte er auf die Haut ein und sägte oftmals mit dem Messer. Sie murmelte Ratschläge, während sie die Lampe stillhielt, war aber nicht sicher, ob er sie hörte, so versunken war er. Das Blut floss reichlich und sammelte sich unten im Kofferraum. Die Muskeln schienen im orangefarbenen Schein der Taschenlampe von einem tiefen Rot. Die Aufgabe wurde schwieriger, als er das Fleisch an der Unterseite des Armes durchschneiden musste, ohne Howlett weiter als nötig aus dem Kofferraum zu ziehen. Einmal duckte sie sich unter den Wagen, um sicherzugehen, dass kein Blut aus dem Kofferraum auf den Beton darunter sickerte.

»Jetzt könntest du versuchen, ihn abzureißen«, sagte sie schließlich zu ihm. Er probierte es, und der Oberarm löste sich mühelos aus der Gelenkpfanne, der Knochen erschien im Licht der Taschenlampe leicht gelblich. Mehrere Muskelstränge hielten stur fest. Er durchschnitt sie, und die verbliebenen Sehnen rissen endlich ab. Als er den abgetrennten Arm aus dem Wagen heben wollte, stoppte sie ihn mit einem scharfen Zischen.

Aus ihrer Tasche holte sie einen schweren schwarzen Müllsack. Dort hinein ließ sie ihn den Arm packen, hielt den Beutel für ihn auf und achtete darauf, dass kein Blut über den Rand des Kofferraums tropfte. Sie knotete den Beutel zu und ließ ihn auf den Beton fallen.

»Such seine Brieftasche«, sagte sie, ärgerlich darüber, dass sie nicht vorher schon daran gedacht hatte. Die steckte in Howletts hinterer Hosentasche und war schwer zu erreichen, aber glücklicherweise frei von Blut. Sie sah sie durch und kniff im Schein der Taschenlampe die Augen zusammen, dann zog sie seine Zugangsberechtigungskarte heraus. Als sie die in Händen hielt, schaltete sie die Taschenlampe aus, warf die Geldbörse zurück in den Kofferraum und schloss den Deckel, sodass auch die Kofferraumbeleuchtung erlosch. Sie zog die Schlüssel aus dem Schloss.

»Versteck dich, wie eben. Ich bin gleich wieder da.«

Wortlos tat er, was sie gesagt hatte.

Der Arm war überraschend schwer, er dehnte das Plastik, als sie ihn zum Fahrstuhl trug. Das elektronische Schloss funktionierte wunderbar, ihm war egal, wer die Plastikkarte in Händen hielt. Sie hatte solche Karten schon selbst benutzt, in einem früheren Leben. Am liebsten wäre sie mit dem Fahrstuhl ins oberste Stockwerk gefahren, aber die Karte erlaubte ihr nur den Zugang zu Howletts eigenem Stockwerk. Als die Türen sich geöffnet hatten, drückte sie den Alarmknopf, um den Lift zu stoppen, dann hob sie vorsichtig den abgetrennten Arm aus dem Müllbeutel und legte ihn auf den Fahrstuhlboden. Sie achtete darauf, kein Blut auf sich selbst zu tropfen. Zufrieden knüllte sie den Plastikbeutel zu einem kleinen Knäuel zusammen und schaute sich nach der Feuertreppe um. Eine Minute später war sie zurück in der Tiefgarage.

Sie legte den leeren Beutel in den Kofferraum, verschwendete jedoch keinen zweiten Blick auf die verstümmelte Leiche. Ihr Begleiter schaute schweigend zu. Dann stiegen sie beide in den Wagen, die Frau am Steuer, und fuhren gemessen aus der Tiefgarage. Das war der letzte riskante Augenblick – die Möglichkeit, dass jemand das Fahrzeug erkannte und bemerkte, dass eine Fremde am Steuer saß. Wieder tat die elektronische Zugangskarte ihre Arbeit, sie öffnete das Garagentor und ließ sie hinaus.

Sie setzte ihn zuerst zu Hause ab. So war es besser. Die Fahrt zum Flughafen dauerte fünfundvierzig Minuten. Das Ticket für das Langzeit-Parkhaus kam aus einem Automaten, niemand sah sie hineinfahren. Sie legte das Ticket wie vorgeschrieben auf das Armaturenbrett, und bevor sie die Tür schloss, steckte sie die Schlüssel unter den Vordersitz. Auf dem Weg zum Terminal ging sie an einer Mülltonne vorbei und nutzte die Gelegenheit, die schwarzen Wollhandschuhe auszuziehen, die sie jetzt schon seit Stunden anzuhaben schien, und sie unter den anderen Müll zu schieben. Auch dabei beobachtete sie niemand.

Sie ließ sich auf den Rücksitz des ersten Taxis in der Schlange fallen.

»Kein Gepäck?«, fragte der Fahrer mit schwerem Akzent, er begutachtete sie im Rückspiegel.

»Nein«, sagte sie kurz angebunden. »Ich habe nur jemand hergebracht.«

Dann nannte sie ihm eine Adresse, und sie tat dies in einem Ton, der klarstellte, dass sie nicht an einem Gespräch interessiert war.

12

Maiden tapste früh am Morgen durch seine Küche, ein Handtuch um die Hüfte geschlungen, während er sich zum Frühstück Bacon und Eier briet. Der Tag zuvor war reine Zeitverschwendung gewesen. Während er geistesabwesend den Bacon wendete, überlegte er, ob er Longman erklären sollte, dass seine Ermittlungen bei dem Doppelmord nicht weiterkamen, weil er weder Beweise noch Spuren hatte. Ihnen blieb einfach nichts anderes übrig, als alles noch einmal von vorne aufzurollen.

Das Telefon klingelte. Es war der diensthabende Sergeant in der Zentrale. Während Maiden der effizienten Stimme am anderen Ende zuhörte, bildete sich ein grimmiger Ausdruck auf seinem Gesicht. Der Sergeant sagte schließlich: »Ich dachte, Sie wollen vielleicht direkt dorthin, Sir. Bevor Sie auf die Wache kommen.«

»Verdammt – ja, da haben Sie recht.« Maiden atmete durch und schaltete sein Hirn an. Seine schlimmste Sorge – dass die Körperteile immer größer werden würden – schien wahr zu werden. Er ließ sich noch ein paar Details durchgeben und kritzelte sie ungeschickt auf einen Notizblock, während er das Telefon mit der Schulter einklemmte. »Okay, hören Sie. Ich habe einen Detective Constable namens Martin Creane, der mir mit dieser Sache hilft. Können Sie seine Nummer nachschlagen und ihn ebenfalls anrufen? Sagen Sie ihm, er soll sich mit mir am Tatort treffen, und sagen Sie den Leuten dort, dass sie alles in Ruhe lassen sollen.«

Dieser letzte Wunsch war praktisch unnötig, aber Maiden wollte nichts riskieren. Der Sergeant bestätigte und legte auf. Maiden stand still, er starrte mürrisch den zischenden Bacon an. Seine spontane Reaktion war, sofort zum Tatort zu rasen, aber er bremste sich. *Es läuft nichts weg, und das hier ist vielleicht die einzige anständige Mahlzeit, die ich den ganzen Tag über bekomme.*

Die Vorstellung abgetrennter Arme verdarb ihm nicht den Appetit, aber kaum hatte er den letzten Bissen von seinem Teller genommen, verließ ihn seine Ruhe, und er stellte das Geschirr ungewaschen in die Spüle. Er lief zur Treppe und in sein Schlafzimmer, um sich anzuziehen. Da klingelte das Telefon wieder. Es war der Sergeant, der sagte, er könne Creane nicht erreichen. Maiden bat ihn, überall, wo er es für sinnvoll erachtete, Nachrichten zu hinterlassen, dass Creane sich mit ihm am Tatort treffen sollte.

In der morgendlichen Rushhour wünschte sich Maiden nicht zum ersten Mal, dass er ein abnehmbares Blaulicht hätte, das er aufs Dach kleben könnte. Es war nur eine kleine Genugtuung, dass, als er das Gebäude, in dem sich Greg Howletts Buchhaltungsfirma befand, eine kleine Flotte Streifenwagen einen temporären Parkplatz auf einer Fahrspur abgrenzten, was wiederum den Stau der Pendler verschlimmerte. Maiden verschwendete keine Zeit damit, sich einen Parkplatz zu suchen. Als er seinen Wagen abstellte, kam ein uniformierter Constable augenblicklich auf ihn zu, aber Maiden hatte seinen Ausweis schon im Anschlag. Der Constable winkte und wandte sich ab.

Diesmal waren überall Polizisten. Außerdem trieb sich ein Fernsehteam im Foyer herum und suchte nach jemandem, der es vielleicht wert wäre, gefilmt zu werden. Maiden achtete darauf, ihrem Blick auszuweichen, und ging in Richtung der Fahrstühle. Es war offensichtlich, welcher nicht zur Benutzung freigegeben war. Die Türen waren zugeklebt, und eine Plastikkette war davor aufgestellt worden. Zwei Polizisten standen Wache. Sie beobachteten die Fernsehleute misstrauisch. Maiden hielt ihnen seine Marke hin.

»Immer noch im selben Stockwerk?«, fragte er, falls man

den Fahrstuhl aus Sicherheitsgründen bewegt hatte. Er drückte die Knöpfe, um einen der anderen Fahrstühle herbeizurufen.

»Ja, achtzehn«, entgegnete einer der Constables.

»Haben diese Fernsehleute versucht, raufzukommen?«

»Schon zweimal. Mir gehen die Entschuldigungen aus, sie aufzuhalten.«

»Sagen Sie Ihnen einfach, ich hätte es gesagt. Das reicht als Entschuldigung. Ich schätze, oben ist die Hölle los?«

»Spurensicherung, Fotografen, Ermittler – eine Menge Leute für einen kleinen Fahrstuhl«, entgegnete der Constable mit einem humorlosen Grinsen.

»Kann ich mir vorstellen«, murmelte Maiden. Der Lift verkündete seine Ankunft, die Türen öffneten sich, und ein Haufen Leute quollen heraus. Die meisten schauten im Vorbeigehen die Polizisten an. Maiden konnte sich vorstellen, was im Gebäude heute Morgen getratscht und spekuliert wurde. Er nickte dem Constable zu und trat in den Fahrstuhl. Mehrere Leute begleiteten ihn auf seiner Fahrt nach oben, aber nur zwei stiegen aus, als die Türen sich im achtzehnten Stock öffneten. Die beiden Männer reckten ihre Hälse, um zu sehen, was los war, als Maiden sich an ihnen vorbeidrängte. Er wandte sich um und starrte sie an, und sie machten sich schnell aus dem Staub.

Der Empfangsbereich der Buchhaltungsfirma war voll. Eine Rezeptionistin, die klein und überfordert wirkte, saß an ihrem Schreibtisch und starrte alle an. Während Maiden sie beobachtete, klingelte ihr Telefon, und sie meldete sich geistesabwesend. Er sah Creane mit einem Fotografen reden, der mehrere Kameras trug. Er drängte sich durch und tippte Creane auf die Schulter. »Ich konnte nicht schneller kommen, der verdammte Verkehr«, beklagte er sich mit leiser Stimme. »Was ist passiert? Diesmal haben wir einen ganzen Arm, das ist alles, was ich weiß.«

»Sieh es dir erst einmal an.«

Creane führte ihn zum Fahrstuhl. Die Türen waren offen, aber jemand hatte Verstand genug gehabt, um ein paar Büroteiler aufzustellen, damit nicht alle hineinstarrten. Im Moment war niemand im Fahrstuhl, und der abgetrennte Arm lag in der Mitte auf dem Boden. Eine große Blutlache hatte sich unter dem Stumpf gebildet, und weitere Blutflecken befanden sich auf dem Stoff des Jackettärmels und der weißen Hemdmanschette.

Maiden ging in die Hocke und betrachtete die Sache aus der Nähe.

»Wer immer das war, er hat sich nicht die Mühe gemacht, ihn auszuziehen. Sie haben sich einfach durch Jackett, Hemd und Arm gehackt. Hatten sie es eilig?«

»Vielleicht.«

Maiden bemerkte den Ring an der Hand des Opfers. »Er war verheiratet.«

»Wir wissen wahrscheinlich, wer es ist«, sagte Creane, woraufhin Maiden überrascht aufschaute. »Ein Mann namens Greg Howlett. Er ist gestern Abend nicht nach Hause gegangen und heute Morgen nicht zur Arbeit gekommen und hat sich auch nicht krankgemeldet. Angeblich hat er gestern Abend hier im Büro Überstunden gemacht, aber einer seiner Chefs hat gegen sechs-dreißig versucht, ihn zu finden – vergeblich. Sie haben hier ein System im Computer, das sagt, Howlett hätte noch am Platz sein sollen. Deswegen habe ich ihn oben auf die Liste geschrieben, und ich habe die Spurensicherung einen Abdruck von seiner Hand nehmen lassen. Er hat einen deutlichen Wirbel, der einem schon fast mit bloßem Auge sagt, dass die Abdrücke zu denen von seinem Schreibtisch passen. Die Spurensicherung will sich natürlich ohne Laboruntersuchung nicht festlegen, aber einer der Typen hier meint, man könnte sein Haus darauf verwetten. Sie werden natürlich auch Fasern vom Jackett und so weiter untersuchen, nur um sicherzugehen.«

»Das geht ja besser los als die anderen«, sagte Maiden und

erhob sich. »Ich schätze, wir sollten für solche Glücksfälle dankbar sein.«

»Ich würde nicht sagen, dass dieser Mann einen Glücksfall erlebt hat.«

»Nein«, entgegnete Maiden abwesend. »Hast du irgendwelche Kollegen gesprochen, um ein Profil über Howlett zu erstellen?«

»Noch nicht. Ich habe bisher nur mit seinem Chef geredet. Er heißt Tysonne. Es ist der Mann, der dort neben der Empfangsdame steht.«

»Ich gehe und rede mit ihm. Sag der Spurensicherung, dass ich genug gesehen habe. Wenn alle anderen zufrieden sind, können wir hier saubermachen. Und ich möchte, dass du dann mit den restlichen Mitarbeitern redest.«

Irgendetwas an Maidens Auftreten ließ Creane fragen: »Reden? Bin ich auf etwas Bestimmtes aus?«

»Wenn dieser Typ glücklich verheiratet war, kippt das unsere Theorie, dass die Opfer auf einem Rendezvous waren, das aus dem Ruder gelaufen ist. Entweder das, oder es gibt eine neue Art, sich an die Opfer ranzumachen, von der wir noch keine Ahnung haben. Ich möchte, dass du rauszufinden versuchst, ob Mr Howlett vielleicht von einer anderen Frau beglückt worden sein könnte, ohne dass du ein großes Drama daraus machst. Frag ein paar der hübscheren Mädchen in der Firma, ob Howlett sie jemals angegraben hat.« Maiden schwieg einen Augenblick, dann fragte er: »Dabei fällt mir ein – hattest du Glück in der Stadt? In diesen Nachtclubs?«

Creane schüttelte abwesend den Kopf. »Verdammte Zeitverschwendung. Niemand wollte mit uns über irgendwas reden. Man hätte glauben können, wir seien von der Drogenfahndung.« Er tat es mit einem Schulterzucken ab, war auf die Gegenwart konzentriert. »Wenn Howlett nicht von einer Frau rausgelockt wurde, besteht die Chance, dass er hier im Gebäude oder ganz in der Nähe gekidnappt, ermordet und verstümmelt wurde ... und zwar in kürzester Zeit, ohne ihn anzumachen oder in eine Bar zu locken. Das ist anders als bei den anderen ...« Er hielt inne und runzelte die Stirn. »Großer Gott, heißt das, der *Rest* von Howlett ist vielleicht noch irgendwo im Gebäude?«

»Genau«, entgegnete Maiden grimmig.

Creane starrte einen der uniformierten Constables an. »Sagst du ihnen, dass sie nach ihm suchen sollen?«

»Noch nicht, aber ich wüsste nicht, wie wir es vermeiden sollen. Fang du mit den Kollegen an. Ich suche nach dir, wenn ich fertig bin.«

Maiden ließ einen besorgten Creane zurück und ging locker hinüber zu Tysonne, der alles unzufrieden beobachtete. Tysonne war ein groß gewachsener, missmutig dreinschauender Mann, schlank gebaut und mit schmalem Gesicht. Er war blass vor Schreck und blickte über eine Lesebrille hinweg Maiden an, als der Detective sich vorstellte.

»Mr Tysonne, können Sie mir erklären, was letzte Nacht und heute Morgen vorgefallen ist?«

Tysonne schaute in Creanes Richtung, und der Blick sagte eindeutig, dass er sich wiederholen würde und ihm das nicht gefiel, aber er begann ohne Widerspruch. »Heute Morgen bin ich zur selben Zeit wie immer zur Arbeit gekommen. Ich bin oft der Erste im Büro. Als ich aus dem Fahrstuhl kam, bemerkte ich, dass der andere Fahrstuhl hier auf unserem Stockwerk stand und dass etwas darin lag. Es sah ungewöhnlich aus, also habe ich es mir genauer angeschaut, und da entdeckte ich den ... äh, Arm.« Sein Adamsapfel hüpfte nervös auf und ab. »Das hat mich ganz schön erschreckt, das kann ich Ihnen sagen. Natürlich habe ich dann die Polizei verständigt.«

»So einfach war das? Sonst nichts? Egal wie unwichtig es Ihnen erscheinen mag, Mr Tysonne.«

»Ich ... ich musste mich auf der Toilette übergeben, falls das einen Unterschied macht.«

»Nicht wirklich«, entgegnete Maiden trocken. »Was ist mit gestern Abend? Sie haben Detective Creane gesagt, dass ein Mr Howlett verschwunden zu sein scheint.«

Tysonnes Blick huschte zögerlich in Richtung des Fahrstuhls, vor dem nun Kamerablitze aufflammten. »Ich habe gestern Abend um halb sieben versucht, Greg zu finden, aber er war nicht da. Wir haben ein Anmelde-/Abmeldesystem am Computer, und ich konnte sehen, dass Greg nicht abgemeldet war, also hätte er theoretisch irgendwo sein müssen, aber ich habe ihn nicht gefunden.«

»Wie oft haben Sie nachgesehen?«

»Drei Mal. Das letzte Mal um halb neun, kurz bevor ich das Büro verließ.«

»Besteht die Chance, dass er sich einfach nicht vom Computer abgemeldet hat und nach Hause gefahren ist?«

»Das ist möglich. Wir können das nicht verhindern, obwohl wir versucht haben, unsere Mitarbeiter darauf hinzuweisen, dass sie sorgfältig sein sollen. Greg ist ganz besonders zuverlässig, vor allem wegen der Überstunden, die er in der letzten Zeit geleistet hat.«

»Mr Howlett hat viele Überstunden gemacht?«

Tysonne nickte. »So viele, dass sie ihn Mr Todds Parkplatz in der Tiefgarage haben nutzen lassen. Mr Todd ist längere Zeit beurlaubt.« Der Buchhalter zwinkerte, als er bemerkte, dass Maiden ihn mit kaum verhohlenem Ärger anschaute.

»Wollen Sie damit sagen, dass sein Wagen unten stehen könnte? Haben Sie das schon jemand anders wissen lassen?«

»Ich habe noch nicht daran gedacht …«

»Stand er gestern Abend dort, als Sie nach Hause gefahren sind?«

»Meine Frau hat mich vorne abgeholt. Ich war nicht in der Garage.«

»Was war heute Morgen? Haben Sie ihn da gesehen?«

Trotz seines Schreckens und der Verwirrung wurde Tysonne nun doch ärgerlich über Maidens Ton. »Ich benutze die Garage nicht, Detective Maiden. Ich dachte, das hätten Sie verstanden.«

»Okay …« Maiden nickte vor sich hin; ihm war egal, wen er verärgerte. »Okay, gehen wir kurz nach unten, um das zu überprüfen.« Er ging los, hielt aber inne, als er bemerkte, dass Tysonne zögerte. »Spricht etwas dagegen?«

»Ich weiß nicht, was für einen Wagen Greg fährt.«

Maiden übte sich in Geduld. »Aber er wird doch wohl auf dem richtigen Parkplatz stehen, oder?«

Tysonne zuckte ein wenig mit den Schultern. »Sollte er.«

Die Empfangsdame hatte zugehört. Sie unterbrach: »Ich glaube, es ist ein brauner Commodore. Wir müssten die Autonummer für die Versicherung hier haben, wenn Mr Todd alles korrekt veranlasst hat.«

Maiden lächelte sie dankbar an und ignorierte Tysonne bewusst. »Das wäre eine große Hilfe.«

Sie tippte bereits schnell auf ihrem Computer. Einen Augenblick später schnalzte sie zufrieden mit der Zunge und kritzelte etwas auf einen Notizzettel, dann riss sie das Blatt ab und reichte es Maiden. »Es ist ein Commodore, aber hier steht keine Farbe. Das ist das Nummernschild.«

»Danke.« Er wandte sich an Tysonne. »Können Sie mitkommen? Vielleicht habe ich noch einige Fragen.« Tysonne wirkte nicht begeistert, nickte aber. Maiden schaute einen in der Nähe stehenden Constable an und sagte ihm: »Das Opfer hat vielleicht noch einen Wagen in der Tiefgarage stehen. Ich fahre runter und sehe mir das an. Falls jemand mich sucht, ich bin bald wieder da.«

Maiden und Tysonne fuhren allein im Fahrstuhl. Sie wechselten nur einige Worte, als Tysonne das Sicherheitssystem beschrieb. Der Fahrstuhl hielt im Foyer, und Tysonne stieg aus. Überrascht folgte Maiden ihm zu der Nacht-Sicherheitstür. »Wenn er das Gebäude verlassen hatte, muss er hier zurückgekommen sein«, erklärte Tysonne.

Maiden starrte das elektronische Schloss an der Tür an. »Wie funktioniert das?«

»Wie der Fahrstuhl. Praktisch alle Angestellten haben eine Karte, die das Schloss öffnet.«

»Braucht man eine Geheimzahl?«

»Nein, man zieht einfach die Karte durch.«

»Und dann hat man Zugang zum gesamten Gebäude?«

Um die Funktionsweise zu veranschaulichen, zog Tysonne die Tür ein Stückchen auf. »Jetzt kann man jederzeit ohne Karte hinein, aber um sechs Uhr greift der Schließmechanismus, und man braucht die Karte. Man hat dann allerdings nicht Zutritt zum gesamten Gebäude. Nur zu diesem Vorraum mit dem Fahrstuhl. Meine zum Beispiel lässt mich durch diese Tür gehen und weist den Fahrstuhl an, mich auf unserem Stockwerk herauszulassen. Bei allen, die für unsere Firma arbeiten, ist es genauso. Es ist wirklich ein sehr gutes System.«

Maidens Hirn arbeitete wie verrückt. »Okay, zeigen Sie mir die Tiefgarage.«

Fünf Minuten später hatten sie alle Parkplätze unterhalb des Gebäudes überprüft. Howletts Wagen war nicht zu entdecken. Der Parkplatz, auf dem er hätte stehen sollen, war verdächtig leer. Maiden untersuchte den Beton sorgfältig, aber dort war nichts zu sehen außer Ölflecken.

»Okay«, sagte er zu Tysonne. »Gehen wir wieder hoch.«

Tysonne war genervt, dass er herumgeschleppt wurde. »Was denken Sie?«, fragte er ungeduldig.

»Im Moment weiß ich nicht, was ich denken soll«, entgegnete Maiden und blickte ihn ausdruckslos an. Tatsächlich gingen ihm mehrere Möglichkeiten durch den Kopf, aber die würde er nicht mit Tysonne diskutieren.

Zurück im achtzehnten Stock bedankte sich Maiden bei Tysonne mit einem knappen Nicken, dann überprüfte er noch einmal die Angaben über Howletts Wagen bei der Empfangsdame und ließ anschließend einen der Constables per

Funk die Fahrzeugbeschreibung zusammen mit der Bitte um eine Suchmeldung durchgeben. »Sagen Sie Ihnen, wer auch immer ihn findet, soll sich vorsichtig nähern«, setzte er hinzu. »Selbst wenn er leer aussieht. Vielleicht sind Spuren zu sichern, und die soll bloß kein trotteliger Anfänger verschmieren.«

Der Constable schaute ausdruckslos, während er die Informationen weiterleitete. Er erwartete, dass Maiden blieb, um sicherzugehen, dass er alles korrekt wiedergab, aber Maiden suchte bereits nach Creane, der ihn jedoch zuerst entdeckte und auf ihn zukam. Maiden bedeutete ihm, gemeinsam zurück zum Fahrstuhl zu gehen, wo er schweigend die Bedienelemente betrachtete.

»Und? Durchsuchen wir das Gebäude?«, fragte Creane ungeduldig.

Maiden zögerte eine Augenblick. »Nein – jedenfalls nicht mit der ganzen Kavallerie. Wir schicken ein paar Leute auf die übliche Tour durch.«

»Du glaubst nicht, dass der Rest dieses Typen noch hier ist?«

An Maiden nagte ein Verdacht, der ausgelöst worden war durch das, was er in der Garage gesehen hatte. Jetzt zog er Creane in eine stille Ecke des Foyers. Er senkte die Stimme. »Howletts Wagen sollte in der Garage stehen, aber er ist weg. Wenn man nach Feierabend ins Haus will, muss man durch einen Seiteneingang gehen und eine Zugangskarte haben. Die Karte lässt einen dann auch mit dem Fahrstuhl aufs eigene Stockwerk fahren. Verstehst du?«

Creane nickte, er hörte aufmerksam zu.

Maiden deutete mit dem Daumen auf den offen stehenden Fahrstuhl. »In den anderen Fällen hat man die amputierten Körperteile einfach mit dem Fahrstuhl auf und ab fahren lassen, bis irgendein armer Hund darüber stolperte, aber diesmal wurde der Fahrstuhl mit dem Not-Aus in diesem Stockwerk angehalten. Ich vermute, wer immer das getan hat, hat

Howletts Karte benutzt, um den Fahrstuhl zu bedienen, denn wahrscheinlich hatte er keine Wahl beim Stockwerk. Was auch heißt, wenn er sich nicht den ganzen Tag im Haus versteckt und dann hier angegriffen hat, muss er die Karte benutzt haben, um durch die Sicherheitstür wieder reinzukommen.«

»Willst du sagen, der Arm ist hierher zurückgebracht worden? Howlett wurde irgendwo draußen getötet und verstümmelt?«

»Das würde erklären, warum wir kein Blut finden, und die Sache mit dem Fahrstuhl. Sie müssen ihn sich in der Tiefgarage geschnappt haben.«

»Sie können auch eine andere Karte benutzt haben, um reinzukommen. Ihn irgendwo auf diesem Stockwerk umgebracht und den Fahrstuhl mit dem Arm drin angehalten haben und dann über die Feuertreppe abgehauen sein.«

»Genau darum geht es, Martin. Es musste jemand sein, der auf diesem Stockwerk arbeitet, oder jemand mit Zugriff auf eine Karte für dieses Stockwerk – und ich glaube, das ist alles zu nah dran. Das würde es uns zu einfach machen. Es gibt ja nur eine begrenzte Anzahl Karten.« Maiden schüttelte nachdenklich den Kopf. »Nein, irgendwann waren Howlett – lebendig oder nicht – und seine Zugangskarte außerhalb des Gebäudes oder zumindest in der Garage.« Maiden deutete auf den Fußboden. »Er ist gegangen. Und nur sein Arm kehrte zurück. Ich wäre verdammt überrascht, wenn wir nicht seinen Wagen und seine Leiche zusammen auffinden.«

»Aber warum ist er rausgegangen? Er musste doch vorhaben, zurückzukommen. Sonst hätte er sich vom Computer abgemeldet.«

»Okay, warum würdest du rausgehen?«

Creane dachte darüber nach. »Was zu essen? Was trinken?«

Maiden sah einen anderen Mitarbeiter den Rufknopf für den Fahrstuhl drücken. Er achtete darauf, den Polizisten nicht zu nahe zu kommen. »Weißt du was? Du kannst mich ja für faul und einen alten Sack halten, aber ich glaube, ich würde mir nicht den ganzen Schnickschnack mit dem Fahrstuhl und der Sicherheitstür und der Zugangskarte antun, nur um eine Kleinigkeit zu essen. Ich würde mir einen Kaffee aus dem Automaten holen und ein paar Kekse, und dann würde ich durchhalten, bis ich nach Hause komme, wo meine Frau wahrscheinlich was im Ofen warm hält.«

Creane schaute ihn an. »Willst du sagen, dass er einen besseren Grund hatte, seinen Schreibtisch für eine Weile zu verlassen, zum Beispiel eine Frau, die unten auf ihn wartete? Das könnte uns die Verbindung zu den anderen beiden Fällen bieten, nach der wir suchen.«

»Ja, so etwa.«

»Aber es ist schon bei den ersten beiden Opfern eine weit hergeholte Theorie.«

»Ich weiß, aber es ist die Einzige, die ich habe.«

Creane schaute in Richtung des angehaltenen Fahrstuhls, als könnte er den abgetrennten Arm mitsamt Ehering durch die Abschirmungen und umstehenden Leute hindurch sehen. »Aber dieser Typ war verheiratet. Du hast selbst gesagt, das könnte unsere Idee zunichte machen.«

Maiden zuckte mit den Achseln. »Ich sollte es besser wissen, Martin. Na und, wenn er verheiratet war?« Er beugte sich näher. »Ich sage dir was, ein Großteil der Überstunden, die letzte Nacht in dieser Stadt gemacht wurden, dreht sich um die wild gewordenen Hormone von verheirateten, untreuen Bürohengsten. ›Überstunden machen‹ ist die älteste Ausrede überhaupt.«

»Ich habe erst mit ein paar Mitarbeiterinnen gesprochen, aber keine von ihnen möchte behaupten, dass Howlett jemand gewesen wäre, der seine Frau betrügen würde.«

»Na ja, sexuelle Belästigung im Büro ist heutzutage eine ziemlich heiße Sache. Vielleicht hat er hier nichts versucht, aber *außerhalb* des Gebäudes könnte es ganz anders ausgesehen haben.«

»Okay, ich frage weiter«, sagte Creane ohne allzu viel Hoffnung.

»Das könnte unser Durchbruch sein«, sagte Maiden zu ihm. »Wenn er rausgegangen ist, um sich mit jemand in einer Bar zu treffen, oder in einem Restaurant, dann ist er bestimmt nicht weit gegangen oder lange geblieben. Er wollte schnell wieder zurückkommen, wenn dieser Computer-Anmelde-Unfug überhaupt einen Sinn hat, sonst hätte er sich abgemeldet, nicht wahr? Wir müssen die direkte Umgebung überprüfen. Wir müssen in jeden Schuppen gehen, der nach, sagen wir halb sieben, noch offen hat.«

Creane schaute ihn zweifelnd an und riskierte ein wenig Sarkasmus. »Du willst also im Haus nach einer Leiche suchen, in ein paar Blöcken in der Umgebung nach einer unzüchtigen Geliebten und in der ganzen Stadt nach Howletts Commodore. Hast du Longman schon gesagt, dass du die gesamte Polizei zu deiner Verfügung brauchst?«

»Scheiß auf Longman. Ich werde ihn umgehen, der kann ohne mich in Tränen ausbrechen.«

»Das glaube ich, wenn ich's sehe«, sagte Creane und ging.

13

Howard ging das Geld aus, und das passte ihm gar nicht. Er brauchte nicht viel zum Leben. Die Wohnung gehörte einem Kumpel von Decker, der im Moment gerade zehn Jahre wegen dreifachen bewaffneten Raubüberfalls absaß. Es gab kein Telefon. Aber Howards Lebenshaltungskosten waren hoch, weil er so viel zum Saufen und Fastfood kaufte.

Plötzlich hatte er keine Zwanzigdollar-Scheine mehr in seiner zerschrammten Geldbörse. Als das das letztes Mal passiert war, hatte er Decker dazu überredet, einen riskanten, ungeplanten Überfall auf eine Vierundzwanzig-Stunden-Drogerie durchzuziehen. Es war kaum das Risiko wert gewesen, das sie eingingen. In der Kasse hatte gerade genug gelegen, dass sie zwei Wochen weit kamen. Jetzt würde Howard etwas Ähnliches unternehmen müssen. Aber diesmal, sagte er sich, würde er sein Ziel sorgsamer auswählen, und es würde mehr Geld dabei rüberkommen. Howard glaubte, er könnte alles tun – wenn er genug Geld hätte. Es waren nur seine mangelnden Mittel, die ihn in den letzten paar Tagen daran gehindert hatten, nach Fiona Ausschau zu halten, und das machte ihm Sorgen, denn Fiona war seine Freundin, und er wollte bei ihr sein, aber er würde dumm da stehen, wenn er pleite war.

Das Gewehr war eines von Deckers Lieblingsdingen gewesen, er hatte es sorgfältig gepflegt und gereinigt. Howard hegte keine derartigen Gefühle, also entschied er sich, den langen Lauf abzusägen, bis knapp vor den Griff. Die Waffe zu verbergen, war immer ein Problem gewesen, und das war die einfachste Lösung. Bisher hatte Decker sich immer dagegen ausgesprochen. Aber jetzt war es natürlich egal.

Um Geld zu sparen, kaufte Howard nur die Sägeblätter. Ein Sägeblatt zu halten, während er mühevoll den Stahl durchtrennte, war schwierig. Seine Finger verkrampften sich, und er musste oft pausieren. Es schien ewig zu dauern. Er hatte sich ein Sixpack mitgenommen, und bei dem Kauf hatte er auch gleich den Laden genauer angesehen. Decker hatte immer Nein zu dem Schuppen gesagt, weil er so nahe lag, und in der Straße war viel los. Howard musste, nachdem er das Ganze noch einmal genauer betrachtet hatte, unwillig zustimmen. Der Typ hinter dem Tresen hatte ihn mit einem Nicken begrüßt, als er hereinkam, weil Howard ein Stammkunde war. Das war nicht gut.

Es waren nur noch zwei Bier übrig, die auf dem Fußboden neben ihm warm wurden, als der letzte Widerstand der Säge gegenüber schwand und das Endstück des Laufs zu Boden fiel. Howard hatte sich vorgenommen, nicht einmal das letzte Stückchen Stahl wegzubrechen, damit er nicht den Lauf verbog. Voller Zufriedenheit mit seiner Arbeit zielte er mit der Waffe auf einen Dreckfleck an der Wand und drückte ab. Der Hammer fiel mit einem entschiedenen Klicken. Die Waffe war ungeladen. Er hatte keine Ahnung, wie gut er zielen konnte, aber das war auch egal. Mit einem Schrotgewehr mit abgesägtem Lauf musste man praktisch nicht zielen. Jetzt passte die Kanone prima in seine Leinentasche, und er konnte sie in öffentlichen Verkehrsmitteln mitnehmen.

Bei den bisherigen Jobs hatte Decker zuerst ein Auto gestohlen, war damit zum Tatort gefahren und hatte es schließlich, sobald es ging, stehen lassen. In dieser Hinsicht stand Howard jetzt vor einem Problem, denn seine Kenntnisse übers Autoknacken waren minimal. Was hieß, dass er, wenn er alleine jemanden überfiel, zu Fuß entkommen musste.

Er zerrte ein weiteres Bier aus der Plastikverpackung, goss sich einen Gutteil davon in den Hals und schaute hinunter auf das Gewehr. Er bemerkte den sauren Gestank der Wohnung um sich herum nicht und ebenso wenig die Düfte, die sein eigener Körper verursachte. Er badete selten, ebenso selten wusch er seine Klamotten. In der Vergangenheit hatte Decker Howard drohen müssen, damit er sich überhaupt mal reinigte. Jetzt nervte ihn keiner mehr mit so einem Scheiß.

Er entschied sich für eine kleine Tankstelle, über die Decker und er schon eine Weile nachgedacht hatten, gerade für Notfälle wie diesen. Decker war da nicht dumm gewesen – er hatte die Zeit und das Benzin in den gestohlenen Autos genutzt, um nach leichten Zielen Ausschau zu halten. So zu planen, reduzierte die Risiken. Die Tankstelle war heruntergekommen und litt unter der Konkurrenz der großen Automatentankstellen. Aber diese kleinen Schuppen, vermutete Howard, verkauften trotzdem noch eine Menge Benzin, und diese war wenigstens bis Mitternacht offen. Besser noch, direkt dahinter befanden sich Wendegleise der Bahn. Eine ideale Möglichkeit für Howard, in die Dunkelheit zu entkommen, ohne dass ihm jemand mit dem Auto folgen konnte. Das wäre eine ganz einfache Sache. Er würde bis eine halbe Stunde vor Ladenschluss warten. Nicht länger, denn sonst würde vielleicht ein fauler Angestellter die Kohle schon wegschließen, um schneller nach Hause fahren zu können. Howard würde darauf achten, dass keine Kunden da waren, und dann würde er durch die Tür treten und verlangen, dass die Lichter über den Tanksäulen ausgeschaltet würden, damit Autofahrer dachten, die Tankstelle hätte bereits zu. Dann müsste er nicht ewig aufpassen, während er die Kohle einsackte, wozu er natürlich die Mitarbeiter erst überreden müsste, denn in solchen Läden war immer ein bisschen Extrageld irgendwo versteckt, und vielleicht müsste er jemand zwingen, ihm zu sagen, wo es war. Wenn er alles hätte, würde er über den Zaun hinter dem Laden klettern und zwischen den Bahngleisen verschwinden. Ganz einfach.

Aber wenn der Besitzer der Tankstelle sich dumm anstellte und Howard gezwungen wäre, ihn zu erschießen, würde er diese Gelegenheit nicht verschwenden. Wenn ein Mitarbeiter am Tatort nicht nur tot aufgefunden wurde, sondern auch noch ekelhaft verstümmelt, wäre das eine zusätzliche Sensation. Eine Zeitungsgeschichte, die vielleicht zu einer Menschenjagd führen könnte.

Eine *Menschenjagd*. Das war ein Wort, das Howard zwei Nächte zuvor wiederentdeckt hatte, es drang plötzlich klar hörbar aus dem verschneiten Gegrummel des Fernsehers, wie eine Nachricht aus dem Jenseits. Es ließ Howard alle möglichen aufregenden Bilder vor sich sehen, er stellte sich vor, wie er das Leben genoss und vogelfrei durchs Land zog. Er würde saufen, fressen, vögeln und stehlen, bis er es auf die Titelseite jeder Zeitung in jeder Stadt geschafft hatte und schließlich in einem Kugelhagel unterging. Er würde eine fette Karre fahren, er würde Straßensperren durchbrechen und der Polizei immer einen Schritt voraus sein, bis zum unausweichlichen Ende. Ein Märtyrertod gefiel Howard. Und er wäre auch kein Krimineller, sondern ein Gesetzloser. Das war ein Unterschied.

Die Fantasie war stark, sie blendete die Wirklichkeit seines elenden Lebens aus – den Dreck und den sauren Gestank, seine mangelnde Bildung und die vollkommen fehlende Intelligenz. Schlimmer noch, sie ignorierte die Tatsache, dass seine Bösartigkeit ihn dazu bringen könnte, einen anderen Menschen zu töten und zu verstümmeln, nur damit die Zeitungen darüber berichteten.

Howard war unterwegs zu einer grausamen Selbstzerstörung. Und ihm war egal, wen er dabei mitriss.

Vicki Colonel war ein Mädchen, von dem Howard träumte – obwohl noch keiner wusste, dass der andere existierte. Sie hatte langes blondes Haar, ein hübsches Gesicht mit faszinierend blauen Augen und eine Model-Figur. Sie war achtzehn Jahre alt und bemerkenswert schüchtern, obwohl sie aufgrund ihres guten Aussehens reichlich Aufmerksamkeit auf sich zog. Vicki stand vor einer wichtigen Entscheidung: Sie wusste nicht, welchen Beruf sie ergreifen oder was sie studieren sollte. Sie hatte bereits über sechs Monate verschwendet, seit sie im vergangenen Jahr die Schule abgeschlossen hatte, und jetzt hatte eine Freundin sie gefragt, ob sie mit ihr auf eine längere Auslandsreise gehen wollte. Ihr blieb noch ein Monat, um sich zu entscheiden, und in der Zwischenzeit wollte sie ein bisschen Geld verdienen, falls sie fuhr. Gerade jetzt, in der furchtbaren Kälte der Tankstelle, erschien ihr eine Reise in den europäischen Sommer ausgesprochen attraktiv.

Ein Onkel, der wusste, was es wert war, wenn ein hübsches Mädchen im Laden stand, hatte ihr den Job in seiner Tankstelle angeboten. Es dauerte nicht lange, bevor die männlichen Kunden häufiger kamen; die bekannten Gesichter hielten begierig Ausschau nach Vicki, wenn sie zum Zahlen hereinkamen. Es war bewusst sexistisch, unmoralisch und alles andere, was die Gesellschaft heutzutage missbilligte, aber es funktionierte, und Vickis Onkel war jedenfalls niemand, der schrecklich schnell sein schlechtes Gewissen entdecken würde. Sie verkaufte einfach zu viel Benzin.

Und sie war, das kam hinzu, auch noch gut in ihrem Job.

Vicki sollte eigentlich nicht bis spät in die Nacht arbeiten – und ganz sicher niemals allein. Aber ihr Onkel wusste, dass sie so viel Geld verdienen wollte, wie möglich war, und schlug ihr ein heimliches Geschäft vor. Im Gegenzug für einen deutlich höheren Stundenlohn würde Vicki an manchen Abenden bis zum Ladenschluss an der Tankstelle bleiben und ihren Eltern nicht sagen, dass sie allein war. Dafür konnte ihr Onkel allen möglichen Kram in seinem Sportsfreunde-Club machen, zum Beispiel Dart spielen, Billard, oder auf Windhunde wetten. Alles würde ganz geschmeidig laufen, solange er dann zur Tankstelle zurückkehrte, um Vicki dabei zu helfen, abzuschließen.

Das war jetzt schon viermal so gewesen, und jedes Mal hatte Vicki Angst, wenn sie alleine in der Tankstelle stand, und bereute den Deal. Die seltenen Besuche einer privaten Sicherheitsfirma verhalfen ihr nur zu wenigen Minuten Ruhe. Schlimmer noch, nach den ersten beiden Abenden allein kam ihr Onkel gar nicht mehr zurück, um abzuschließen. Sie hätte auch darauf kommen können, dass seine Anweisungen, was zu tun wäre, »falls es nötig ist«, einen Sinn hatten.

Heute, entschied sie, wäre das letzte Mal. Sie verdiente gutes Geld, aber Vicki konnte wirklich ohne die schreckliche Anspannung leben, die sich bei jedem Wagen, der an einer Tanksäule hielt, in ihr ausbreitete. Sie fürchtete bei jedem neuen Kunden, dass er Unheil bringen könnte – dass es jemand wäre, mit dem sie alleine nicht fertig würde. Dieser Abend war bisher ruhig gewesen, aber das machte es noch schlimmer, denn ihr blieb nicht einmal der beruhigende Gedanke, dass jede bedrohliche Situation von anderen Kunden entschärft werden könnte.

Vicki saß hinter dem alten Holztresen und versuchte, sich auf das Kreuzworträtsel in einer Fernsehzeitung zu konzentrieren. Die meisten Fragen handelten von Figuren in bekannten Fernsehserien, für die Vicki sich nicht interessierte, aber sie machte trotzdem weiter. Auf einer Bank hinter ihr stand ein tragbarer Schwarz-Weiß-Fernseher, aber das Einzige, was darauf lief, waren Wiederholungen und *The Late Show With David Letterman,* die sie hasste.

Vicki neigte den Kopf über die Seite und versuchte, die Welt um sich herum auszublenden. Sie hatte sich schon an den Öl- und Fettgeruch gewöhnt, der alles durchdrang. Das Holz des Tresens war ebenfalls von vielen Jahren Ölflecken verfärbt. Genauso der Linoleumboden. Eine leise Stimme in ihrem Kopf hoffte schuldbewusst, dass an diesem Abend keine weiteren Kunden mehr kämen, aber das war unwahrscheinlich. Bald schon würde die Türglocke wieder klingeln. Sie schaute auf die Uhr, die wie eine Zündkerze geformt war. Ein bisschen über eine halbe Stunde noch, bevor sie zumachen konnte. In zwanzig Minuten konnte sie anfangen, die

Ständer mit Öl, Reinigungsmitteln und Zusatzstoffen von dem kleinen Betonpodest vor dem Laden hereinzuholen. So würde sie die letzten Minuten ihrer Schicht ausfüllen. Das Bargeld aus der Kasse verschwand in einem kleinen Safe im Boden hinter dem Tresen. Er war durch eine kleine Falltür und dann durch eine Matte verdeckt. Vicki hielt das nicht unbedingt für einen besonders cleveren Ort, aber ihr Onkel behauptete, es wäre viel riskanter, das Bargeld in die Nachtbriefkästen der Banken zu werfen, wo die Kriminellen ja nur auf einen warten mussten.

Sie kaute am Ende ihres Bleistifts und zwang sich, über eine Frage im Kreuzworträtsel nachzudenken, als eine Bewegung in der Tür sie aufschauen ließ. Normalerweise hörte sie Kunden schon, weil sie laut die Auffahrt hoch rumpelten, aber manchmal kamen Leute auch unerwartet herein. Vicki schaute auf und erwartete jemand mit einem Benzinkanister oder vielleicht auch einen Kunden, der nur ein paar Zigaretten wollte.

Was sie sah, ließ ihr Herz auf einmal stillstehen und ihr Blut vereisen.

Ein Mann in Schwarz, mit einer Balaclava über dem Kopf, stand in der Tür. In der einen Hand hielt er eine Leinentasche, in der anderen ein kurzes Gewehr. Im Moment zeigte es zu Boden. Trotz ihrer Angst realisierte Vicki, dass ihre Anwesenheit den Räuber überrascht hatte.

»Wer zum Teufel bist du?«, fragte er, die Stimme gedämpft durch die Balaclava.

Vicki war immer noch erstarrt, sie konnte sich nicht einmal von dem Hocker erheben, auf dem sie saß. Ihr Hals war vor Angst zugeschnürt, aber dann gelang es ihr doch, herauspressen: »Ich ... ich arbeite hier.«

Es folgte ein langer Augenblick der Stille, dann richtete sich das Gewehr langsam auf ihr Gesicht. Vicki brauchte ihren ganzen Willen, um nicht zu schreien.

»Mach die Kasse auf«, sagte er. »Und keine Tricks.«

Die Sache war für Howard nicht gut gelaufen. Zuerst einmal war es nicht leicht, um diese Zeit am Abend einen Bus in diesen Teil Sydneys zu finden. Er hatte vierzig Minuten an einem Busbahnhof warten müssen, und dort in Schwarz gekleidet mit einer verdächtigen Leinentasche vor den Füßen herumzustehen, hatte ihn nervös gemacht. In der Tasche befanden sich nur die Machete, das Gewehr und eine Rolle dickes Klebeband, mit dem Decker und er in der Vergangenheit ihre Opfer gefesselt hatten. Wenn er die Tasche hochnahm, schien sie sich genau so auszubeulen, dass man sehen konnte, dass ein Gewehr darin lag.

Ihm war wohler, als er im Bus saß, bis er bemerkte, dass er seine Haltestelle verpasst hatte. Er hatte sorgsam aus dem Fenster geschaut und auf bekannte Elemente gewartet, aber dann sah er sie vorbeihuschen, als der Bus beschleunigte. Er drückte verzweifelt auf den roten Knopf, aber der Fahrer nahm an, das wäre eine frühe Meldung für die nächste Haltestelle, und machte sich nicht einmal die Mühe, in seinen Spiegel zu sehen. Der Bus bediente auch gar nicht jede Haltestelle an dieser Straße und fuhr an mehreren der orangefarbenen Säulen vorbei, bis er schließlich an einer Reihe Unterstände hielt.

Fluchend und ungeduldig drängte sich Howard durch die mittleren Türen und begann, zügig auf dem Bürgersteig zurückzumarschieren. Die hellen Scheinwerfer des entgegenkommenden Verkehrs ließen ihn die Augen zusammenkneifen, und er senkte den Kopf. Er hatte mindestens eine halbe Stunde damit verbringen wollen, die Tankstelle aus der Ferne zu beobachten, um sicher zu sein, dass er keine unangenehmen Überraschungen erlebte. Jetzt musste er sich anstrengen, um überhaupt noch pünktlich zu kommen. Er durfte sich nicht verspäten. Howard wusste, dass es durchaus üblich war, dass die Mitarbeiter der Abendschicht die Kombinationsschlösser der Safes verdrehten, in die sie die Tageseinnahmen packten, und keine Ahnung hatten, wie die Kombination lautete. Er musste seinen Job erledigen, bevor es dazu kam.

Er war außer Atem und wütend, als er endlich die Lichter der Tankstelle sehen konnte. Seine Nerven begannen sich anzuspannen. Er wechselte auf die andere Straßenseite und hielt Ausschau nach einer Stelle, wo er die Balaclava überziehen konnte. Die Tankstelle sah im Vorbeigehen verlassen aus. Er konnte überhaupt niemand dort ausmachen, vermutete aber, dass die Mitarbeiter drinnen waren. Keine Kunden.

Er erreichte einen Garten mit einer hohen, dichten Hecke vorn, die den Verkehrslärm abhalten sollte. Howard sprang über ein kleines Tor und stand in einem hübschen Vorgarten, der zu einem Ziegelhaus gehörte. Die Vorhänge waren zugezogen, aber drinnen brannte Licht. Er bemerkte das Flackern eines Fernsehers. Etwas zu spät bat Howard schweigend darum, dass es keinen kläffenden Wachhund gab, blieb einen Moment lang reglos stehen und lauschte. Nichts. Er zog die Balaclava aus seiner Tasche und zog sie über. Trotz des kühlen Abends war Howard heiß nach dem schnellen Marsch von der Bushaltestelle, und die Wollmütze kratzte und scheuerte unangenehm auf seinem verschwitzten Gesicht. Dann wurde ihm klar, dass er den kurzen Weg zurück zur Tankstelle im vollen Blickfeld der Autofahrer zurücklegen musste. Gott allein wusste, was passieren würde, wenn irgendein Fahrer die Balaclava sah und auf seinem Mobiltelefon die Polizei verständigte.

Genervt riss er sich die Balaclava wieder vom Kopf. Er musste sie irgendwo im Schatten der Tankstelle erneut überziehen.

Und es wurde nicht besser. Howard wollte trotz allem die Tankstelle noch eine Weile beobachten – wenigstens lange genug, um zu sehen, wie ein Kunde bedient wurde, damit er wusste, mit wem er es aufnahm. Aber es fuhr kein Wagen vor. Er konnte nicht durch die Hecke schauen, also musste er seinen Kopf immer wieder darüber oder daran vorbeirecken, wie ein Schachtelteufel. Er kam sich blöd vor, und ihm war klar, wie unangenehm er auffallen könnte, wenn er ins Scheinwerferlicht geriet.

Decker wäre so etwas nie passiert. Dieser Gedanke schlich sich in seinen Kopf. *Und Fiona würde sich über mich totlachen.* Wütend schob Howard die Gedanken beiseite. Decker brauchte er nicht, und Fiona war nicht da. Er würde das alles allein hinbekommen. Er schaute im Licht des nächsten vorbeifahrenden Autos auf seine Uhr. Zeit, zur Arbeit zu gehen.

Er packte die Balaclava mit der freien Hand und sprang wieder über das Gartentor. Diesmal aber hob er seine Stiefel nicht hoch genug und traf mit einem davon das Oberteil des Eisenrahmens, sodass das Tor gegen das Schloss klackte. Sofort begann ein kleiner Hund, im Haus drinnen laut zu bellen.

»Scheiße!«, knurrte Howard leise und eilte davon. Was sollte er jetzt tun? Das Haus gehörte wahrscheinlich alten Leuten, die beim kleinsten Laut in Panik gerieten und die Polizei verständigten. Sollte er weitermachen?

Die verschiedensten Gefühle breiteten sich in ihm aus. Zuerst einmal schlichte Gier, denn er hatte sich daran gewöhnt, Geld auszugeben, wie er lustig war, ohne dass Decker sich beschwerte. Das wollte er weiterhin tun, aber er war fast pleite. Er brauchte also schnell Kohle. Außerdem war da seine Faulheit, er suchte nach der einfachsten Lösung. Es wäre vielleicht sinnvoll und klug gewesen, die Sache jetzt abzublasen, wo sich die Risiken gegen ihn wandten, aber dann würde er noch mehr Mühe aufbringen müssen, um ein anderes Ziel auszumachen, das er sich an einem anderen Abend vornehmen könnte.

Noch wichtiger war für ihn die Angst, ein Versager zu sein – nicht den Erwartungen gerecht zu werden, die er selbst an sich stellte. Wenn er jetzt davonmarschierte, würde er Deckers Geist praktisch über sich lachen hören.

»Scheiß drauf«, flüsterte Howard.

Er ging eilig über den Fußweg und wandte sein Gesicht jetzt unbewusst von den Scheinwerfern ab. Er überquerte die Straße direkt vor der Tankstelle und trat auf den Rand der Betonauffahrt, er bewegte sich außerhalb des hellen Lichtscheins, bis er das Gebäude selbst erreicht hatte, und drückte sich mit dem Rücken an die Wand. Er war angespannt wie nie, er zitterte und atmete in kurzen, flachen Stößen. Vor jedem Überfall geriet er irgendwann in diesem Zustand. In der Dunkelheit fummelte er die Balaclava wieder über seinen Kopf und mühte sich damit, die Löcher über die Augen zu kriegen. Als er das Gewehr aus der Leinentasche zog, hörte er den Lauf an die Klinge der Machete stoßen. Er spannte die Waffe und hielt sie schussbereit.

Jetzt fühlte Howard sich gut. Unverwundbar. Zu allem bereit.

Außer für den Anblick Vicki Colonels.

Er trat durch die Eingangstür und erwartete, die übliche Angst und Panik bei seinen Opfern auszulösen, eine Reaktion, der oft die Überlegung folgte, wie ernst er es meinte und wie gefährlich er war. Howard wusste, wenn sie erst einmal den Schreck überwunden hatten, dachten die Leute, die er bedrohte, sich immer: *Wird er wirklich den Abzug drücken? Oder können wir ihn vertreiben?* Was er stattdessen sah, war ein wunderschönes Mädchen, das ihn mit weit aufgerissenen, ängstlichen Augen anstarrte.

Vickis Schönheit und Unschuld strahlte, ohne dass es ihr bewusst war. Selbst jetzt, da sie Todesangst hatte, sah sie aus wie ein hübsches, erschrockenes Tierchen, nicht wie ein panisches Menschenwesen. Howard war zu Recht verwirrt davon, dass er sie um diese Zeit in einer heruntergekommenen Tankstelle antraf. Da war es keine Überraschung, dass seine erste Reaktion eine dumme Frage war.

Vicki zögerte nicht. Mit zitternden Fingern hackte sie auf die Kasse ein, bis die Schublade aufsprang. Sie begann, die

Scheine herauszuzerren, dann hielt sie inne und schaute Howard hilflos an. Er trat vor und warf die Tasche auf den Tresen vor ihr. Sie zuckte zusammen.

»Tu's da rein«, schnauzte er. Als sie das Geld in die Tasche zu stopfen begann, sah er sich nervös um und fragte: »Wo ist der Chef?«

»Der ist nicht hier«, sagte Vicki und hielt den Blick auf die Tasche gesenkt. Die Machete darin machte ihr nur noch mehr Angst.

»Lüg nicht! Du kannst hier nicht allein sein.«

»Ich … bin ich aber. Er musste weg. Er ist bald wieder zurück. Sehr bald, genau genommen.«

Howard starrte nervös auf die Verbindungstür zur Werkstatt. »Ist er da drin?«

»Nein – das habe ich doch schon gesagt. Er ist nicht hier.«

»Wenn du lügst, erschieße ich ihn.«

»Er ist nicht *hier!*« Vicki versuchte jetzt, die Münzen in die Tasche zu schütten. Ein paar fielen ihr aus den zitternden Fingern und landeten klimpernd auf dem Tresen.

»Wo ist der Rest?«

»Außer mir ist heute niemand hier.«

»Der Rest vom Geld, du blöde Nuss.«

Vicki schaute ihn verständnislos an. Sie wusste jetzt, was er meinte, aber sie konnte sich um keinen Preis erinnern, wo noch Geld wäre. In der Leinentasche lag viel weniger als die Tageseinnahmen, aber das war alles, was in der Kasse gewesen war. Die Angst nahm Vicki die Fähigkeit, vernünftig zu denken. Nur zögernd drängte sich die Antwort durch ihre Panik. Ihr Onkel war spät am Nachmittag zur Bank gegangen, nur falls das, was jetzt passierte, tatsächlich einmal passierte und die Tankstelle alles verlor. Aber würde der Räuber ihr glauben?

»Da ist nichts mehr«, sagte sie in einem ängstlichen Flüsterton.

»Was?«

»Ehrlich, da ist nicht mehr. Onkel John ist heute Nachmittag zur Bank gegangen und hat das meiste mitgenommen.«

Etwas in ihrer Stimme und an der Einfachheit der Erklärung verriet Howard, dass sie nicht log, aber dabei konnte er es nicht bewenden lassen. Er schoss vorwärts und riss mit einer Hand die Tasche an sich, öffnete sie. Er starrte ungläubig auf das Geld darin. Er ignorierte Vicki für einen Augenblick, die sich zu den Regalen hinter ihr zurückzog. Wenn er so nah war, konnte sie seinen ungewaschenen Gestank wahrnehmen.

Dann schaute er auf, starrte sie an. »Du willst mich verarschen! Da muss doch noch mehr Geld sein!«

»Ist aber nicht«, sie schüttelte schlapp den Kopf. »Nachts nie, falls ...« Sie unterbrach sich, aber es war zu spät.

»Falls jemand wie ich auftaucht?«, schnarrte er, und sie zuckte wieder zusammen. Mit einer plötzlichen Bewegung ließ er die Tasche los und fegte mit der Hand über das nächstliegende Regal, sodass ein Haufen Flaschen, Dosen und Autozubehör zu Boden krachte. Dann stoppte er und stand absolut still. Er hatte den Kopf gesenkt, und seine Arme hingen locker herunter, der Gewehrlauf sank, während er reglos zu Boden starrte. Howard atmete in abgerissenen, mühsamen Zügen. Vicki beobachtete ihn angstvoll.

»Wo ist der Safe?«, fragte er mit düsterer Stimme, ohne sie anzusehen.

»Hier im Boden. Aber der ist leer. Das Geld sollte dort hinein.«

»Zeig's mir.«

Er ging langsam zum Ende des Tresens. Vicki war sich seines Blicks auf ihre engen Jeans sehr bewusst, als sie sich herunterbeugte und die Matte zur Seite zog. Sie sah ihn an, als sie die Falltür öffnete, und hoffte, dass er ihr nicht vorne in die Bluse schaute.

»Du siehst gut aus«, sagte er und ließ sie vor Angst erzittern. »Hübsch.«

Sie wusste nicht, was sie sagen sollte, also blieb sie still, bis die kleine Safetür aufstand. Sie bedeutete ihm, nachzusehen, dass der Panzerschrank leer war.

»Sehen Sie?«

Er beugte sich vorwärts, um es zu überprüfen. Vicki konnte nur seine Augen sehen, versunken hinter der Balaclava. Es schien ihr, als glitzerten sie vor Wahnsinn.

Nach einem Augenblick flüsterte Howard vor sich hin: »Das glaub ich einfach nicht.«

»Ich ... es tut mir leid«, sagte sie.

Sein Blick sprang zu ihr hinüber. »Es tut was? Es tut dir leid? Was zum Teufel soll das heißen – es tut dir leid?«

Vicki erstarrte, dann zuckte sie mit den Schultern, und Tränen traten ihr in die Augen. »Sie wissen schon, ich wollte ...«

Howard befand sich am Rande eines Nervenzusammenbruchs, aber in diesem Augenblick hörte er, wie eine Autotür zuschlug. Er trat ruckartig zur Seite, sodass er die Einfahrt der Tankstelle sehen konnte. Vicki ging vor Erleichterung beinahe in die Knie.

Jemand musste gekommen sein, um zu tanken.

»Gott, es sind die verdammten *Bullen!«*, zischte Howard entsetzt. Vicki war so erleichtert, dass sie es riskierte, weit genug vorzutreten, um selbst nachzusehen, und sie erkannte, dass Howard unrecht hatte, es war der Wagen der Security-Firma. Einer der Männer schlenderte lässig zur Bürotür. Sie sah, dass der andere im Wagen wartete.

Howard überprüfte das Gewehr.

Vicki wurde klar, was er vorhatte.

»Gott, nein! Bitte tun Sie das ...«

»Kümmer dich um deinen eigenen Kram.«

»Warum wollen Sie ihn erschießen? Sie können doch auch zur Hintertür raus! Ich werde ihnen sagen, dass Sie schon ewig weg sind.«

»Sei nicht blöd.« Howard packte die Leinentasche und schob seinen Arm durch die Handgriffe, sodass er sie auf der

Schulter tragen konnte. Er duckte sich noch ein wenig aus dem Blickfeld vom Eingang.

»Bitte!« Vicki hatte nicht so laut sprechen oder den Wachmann warnen wollen, weil sie sich nicht selbst in Gefahr bringen wollte, aber er hörte ihr Flehen. Er blieb stehen und betrachtete die Eingangstür misstrauisch.

»Hallo?«, rief der Wachmann vorsichtig. »Vicki, bist du das? Alles in Ordnung?«

»Du Kuh!«, zischte Howard in ihre Richtung. Er stieß sich von der Mauer ab und packte sie vorn an der Bluse. Er zog sie zu sich heran. »Du verdammte blöde Kuh!« Als er ihr ins Gesicht starrte, legte sich ein Schleier über seine Augen, während er versuchte, zu überlegen, was er nun machen sollte.

Vicki erschien der leere Ausdruck noch viel schrecklicher.

Howard kam bald wieder zu sich, das Leben kehrte in seinen Blick zurück, als erwachte jemand aus einem Tagtraum. »Wo ist die Hintertür? Zeig sie mir, sonst schieß ich dir die Rübe weg.« Er wedelte mit dem Gewehr unter ihrem Kinn herum. Howards saurer Gestank und sein widerwärtiger Atem erfüllten ihre Nasenlöcher.

»Ich wollte nicht ...«

»Wo ist die Hintertür?«

»Hier entlang«, sie deutete mit dem Kopf in Richtung der Verbindungstür zur Garage. Aber statt sie zurückzulassen und zu fliehen, zerrte Howard sie mit sich in Richtung der Tür. Sie taumelten in der Dunkelheit beide über die hydraulischen Hebebühnen und den Werkstattschrott, bevor Howard Vicki mit dem Kopf voran in Richtung der Tür stieß.

»Aufmachen.«

Sie weinte jetzt und begann, ungeschickt mit dem Vorhängeschloss und der Kette zu hantieren. Durch die Tür konnte man ein tiefes Grummeln hören, aber Howard schien es entweder nicht zu bemerken, oder es war ihm egal.

»Komm schon, verdammt! Mach die verfluchte Tür auf!«

»Ich versuch's ja.«

Eine Stimme drang aus dem Verkaufsraum zu ihnen herüber. »Vicki, bist du da drin? Ist alles in Ordnung? Hier ist Geoff.«

Der Wachmann stand in der Tür und zeichnete sich deutlich im Licht ab. Als er in die dunkle Werkstatt schaute, sah Vicki aus dem Augenwinkel, wie Howard wieder das Gewehr hob, und sie warf sich gegen ihn, um es herunterzuzwingen.

Sie schrie: »Lauf weg! Er hat ein Gewehr!« Dann spürte sie, wie eine Faust sie gegen die Schläfe traf, und die Dunkelheit erblühte mit farbigen Flecken, als sie auf die Knie fiel. Aus der Ferne hörte sie, wie Howard fluchte.

Der Wachmann reagierte sofort. Er warf sich zurück, weg von der Tür. Sie hörte ihn rufen und dann aus dem Raum laufen.

Howard zerrte sie auf die Füße. »Mach die verdammte Tür auf, hab ich gesagt.« Sie hatte das Schloss bereits geöffnet, bevor er sie geschlagen hatte. Ihr Kopf pochte, und Vicki war schwindelig, und nun zerrte sie die Tür auf. Das Grummeln von draußen wurde sofort zehnmal lauter, und Howard starrte entgeistert hinaus. Er murmelte: »Was zum Teufel ...«

Ein langer Güterzug fuhr auf der Rückseite der Tankstelle vorbei. In der einen Richtung rasten die Wagen schneller davon, als Howard laufen konnte, aus der anderen kamen sie pausenlos aus der Dunkelheit geschossen. Howards Fluchtweg war abgeschnitten.

»Scheiße, was soll ich jetzt ...«, knurrte Howard mit zusammengebissenen Zähnen, während er die Güterwaggons ansah. Frustriert riss er sich die Balaclava vom Kopf, als könnte er dann besser sehen, und der Zug würde vielleicht verschwinden. Natürlich tat er das nicht, und er stöhnte wütend. Er packte Vicki wieder, diesmal erneut vorn an ihrer Bluse, sodass sie ihm nicht davonlaufen konnte. Zwischen der Werkstattmauer und dem Zaun vor den Bahngleisen befand sich ein schmaler Streifen ungepflegten langen Grases. Im Dämmerlicht glänzten hingeworfene Öldosen und Flaschen. Am einen Ende wurde der Weg durch große Ölfässer blockiert, aber die andere Seite war frei.

»Hier entlang«, sagte Howard zu ihr und zerrte Vicki durch die Tür. Sie protestierte schwach, aber er ignorierte sie. Sie stolperten beide über den Müll, der im Gras verborgen lag. Schließlich erreichten sie die Ecke des Gebäudes und dann einen Bereich, in dem die Autos abgestellt wurden, die in die Werkstatt sollten. Er war leer, außer einem einzigen Wagen.

»Wem gehört der?«, fragte er sie, während er sie beide dicht an die Mauer presste, und er zerrte an ihrer Bluse, um die Antwort zu beschleunigen.

»Das ist meiner«, keuchte sie, entsetzt von der Grausamkeit in seinem Gesicht. Beinahe wünschte sie, er hätte die Balaclava aufbehalten. Und dann begriff Vicki entsetzt, dass sie einen Fehler begangen hatte.

»Es ist deiner? Du kannst fahren? Wo sind die Schlüssel?«

»Im ... im Büro.«

»Scheiße! Wir müssen zurück und sie holen.« Er starrte sie vorwurfsvoll an.

»Oh, *bitte,* können Sie nicht einfach davonlaufen? Die kriegen Sie nicht ...«

»Halt's Maul!«

Er zerrte sie an der Rückseite des Gebäudes entlang zurück. In der Tür konnte er sehen, dass beide Wachmänner sich jetzt als Silhouetten vor den Leuchten des Verkaufsraums abzeichneten.

»*Stehen bleiben,* ihr Arschlöcher!«, brüllte Howard und erschreckte sie. Sie hatten gerade begriffen, dass Howard und seine Geisel entkommen waren. »Keine Bewegung, oder das Mädchen muss dran glauben.«

Einer von ihnen rief: »Hey, warum lässt du sie nicht gehen? Dann lassen wir dich in Ruhe. Du kannst abhauen und das Geld behalten.«

»Für wie blöd haltet ihr mich? Ich will, dass ihr beide hier reinkommt.« Die Wachmänner sahen einander an, deshalb schrie Howard hinterher: »Verdammt noch mal, jetzt, sonst bring ich sie um. Ich schwör's!«

Zögernd betraten sie die Werkstatt. Einer rief: »Wir haben über Funk die Polizei verständigt. Die kommen gleich. Du bist besser dran, wenn du die Kanone jetzt fallen lässt und das Mädchen freigibst.«

Howard war verwirrt – ihm war immer noch nicht klar, dass dies Wachmänner waren, keine Polizisten. Aber das änderte nichts an seinen Plänen. Er zog Vicki dicht zu sich heran und zischte ihr ins Gesicht: »Wir gehen jetzt ins Büro, und du suchst deine Schlüssel raus, und zwar *verdammt* schnell, okay? Und dann machen wir einen kleinen Ausflug. Wenn du alles tust, was ich sage, passiert dir nichts, verstanden?«

Vicki nickte in der Dunkelheit, dann stieß sie einen Schrei aus, als er sie kraftvoll in Richtung der Tür zum Verkaufsraum schubste. Er drückte ihr das Gewehr in den unteren Rücken. »An die andere Wand«, schnauzte er die Wachmänner an, die ihm gehorchten, ohne den Blick von ihm zu lösen. Howard sagte ihnen mit kurz angebundenen, nervösen Worten: »Wir hauen ab, und denkt *ja* nicht daran, uns zu folgen, verstanden? Wenn ich glaube, dass ihr uns verfolgt, dann hack ich diese Kuh in Stücke, wie die anderen, verstanden? Habt ihr Zeitung gelesen? Tja, das bin ich. Also legt euch nicht mit mir an, sonst zerstückel ich das Mädel wie die anderen, verstanden? Ich schmeiß euch ihre Finger vor eure verdammten Haustüren.«

Einer der Wachmänner hob beruhigend die Hand. »Hey, immer mit der Ruhe. Niemand muss zu Schaden kommen.«

Howard ignorierte ihn, er stand in der Tür zum Büro und stieß Vicki hindurch. »Such deine verdammten Autoschlüssel und mach ja keine Dummheiten. Ich muss dich nicht direkt vor dem Lauf haben, um dich umzulegen, verstanden?«

Vicki ging auf die Knie und tastete panisch unter dem Tresen nach ihrer Tasche. Sie fand sie, riss sie auf und zog die

Wagenschlüssel hervor. Sie hielt sie hoch, damit Howard sie sehen konnte.

»Braves Mädchen«, sagte er mit einem bösen Lächeln. »Gehen wir.«

Als Vicki an ihm vorbei in die Werkstatt trat, packte Howard sie am Oberarm. Vicki empfand den Kontakt als ekelerregend. Dann machten sie wieder den gefährlichen Weg durch die dunkle Werkstatt zur Hintertür. Von dort aus wedelte Howard mit dem Gewehr in Richtung der beiden Wachmänner. »Ihr sollt uns nicht folgen, verstanden? Ich mein's ernst!« Er wartete nicht auf eine Antwort, sondern stieß Vicki vor sich her zur Tür hinaus.

Sekunden später erreichten sie ihren Wagen, einen kleinen weißen Mazda. Howard ließ sie die Beifahrertür zuerst aufschließen, dann beobachtete er gleichzeitig Vicki und hielt Ausschau danach, ob die Wachmänner aus der Werkstatt kamen, während Vicki zur Fahrerseite ging. Er stieg im selben Moment ein wie sie, legte das Gewehr in seinen Schoß und zielte damit direkt auf sie.

»Fahr ganz normal davon, okay? Keine durchdrehenden Reifen, um Aufmerksamkeit auf uns zu lenken. Und dann folgst du meinen Anweisungen.«

Vicki nickte unglücklich und ließ den Wagen an. Sie war geistesgegenwärtig genug, das Gaspedal voll durchzutreten, um den Wagen abzuwürgen, aber stattdessen erwachte der Motor sofort zum Leben. Howard zielte weiter auf sie, beobachtete aber die Werkstatt. Als der Mazda davonfuhr und sich der Straße näherte, konnte er sehen, dass die Wachmänner zurück in den Verkaufsraum kamen. »Los jetzt, meine Güte«, schnauzte er sie an. Der Wagen schoss los, als Vicki die Kupplung abrupt kommen ließ, dann sausten sie die Straße entlang. In der Ferne konnte Howard blaue Blicklichter sehen, die sich schnell näherten.

»Nimm die erste Abzweigung – irgendeine Abzweigung, runter von dieser Straße.«

Vicki kurbelte den Wagen wild in eine kleine Seitenstraße. »Mach das Fernlicht an, ich suche nach etwas.«

Sie hatte erwartet, dass sie mit Höchstgeschwindigkeit über die Highways rasen würden, um so schnell wie möglich so weit wie möglich von der Tankstelle wegzukommen, aber Howard ließ sie im Zickzack durch die kleinen Straßen fahren.

Sie waren noch nicht weit gekommen, als er plötzlich rief: »Stopp! Halt an!« Er schaute aus dem Fenster auf einen Wohnblock mit einer Reihe Carports. »Dahin, park auf dem letzten leeren Stellplatz«, wies er sie an. Sie tat es und schaltete dann wie befohlen den Motor aus.

Plötzlich war alles dunkel und still. Sie fand die Stille beängstigend. Howards Körpergeruch erfüllte den Wagen, und ihr wurde übel.

»Dreh den Sitz zurück, bis du liegst«, sagte er. Vicki fürchtete, was nun kam, also hätte sie beinahe geschrien, aber sie riss sich zusammen und fummelte an der Sitzregulierung herum. Howard tat dasselbe. Sie lagen Seite an Seite in der Dunkelheit und starrten von unten an die Decke des Mazdas. Sie sahen aus wie ein Liebespaar, das nicht recht wusste, was nun zu tun war. Vicki konnte Howards Atem hören. Er kam in kurzen, erregten Stößen. Die Stille war unerträglich, und Vicki empfand wieder und wieder den Drang, sie durch Schreien auszulöschen. Sie stellte sich vor, dass sie aus diesem Albtraum erwachte und ihre Finger nur noch blutige Stümpfe waren. Sie ballte immer wieder die Fäuste, redete sich ein, dass es so weit nicht kommen würde. Ihre Finger waren noch da.

Als Howard schließlich etwas sagte, zuckte sie vor Schreck zusammen.

»Und, hast du einen Freund?«

14

Maidens Telefon durchschnitt mit schrillem Ton seinen Schlaf. Er öffnete widerwillig die Augen und schaute auf die beleuchtete Uhr neben seinem Bett. Es war kurz vor ein Uhr morgens. Er hatte zu viel getrunken, vor dem Fernseher gesessen und sich elend und unerwünscht gefühlt. Die Müdigkeit war nur mit Hilfe des Alkohols eingetreten, nicht aufgrund der Erschöpfung, aber es hatte dennoch eine Weile gedauert. Und jetzt war es noch schwieriger, wieder aufzuwachen. Er wurstelte den Hörer von der Gabel und hielt ihn ans Ohr, ohne den Kopf vom Kissen zu heben. Er wusste, wer es sein würde.

»Hier ist die Zentrale, Detective Senior Sergeant Maiden.«

»Ach was? Das ist jetzt hoffentlich was Wichtiges.«

»Es hat heute Nacht einen weiteren Raubüberfall gegeben, mit einem Gewehr. Eine kleine Tankstelle in Penrith.«

»Penrith? Was zum Teufel hat das mit mir zu tun?«

»Der Kerl hat eine junge Frau entführt, um zu entkommen. Zwei Wachmänner haben ihn überrascht, da hat er sie als Geisel genommen. Und mit als Letztes hat er ihnen gesagt …« Der Sergeant machte eine Pause und raschelte mit Zetteln. Maiden wusste, dass er ihm jetzt direkt aus einem Bericht vorlas. »Er würde das Mädchen in Stücke hacken, wie die anderen. Er hat behauptet, er sei der Typ aus den Zeitungen, und er würde den Wachmännern die Finger des Mädchens vor die Türen legen. Deswegen haben wir eine Referenz nach *The Rocks* und auf Sie bekommen, Sir.«

Maiden wurde schnell wach, setzte sich im Bett auf und rieb sich mit einer Hand den Schlaf aus den Augen.

»Wo ist er jetzt? Hat er das Mädchen immer noch als Geisel?«

»Im Moment wissen wir gar nichts, Detective. Er ist entkommen und hat das Mädchen mitgenommen. Er ist nicht von Streifenwagen gesichtet worden und hat auch keinen Kontakt wegen eines Lösegeldes aufgenommen.«

»Wie zum Teufel konnte das passieren? Haben die Wachmänner es nicht gemeldet? Wie weit weg waren denn die Streifenwagen?«

»Sie waren eine Minute nach seinem Entkommen da, aber sie haben ihn verloren.«

»Na toll!« Maiden brauchte einen Augenblick, um das zu verarbeiten. »Was passiert jetzt vor Ort?«

»Das Verhör mit dem Besitzer der Tankstelle läuft noch – es hat eine Weile gedauert, ihn aufzutreiben. Er war in einem Clubhaus die Straße runter. Die Wachmänner sind auch noch da, aber ich vermute, dort in der Tankstelle sind die Kollegen jetzt bald fertig.«

Maiden schaute noch einmal auf die Uhr und rechnete kurz nach. »Sagen Sie ihnen, sie sollen bleiben. Ich will hinfahren und ein paar Sachen selbst fragen. Ich bin in etwa fünfundvierzig Minuten da.«

Der Sergeant klang nicht überzeugt. »Dann müssen sie warten. Penrith CIB will sie wahrscheinlich auf der Wache haben, für die Aussagen.«

»Das ist mir scheißegal! Der verdammte Papierkram kann warten. Es handelt sich um eine Geiselnahme, oder nicht? Was sollen die denn sonst machen – nach Hause fahren und eine Tasse Tee trinken?«

»Ich werde Ihre Bitte weitergeben, Sir.« Der Sergeant legte auf. Maiden hechtete zu schnell aus dem Bett und musste einen Augenblick gegen den Schwindel ankämpfen. Während er sich anzog, dachte er darüber nach, wie der Sergeant das Wort »Bitte« verwendet hatte. Die Geiselnahme könnte tatsächlich eine Verbindung zu Maidens Ermittlungen aufweisen, weil der Täter angegeben hatte, dass er das Mädchen zerstückeln würde, aber der Anruf des Sergeants war eher aus Freundlichkeit erfolgt, und Maiden hatte keinerlei Befehlsgewalt, vorzuschreiben, was an diesem Tatort zu geschehen hatte, und keine Möglichkeit, sich auf der Wache Penrith wichtig zu machen. Seine Bitte konnte ignoriert werden, und vielleicht karrte man die Zeugen davon, damit sie ihre Aussagen unterschrieben. Wahrscheinlicher war aber, dass sie ihm keine Minute mehr als seine fünfundvierzig gaben, um aufzutauchen. Er musste sich beeilen.

Als Maiden die Treppe hinunterlief, wurde ihm klar, dass sein Schwindel nicht nur daran lag, dass er zu schnell aufgestanden war. In seinem Blutkreislauf musste auch noch eine Menge Scotch herumschwappen. Er sollte in diesem Zustand nicht selbst fahren.

Also bog er in die Küche ab, schnappte sich einen großen Becher, füllte ihn zur Hälfte mit heißem Wasser aus dem Hahn und schaufelte drei Teelöffel Kaffee hinein. Der saure, übermäßig starke Geruch war nicht angenehm, aber er schnitt eine Grimasse und nippte ein paar Mal dran. Er behielt den Kaffee sogar einen Moment im Mund. Mit der freien Hand suchte er seine Wagenschlüssel, Zigaretten und Geldbörse, steckte alles in seine Jacketttaschen, dann trank er weiter Kaffee aus dem Becher, während er das Haus verließ und zum Wagen ging.

Der Vorplatz der Tankstelle stand voll mit Streifenwagen, deren Blaulichter blinkten. Absperrband verhinderte die Zufahrt von der Straße, und dann war da noch der Van einer Fernsehstation, der mit fluoreszierenden Streifen verziert war. Maiden parkte seinen Ford so nah am Tatort, wie es ging. Nach der Heizungswärme auf der Fahrt kam ihm die eiskalte Luft wie eine Ohrfeige vor, als er ausstieg, aber das störte ihn nicht, im Gegenteil, es tat ihm gut.

Es war leicht, den Wagen der Security-Firma auszumachen. Die Wachmänner lehnten an der Kühlerhaube, schauten gelangweilt und sprachen miteinander. Maiden ging direkt auf sie zu, bevor ihm einfiel, dass er ja nicht in seinem Einsatzbereich war. Er schaute sich nach einem Detective um und entdeckte einen jüngeren Mann in Jeans und einer Trainingsjacke, der mit jemandem sprach, wahrscheinlich mit dem Tankstellenbesitzer. Maiden ging hinüber, unterbrach sie und stellte sich dem anderen Polizisten vor.

»Danke, dass Sie geblieben sind«, setzte er muffig hinzu.

Der Detective namens Bennett zuckte leicht mit den Schultern. »Ich geh sicher nicht so bald zu Bett, aber mir gehen die Gründe aus, die Zeugen hierzubehalten.«

»Ich mache, so schnell ich kann. Ich würde gern zuerst mit den Wachmännern reden, dann mit dem Besitzer. Ich nehme an, das ist er hier?«

»Das ist Mr John Truemanne. Er ist der Besitzer der Tankstelle, war aber nicht hier, als das Verbrechen begangen wurde.« Bennett gelang es nur mit Mühe, den missbilligenden Ton aus seiner Stimme zu verbannen. Truemanne schaute bewusst keinen der beiden Detectives an.

»Das sagte man mir«, nickte Maiden. »Irgendwelche Neuigkeiten von den Streifenwagen?«

»Nein. Der Dieb ist im Wagen des Mädchens davongefahren, ließ sie aber ans Steuer. Es ist ein weißer Mazda-PKW, davon sind eine Million unterwegs, ganz abgesehen von den unglaublichen Massen Fords, Toyotas und allen anderen, die gottverdammt noch mal ganz genauso aussehen. Wir haben das Nummernschild, aber das ist die einzige gute Nachricht.«

Maiden zeigte sein Mitgefühl mit einem ungläubigen Kopfschütteln und überließ sie dann einander, um zurück zu den Wachmännern zu gehen. Er wies sich aus, schüttelte beiden förmlich die Hände und bat sie, ihm zu erzählen, was passiert war. Es dauerte nicht lange, und dann folgte eine Stille, in der Maiden über die Geschichte nachdachte.

»Sie sind sicher, dass es ein Gewehr war?«, fragte er schließlich.

»Neunundneunzig Prozent«, entgegnete einer der Wachmänner. »Aber ich habe keine Ahnung, welche Marke. Es war zu dunkel.«

»Kein Problem, so lange Sie sicher sind, dass es ein Gewehr war«, sagte Maiden mit einem geistesabwesenden Nicken. »Aber abgesägt? Das ist anders als bei dem Typ, der in den letzten Monaten unterwegs war.«

Der andere Wachmann wandte ein: »Aber sonst ist alles gleich. Er ist zu Fuß gekommen, trug dieselben schwarzen Klamotten und dieselbe Maske, und es *war* ein Gewehr. Vielleicht ist es derselbe Typ mit einer anderen Waffe.«

Manche Security-Firmen wurden über alle Details von Überfällen informiert, vor allem, wenn es um Einbrüche oder bewaffnete Raubüberfälle ging, denn es war möglich, dass ihre Wachmänner denselben Verbrechern begegneten. Maiden spürte eine leichte Verachtung für diese Männer in ihren Pseudouniformen und aufgemotzten Streifenwagen, aber er gab sich alle Mühe, das nicht zu zeigen.

»Aber eine Geisel zu nehmen, ist auch nicht seine normale Vorgehensweise«, grunzte er. »Sind Sie sicher, dass er sie ›zerstückeln‹ wollte? Das ist sehr wichtig.«

»Daran besteht kein Zweifel. Er hat gesagt, er sei der Typ aus der Zeitung.« Der Wachmann schwieg einen Moment, dann sagte er vorsichtig: »Wissen Sie, dieses Mädchen mitzunehmen, ist ihm vielleicht spontan eingefallen.«

»Was soll das heißen?«

Die beiden Wachmänner warfen einander einen Blick zu. »Diese Vicki sieht wirklich super aus. Ich meine, wie eine echte Miss Universum. Vielleicht hat er sich einfach in sie verknallt. Sie sieht zu gut aus, um so spät am Abend noch allein hier zu sein.« Er nickte mit dem Kopf in Richtung ihres Onkels in der Ferne, der immer noch beschämt und unsicher neben Bennett stand. »Der Kerl ist ein Idiot, dass er so ein

Mädchen allein hier lässt. Normalerweise sehen wir hier gar nicht nach dem Rechten – wir tanken hier bloß und haben dann angefangen, regelmäßig nach ihr zu sehen, aus reiner Gefälligkeit, verstehen Sie?«

»Also könnten Sie recht haben.« Maiden musste unwillig zugeben, dass die beiden Männer es gut meinten, aber sie erinnerten ihn trotzdem an Autobahnpolizisten aus Hollywoodfilmen. »Jedenfalls vielen Dank für den Versuch.« Er winkte zum Abschied und wollte gehen, aber einer der Wachmänner rief ihm etwas hinterher.

»Hey, ich hab was vergessen. Er hat mies gerochen.«

Maiden drehte sich um. »Er hat was?«

»Er hat gestunken, als hätte er seit Jahren nicht gebadet. Wir sind in den Verkaufsraum gekommen, kaum dass er weg war, und man konnte ihn immer noch riechen. Er *stank*. Der Typ hat garantiert keine Seife.«

»Okay, danke«, sagte Maiden und ging weiter. »Ich sag's Detective Bennett.« Er ging zurück zu dem anderen Detective, aber als er näher kam, warf er dem Tankstellenbesitzer einen wütenden Blick zu. Maidens Zorn auf Truemanne, der sein Bestes gab, unschuldig zu schauen, war echt. Er vergaß den Kommentar über die hygienischen Gewohnheiten des Räubers, als er sich Truemanne zuwandte, der ihn ängstlich anstarrte.

»Mr Truemanne, können Sie mir erklären, was Sie geritten hat, ein junges Mädchen heute Abend hier allein zu lassen? Wo waren Sie?«

Truemanne zuckte bei seinem Ton zusammen und schaute hilfesuchend Bennett an. Bennett hatte aber kein Mitleid mit ihm, sein Ausdruck war genau so streng wie Maidens. »Detective Maiden leitet eine laufende Ermittlung, bei der es um mehrere vermisste Personen geht. Es besteht die Möglichkeit einer Verbindung zu diesem Fall. Sie sollten alle seine Fragen beantworten.«

Truemanne versuchte, empört zu klingen. »Meine Nichte

ist von einem Verrückten entführt worden, um Gottes willen! Glauben Sie, das wollte ich?«

»Wo *waren* Sie, Mr Truemanne?«

Nach einem Augenblick der Spannung senkte Truemanne den Blick. »In meinem Clubhaus. Es ist nur zehn Minuten die Straße runter – hey, ich habe sie nicht einfach allein gelassen, okay? Vicki hat gesagt, sie käme schon alleine klar.«

Maiden löste seinen Blick nicht von ihm. »Und wie oft waren Sie schon in Ihrem Club und haben Vicki allein gelassen? Wie lange bleiben Sie dort?«

Truemanne zuckte mit den Achseln. »Nur ein oder zwei Mal, und nicht lange.«

»Wenn ich also rüberfahre und die Angestellten frage, wie oft Sie dort sind, dann werden die mir dasselbe sagen?«

Truemanne schloss erschöpft die Augen. »Okay, okay, in letzter Zeit war ich häufiger da. Aber Vicki ist erwachsen und hat sich sehr gut angestellt. Sie ist vielleicht meine Nichte, aber sie arbeitet trotzdem für mich, okay? Ich sollte sie doch behandeln dürfen wie jeden anderen Angestellten.«

Maiden gab ein abschätziges Geräusch von sich und trat zurück. Er bedeutete Bennett, zu ihm zu kommen. »Haben Sie die Eltern des Mädchens schon verständigt?«, fragte er leise.

»Nein, das wollte ich persönlich machen. Eigentlich sollte ich schon dort sein. Ehrlich gesagt, haben nur Sie mich davon abgehalten.«

Maiden nahm die Verantwortung mit einem kurzen Nicken auf sich. »Wussten Sie, dass Vicki außerordentlich hübsch ist? Die Wachmänner haben sich förmlich überschlagen.«

Bennett runzelte die Stirn. »Nein, ich habe, ehrlich gesagt, das genaue Gegenteil angenommen, sonst hätte dieser blöde Onkel sie doch nicht allein gelassen auf der Tankstelle. Seine Beschreibung von ihr war nichtssagend.« Er warf Truemanne einen bösen Blick zu. »Glauben Sie, unser Gewehrräuber hat beobachtet, wie Truemanne sie alleine ließ, und bemerkt, dass es öfter vorkommt?«

»Könnte sein. Wenn es derselbe Kerl ist, der die anderen Raubüberfälle begangen hat, wäre es der erste Beweis für vorherige Beobachtungen, soweit ich weiß. Ich hatte aber bisher noch nichts mit diesen Ermittlungen zu tun. Ich bin hier, weil er gedroht hat, das Mädchen zu zerstückeln.«

»Sie haben da wirklich eine böse Sache an der Hacke«, sagte Bennett.

»Wenn das mein Mann ist, könnte das gute Aussehen des Mädchens ihre einzige Chance sein, am Leben zu bleiben, aber Gott weiß, was er ihr stattdessen antun wird.« Maiden unterbrach sich und seufzte erschöpft. Er überlegte, ob er nach Hause fahren sollte, entschied sich aber dagegen, trotz der Uhrzeit. »Hören Sie, vielen Dank. Leider kann ich nicht viel tun. Ich fahr jetzt zurück zum *The Rocks* und bleibe dort. Können Sie mich verständigen, wenn sich etwas ergibt?«

»Die könnten jetzt überall sein, deswegen läuft die Suche stadtweit. Es wäre wohl sicherer, wenn Sie ihre eigene Zentrale mithören lassen, aber ich werde trotzdem versuchen, Sie zu informieren, wenn ich etwas erfahre.«

»Das wäre nett«, sagte Maiden.

Maiden ging davon aus, dass ein paar Stunden Schlaf ihm mittlerweile mehr schaden als nutzen würden, also entschied er sich, zurück zur Wache zu fahren. Dann wurde ihm klar, dass er was zum Anziehen für den nächsten Tag brauchte, und er hielt noch einmal zu Hause, um einen sauberen Anzug, ein Hemd und eine Krawatte mitzunehmen. Er widerstand dem Drang, nun doch zu bleiben, da er Bennett gesagt hatte, er würde auf die Wache fahren. Dennoch glaubte er nicht, dass er in nächster Zeit etwas Positives hören würde. Entweder mit Glück oder aufgrund guter Planung war es dem Verbrecher und seiner Geisel gelungen, durch das Polizeinetz zu schlüpfen, das eilig über die Gegend um die Tankstelle herum ausgebreitet worden war. Jetzt konnten sie nur noch abwarten, wann oder wo Vicki Colonel wieder auftauchte.

Vielleicht würde er versuchen, jemand zu erpressen – vielleicht würde sie auch ein weiteres Mordopfer.

Das Erste, was ihm im *The Rock* auffiel, war ein weiterer Stapel des niemals endenden Papierkrams, der auf seinem Schreibtisch auf ihn wartete. Maiden fand, jetzt war im Grunde eine gute Zeit, sich damit auseinanderzusetzen. Um diese Uhrzeit waren die Büros praktisch verlassen. Die Detectives der Nachtschicht waren draußen unterwegs oder kümmerten sich anderswo im Gebäude um die Verhaftungen, die in der Nacht erfolgt waren. Nur dann und wann nickte irgendjemand von einem anderen Schreibtisch Maiden einen Gruß zu. Er war mit niemandem hier besonders eng befreundet. Jetzt war das ein Vorteil, denn er konnte praktisch ungestört arbeiten.

Aber es dauerte nicht lange, bis er das Interesse an dem Papierkram verlor und seinen Stift zur Seite legte, ins Nichts starrte und nachdachte.

Er versuchte, sich zu überzeugen, dass der Tankstellen-Kidnapper und derjenige, der Körperteile in Fahrstühlen hinterließ, zwei verschiedene Leute waren. Die Drohung des bewaffneten Verbrechers, das Mädchen zu zerstückeln »wie die anderen«, stank nach Angeberei, die durch Zeitungslektüre inspiriert war. Wichtiger noch, es bedurfte einer gewissen Planung und Finesse, ein abgetrenntes menschliches Körperteil irgendwo im Geschäftsviertel in einem Fahrstuhl zu hinterlassen. Vor allem, wenn das Körperteil jemandem gehörte, den man gerade erst entführt und ermordet hatte. Die psychologische Ausstattung eines Täters, der das hinbekam, schien nicht zu dem Auftreten eines Mannes zu passen, der mit einem abgesägten Gewehr in eine kleine Tankstelle reinmarschiert, unter Waffengewalt Geld stiehlt und ein junges Mädchen entführt, als er in die Enge getrieben wird.

Es sei denn, er gehört zu einem Team – mit einer anderen Person, die von völlig anderem Charakter ist. Das würde auch erklären, warum der Tankstellen-Überfall allein durchgezogen wurde. Der Partner wollte mit solchen Sachen nichts zu tun haben.

»Nein, es sind zwei verschiedene Fälle«, murmelte Maiden vor sich hin. »Müssen es einfach sein, falls dieser Kerl nicht vollkommen schizophren ist.«

Er überlegte, ob er Bennett kontaktieren sollte, entschied sich aber sofort dagegen. Er würde von ihm hören, wenn es etwas Wissenswertes gab. Er neigte seinen Kopf wieder über die Formulare, ließ seinen Blick über das Papier streifen, ohne die Informationen vor sich wirklich aufzunehmen. Offensichtlich war er müder, als ihm klar gewesen war, also verließ er schließlich seinen Schreibtisch und ging in einen leeren Verhörraum mit einem durchgesessenen Sofa. Er legte sich auf den Rücken und ließ die Beine am Ende herunterhängen. Es war unbequem, aber besser als nichts. Maiden wollte sowieso nur ein Nickerchen halten. Stattdessen fiel er aber in einen tiefen Schlaf.

Geweckt wurde er von Martin Creane, der Maidens Schulter sanft mit der Schuhspitze anstieß. In den Händen hielt er zwei volle Kaffeebecher. Das Sonnenlicht strahlte durch die Schlitze einer Jalousie.

»Aufwachen. Frühstückszeit.«

Maiden reagierte abrupt und setzte sich augenblicklich aufrecht, dann hob er genauso schnell eine Hand an die Stirn und stöhnte. »Verflucht! Wie spät ist es? Ich wollte nicht einschlafen.«

»Was stimmt nicht mit deinem eigenen Bett? Hast du reingepieselt?«

Maiden starrte ihn zwischen gespreizten Fingern hindurch an. »Für einen Junior Detective wirst du allmählich verdammt frech.«

Creane sorgte sich nicht um Maidens schlechte Laune.

»Und du solltest ein Vorbild sein. Dich obdachlos und verkatert vorzufinden, macht mir nicht gerade Mut. Willst du jetzt einen Kaffee, oder nicht?«

Maiden murmelte unwirsch seinen Dank und nahm den Becher. »Einige von uns sind eben vierundzwanzig Stunden im Dienst«, sagte er und hob den Kaffee an die Lippen. Er schnitt beim ersten Schluck eine Grimasse, dann sagte er: »Sie haben mich mitten in der Nacht rausgerufen.«

»Ich weiß. Was ist passiert?« Creane machte es sich auf einem hölzernen Verhörstuhl bequem.

Maiden nahm noch ein paar Schlucke Kaffee. Er tastete nach seinen Zigaretten und zuckte zusammen, weil seine Gelenke und Muskeln so schmerzten. Er erinnerte sich wieder, wo er war, und dass Rauchen hier untersagt war, nahm aber an, dass er in einem Verhörzimmer trotzdem damit davonkäme. Manchmal erlaubte man Gesprächspartnern bei Verhören, zu rauchen, damit sie sich entspannten.

»Tolles Frühstück«, sagte Creane mit einem Blick auf die Zigarette.

»Fettfrei«, murmelte Maiden, zündete sie an und nahm einen langen, dankbaren Zug. Er schloss die Augen, als er langsam den Rauch ausstieß, öffnete sie dann wieder und sah Creane an. »Letzte Nacht ging's richtig rund.« Er erzählte, was geschehen war, und dabei ließ er sich den Lauf der Dinge auch selbst noch einmal durch den Kopf gehen. »Mehr weiß ich nicht«, schloss er. »Ich schätze, jemand hätte mich geweckt, wenn etwas Neues passiert wäre. Bennett hat gesagt, er würde mich informieren, und ich habe der Zentrale auch gesagt, sie sollen die Ohren offen halten.«

»Dann gibt es nichts Neues«, sagte Creane. »In den Updates ist der Typ immer noch, und das Mädchen samt Auto ist immer noch verschwunden. Sieht aus, als wäre er wirklich davongekommen.«

Maiden gab ein Geräusch von sich, als wollte er sagen, dass diese Nachricht ihn nicht überraschte.

»Glaubst du, das ist unser Mann?«, fragte Creane, der die Antwort schon ahnen konnte – Maiden war nicht wütend genug dafür, dass sie eine wichtige Entwicklung ihrer eigenen Ermittlung verpasst hätten.

»Ich glaube nicht. Ich kann mich nicht dazu bringen, anzunehmen, dass jemand, der clever genug ist, uns mit zerhackten Körperteilen an der Nase herumzuführen, blöd genug ist, eine beschissene Tankstelle mit einem abgesägten Gewehr Hops zu nehmen, und all das nur für ein paar Dollar.« Aber Maiden klang nicht besonders sicher. »Zum Teufel, ich weiß es auch nicht.«

»Okay«, sagte Creane. »Was ist mit dem Typen, der auf der Müllhalde gefunden wurde? Dem ohne Finger? Vielleicht hat der Kidnapper von *der* Verstümmelung gesprochen.«

Daran hatte Maiden noch nicht gedacht. »Das könnte sein, aber ich bezweifle es. Es stand nur in ein paar Zeitungen, und wir haben sie gebeten, nicht über die fehlenden Finger zu berichten. Soweit ich weiß, haben sich alle daran gehalten. Als er behauptete, er sei der Typ aus der Zeitung, muss er unseren Fall gemeint haben.«

Creane schaute nachdenklich, dann freundlicher. »Ich habe jedenfalls eine gute Nachricht für dich in Sachen Greg Howlett. Sie kam von den Nachtschicht-Jungs, und ich hab sie mitbekommen.«

Maiden akzeptierte den Themenwechsel mit einem Nicken, während er ein Gähnen unterdrückte. »Schön, dass überhaupt jemand Fortschritte macht.«

»Immerhin etwas. Erinnerst du dich noch daran, dass Howlett sich vom Computer abmelden sollte, wenn er mit seinen Überstunden fertig war? Deswegen hat sein Boss geglaubt, dass er noch im Gebäude ist, weil Howlett sich nicht vom Computer abgemeldet hatte, stimmt's?« Maiden nickte wieder, hörte aber nur halb zu, weil er immer noch an die Ereignisse der letzten Nacht dachte. Creane fuhr fort: »Tja, sieht so aus, als hätte unser Mr Howlett nicht nur die Angewohnheit gehabt, sich *nicht* abzumelden, sondern zugleich die, *nicht* im Gebäude zu bleiben. Rat mal, wo er war?«

Maiden knurrte: »Ich hab jetzt keine Lust, Spiele zu spielen, Martin.«

Das dämpfte Creanes Fröhlichkeit aber nicht. »Howlett aber. Der hat gespielt. Nicht nur in dieser Nacht, sondern *jede* Nacht, wie es aussieht. Gleiche Bar, meist sogar der gleiche Pokerautomat, wenn da nicht schon jemand anders saß. Die Nachtschicht hat zuverlässige Aussagen, dass Howlett an seinem üblichen Platz vor dem üblichen Pokerautomaten saß, bis fast neun Uhr an dem Abend, an dem er verschwand.«

Jetzt widmete Maiden Creane seine volle Aufmerksamkeit. »Erklär mir das noch einmal.«

»Es ist ganz einfach: Howlett bleibt im Büro, um Überstunden zu machen, aber kaum sind alle anderen weg, flitzt er zu seinem Lieblingspokerautomaten und haut bis zu hundert Mäuse fürs Spielen und ein paar Drinks raus. Wenn sein Geld alle ist, geht er zurück ins Büro, *dann* meldet er sich vom Computer ab und bezeichnet das Ganze als Überstunden, alles klar?« Creane spreizte die Hände. »Er war ein geschätzter Angestellter und gut genug in seinem Job, um es so aussehen zu lassen, als würde er tatsächlich Überstunden machen. Niemand hat irgendetwas in Frage gestellt, obwohl er in letzter Zeit wohl ziemlich viel riskiert hat. Wahrscheinlich hat er versucht, seine Spielsucht mit den Überstunden zu finanzieren. Vielleicht hätte ihn dieser Tysonne diesmal erwischt, wenn unser Psycho ihm nicht vorher schon den Hals ...« Creane unterbrach sich und holte Luft. »Wie auch immer. Er ist Stammgast in der Bar, er kennt die Kellnerinnen beim Namen und umgekehrt. Also, wie gesagt, zuverlässige Bestätigungen des Barpersonals, dass Howlett wie üblich dort war und zur üblichen Zeit gegangen ist.«

Maiden dachte darüber nach. »Also wissen wir jetzt bis etwa gegen neun, wo er war?«

»Zumindest. Wir waren zu beschäftigt damit, dass Tysonne uns erklärte, dass Howlett um halb sieben irgendwo im Haus sein *sollte,* als er versucht hat, ihn zu finden, wegen des Computerabmeldesystems. Wir gingen davon aus, dass Howlett, die grundanständige Arbeitsbiene, irgendwann danach zum Opfer wurde.« Creane beugte sich vor und senkte die Stimme. »Jetzt wissen wir, dass er normalerweise um diese Zeit nicht im Büro war, sondern vor dem Pokerautomaten saß. Ich vermute, er kam wie immer vom Spielautomaten, um sich abzumelden, und *da* hat unser Killer zugeschlagen.«

Maiden ergänzte schnell: »Und wie ich schon vermutet hatte – sie haben ihn sich draußen vorgeknöpft, wahrscheinlich in der Garage. Sie haben dem armen Kerl den Arm abgehackt und sind dann mit seiner Zugangsberechtigungskarte wieder ins Gebäude eingedrungen, um den Arm im Fahrstuhl zurückzulassen.«

»Und sie hatten sogar seine Wagenschlüssel und seinen Wagen, um seine Überreste loszuwerden.«

Die beiden Männer sahen einander an, und sie waren von grimmiger Zufriedenheit über ihre Theorie.

Maiden sagte: »Wir müssen diesen Wagen finden.«

Creane schaute gerissen. »Sag einfach keinem, dass du keine Verbindung zwischen diesem Fall und der Entführung letzter Nacht siehst. Sag ihnen, wenn wir Howletts Commodore finden, dann finden wir vielleicht auch das Mädchen, und es werden eine Menge Polizisten auch in unserem Sinne Ausschau halten.«

Maiden lachte laut. »Und dabei siehst du so nett aus, Martin.« Dann versank er wieder in seinen Gedanken, schaute ernst. »Ich glaube, wir sollten besser noch einmal Mr Fischer und seine Freundin besuchen. Mal sehen, was die so getrieben haben in der Zeit, von der wir nicht wissen, was Howlett gemacht hat. Ich wüsste kein Motiv, aber vielleicht haben sie Geschmack gefunden an …«

Die Tür ging auf, und ein Detective steckte den Kopf herein. »John? Da bist du. Große Scheiße. Die Morgennachrichten sind voll mit dem Tankstellenüberfall, ohne offizielles Polizeistatement, und Longman kocht – vor allem fällt dein Name, denn die Medien haben von der Drohung des Typen erfahren, das Mädchen zu zerstückeln, weswegen Longman sagt, es sei ein Teil *deiner* Ermittlungen.«

»Was? Augenblick mal.« Maiden hob die Hand. »Was redest du denn da?«

»Du hast um neun Uhr eine Pressekonferenz in der College Street. Diesmal wirst du richtig berühmt«, setzte der Detective grinsend hinzu. »Offenbar finden die Fernsehleute schon keine Parkplätze mehr in der Nähe.« Er verschwand, bevor Maiden etwas sagen konnte.

»Gott, genau das brauche ich jetzt«, stöhnte Maiden und rieb sich das Gesicht.

»Und du siehst auch noch Scheiße aus«, sagte Creane grinsend.

»Besten Dank.« Maiden erhob sich und drängte sich an Creane vorbei zur Tür. Er ging zurück zu seinem Tisch und winkte einigen anderen Detectives zu, die ihn im Gehen begrüßten. Dann griff er zum Telefon und wühlte mit der freien Hand in seinen Unterlagen nach einem Telefonverzeichnis. Creane, der ihm in aller Ruhe gefolgt war, setzte sich auf die Tischkante.

»Ich brauche ein Bild von dem Mädchen«, sagte Maiden zu ihm, ohne aufzuschauen. »Wo ist denn die Nummer von Penrith … hier.« Er hackte auf das Telefon ein und wartete ungeduldig auf die Verbindung. Es folgte ein langes Gespräch, in dem Maiden erklärte, wer er war und was er wollte. Sein Gesicht nahm einen freundlicheren Gesichtsausdruck an, als man ihn zu Detective Bennett durchstellte, der immer noch daran arbeitete, die Suche nach Vicki Colonels Wagen zu koordinieren.

»Ich brauche ein Foto des Mädchens«, erklärte er Bennett.

»Haben Sie ein aktuelles von den Eltern bekommen? In vierzig Minuten habe ich eine Pressekonferenz, mit Fernsehen. Wenn ich die dazu bringen kann, das Bild zu zeigen, und Ihre Nummer als Hotline nenne, bringt Sie das vielleicht weiter.« Er hörte einen Augenblick zu, nickte. »Ja – ich weiß, Sie müssen es vielleicht jemand in die Hand drücken und ihn damit herfahren lassen, aber ich schätze, das ist es wert. Okay? Vielen Dank.« Er legte auf und starrte auf seinen Schreibtisch, während er überlegte, was als Nächstes zu tun war.

»Was willst du anziehen?«, fragte Creane und betrachtete Maidens Jeans und Trainingsjacke. Maiden schaute sich suchend um, dann fluchte er, als er sah, dass seine Klamotten, die er über die Rückenlehne seines Stuhls gehängt hatte, jetzt zerknittert auf dem Boden lagen.

»Gib sie mir«, sagte Creane.

»Was?«

»Gib mir deinen Anzug. Du willst ins Fernsehen? Ein paar Häuser weiter ist eine Reinigung. Ich laufe hin und versuche, den Anzug bügeln zu lassen.«

Maiden hob ihn auf und reichte ihn weiter. »Danke«, murmelte er, wobei Creanes Mitdenken ihm peinlich war. »Das ist nett.«

»Kein Problem.« Creane ging davon, den Anzug über den Arm gehängt.

Maidens Telefon klingelte. Er griff danach und drückte den Hörer mutlos ans Ohr. Er erwartete Longmans ätzende Stimme. Stattdessen war es Janet Brown.

»Ich habe vermutet, dass Sie heute früh bei der Arbeit sind«, sagte sie.

»Ich war gar nicht zu Hause«, beklagte er sich, erfreut über ihren familiären Ton.

»Haben Sie zu viel zu tun, um etwas von dem amputierten Arm zu hören?«

»Ehrlich gesagt, können Sie es kurz machen? Um neun habe ich eine Pressekonferenz, und ich habe noch keine gottverdammte Ahnung, was ich denen sagen soll. Ich muss daran noch arbeiten.«

»Lesen Sie einfach die Morgenzeitungen und bestätigen Sie alles, was Sie können. Und weigern Sie sich bei allem anderen, etwas zu sagen.«

Maiden war verblüfft. Das war eine gute Idee. Die meisten Zeitungen hatten irgendwelche Nachteulen, die nichts anderes taten, als bei den Krankenhäusern, Leichenschauhäusern und Polizeizentralen nach berichtenswertem Material zu grasen, das in die Morgenausgaben kam. Da der bewaffnete Raubüberfall samt Entführung kurz nach Mitternacht stattgefunden hatte, würde er es locker bis zum Druck geschafft haben. »Das mache ich«, sagte er. »Was können Sie mir über den Arm sagen?«

»Es ist tatsächlich Howletts, das können wir jetzt bestätigen, aber das ist nichts Neues. Pathologisch ist alles wie bei den anderen, obwohl ich sagen würde, dass wir vermuten können, das Opfer war tot oder zumindest betäubt, als der Arm abgeschnitten wurde. Man könnte einem lebenden Menschen bei Bewusstsein keinen ganzen Arm abtrennen, ohne dass größere Schäden zu sehen wären. Es gibt keine Verletzungen, die darauf hindeuten, dass das Opfer die Möglichkeit hatte, sich zu wehren oder zu winden. Es wurde eine scharfe Klinge benutzt, und der Ansatz aller Schnitte deutet darauf hin, dass es keinen Kampf während der Amputation gab. Das Interessanteste, von dem ich denke, dass Sie es wissen wollen, war das Vorhandensein von etwas Schmiermittel sowie im Autobau verwendetem Gummi auf dem Jackettärmel.«

»Autogummi? Sie meinen einen Reifen?«

»Nein, ein weicherer Stoff, wie eine Türdichtung.«

»Oder eine Kofferraumdichtung«, sagte Maiden grimmig. »Das ergibt schon mehr Sinn. Wir haben Howletts Wagen noch nicht gefunden. Ich habe das Gefühl, wenn wir das tun, finden wir auch den Rest von Mr Howlett.«

Am anderen Ende herrschte Schweigen, dann sagte Brown: »Dieser Teil Ihrer Arbeit kann nicht besonders viel Spaß machen.«

»Nein, nicht wirklich.«

»Die Sache hält Sie in Atem. Ich fange an zu zweifeln, dass ich eine Chance bekomme, uns Essen zu kochen – um mich zu bedanken, dass Sie meinen Kühlschrank verschoben haben.«

»Hey, dafür müssen Sie sich nicht bedanken«, sagte Maiden, aber sein Herz schien kurz auszusetzen, als er an einen Abend mit Janet Brown dachte. »Aber ein Essen wäre trotzdem schön.« Er machte eine Pause und entschied sich dann, es zu riskieren. »Hören Sie, es gibt einen netten Inder nicht weit von dem kleinen Supermarkt, in dem wir einander begegnet sind. Wie fänden Sie es, wenn wir uns heute dort zum Essen treffen? Das kommt jetzt sehr kurzfristig, und ich kann Ihnen im Moment noch nicht einmal versprechen, dass ich es schaffen werde, ich weiß ...« Er schwieg und hatte das Gefühl, einen Fehler gemacht zu haben.

Brown schien zu zögern. »Ich weiß, welchen Sie meinen ... Nun – ich schätze, wenn ich heute nach Hause komme, war es ein langer Tag. Da habe ich auch keine Lust mehr, zu kochen. Und es ist vermutlich eine gute Idee, wenn ich einmal eine feste Zeit habe, zu der ich hier weg muss. Ich verbringe sowieso viel zu viel Zeit hier.« Sie schwieg wieder, dachte über seinen Vorschlag nach. Maiden wagte nicht, etwas zu sagen. Dann sagte sie plötzlich: »Okay, warum nicht? Wann?«

»Ich reserviere für acht. Wenn ich Probleme habe, rufe ich Sie an, damit Sie Bescheid wissen.«

»Prima. Ich faxe Ihnen eine Kopie unseres neuen Berichts. Und viel Glück bei Ihrer Pressekonferenz.«

»Danke. Ich werde Ihren Rat befolgen und mir die Zeitungen besorgen.«

Er legte auf, zufrieden mit sich selbst. Das Telefon klingelte fast augenblicklich wieder. Diesmal war es tatsächlich Longman, und damit war Maidens Glücksgefühl schon wieder ruiniert.

»Sind Sie vorbereitet auf die Pressekonferenz?«, fragte Longman und verbarg kaum noch seine Feindseligkeit.

»Es ist kurzfristig, aber ich schaffe das schon«, entgegnete Maiden, und dann konnte er nicht anders, als hinzuzusetzen: »Wie letztes Mal.«

»Wenn es nach mir ginge, dann würden wir jetzt schon eine anständige Einsatzgruppe mit diesem Fall beschäftigen. Ich hoffe, Sie sind vernünftig genug, Bescheid zu sagen, wenn Ihnen das alles zu viel wird.«

Was soll das heißen?, dachte Maiden wütend, behielt es aber für sich. Wenn alles so lief, wie Bercoutte es wollte, würde Longman ihn nicht mehr lange nerven. »Keine Sorge. Ich habe alles im Griff.« Er legte abrupt auf. Das Beste schien jetzt zu sein, runter in die College Street zu gehen, so weit weg von Longman wie möglich.

Wie immer wartete Sergeant Overman vor dem Fahrstuhl in dem kleinen Foyer auf alle Wichtigen. Er trat zügig vor, als Maiden ankam.

»Da sind Sie ja. Wir haben uns schon wieder Sorgen gemacht. Können Sie zu so etwas nicht ein bisschen früher als sechzig Sekunden vorher kommen? Scheiße, was haben Sie denn an?«

Maiden riss sich zusammen. Hier war er ein Fremder in einem fremden Land und konnte es sich nicht leisten, den Sergeant zu verärgern, der ihm eine angenehme oder unangenehme Pressekonferenz bescheren konnte.

»Wir haben noch jede Menge Zeit. Und es ist auch nicht meine Schuld, dass mir keine Sau von diesem Mist erzählt, bis es so weit ist. Keine Sorge, mein Anzug kommt gleich.«

»Wo zum Teufel steckt der? Wir haben heute Morgen drei Fernsehsender hier.«

»Martin wollte ihn für mich bügeln lassen. Er müsste gleich kommen. Sie haben nicht zufällig irgendwelche Morgenzeitungen da, oder?«

Offenbar war Janet Browns Vorschlag nicht ungewöhnlich, denn Overman zeigte auf eine Tür und sagte: »Auf meinem Schreibtisch da drin. Ich habe in Grün ein paar Sachen angemarkert, die wir runterspielen wollen – geben Sie dazu einfach keinen Kommentar ab. Den Rest können Sie der Presse zum Fraß vorwerfen, wie Sie lustig sind.« Overman schaute auf die Uhr. »Sie haben noch zehn Minuten. Wollen Sie einen Kaffee?«

»Das würde mir das Leben retten. Stark, weiß mit zwei.«

»Okay. Sie sind heute im großen Saal. Diese verdammten Fernsehleute brauchen immer so viel Platz.« Overman verschwand in Richtung Küche. Maiden drängelte sich durch die wachsende Menge im Flur in Richtung von Overmans Büro und ging hinein. Die Artikel über Vicki Colonels Entführung waren auf den Titelseiten, im Inneren befanden sich die entsprechenden Kommentare. Maiden begann gerade, die Kommentare zu lesen, als er jemand hinter sich ins Zimmer kommen hörte. In der Erwartung, den Sergeant mit seinem Kaffee zu sehen, wandte er sich um.

Aber es war Bercoutte.

»Kommen Sie nach der Konferenz zu mir«, sagte er kurz angebunden. Er blieb lange genug, dass Maiden nicken konnte, um zu zeigen, dass er verstanden hatte, dann verschwand er.

Overman kam herein und streckte ihm einen dampfenden Becher hin. »Sie werden immer beliebter«, bemerkte er trocken.

»Ich könnte gut ohne die verdammte Politik auskommen, während ich versuche, diesen Wahnsinnigen ausfindig zu machen. Longman hat mir heute Morgen ziemlich direkt gesagt, dass ich diese Ermittlungen allein führe, sei Zeitverschwendung, und ich sollte Platz machen und eine Einsatzgruppe verlangen. Dieses Arschloch kann es kaum erwarten, dass ich auf die Schnauze falle.«

Maiden vermutete zu Recht, dass Overman die politischen Manöver innerhalb der Abteilung gut kannte. Der Sergeant war das inoffizielle Bindeglied zwischen den höherrangigen Kollegen in der College Street und dem Rest der Polizei.

»Ich würde mir nicht zu viel Sorgen über Longman machen, wenn ich Sie wäre – es sei denn, Sie fallen tatsächlich auf die Schnauze. Dann werden sie Sie ihm natürlich zum Fraß vorwerfen. Andererseits, wenn wir genug Leute hätten, dann *hätten* wir wahrscheinlich schon eine eigene Einsatzgruppe für diesen Fall. Aber so hat schon das Herumfragen, das Sie initiiert haben, für Missmut gesorgt.«

»Was soll ich denn machen? Selbst an alle Türen klopfen?«

»Nein, Sie sollen die Zahl der Türen vermindern, an die geklopft werden muss«, lächelte Overman. »Also, kriegen Sie diese Konferenz hin?«

»Ich denke schon.«

Overman griff hinter sich und nahm ein Blatt Papier von seinem Schreibtisch, das er Maiden reichte. »Hier ist die offizielle Aussage über den bewaffneten Raubüberfall und die Entführung gestern Nacht. Lesen Sie das Wort für Wort laut vor und beantworten Sie alle Fragen. Versuchen Sie alles zu vermeiden, was ich in den Zeitungen in grün markiert habe – hatten Sie Gelegenheit, das zu lesen?« Maiden nickte, dann überflog er die Beschreibung. Overman zeigte auf den unteren Teil der Seite. »Die Namen, die ich hier notiert habe, sind Schreiberlinge, die sich wahrscheinlich in jedes bisschen Sensationalismus verbeißen und Sie dazu bringen wollen, etwas Dummes zu sagen. Alle tragen Namensschilder. Aber machen Sie sich keine großen Sorgen darum, denn wenn Sie ihnen nichts Dummes liefern, dann denken die sich eben etwas aus.«

Maiden nickte wieder nervös. Creane steckte den Kopf ins Büro. »Ich suche nach – oh, da bist du.« Er gab den Anzug weiter, frisch gebügelt und auf einem Drahtbügel in Folie eingeschlagen.

»Danke, Martin.«

Mit zwei anderen Männern gemeinsam in dem kleinen Büro war es nicht leicht für Maiden, sich umzuziehen. Schließlich streifte er aber das Jackett über, rückte seine Krawatte ohne Spiegel zurecht und sah Overman an.

»Okay?«

»Muss reichen. Gehen wir.«

Die drei marschierten durch den Flur zu einer Doppeltür. Maiden wurde langsam nervös und fühlte sich eher wie ein Verbrecher, der zur Hinrichtung schritt, als wie ein Polizist. Er atmete ein paar Mal tief durch und vergegenwärtigte sich, dass es keine große Sache war. Die Fernsehleute würden vielleicht fünfzehn Sekunden Material verwenden, höchstens. Das Wichtigste war, dass er sich darauf konzentrierte, welche Informationen er gab – und dass sie stimmten –, als wie er aussah oder klang.

Als die Türen sich öffneten, erstarb das Murmeln im Saal für einen Augenblick, dann folgte Papierrascheln und das Ausrichten von Aufnahmegeräten, als Maiden auf das kleine Podium trat. Ministrahler auf Kameras erwachten zum Leben und ließen ihn die Augen zusammenkneifen. Er musste es sich verkneifen, eine abwehrende Hand zu heben. Er räusperte sich und sagte: »Guten Morgen miteinander.« Die Begrüßung wurde gemurmelt erwidert. Kameras klickten, surrten und blitzten. Aufnahmegeräte wurden eingeschaltet.

Maiden konzentrierte sich dermaßen auf seine Aufgabe, dass er gar nicht bemerkte, wie die Zeit verging. Er las sorgsam die offizielle Version der Ereignisse vor, dann beantwortete er Fragen mit nichtssagenden, oftmals vollkommen wertlosen Entgegnungen, die einige der anwesenden Journalisten dermaßen frustrierten, dass sie gingen. Andere beschossen ihn mit Fragen, die es darauf anlegten, ihn zu einer sensationelleren Entgegnung zu provozieren, aber Maiden ließ sich stets einen Augenblick Zeit zum Nachdenken, bevor er antwortete, sodass sie ins Leere liefen. Er konnte weder bestätigen noch dementieren, ob man annahm, dass der bewaffnete Raubüberfall und die Verstümmelungen durch dieselbe Person durchgeführt worden waren, obwohl er eingestehen musste, dass Howard tatsächlich die Drohung hervorgebracht hatte, seine Gefangene zu zerstückeln. Maiden musste zugeben, dass Howard und seine Geisel abgetaucht waren und niemand wusste, wo sie nun steckten. Davon abgesehen machte Maiden sehr klar, dass er keine Geheimnisse ausplaudern würde – und es gelang ihm, dadurch die Tatsache zu verbergen, dass er gar keine Geheimnisse wusste, die er ausplaudern könnte.

Es kam zu einer Unterbrechung, als Bennetts Foto von Vicki Colonel kam und die Kameras Nahaufnahmen machten. Vickis gutes Aussehen ließ die Journalisten murmeln, aber Maiden ignorierte sie. Ohne es zu wissen, gab er das perfekte Bild eines Polizisten ab, der zu beschäftigt damit war, Verbrechen aufzuklären, als dass er den Medien mehr bieten könnte, als er musste. Es war reines Glück gewesen, dass jemand daran gedacht hatte, ihn hinaus zum Tatort zu rufen, sonst hätte Maiden entsetzlich wenig über den Vorfall gewusst. Eine kleine Stimme in seinem Geist fragte sich, ob Longman nicht gewusst hatte, dass er letzte Nacht an der Tankstelle gewesen war, und ob Longman nicht die Hoffnung gehegt hatte, dass er sich bei der Pressekonferenz blamieren würde. Fast durch Zufall war er seinem feindseligen Vorgesetzten einen Schritt voraus.

Er war überrascht, als er eine Hand auf der Schulter spürte und Overman flüsterte: »Das reicht. Kommen Sie zum Schluss.«

Maiden bedankte sich abrupt bei allen für ihr Kommen. Es folgte eine unzufriedene Pause, bevor alle gingen. Overman sprach leise weiter.

»Gut gemacht. Das war so uninformativ, dass es dafür

nicht einmal eine Meldung gäbe, wenn wir nicht das Foto des Mädchens hätten. Sie sollten öfter solche Dinger machen.«

»Im Leben nicht«, sagte Maiden über die Schulter, während er zusah, wie die Leute an ihm vorbei zur Tür gingen. Overman klopfte ihm auf den Rücken und ging. Creane hielt sich in der Nähe, und Maiden schaute zu ihm hinüber.

»Ich verhungere«, sagte er zu ihm. »Aber zuerst muss ich noch wohin. Willst du dich mit mir in der Cafeteria zum Frühstück treffen, und dann planen wir den Tag? Ich denke, ich brauche nicht lang.«

»Gibst du Autogramme?«, fragte Creane. Er war schon durch die Tür verschwunden, bevor Maiden eine passende Antwort einfiel.

Eine Minute später klopfte Maiden vorsichtig an Bercouttes Tür. Mary saß nicht an ihrem Schreibtisch. Eine gedämpfte Stimme wies ihn an, hereinzukommen. Bercoutte schrieb etwas und schaute zu Maiden auf, ohne seinen Stift hinzulegen.

»Wie läuft's?«, fragte er knapp.

»Ich kriege von Longman überhaupt keine Unterstützung. Wollen Sie mehr darüber hören?«

»Eigentlich nicht. Hindert Sie das daran, Ihre Arbeit zu tun?«

Maiden überlegte einen Augenblick. »Nein. Er hat es auf mich persönlich abgesehen, er behindert nicht die Ermittlungen.«

»Was ist mit dem Überfall letzte Nacht? Haben wir unseren Häcksler verpasst?«

Maiden schüttelte den Kopf. »Ich glaube nicht. Wir wissen in beiden Fällen nicht besonders viel, aber im Augenblick kann ich mir nicht vorstellen, wie die beiden Fälle zusammenhängen sollten. Die Verstümmelungen werden von irgendeinem kranken Psycho vorgenommen – anders kann es nicht sein. Aber es ist ein *gerissener* Psycho. Das letzte Nacht war ein bewaffneter Raubüberfall, der schiefgegangen ist, und jetzt hat der Typ eine attraktive Geisel. Das ist eine ganze andere Geschichte.«

»Aber wir können nicht ignorieren, dass es eine Verbindung geben *könnte.*«

»Nur weil der Mann selbst es behauptet hat, aber sobald ich die beiden Ermittlungen definitiv voneinander trennen kann, werde ich es tun.« Aufgrund Creanes Vorschlag von vorhin, wegen der Suche nach Howletts Wagen, hatte Maiden das mit Sicherheit nicht vor, aber das würde er Bercoutte nicht auf die Nase binden.

»Schaffen Sie das alles?«

Maiden spürte den Ärger in sich wieder aufflammen. »Das hat Longman mich auch schon gefragt. Ich melde mich bei Ihnen, wenn es zu viel wird. Ich fahre eher zur Hölle, als es Longman zu sagen.«

»Okay, beruhigen Sie sich. Brauchen Sie mehr Unterstützung?« So wie Bercoutte das fragte, war klar, dass er nicht wild darauf war, sie anzubieten.

»Nein, noch nicht. So lange ich die üblichen Ressourcen für Überprüfungen, Spurensicherung und Datenbanken kriege, wenn ich sie brauche. Damit kommen wir klar. Overman hat gesagt, irgendwer ist unzufrieden damit, wie viele Leute ich beschäftige, aber es hat was gebracht. Wir haben herausbekommen, dass das letzte Opfer ein regelmäßiger Spieler war und nicht immer im Büro, wo ihn alle erwarteten. Das ist ein wichtiges Teil unseres Puzzles.«

»Aber halten Sie sich mit solchen Anfragen zurück, ja? Bennett in Penrith lässt die halbe Polizei nach dem Wagen dieses Mädchens suchen. Ich habe ihm gesagt, er soll Sie über alles auf dem Laufenden halten, weil es möglich wäre, dass Sie nach demselben Täter suchen, aber davon abgesehen, lassen Sie ihn in Ruhe, und kümmern Sie sich um Ihre eigenen Ermittlungen.«

»Da hat Bennett ja eine schöne Aufgabe vor sich«, sagte Maiden. »Auf die Beschreibung passen ja auch nur eine Million Autos in Sydney. Da ist die Chance ja sogar noch größer, dass jemand das Mädchen in den Nachrichten erkennt. Sie ist nämlich eine echte Schönheitskönigin.«

»Habe ich auch gesehen. Eine verdammte Schande, was?« Bercoutte achtete darauf, dass sein Ausdruck möglichst neutral blieb.

»Möglicherweise wird sie das am Leben halten«, entgegnete Maiden.

»Aber möglicherweise ist sie auch genau deswegen entführt worden. Egal, hoffen wir das Beste. Halten Sie mich direkt auf dem Laufenden. Ich möchte Longman nicht nach dem Stand Ihrer Ermittlungen fragen müssen.«

Das war eine geradezu lächerliche Anweisung, wenn man Bercouttes Rang und Position in Betracht zog. Sein Wunsch, aufgrund der innerbetrieblichen Politik eine Konfrontation mit einem Untergebenen zu vermeiden, war absurd. Maiden widerstand gerade noch dem Drang, verzweifelt den Kopf zu schütteln, sondern nickte nur verständnisvoll. Sein Instinkt deutete darauf hin, dass an der Geschichte mehr dran sein könnte, als man sah. Wenn das der Fall war, musste er vielleicht noch vorsichtiger sein. Es war nicht ungewöhnlich, dass Karrieren von Leuten wie Maiden einfach verbrannt wurden, um höherstehenden Mitarbeitern Auftrieb zu verleihen. Leuten wie Bercoutte beispielsweise.

15

Vicki hatte damit aufgehört, die grünen LED-Ziffern der Uhr im Armaturenbrett anzustarren. Solange sie auf die Uhr sah, verging die Zeit nur noch langsamer. Howards unpassende Frage machte ihr noch mehr Angst. Eine falsche Antwort könnte ihn in Wut versetzen.

Manchmal wünschte sie sich, genau das würde passieren. Dann konnte sie anfangen zu schreien, und vielleicht würde jemand zu Hilfe kommen. Aber er fragte höflich und leise belanglose, naive Dinge über ihr Zuhause, ihre Eltern und ihre Arbeit an der Tankstelle.

Er fragte nicht mehr weiter nach ihrem Freund – einem mythischen Wesen purer Männlichkeit, das Vicki spontan erfunden hatte, um Howard davon zu überzeugen, dass er sie ganz sicher nicht dazu verführen könnte, irgendwas mit einem anderen Mann anzufangen, ganz egal was. Sie hatte keine Ahnung, ob diese Geschichte ihr irgendwie helfen würde.

Auf eine merkwürdige Weise benahm sich Howard wie ein Teenager bei seinem ersten Rendezvous, immer auf der Suche nach einem Gesprächsthema, das seiner neuen Flamme gefiel. Er sprach leise. Ihre Antworten waren kurz und einsilbig. Vicki wollte nicht reden, hatte aber gleichzeitig Angst, es nicht zu tun. Irgendwann erwähnte Howard ein Mädchen namens Fiona. Das gab Vicki einen Hauch Hoffnung, dass er vielleicht eine moralische Verpflichtung einer anderen Frau gegenüber eingegangen wäre, vielleicht war sie dann sicherer. Aber dann erklärte Howard ihr, dass Fiona »mich nicht vögelt«, und Vickis Angst verdoppelte sich. Es lag an der Art, wie er es sagte. Plötzlich klang es so, als hätte er schwerwiegende sexuelle Probleme, und das war besorgniserregend.

Sie wollte einfach nur raus aus dem Wagen und davonlaufen und fragte sich andauernd, was er tun würde, wenn sie darum bat, aussteigen zu dürfen, um aufs Klo zu gehen. Im Moment hatte sie noch nicht den Mut, das zu probieren. Einfach abzuhauen, kam nicht in Frage, denn das Gewehr lag schussbereit in seinem Schoß. Die Leinentasche mit der wenig zufriedenstellenden Beute aus der Tankstellen-Kasse befand sich zwischen seinen Beinen. Und so lag sie auf dem Sitz neben ihm und starrte hoch an die Decke des Wagens, während sie seine Fragen beantwortete.

Howards ungewaschener Gestank erfüllte den Wagen, und ihr wurde immer wieder übel davon. Schließlich fragte sie während eines Schweigens zögernd: »Darf ich das Fenster ein wenig öffnen? Es ist sehr stickig hier drin, und mir ist ein bisschen … ein bisschen übel.«

Aus dem Augenwinkel sah sie, wie seine Knöchel sich weiß verkrampften.

Er brauchte einen Moment für seine Antwort. »Aber nur einen Spalt breit«, sagte er.

Vicki streckte sich nach vorn und drehte am Griff, bis sich oben am Glas ein kleiner Spalt bildete. Sie wagte nicht, es weiter zu treiben. Es half nicht, den sauren Duft zu entfernen, und sie sehnte sich danach, ihr Gesicht an den Spalt zu pressen und tiefe, reinigende Atemzüge zu tun, aber sie wusste, dass Howard sie daran hindern würde, sich aus der Liegeposition zu erheben. Wahrscheinlich wäre sie von draußen gar nicht besser zu sehen, denn die Fenster waren dicht beschlagen von der Feuchtigkeit der beiden warmen Körper im Inneren des Wagens an einem kalten Abend, aber so weit dachte Howard nicht.

Vicki schloss die Augen und wünschte sich, dass die frische Luft auf ihr Gesicht heruntersank. Ein Lichtschein huschte über den Wagen hinweg.

»Scheiße«, sagte Howard und versuchte, sich tiefer zu ducken. »Fenster zu – und unten bleiben.«

»Wer ist das?«, fragte Vicki, zerrissen zwischen Hoffnung und der Angst, was Howard tun könnte.

»Woher zur Hölle soll ich das wissen?«, herrschte er sie an.

Vicki zuckte bei seinem Ton zusammen.

Das Licht blieb an ihrem Wagen hängen. Howard zupfte an Vickis Ärmel und hob den Finger an die Lippen. Die kindische Geste wurde durch die grausame Drohung in seinem Blick noch schockierender. Sie lagen beide regungslos und lauschten. Sie hörten eine Wagentür zuknallen und Schritte knirschen. Der Motor des anderen Wagens lief immer noch. Ein leiser Fluch hallte durch das Glas.

Howard flüsterte: »Wir stehen wohl auf seinem Parkplatz.« Seine Hand glitt zum Abzug des Gewehrs. »Ich frage mich, wie wild er darauf ist, ihn zurückzukriegen.«

Vicki fürchtete den plötzlichen unscharfen Umriss von jemand, der versuchte, in den Wagen zu schauen. Sollte sie schreien? Vielleicht rettete sie jemand das Leben.

Aber vielleicht verlor sie auch ihr eigenes.

Die Schritte knirschten noch ein wenig. Vicki glaubte, dass sie sich entfernten, und empfand erneut widerstreitende Emotionen – Erleichterung, dass es nicht zu einer Konfrontation kam, gemischt mit der Verzweiflung über die verlorene Gelegenheit. Sie hörten eine Wagentür zuschlagen, dann parkte das Fahrzeug irgendwo anders. Das letzte war ein Fluch in Richtung von Vickis Wagen, als der Fahrer daran vorbei zu seiner Wohnung marschierte.

»Gute Entscheidung«, sagte Howard und fuhr mit der Hand bedeutungsschwanger über den Griff seines Gewehrs.

»Wie ... wie lange bleiben wir noch hier?«

»Ich weiß nicht.«

»Werden Sie mich frei lassen?«

»Ich weiß nicht.«

»Sie brauchen mich doch nicht mehr, oder?«

Howards Gesicht war ausdruckslos, als er entgegnete: »Wofür brauche ich dich?«

»Als Geisel. Das bin ich doch, oder nicht?«

»Ich brauche keine Geiseln, um es diesen Idioten zu zeigen. Ich brauche dich vielleicht für etwas anderes.«

Bei diesen ruhigen Worten breitete sich ein ekelerregender Ball aus Eis in Vickis Magen aus. Sie wollte ihn nicht fragen, was er meinte, denn sie fürchtete die Antwort. Sie zog ihre Beine unter dem Steuerrad hervor auf den Sitz, krümmte sich zu einer Kugel und wandte Howard ihren Rücken zu.

Die konstante Furcht war anstrengend, und nach einem langen Schweigen fiel Vicki erstaunlicherweise in einen unruhigen Schlaf. Sie bewegte sich und zuckte, ihr Hirn quälte sie mit beängstigenden Bildern davon, wie Howard sie berührte, sich an sie drückte, sich über sie schwang. Seine Augen starrten sie dabei immer mit diesem eigenartig leeren Blick an, der sie noch mehr verängstigte als jede Wut.

Sie hatte nur ein paar Minuten geschlafen, als etwas sie warnte, dass Howards Starren wirklich stattfand. Vicki zuckte zusammen, als sie erwachte, und drehte verzweifelt den Kopf, um über ihre Schulter hinwegzuschauen.

Er starrte sie mit einem intensiven, reglosen Blick an und streckte eine seiner Hände in ihre Richtung aus.

»Nicht bewegen«, sagte er leise. Er schob seine Hand zwischen ihren Körper und ihren Oberarm, tastete nach ihrer Brust. Er fummelte unsicher herum, bis er sie schließlich mit der Hand umschloss. Jetzt wallte Howards saurer Atem über Vicki hinweg. Sein Zeigefinger und Daumen zwickten sie, er versuchte, ihre Brustwarze durch ihren Pullover, ihre Bluse und den dünnen BH hinweg zu ertasten.

»Bitte nicht«, klagte Vicki und versuchte, nicht zu weinen.

»Ich kann machen, was ich will«, flüsterte er und kniff sie immer weiter. »Und du solltest wohl auch machen, was ich will, wenn du deinen tollen Freund je wiedersehen willst.«

Sie begann leise zu weinen und krümmte sich enger zusammen. Mit einem genervten Knurren zog er seine Hand weg. »Hast du Werkzeug?«, fragte er so unerwartet, dass Vicki ihm nicht antwortete. Sie verstand die Frage kaum, so sehr war sie immer noch damit beschäftigt, ihm die verwundbarsten Teile ihres Körpers vorzuenthalten. Dann aber stieß er sie mit seinen Fingern so fest, dass sie vor Schmerzen keuchte. »Ich hab dich was gefragt. Hast du in dieser verdammten Scheißkarre Werkzeug?«

Sie schüttelte den Kopf, ohne ihn anzusehen. »Ich weiß nicht«, sagte sie betrübt. »Ich wüsste sowieso nicht, was ich damit anfangen soll.«

Er starrte zur Windschutzscheibe heraus und atmete schwer. Nach einer Weile sagte er: »Ich steige aus dem Wagen und gehe nach hinten. In diesen Japsenschüsseln liegt immer was im Kofferraum, das suche ich. Glaub ja nicht, du könntest weglaufen, verstanden? Ich schnapp dich, und es wird dir nicht gefallen, wie ich dich dann bestrafe.«

Vickis Lippen waren nah am Sitzbezug. »Mach ich nicht«, sagte sie in das Material hinein, das feucht von ihren Tränen war.

Er beugte sich über sie hinweg und zog den Schlüssel aus dem Zündschloss, dann streckte er die Hand über den Kopf aus und fand den Schalter für die Innenbeleuchtung, den er so verschob, dass das Licht nicht anging. Er öffnete langsam die Tür, bereit, sie sofort wieder zu schließen, wenn er den Schalter in die falsche Richtung geschoben hatte, aber der Wagen blieb dunkel, und Howard konnte ungesehen aussteigen. Vicki lauschte, wie er den Wagenschlüssel in das Kofferraumschloss steckte, dann hörte sie es quietschen, als er den Deckel öffnete.

Howard konnte im Schein einiger Notleuchten in der Nähe einigermaßen sehen. Sie zeigten ihn zwar auch, aber darüber machte er sich keine großen Sorgen, es sei denn, der Penner, der vor Kurzem nach Hause gekommen war, würde wieder rausmarschieren und sich mit ihm anlegen. Er fürchtete nur, dass jemand Vicki im Wagen bemerken könnte. Ein hübsches Mädchen würde in seiner Nähe so ungewöhnlich erscheinen, dass man im Grunde sofort misstrauisch werden musste.

Das Erste, was er tat, war das Gewehr in den Kofferraum zu legen, damit man es nicht sah. Dann untersuchte er das Innere des Kofferraums und fuhr mit der Hand hindurch, immer auf der Suche nach einer Plastikrolle mit Werkzeug. Nach etwa einer Minute hatte er immer noch nichts gefunden und wurde fast schon ärgerlich, als er ein kleines Fach an der Seite bemerkte. Darin fand er eine Zange, einen Wende-Schraubenzieher und ein paar Schraubenschlüssel, die alle sorgfältig an der Klappe befestigt waren. Mit einem triumphierenden Grunzen griff er nach dem Schraubenzieher.

Schnell entfernte er die Nummernschilder von dem Wagen, dann legte er sie vorsichtig in den Kofferraum, sodass sie nicht klapperten. Er riskierte es, sich ein wenig von Vicki zu entfernen, während er die Nummernschilder der anderen Wagen in der Nähe musterte. Er stieß den Atem mit einem Zischen aus, als er nur zwei Wagen weiter ein Nummernschild aus einem anderen Bundesstaat bemerkte. Ihre unterschiedliche Farbgebung wäre ein Vorteil, das würde suchende Blicke von Vickis Wagen ablenken. Mit einem Auge auf den Mazda, während er darauf horchte, ob Vickis Tür sich öffnete, schraubte Howard die Nummernschilder ab und befestigte sie an Vickis Wagen. Dann warf er den Schraubenzieher zurück in den Kofferraum, holte sein Gewehr wieder heraus, schloss den Deckel und stieg wieder auf den Beifahrersitz.

»Los jetzt«, sagte er und stieß sie mit seiner Faust an, dann öffnete er die Finger, um ihr die Wagenschlüssel zu reichen. »Hinsetzen. Wir fahren.«

Vicki ignorierte die Schlüssel, als sie sich schmerzvoll

streckte und sich wieder unter das Lenkrad quetschte. Howard schüttelte die Schlüssel wütend, und sie nahm sie, sorgsam darauf bedacht, seine Hand nicht zu berühren und nur die Schlüssel anzufassen. In ihrer Benommenheit tat sie automatisch, was er sagte, ihr Gesicht war leer. Sie ließ den Wagen an, schaltete die Scheibenwischer ein und wartete, während sie die Kondensation auf der Außenseite entfernten. Sie schaltete die Lüftung im Inneren auf voll, der Ventilator surrte leise.

»Meine Güte, fahr schon«, schnauzte Howard und reckte den Hals, um die Wohnungen im Blick zu behalten. Es war möglich, dass der Typ, dessen Parkplatz das war, blöd genug wäre, um ihnen sagen zu wollen, was er von ihnen hielt, wenn er einen Motor angehen hörte. Die Leute konnten wirklich dämlich sein, das wusste Howard. Sachen wie eigene Parkplätze konnten ihnen als das Wichtigste auf der ganzen Welt erscheinen. Er würde nicht zögern, den Mann niederzustrecken, aber gleichzeitig wollte er einen Schusswechsel vermeiden, denn dann würde die Polizei wieder anfangen, nach ihm zu suchen.

Vicki legte den Rückwärtsgang ein, schaute in den Rückspiegel und begann, ihr Fenster herunterzukurbeln.

»Was zum Teufel machst du denn da?«, sagte er, packte sie am Oberarm und bohrte seine Finger in ihr Fleisch. Vicki stieß einen leisen Schrei aus und versuchte, sich loszureißen.

»Ich kann durch den Rückspiegel nichts sehen«, sagte sie ihm, nachdem er sie aus ihrem geistigen Dämmerzustand gerissen hatte.

»Mach keinen Blödsinn, ich sag's dir.«

»Wirklich nicht, ehrlich.«

»Dann schaff uns hier raus. Wir wollen zur nächsten Hauptstraße.«

Das war leichter gesagt als getan, denn Howards Zickzack-Flucht und das ziellose Suchen nach einem Wohnblock mit einem freien Parkplatz hatten Vicki verwirrt. Sie fuhr in eine Richtung und versuchte, nicht zu wenden, um Howard nicht zu ärgern. Er gab keine Anweisungen, aber sie konnte sehen, dass er ungeduldig an dem Gewehr herumspielte, bis sie endlich ein Schild fanden, das in Richtung einer Freeway-Auffahrt wies. Für einen Moment erlaubte sie sich, erleichtert die Augen zu schließen.

»Kommen wir hier nach Waterloo?«, fragte Howard.

»Das ... das geht«, sagte Vicki und dachte wild nach. »Aber nicht direkt.«

»Da wollen wir hin. Ich will, dass du uns da hinfährst.«

Unterwegs fühlte sich Vicki ein wenig sicherer. Die Fahrt nach Waterloo würde zumindest einige Zeit dauern. Vielleicht konnte sie sich einen Ausweg überlegen.

»Ich duck mich wieder«, sagte Howard zu ihr. »Aber vergiss nicht, ich hab noch das Gewehr. Wenn du irgendwelche Dummheiten machst, wenn du versuchst, irgendjemand auf uns aufmerksam zu machen, wenn du zu schnell fährst, dann ist das Letzte, was ich mache, bevor sie uns erwischen, dich umzulegen, verstanden? Ich hab nichts zu verlieren. Wenn sie mich in den Knast stecken wollen, dann ist es mir auch egal, und wenn es für hundert Jahre ist. Ich brech sowieso aus oder bring mich um. Mir ist es also egal, okay?«

Vicki glaubte ihm. Trotz ihres Schreckens war ihr in dem bisherigen Gespräch klar geworden, dass Howard ein gefährlich dummer Mensch war, unerzogen und von Natur aus dumm. Vicki sagte sich, dass sie Howard als eine Art gefährliches Tier betrachten musste. Wenn sie unter diesem Gesichtspunkt überlegte, wie groß ihre Überlebenschance war, traf sie die Hoffnungslosigkeit ihrer Situation mit entsetzlicher Konsequenz. Sie musste sich zur Konzentration zwingen, um den Mazda zu fahren.

»Sag mir Bescheid, wenn Polizeiwagen näherkommen«, befahl Howard nach einer Minute. Er hatte seinen Sitz wieder heruntergedreht, das Gewehr zeigte in ihre Richtung.

Vicki nickte. Aber da Howard nicht aus dem Wagen hinausschauen konnte, würde sie ihn sicher nicht warnen, wenn ein Streifenwagen sich näherte. In diesem Augenblick entschied sie zudem, dass sie sich nie wieder in eine Situation wie in der Tankstelle begeben würde. Sie würde alles tun – alles, so lange es bedeutete, dass sie nicht mehr so mit ihrem Kidnapper alleine wäre. Wenn ein Polizeiwagen sie anhielt und Howard sich zur Wehr setzte, würde sie versuchen, sich zu befreien, ganz egal, wie es ausging.

Es war deutlich nach vier Uhr morgens, als Vicki ihm sagte, dass sie Waterloo erreicht hatten. Als sie Howard erklärte, wo sie waren, richtete er sich in seinem Sitz wieder auf und schaute irritiert über das Armaturenbrett. Eine Weile sagte er nichts, sah nur schweigend zu, wie die Lichter der Gebäude vorbeihuschten, schließlich aber befahl er: »Bieg hier irgendwo nach rechts ab. Schnell«, setzte er warnend hinzu.

Vicki gehorchte und nahm eine Seitenstraße. Augenblicklich sagte er ihr, sie solle den Wagen parken. Sie hielt am Straßenrand, ließ aber den Motor laufen.

»Ausmachen«, sagte er. »Lass den Schlüssel stecken und steig aus. Versuch ja nicht, wegzulaufen.«

»Den Schlüssel stecken lassen?«, fragte sie zögernd. »Dann stiehlt ihn vielleicht jemand …« Ihre Stimme versandete, als sie daran dachte, dass Howard vielleicht glaubte, sie würde ihn beleidigen, sie würde andeuten wollen, dass er in einer schlechten Gegend der Stadt lebte.

»Das ist der Sinn der Sache, du blöde Nuss«, sagte er patzig. »Wir gehen zu Fuß weiter.«

Er steckte das Gewehr so in die Leinentasche, dass er leicht die Hand hineinstecken und die Waffe abfeuern konnte. Er achtete darauf, dass Vicki das klar war, und er warf ihr einen bedeutungsvollen Blick zu. Dann schaute er sich um nach irgendwem, der eine Bedrohung für sie darstellen könnte. Fußgänger waren nicht zu sehen. Der Verkehr auf der Hauptstraße hinter ihnen war dünn. Er bedeutete Vicki, aus dem Wagen zu steigen, dann tat er es gleichzeitig selbst, ohne auch nur für einen Augenblick in seiner Wachsamkeit nachzulassen. Er winkte ihr, sich vor dem Wagen mit ihr zu treffen.

»Wir werden jetzt nebeneinander gehen«, sagte er zu ihr und nickte in Richtung des Bürgersteigs. Sein Atem ballte sich in der Kälte zu Wölkchen, deutlich sichtbar im Strahlen einer fernen Laterne. »Wir gehen ganz normal, als wären wir zusammen. Wenn wir jemand unterwegs treffen, guck nach unten, sieh ihn nicht an. Und wenn sie es drauf anlegen und was sagen, überlass es mir. Los jetzt.« Er legte eine Hand auf Vickis Schulter und stieß sie. Sie eilte los, nutzte den Stoß, um sich aus seinem Griff zu lösen. Nach ein paar Metern warf Vicki über die Schulter einen Blick auf ihren Wagen.

»Vergiss es«, sagte Howard barsch. »Im Morgengrauen ist er schon weg. Du kriegst einen neuen von der Versicherung«, setzte er mit einem bellenden Lachen hinzu.

Es begann schon zu dämmern. Vicki war nicht ganz sicher, ob der sanfte Schein am Himmel die Lichter der Stadt waren oder der beginnende Sonnenaufgang. Wenn sie die Wahl gehabt hätte, wäre sie in dieser Gegend niemals zu Fuß gegangen – vor allem nicht um diese Zeit. Vicki und Howard marschierten durch die Straßen und bogen mehrfach ab, sodass sie schnell die Orientierung verlor, nachdem sie die Hauptstraße hinter sich gelassen hatten. Sie hatte das Gefühl, als führte sie jeder Schritt tiefer in ein fremdes, gefährliches Land.

Die Hochhäuser ragten aus dem Dämmerlicht. Sie sahen aus wie graue Gefängnisse. Howard führte Vicki in Richtung des nächstliegenden Gebäudes. Sie drückten sich nah an die Mauern, außer Sicht aller, die vielleicht auf den Balkonen standen und hinunter auf den Parkplatz schauten. Sie begegneten niemandem. Die Eingangshalle war aus nacktem Beton, Wände und Boden waren stark verschmutzt. Überall

Graffiti. Irgendwo aus der Nähe stank es nach Müll. Das Haus ließ Vicki vor Angst und Ekel zusammenzucken.

Der Fahrstuhl wartete bereits im Erdgeschoss. Trotz der Uhrzeit war Howard erleichtert, dass sie niemandem begegneten. Er wusste nicht, ob jemand sich wirklich mit ihm angelegt hätte, aber bestimmt würde sich jeder an das ungeheuer attraktive Mädchen neben ihm erinnern, und die Tatsache, dass irgendetwas sie in größte Angst zu versetzen schien. Er zweifelte nicht daran, dass Vickis Gesicht bald in den Zeitungen und im Fernsehen erscheinen würde, wahrscheinlich gab es sogar eine Belohnung für Informationen über ihren Aufenthaltsort. Dann würden sie sich an sie erinnern – und mit wem sie unterwegs gewesen war.

Aber sein Glück hielt an. Niemand wartete in seinem achten Stock auf den Fahrstuhl, niemand schaute zur Tür heraus, als er Vicki vor sich her in Richtung seiner Wohnung trieb. Er zog einen einzelnen Schlüssel aus seiner Jeanstasche, griff an Vicki vorbei, um aufzuschließen, und öffnete die Tür, dann stieß er sie hinein. Sie taumelte vorwärts und stoppte, weil sie fürchtete, in der Dunkelheit über etwas zu stolpern. Hinter ihr fuhr Howard mit der Hand über die Wand, bis er den Lichtschalter erwischte, und schaltete das Licht an.

Vicki war entsetzt über das, was im Licht zu sehen war. Der Gestank des verrottenden Mülls in einer Ecke ließ sie beinahe würgen.

»Setz dich auf den Sitzsack«, sagte er und stellte die Leinentasche auf einen kleinen Tisch. Vicki ließ sich darauf nieder. Dem Sitzsack fehlte ein Großteil seiner Füllung, und das Vinyl schob sich hoch bis zu ihren Schultern, außerdem stieg der Duft getrockneten Schweißes auf. Sie hob eine Hand vor den Mund, so lässig sie konnte, und atmete hindurch, als würde das die Düfte ausfiltern.

Howard zog das Gewehr aus der Tasche und legte es absichtlich auf den Tisch vor sich hin. Er begann, das Geld in unordentlichen Bündeln herauszuholen, und ließ es auf den

Tisch fallen, dann kratzte er die Münzen aus der Tasche und beschwerte damit die Geldscheine. Als er alles herausgeholt hatte, begann er mühsam, das Geld zu zählen. Er war langsam. Vicki beobachtete, wie seine Lippen still Zahlen formten, als er alles in verschiedene Stapel sortierte. Je höher die Stapel wurden, desto tiefer wurden die Falten auf Howards Stirn. Als alles sortiert war, wischte er sich mit der Hand über das Gesicht, seufzte erschöpft und begann wieder zu zählen. Vicki schwieg. Dann versuchte Howard es ein drittes Mal.

Plötzlich wandte er sich an sie. »Warum zum Scheiß mach ich das?«, sagte er, und sie erzitterte. »Du weißt doch, wie viel das ist, oder?«

»Nein – nein, nicht genau«, stammelte sie. Egal was er sagte, er machte ihr Angst.

Er erhob sich, griff nach dem Gewehr und bedeutete ihr, seinen Platz einzunehmen. »Zähl du«, sagte er. »Sag mir genau, wie viel das ist. Und versuch nicht, mich zu verarschen. Ich hab's schon selber gezählt, vergiss das nicht.«

Vicki quälte sich aus dem Sitzsack und nahm am Tisch Platz. Howard hatte die verschiedenen Scheine und Münzen bereits sortiert, also brauchte sie nur eine Minute, um jeden Stapel zu überprüfen und die Gesamtsumme zu errechnen.

»Vierhundertzweiunddreißig Dollar und fünfzig Cent«, sagte sie ihm.

Howard konnte nicht glauben, dass sie so schnell gezählt hatte. »Zähl noch mal«, sagte er und kniff misstrauisch die Augen zusammen.

Sie tat es erneut, diesmal noch schneller. »Das gleiche Ergebnis«, sagte sie.

Er starrte sie an, und die Wut flackerte in seinen Augen. »Du bist eine Klugscheißerin, was?«

Eine Stimme in ihrem Kopf schrie, dass sie sehr vorsichtig sein musste. Sie zwang sich, ihn ganz ruhig anzusehen. »Nein, aber ich zähle den ganzen Tag Geld.«

»Die gleiche Zahl hab ich auch rausbekommen. Ich bin nicht blöd, weißt du.«

»Ich weiß. Aber es ist immer eine gute Idee, jemand anders nachzählen zu lassen.«

»Glaubst du, ich bin blöd?« Er hob das Gewehr ein wenig.

Vicki versuchte mit aller Kraft, es nicht anzusehen, auch nicht seinen Finger auf dem Abzug. »Warum sollte ich?«, fragte sie eilig. »Ich kenne Sie ja gar nicht. Ich kenne nicht einmal Ihren Namen.«

Das wunderte ihn ein wenig. »Ich heiße Howard«, sagte er schließlich, dann setzte er streng hinzu: »Bloß Howard. Mehr musst du nicht wissen.«

»Howard«, wiederholte sie. »Ich habe noch nie einen Howard getroffen.«

Es folgte eine angespannte Stille. Trotz ihrer Angst gelang es Vicki, einen Hauch gesunden Menschenverstand zu bewahren, zusammen mit ihrem Überlebensinstinkt. Jedes Mal, wenn sie sich an eine neue Situation gewöhnte, zum Beispiel als Geisel genommen zu werden, dann die lange Warterei im Wagen und jetzt diese ekelerregende Wohnung, sagte Vicki sich, dass sie *nachdenken* musste. So sehr sie sich einfach ihrer Angst hingeben und sich auf dem Boden zu einem panischen Knäuel zusammenkrümmen wollte, um alles auszublenden, wusste sie, dass sie auf diese Weise nicht lebend nach Hause kam. Eine Flucht schien jetzt unmöglich, aber sie musste einfach glauben, dass sie eine Chance hatte. Und um diese Chance zu haben, musste Vicki am Leben und beweglich bleiben.

Sie wusste, dass es wichtig war, dass Howard sie mochte. Die Vorstellung ließ sie zusammenzucken – seine Erscheinung allein verängstigte Vicki, und sein ungewaschener Gestank war abscheulich. Sie erinnerte sich an seine Hand, die ungeschickt ihre Brust begrabscht hatte, und unterdrückte ein Schaudern. Er schaute sie jetzt merkwürdig an, verwirrt über ihre Bemerkung über seinen Namen und was darin lag – eine kleine, aber bereitwillige Einladung zu einem Gespräch.

»Ich mag meinen Namen nicht«, sagte er. »Der ist nicht normal, wie von den anderen.«

»Doch, ist er. Jede Menge Leute heißen Howard.« Vicki zuckte ob ihres eigenen Widerspruchs zusammen und setzte schnell hinzu: »Ich habe einfach nur noch keinen getroffen, das ist alles.«

Jetzt schaute er wieder misstrauisch. »Und wie heißt du?«

»Vicki. Vicki Colonel.«

»Vicki«, sagte er und nickte, er begaffte sie von oben bis unten. »Du siehst auch aus wie eine Vicki, mit deinen blonden Haaren und dem guten Aussehen und so.«

Es folgte wieder ein Schweigen. Frische, würgende Angst kam mit seinem lustvollen Anstarren ihres Körpers. Was ihre Furcht noch verschlimmerte, war Vickis Erkenntnis, dass Howards sexuelles Verlangen nicht von irgendwelchen Liebeserfahrungen mit Frauen herrührte. Im Moment stellte er sich wahrscheinlich nicht vor, ihr die Sachen auszuziehen und mit ihr im Bett normalen Sex zu haben. Sie vermutete, dass Howard einfach durchdrehen und versuchen könnte, sie zu nehmen wie ein Tier, ihr die Sachen vom Leib zu reißen und sie zu vergewaltigen.

Sie brach das Schweigen in dem verzweifelten Versuch, das Thema zu wechseln. »Darf ich etwas Wasser trinken?«

Howard nickte, trat zurück und beobachtete, wie Vicki sich erhob und an die Spüle trat. Auf dem Tresen standen alle möglichen Teller und Tassen, daneben lagen Messer und Gabeln. Alles war verdreckt mit Essensresten oder eingetrockneten Getränken. Eine der Tassen war halb voll mit schwabbeligem grünem Zeug, und Vickis Magen krampfte sich zusammen, als sie das sah. Sie drehte den Wasserhahn auf und ließ das kalte Wasser ein paar Sekunden laufen, dann formte sie mit den Händen eine Schale im Wasserstrahl und trank direkt daraus.

»Ich muss dich fesseln«, sagte Howard zu ihr, als sie von der Spüle zurückkam und sich den Mund mit dem Ärmel ihrer Bluse trockenwischte. Sie erstarrte und schaute ihn ängstlich an. »Ich gehe weg, und ich kann dich hier ja nicht einsperren.«

Vicki konnte nicht anders. »Kannst du mich nicht einfach gehen lassen? Du bist doch jetzt in Sicherheit. Du brauchst mich nicht mehr.«

»Woher zum Teufel willst du wissen, wofür ich dich brauche?«, fragte er kalt.

»Ich ... ich dachte bloß ...« Sie stählte sich und fragte: »Du willst mir doch nicht wehtun, oder? Als du dem Wachmann gesagt hast, dass du meine ...« Sie konnte nicht zu Ende sprechen.

Aber Howard ignorierte sie bereits und wühlte in der Leinentasche. Er zog eine Rolle breites schwarzes Klebeband hervor. »Geh ins Schlafzimmer. Ich nehm das hier.«

Vickis Knie wurden weich. »Ich muss auf die Toilette«, sagte sie verzweifelt.

Howard deutete mit dem Kopf auf eine andere Tür. »Okay, mach das zuerst.«

Die Toilette befand sich im selben ekelerregenden Zustand wie der Rest der Wohnung. Ein Magazin mit zerrissenen Seiten war offensichtlich der Ersatz für Toilettenpapier. Vicki schloss die Tür, dankbar für die kleine Grenze, die das errichtete, zog ihre Jeans und ihr Höschen herunter und hockte sich über die Schüssel. Sie starrte währenddessen die Tür an und erwartete beinahe, dass Howard sie aufbrach, um sie nackt zu sehen. Die Furcht davor ließ es ihr schwerfallen, sich zu entspannen. Als es ihr schließlich gelang, war sie so erleichtert, dass ihr Tränen in die Augen traten. Es war, als hätte sich ihr Körper so lange verspannt, dass jetzt ein Entspannungsimpuls eine Kettenreaktion in Gang setzte, die sie zusammenbrechen lassen würde, und dann läge sie heulend auf dem Boden. Sie drängte die Tränen zurück. Aus dem Nirgendwo kam ihr die Idee, sich einfach auf dem Klo einzuschließen, wo Howard nicht zu ihr konnte. Aber es gab keinen Riegel, und wahrscheinlich würde er die Tür sowieso einfach zerschlagen. Er wäre dann auch noch wütend, und das wollte Vicki nicht. Zögernd pinkelte sie zu Ende, zog sich an, spülte. Howard wartete ungeduldig.

»Da rein«, sagte er und deutete auf das Schlafzimmer.

Dort lagen wenigstens keine Essensreste, aber das Zimmer stank trotzdem nach dreckiger Bettwäsche, dreckigen Klamotten und anderen Sachen, die Vicki nicht erkannte. Der große Blutfleck neben dem Bett, wo Howard Decker die Finger abgehackt hatte, war mittlerweile zu einer undefinierbaren Farbe nachgedunkelt, was für Vickis Seelenfrieden ein Segen war. Es gab näher am Bett noch einen weiteren merkwürdig muffigen Geruch, wo Howard zahllose Male auf die Laken gewichst hatte. Jetzt befahl er Vicki, sich auf das Bett zu legen, auf die Seite, mit dem Gesicht zur Wand und den Händen hinter dem Rücken. Sie tat, was er sagte, und der Gestank der Laken erfüllte all ihre Sinne.

Sie hörte ein Ratschen, als Howard das Band abrollte. Erst wickelte er es eng um ihre Knöchel, das Klebeband haftete am Stoff ihrer Jeans. Dann nahm er sich ihre Handgelenke vor, wobei der Klebstoff die kleinen Härchen ihrer Unterarme ausriss. Sie spürte, wie ihr Kopf angehoben wurde, als Howard ihr als Knebel ein dreckiges Unterhemd über den Mund band. Das Material zwängte sich zwischen ihre Zähne und drückte auf ihre Zunge. Es schmeckte widerwärtig, und Vicki musste sich beinahe erbrechen.

Howard trat zurück und begutachtete sein Werk. Zufrieden sagte er: »Ich gehe jetzt. Versuch bloß nichts. Niemand wird dich hören. Nicht dass in diesem Haus irgendwer irgendwas unternehmen würde.«

Vicki rührte sich nicht, sie lag nur da und wünschte sich, dass er ging. Sie wandte Howard den Rücken zu. Sie erschrak, als er sie noch einmal berührte, diesmal schob er seine Hand ohne Vorwarnung vorne in ihre Bluse und drängte seine Finger unter ihren BH, bis er ihre Brustwarze berührte. Vicki wollte schreien, aber der Laut wurde durch den Knebel gedämpft, und sie begann sich wild in ihren Fesseln zu winden; sie versuchte, sich auf den Bauch zu rollen, um sich zu schützen.

Howard zog seine Hand weg. Vicki brauchte einen Augenblick, um zu begreifen, dass er aufgehört hatte, sie zu betatschen. Eigenartigerweise flüsterte er: »Ich bin verdammt noch mal nicht blöd, verstehst du.« Dann wandte er sich ab und verließ türenschlagend das Zimmer.

Vicki lag erstarrt, entsetzt durch das, was geschehen war. Erst als sie hörte, wie die Wohnungstür zuschlug, erlaubte sie sich, einen unwilligen Muskel nach dem anderen locker zu lassen.

Sie schloss die Augen und begann zu beten, was sie nicht gewohnt war, und in ihrem Kopf klangen die Worte wirr und sinnlos. Sie zweifelte, dass irgendein Gott darauf reagieren würde. Und dann kamen die Tränen, sie rollten über ihr Gesicht auf die Laken und mischten sich dort mit Howards Hinterlassenschaften – und Deckers getrocknetem Blut.

16

Maiden kam zuerst ins Restaurant. Nur ein anderes Paar befand sich dort, und er war nervös, weil er alleine saß, eine geöffnete Flasche Rotwein vor sich. Er ließ den Wein atmen und begann, die Karte zu lesen, konnte sich aber nicht konzentrieren. Sein Blick wanderte immer wieder zur Tür, während er darauf wartete, dass Janet Brown hindurchkam.

Das tat sie fünfzehn Minuten später. Sie trat vorsichtig ein und schaute sich nach ihm um. Dann sah sie ihn und lächelte, und sie winkte einem näher kommenden Kellner zu, um zu zeigen, dass sie wusste, wo sie sitzen wollte.

»Tut mir leid, dass ich zu spät komme«, sagte sie ein wenig atemlos. »Ich lasse Sie einmal raten, was mich aufgehalten hat.«

»Ein platter Reifen?«, fragte Maiden unschuldig.

»Zu einfach.« Sie grub in ihrer Handtasche. »Ich sollte vielleicht zwei Stunden, bevor ich wirklich los muss, anfangen, mich darauf vorzubereiten. Dann hätte ich möglicherweise eine Chance, pünktlich irgendwo anzukommen!« Sie sah sich um. »Kann man hier drin rauchen?«

Maiden hatte sich selbst keine Zigarette angezündet, aber jetzt sah er sich ebenfalls um. Es gab keine Verbotsschilder. Er entdeckte einen Aschenbecher auf einem Nebentisch und holte ihn herüber.

»Wollen Sie eine von denen?« Sie hielt ihm ihr Päckchen hin. Maiden nahm eine.

Er war nervös wegen des Essens und weil er nicht genau wusste, was darauf folgen könnte. Brown wirkte vollkommen entspannt und ganz anders als ihre steife, professionelle Büropersönlichkeit.

»Ich freue mich, dass Sie Wein mitgebracht haben«, sagte sie und nickte in Richtung der Flasche. »Ich wollte welchen kaufen, aber dann habe ich mir überlegt, dass das wieder eine Weile dauert, und ich käme noch später, und außerdem war ich sicher, dass Sie so etwas Wichtiges nicht vergessen würden«, schloss sie mit einem Lächeln.

»Natürlich nicht. Das war das Erste, woran ich gedacht habe.« Maiden füllte zwei Gläser und hob seines, um ihr zuzuprosten, aber dann fiel ihm nichts ein, worauf sie anstoßen konnten.

»Auf die Freizeit«, sagte er unsicher. »Wir sollten weniger arbeiten.«

»Das finde ich auch.« Brown berührte sein Glas mit ihrem. »Aber wenn Sie so wie ich sind, dann haben nur Sie selbst Schuld daran, dass Sie nicht klug genug sind, ›es reicht‹ zu sagen und zu einer zivilen Zeit nach Hause zu fahren.«

Maiden nickte. »Ehrlich gesagt, wir haben zu wenig Leute. Das ist der Grund, warum ich meine Ermittlung immer noch nur mit Martin als Assistent durchführe. Sonst hätten wir wahrscheinlich mittlerweile eine große Einsatzgruppe.«

»Es muss Ihnen doch mittlerweile mehr als einer helfen?«

»Oh, wahrscheinlich hatte ich neulich nachts dreißig Leute draußen, die Clubs und Bars durchkämmten, aber die gehören ja nicht ständig zu meiner Ermittlung, und irgendjemand zählte jede Minute, die sie unterwegs waren, und war bereit, sie sofort zurückzubeordern, wenn sich herausstellte, dass es Zeitverschwendung sei.«

»Ist etwas dabei herausgekommen?«

»Ja, immerhin. Normalerweise verschwenden wir bei so etwas viele Stunden, aber diesmal hat sich etwas Wichtiges ergeben. Es ging um Howlett.« Maiden schwieg einen Augenblick und sah Brown nicken, womit sie ihm zu verstehen gab, dass sie wusste, von welchem Opfer er sprach. »Es sieht so aus, als hätte er seinen Arbeitgeber um Überstunden beschissen. Nichts Großes – er blieb bloß angemeldet, wenn er in Wirklichkeit in einer Bar die Straße hinunter saß und am Pokerautomaten spielte. Wirklich keine große Sache, aber es hat uns geholfen, ein paar von unseren Fragen zu klären.«

»Es muss faszinierend sein, auf diese Art den Hergang eines Verbrechens zu rekonstruieren«, sagte sie.

»Normalerweise ist es vor allem frustrierend. Ihre Abteilung ist wahrscheinlich unsere größte Chance, überhaupt irgendetwas rauszukriegen.«

Brown stieß ein mitleidiges Lachen aus. »Meine Abteilung hat oft so viel zu tun, dass wir nicht mal Beweise für Fälle liefern können, die schon gelöst sind. Also, zum Beispiel die Identifikation von Blut- und Haarproben, um Mörder zu überführen, die sich bereits schuldig bekennen und mit der Anklage über eine Reduktion des Strafmaßes verhandeln. Es ist Wahnsinn, wenn Ermittlungen wie Ihre in diesem Chaos untergehen.«

Maiden lächelte. »Keiner hat je behauptet, das System würde gut funktionieren.«

Sie widmeten sich der Speisekarte. Es gab die übliche Auswahl an Vindaloos und Currys. Maiden fand, dass es keinen großen Unterschied machte, was er bestellte – es würde sowieso alles gleich schmecken –, sagte das aber nicht. Hierher zu kommen war immerhin seine Idee gewesen. Eine Minute später tauchte der Kellner auf, um ihre Bestellung aufzunehmen.

Sie entschieden sich beide für Suppe, ein Hauptgericht und eine Schale Reis, die sie teilen würden. Der Kellner verzog sich wieder.

»Und was ist mit dieser Entführung geworden?«, fragte sie leise. Im Verlaufe des Tages hatte die Geschichte in der Presse an Bedeutung gewonnen. Vicki Colonel und ihr Entführer waren jetzt laut Medien Ziel einer »massiven« Suche der Polizei. Was die Polizei bisher hatte für sich behalten können, war die Tatsache, dass schlicht und ergreifend die ganze Stadt unter Beobachtung stand, denn sie hatten keine Ahnung, wo sie suchen sollten. Und sie kannten auch die Identität des Entführers nicht.

»Das hat nichts mit mir zu tun«, sagte Maiden. »Die Pressekonferenz heute Morgen war bloß so ein Unfug von meinem Chef, Longman. Der setzt im Augenblick alles daran, mich zu diskreditieren. Eigentlich hätte das jemand aus der Wache Penrith machen sollen. Es ist in deren Bereich passiert.«

»Aber hat der Kerl nicht gesagt, er würde das Mädchen zerstückeln, wie die anderen?«

»Das stimmt, aber ich nehme an, dass er sich das einfach nur ausgedacht hat. Er liest halt Zeitung. Die meisten anderen sind meiner Meinung, nachdem sie ein paar Stunden darüber nachdenken konnten. Derjenige, nach dem ich suche, muss zu schlau sein, um sich mit bewaffneten Raubüberfällen abzugeben, die dann auch noch schiefgehen.« Maiden nahm einen Schluck Wein und befand, dass er Zeit für eine weitere Zigarette hatte. Er hielt Janet Brown sein Päckchen hin. »Ich sollte dankbar sein. Der Typ lenkt eine Weile von mir ab. Im Moment kümmert sich keiner um verstümmelte Leichenteile in Fahrstühlen, weil ein hübsches junges Mädchen von einem bösartigen Gewehrträger entführt wurde.« Maiden imitierte den dramatischen Tonfall der Fernsehnachrichtensprecher.

Aber Brown lächelte nicht. »Das stimmt wohl«, sagte sie und schaute einer Rauchfahne nach, die sich von der Spitze ihrer Zigarette hochkräuselte. Sie runzelte die Stirn. »Aber auch in Ihrem Fall sind Leute entführt worden. Wir wissen sogar, dass sie ermordet worden sind, um Gottes willen. Das Mädchen ist immerhin hoffentlich noch am Leben. Sie haben einen Mordfall.«

»Schnee von gestern«, sagte Maiden. »Falls wir nicht weiterkommen, wird meine Ermittlung in den Zeitungen jeden Tag ein bisschen weiter hinten abgehandelt werden, bis sie am Ende der Woche kaum noch einen Absatz wert ist, und vielleicht zehn Sekunden im Fernsehen. So läuft das. Aber wenn die Entführung nicht geklärt wird, wird die Presse tagelang jaulen.«

»Das klingt, als hätten sie das alles schon einmal erlebt.«

»Ich stand nicht vor den Kameras, wie diesmal, aber ich habe es schon oft gesehen.« Maiden zuckte plötzlich mit den Schultern. »Was geht es mich an? Nur wenn die Zeitungen anfangen, sich in eine Ermittlung einzumischen, haben wir ein Problem. Und das passiert im Augenblick nicht.«

»Was passiert denn? Werden Sie bald jemanden verhaften?«

Maiden lachte humorlos. »Machen Sie Witze? Ich kann Ihnen verraten, dass wir nicht die geringste Ahnung haben, wer dahintersteckt. Aber sagen Sie's nicht weiter«, setzte er hinzu, nur halb im Scherz. Im Übrigen stimmte es nicht ganz. Maiden verfolgte immer noch seine Theorie, dass eine Frau, oder jemand, der aussah wie eine Frau, den Opfern eine Falle stellte. Aber er erwähnte das nicht, denn Brown war die Leiterin der Spurensicherung in diesem Fall, und Maiden wäre es lieber, wenn sie ihre eigenen Beweise für die Anwesenheit einer Frau fand, ohne dass er vorschlug, dass sie danach suchte.

»Und wird es Longman gelingen, Ihnen den Fall wegzunehmen? Ich meine, kann er Ihren bisherigen Mangel an Erfolg nutzen, um Sie abzuschießen?«

Maiden schüttelte den Kopf. »Das möchte ich sehr bezweifeln.« Er erklärte ihr schnell Bercouttes Unterstützung.

Dann entschied er, dass es Zeit für einen Themenwechsel war. Er redete immer über die Arbeit, denn er traf sich selten mit Leuten, die keine Polizisten waren. Janet Brown war die Gelegenheit, über etwas anderes zu sprechen. »Und, wie gefällt es Ihnen in Ihrem neuen Haus?«

Sie folgte seiner Anregung. »Oh, ich verwandle es langsam in ein Zuhause, aber das dauert.«

Sie sprachen eine Weile über die Häuser, in denen sie bislang gelebt hatten, und das Gespräch wandte sich damit zwangsläufig auch den früheren Beziehungen zu. Maiden störte das nicht. Es war ihm nicht peinlich, zweimal geschieden zu sein. Philosophisch betrachtet musste er zugeben, dass die Ehe ein Teil seines Lebens zu sein schien, den er einfach nicht hinbekam. Das sagte er auch Janet Brown, die ihn verstand. Wann immer sie ihren verstorben Ehemann David erwähnte, tat sie es in gedämpftem, traurigem Ton. Maiden widerstand dem Drang, Mitleid zum Ausdruck zu bringen. Er wusste, dass ihr das nicht gefallen würde.

Das Essen kam, und es war gut. Wieder entstanden Augenblicke, die Maiden geradezu intim vorkamen, zum Beispiel wenn sie den Reis teilten und wenn er darauf achtete, ihr Weinglas nachzufüllen, bevor der Kellner diese Aufgabe übernahm. Er glaubte, dass auch Brown die zunehmende erotische Spannung wahrnahm, aber keiner von ihnen wusste so recht, was damit anzufangen war. Sie bestellten Nachtisch – Eiscreme mit Sahne. Maiden wollte eigentlich gar kein Dessert, aber es war eine Entschuldigung, noch sitzen zu bleiben. Als Nächstes riskierte er etwas und fragte, obwohl das Restaurant keine entsprechende Genehmigung hatte, den Kellner, ob es vielleicht eine Flasche Rotwein gäbe, die ein früherer Kunde hiergelassen hatte. Der Kellner nickte wissend und förderte einen passablen Heritage zu Tage. Janet Brown beobachtete all das mit unverhohlenem Amüsement.

»Was für ein Theater«, sagte sie.

»Es muss eben alles seine Ordnung haben«, sagte Maiden und tat ernsthaft.

»Und wie sollen wir jetzt beide nach Hause fahren, nachdem wir zwei Flaschen Rotwein getrunken haben?«

»Also, wenn ich mich zu betrunken fühle, um zu fahren, nehme ich ein Taxi und komme morgen zu Fuß zurück, um meinen Wagen zu holen. Das wird mir nur guttun. Es ist ja nicht weit.«

»Und ich soll dasselbe machen?«

»Wenn Sie nach Hause fahren wollen, verspreche ich, meine Polizistenaugen zuzudrücken, bis Sie um die Ecke sind.«

Sie lachte und streckte ihm ihr Glas hin. »Ich werde lieber kein Gesetz übertreten, nur falls ich Ihnen doch nicht trauen kann.«

Während sie gegessen hatten, waren andere Gäste gekommen, aber die waren irgendwann auch wieder gegangen, und wieder waren Maiden und Brown mit einem anderen Pärchen allein im Restaurant. Nach einer Weile legte der Kellner die Rechnung auf ihren Tisch. Andere Angestellte begannen, um sie herum sauber zu machen, aber Maiden ignorierte stur alle, bis die zweite Flasche Wein leer war. Brown klopfte mit dem Fingernagel gegen das Etikett der Flasche.

»Jetzt haben wir keine Entschuldigung mehr, nicht nach Hause zu gehen«, sagte sie.

»Das stimmt wohl«, bestätigte er mit einem vieldeutigen Blick.

»Können wir uns ein Taxi teilen?«

Er dachte darüber nach. »Natürlich. Wir fahren in dieselbe Richtung, und mein Haus ist nicht viel weiter als Ihres, jedenfalls kaum zwei Taxis wert.«

Sie teilten die Rechnung und ließen das Geld auf dem Tisch liegen. Am Empfang bat Maiden, dass man ihnen ein Taxi riefe.

»Sollen wir draußen warten?«, fragte ihn Janet Brown. »Ich hätte nichts gegen frische Luft.«

»Okay. Und ich werde Ihre Frischluft mit einer letzten Zigarette verpesten.«

Die kalte Nachtluft erschien ihnen beiden wie eine Ohrfeige, erwärmt wie sie waren vom scharfen indischen Essen und dem Rotwein. Sie standen auf dem Bürgersteig, und Maiden steckte seine Hände tief in seine Jackentaschen. Brown tat dasselbe. Einen Augenblick lang sagte keiner etwas, sie schauten den vorbeifahrenden Autos nach.

»Willst du jetzt noch diese Zigarette rauchen?«, fragte sie

leise; plötzlich war ihr Ton ganz anders geworden, und er ging darauf ein, nickte und zog das Päckchen aus der Tasche. »Willst du auch eine?«

»Ja, bitte. Das war genug Frischluft.«

Als Maiden sein Feuerzeug an die Spitze ihrer Zigarette hielt, war er zum ersten Mal an diesem Abend einem ihrer offenen, geradlinigen Blicke ausgesetzt. Überraschenderweise verunsicherte ihn das.

»Stimmt etwas nicht?«, fragte er, bevor er es sich anders überlegen konnte.

Sie zögerte nur einen Augenblick, bevor sie entschlossen antwortete: »Willst du heute mit mir nach Hause kommen?«

Maiden war vollkommen überrascht. »Ich ... ich bin nicht wirklich dafür gebaut, auf Sofas zu schlafen«, sagte er und deutete auf seinen großen Körper.

»Du weißt, dass ich dich nicht einlade, auf dem Sofa zu schlafen«, entgegnete sie milde. »Ich will ehrlich mit dir sein. Ich habe lange keinen Mann mehr im Bett gehabt. Nicht, seit mein Mann gestorben ist. Das ist schon zu lange her.« Sie streckte die Hand aus und berührte seinen Arm. »Ich mag dich, John. Und ich habe das Gefühl, du und ich, wir könnten vielleicht eine Nacht zusammen verbringen und nicht allzu viel Schaden anrichten, wenn du verstehst, was ich meine. Ich hoffe, dass ich dich mit meinem Vorschlag nicht beleidige, und es tut mir leid, wenn ich nicht besonders romantisch bin.«

Maiden suchte nach den richtigen Worten. Er fühlte sich zu ihr hingezogen, aber das war genau das, wovon sie gerade gesagt hatte, dass sie es nicht wollte. Wenn er sie richtig verstand, war sie nur auf eine Nacht mit unkompliziertem Sex aus.

Um Zeit zu gewinnen, sagte er: »Wir haben zwei Flaschen Wein getrunken, vergiss das nicht. Bist du sicher, du weißt, was du sagst?«

»Ist das ein Nein?«

»Überhaupt nicht. Ich will nur nicht, dass du es morgen früh bereust.«

Innerlich zuckte er über das müde Klischee zusammen. Über ihre Schulter hinweg sah er ein Taxi auf den kleinen Parkplatz einbiegen.

»Ich weiß genau, was ich tue«, sagte sie streng. »Deswegen habe ich dich gebeten, nicht zu viel hineinzulesen. Wir sind zwei mündige Erwachsene, die sich gut zu verstehen scheinen.«

Ihr Ton wurde weicher, und sie trat näher an ihn heran. Sie ignorierte das Taxi, das neben ihnen vorfuhr. »Ich möchte einfach nur die Nacht mit jemand verbringen, den ich mag – und jemand, dem ich zutraue, nicht die Kontrolle über sich zu verlieren.«

»Wir kennen einander kaum«, erinnerte er sie mit einem schiefen Grinsen.

»Aber wir werden Vergnügen daran haben, uns besser kennenzulernen«, erwiderte sie sein Lächeln.

Das war eine ganz andere Frau als die, die er vor wenig mehr als einer Woche im Büro zum ersten Mal gesehen hatte. Aber Maiden beschwerte sich nicht darüber. Er zögerte nur noch einen Augenblick, denn er hoffte, ein paar Ehrenpunkte für die Männer als Gesamtspezies zu machen, bevor er mit einer großartigen Geste auf das Taxi zeigte.

»Einverstanden«, sagte er und klang kontrollierter, als er sich fühlte.

Auf dem Rücksitz des Taxis lehnte sich Brown ein wenig gegen ihn, ohne wirklich zu kuscheln. Sie blieben ruhig auf der Fahrt. Maidens Nerven prickelten voller Vorfreude, aber er gab sich alle Mühe, das nicht zu zeigen. Während er die Straßenlaternen vorbeihuschen sah, drang ein Gedanke in sein Hirn.

Ich verbringe jetzt die Nacht mit einer schönen Frau, während anderswo in der gleichen Stadt ein Mädchen in panischer Angst von einem bewaffneten Schläger gefangengehal-

ten und vielleicht sogar vergewaltigt wird. Vielleicht ist sie sogar tot – oder schlimmer noch, vielleicht wäre sie besser tot.

Statt sich schuldig zu fühlen, musste Maiden gegen seinen Ärger ankämpfen. Es war nicht fair, dass seine Arbeit jeden privaten Augenblick überschattete. Er widmete seinem Job sowieso schon zu viel Lebenszeit. Niemand konnte ihm vorwerfen, dass er nicht genug tat, also hatte er auch das Recht, einmal eine Nacht für sich zu haben. Und im Moment konnte er sowieso nichts für Vicki Colonel tun. Es war nicht einmal seine eigene Ermittlung.

Janet Brown sagte leise etwas zu dem Fahrer und riss Maiden aus seinen Gedanken. »Das nächste Haus auf der linken Seite.«

Der Fahrer warf einen Blick in den Rückspiegel. Janet näherte ihre Lippen Maidens Wange und flüsterte: »Ich habe zu wenig Bargeld. Hast du genug für die Fahrt?«

»Kein Problem«, sagte er und stemmte sich ungeschickt vom Sitz hoch, um seine Geldbörse aus der hinteren Hosentasche zu ziehen. Das Taxi hielt gerade, als er sie in Händen hatte.

Brown schimpfte über die Kälte und hastete vom Taxi zu ihrer Eingangstür, während sie in ihrer Handtasche nach den Schlüsseln suchte. Die Tür öffnete sich mühelos, und sie fragte, während sie vorging, Maiden über ihre Schulter: »Willst du was Warmes trinken?«

»Das wäre schön«, sagte er mit einem Zittern in der Stimme.

»Gute Idee. Gehst du mal ins Wohnzimmer und schaltest den Heizstrahler ein? Ich mache uns zwei Becher heiße Schokolade.«

Maiden bot halbherzig an, zu helfen, aber sie lehnte ab und schob ihn freundlich in Richtung Wohnzimmer. Er schaltete die Deckenbeleuchtung ein, aber nur lange genug, um den Schalter der Tischlampe zu suchen. Dann startete er den

Heizstrahler und wartete auf das erste rote Glimmen, um sicherzustellen, dass er funktionierte. Seufzend zog er sein Jackett aus und setzte sich auf einen Sessel. Einen Augenblick später zog er die Schuhe aus und streckte die Beine in Richtung des Strahlers, dankbar für die Wärme an den Füßen. Er konnte Janet in der Küche klappern hören und lächelte vor sich hin. Als er sich umsah, bemerkte er, dass sie offensichtlich keinen allzu großen Wert auf eine persönliche Einrichtung legte. Es gab keine Bilder ihrer Familie, ihres verstorbenen Mannes oder von irgendwem sonst. Ihm fiel etwas Gerahmtes auf, aber das lehnte im Schatten des Kamins mit dem Rücken zu ihm an der Wand. Ohne groß nachzudenken, streckte er die Hand aus und kippte den Rahmen nach hinten, damit er das Bild sehen konnte. Stattdessen entdeckte er eine Urkunde in altmodischer, blumiger Schrift. Er brauchte einen Augenblick, um zu begreifen, dass es irgendwas mit ihrer Doktorarbeit zu tun hatte, aber darauf stand wohl ihr Mädchenname – Janet Susan Feitler.

»Schnüffelst du rum?«, fragte sie ihn, als sie mit zwei Bechern heißer Schokolade ins Zimmer kam.

»Tut mir leid«, sagte er und lehnte die Urkunde vorsichtig wieder an die Wand. »Ich wusste nicht, dass es etwas Persönliches ist. Ich dachte, es wäre ein Bild, und ich wollte mal sehen, was dir gefällt. Ich hätte es mir sonst nicht angesehen.«

Sie zögerte einen kurzen Moment, bevor sie Maiden seine Schokolade reichte, dann setzte sie sich auf das gegenüberliegende Sofa und schlug die Beine unter. »Keine große Sache. Es ist nicht einmal gültig, es ist nur eine dekorative Kopie der echten Urkunde, die mir damals gut gefiel. Eigenartig, aber jetzt mag ich es nicht mehr. Ich würde es niemals in mein Büro hängen.«

»Feitler – ist das dein Mädchenname? Waren deine Eltern Deutsche oder so?«

Brown schüttelte den Kopf. »Schweden. Sie kamen nach Australien, weil sie glaubten, dass Hitler am Ende ganz

Europa einnehmen würde, und sie wollten nicht zu lange warten, bevor sie flohen. Sie hatten unrecht, kehrten aber trotzdem nicht zurück.«

»Das müssen schwierige Zeiten gewesen sein«, murmelte Maiden und nippte an seiner Schokolade.

»Ja, ich denke schon. Ist alles in Ordnung?«

»In Ordnung?«

»Du wirkst ein wenig unglücklich.«

Maiden entschied sich, ehrlich zu sein. »Nein, ich bin es nur nicht gewohnt, die Dinge so zu tun.«

»Hast du es dir anders überlegt?«, fragte sie vorsichtig.

»Nein, überhaupt nicht. Es ist nur komisch, nicht ...« Seine Stimme verklang, unsicher.

»Spiele zu spielen?«

»Das ist eine gute Beschreibung. Es ist komisch, nicht im Dunkeln zu stehen und die üblichen Spiele zu spielen.«

»Aber das sollten wir in unserem Alter auch nicht mehr tun müssen, findest du nicht?«

Maiden stimmte ihr mit einem kleinen Nicken zu. »Ich habe gesagt, es ist komisch. Ich habe nicht gesagt, dass es mir nicht gefällt.«

Brown wechselte gezielt das Thema und fragte, was er von dem Essen gehalten hatte. Dann sprachen sie etwa zehn Minuten darüber und über andere Unwichtigkeiten, und schließlich stellte Brown ihren leeren Becher auf den Boden.

»Wollen wir ins Bett?«

Maiden tat es ihr gleich. »Klar.«

»Mach dir keine Sorgen um die Becher. Die hole ich morgen früh.« Sie erhob sich und ging zum Heizstrahler. Sie schaltete ihn aus, dann folgte die Tischlampe. In der Dunkelheit sah Maiden, wie sie ihm eine Hand hinstreckte. Er fasste sie. »Komm mit«, sagte sie.

Brown führte ihn durch den Flur in ihr Schlafzimmer. Sie schaltete das Licht nicht ein, aber eine Straßenlaterne strahlte durch einen Spalt in den Vorhängen und erfüllte das Zimmer mit einem silbernen Schimmer. Es roch nach Frauenzubehör, nach Parfüm und Make-up. Auf dem Doppelbett lagen eine dicke, kuschelige Daunendecke und ein Berg Kissen. Brown wandte sich Maiden zu und zog ihn an sich, sie küsste ihn zu überraschend auf die Lippen, als dass er eine Chance gehabt hätte, angemessen zu reagieren.

»Ich gehe ins Bad«, sagte sie. »Zieh dich doch schon mal aus und wärm das Bett. Das ist weniger romantisch, aber praktischer«, setzte sie mit einem leisen Kichern hinzu. Sie verschwand, bevor er antworten konnte.

Als Maiden allein war, entkleidete er sich. Er faltete seine Sachen über einen Stuhl, da er wusste, dass er sie am nächsten Tag vielleicht noch einmal tragen musste. Die Laken waren kühl, als er dazwischen kroch. Die Matratze war beunruhigend weich und sank unter seinem Gewicht ein. Er lag auf dem Rücken und starrte an die Decke, während er darauf horchte, wann sie zurückkäme. Es dauerte nicht lange, bevor er die Toilettenspülung hörte und dann ihren weichen Schritt im Flur, der zum Schlafzimmer führte. An die Kissen gelehnt beobachtete er, wie sie hereinkam. Sie trug einen Bademantel. Als sie das Bett erreicht hatte, ließ sie ihn sorglos zu Boden fallen, und das fahle Licht enthüllte ihren Körper. Ihre Brüste waren fest, und die dunklen Brustwarzen zeigten nach vorn. Eine schmale Taille kurvte nach außen zu vollen Hüften und muskulösen, durchtrainierten Schenkeln. Maiden konnte nicht anders, als hungrig das Dreieck dunklen Haars zwischen ihren Beinen anzustarren. Brown stieg eilig ins Bett, zitternd vor Kälte, und drückte sich sofort auf ihn. Sie rieb ihre Lenden an der Erektion, die ihm unwillkürlich gewachsen war, und dann begann sie, sein Gesicht und seine Lippen zu küssen und knabberte zart an seinem Hals, während sie ihre Finger in seinem Brusthaar vergrub und daran zog. Maiden fuhr mit den Händen über ihren Rücken, streckte die Arme aus, um ihre Pobacken zu ergreifen, und spreizte sie manchmal, er tastete mit seinen Fingern und ließ sie leise stöhnen. Sie öffnete die Beine weiter, lud ihn ein.

Er hielt sie fest und rutschte auf dem Bett unter ihr entlang, küsste ihre Brüste, erreichte ihren Bauch, rutschte weiter. Brown ragte über ihm auf, sie spürte die Hitze seines erregten Atems auf den Innenseiten ihrer Schenkel. Spontan flüsterte sie: »Warte«, warf die Decke beiseite und drehte sich eilig, sodass sie ihren Mund auf ihn senken und ihm dasselbe zuteil werden lassen konnte. So blieben sie lange, sie hielten einander auf dem Gipfel der Erregung, bis sie ihn plötzlich in sich spüren wollte. Sie wechselten wieder die Position, sie stieg auf ihn und ließ sich langsam auf ihn nieder. Sie stöhnte und flüsterte sinnlose Dinge, verloren in ihrem Genuss, und als sie ihn ganz in sich hatte, begann sie vor- und zurückzuwippen, erst langsam, dann immer nachdrücklicher.

Maiden versuchte, sich am Riemen zu reißen, verlor aber den Kampf. »So kann ich nicht mehr lange«, sagte er atemlos.

»Das macht nichts«, entgegnete sie, hastig im Takt ihrer Bewegungen leise keuchend.

Augenblicke später, zu früh für seinen Geschmack, hatte Maiden einen Höhepunkt. Statt sie zu enttäuschen, riss es sie mit, ihn explodieren zu fühlen, und sie ritt ihn kurz aber gnadenlos und war bald selbst so weit. Lange Sekunden war sie erstarrt in einer Haltung der Ekstase, dann kippte sie vornüber und legte ihren Kopf auf seine Brust. Maiden schlang seine Arme fest um sie, er spürte die Wärme ihres Körpers.

»Hui, ich glaube, das habe ich gebraucht«, sagte sie schließlich leise und erstaunt.

Sie streichelten einander eine Weile schweigend, dann liebten sie sich noch einmal. Diesmal ging es langsam, und hinterher war Maiden vollkommen erschöpft, aber sexuell zutiefst befriedigt. Als er in einem für ihn angenehmen Schweigen neben ihr lag, spürte er plötzlich ihre Anspannung.

»Hey, alles in Ordnung?«, flüsterte er. – »Alles bestens.« Sie klang aber nicht so.

»Soll ich jetzt gehen?«

»Nein, natürlich nicht. Wie albern.«

Maiden war überrascht und wusste nicht, was los war. Wider besseres Wissen hakte er nach: »Du hast doch noch ein weiteres Zimmer. Steht darin vielleicht ein Bett? Ich könnte den Rest der Nacht dort schlafen, wenn du willst.« Schon als er es sagte, wusste Maiden, dass er lieber mit einem Taxi nach Hause führe.

Sie brauchte lange, um zu antworten. »Das ist das Zimmer meines Sohnes Jeremy.«

Maiden erstarrte, bevor ihm klar wurde, dass wer auch immer das war, jetzt nicht da sein konnte. »Dein Sohn?«, fragte er vorsichtig.

Er rechnete schnell nach. Wenn er in Betracht zog, was er über Janet Brown und ihre Ehe wusste oder gehört hatte, konnten ihre Kinder noch nicht einmal Teenager sein. War ihr Sohn etwa im Haus?

»Keine Sorge, er ist nicht hier.«

»Das habe ich auch nicht gedacht«, sagte er eilig. »Aber wo ist er?«

»Im Krankenhaus – er lebt in einem Krankenhaus. Einem Wohnheim, genau genommen«, setzte sie voll Bitterkeit hinzu. Sie erriet seine nächste Frage. »Ich kann mir die Behandlung und die Spezialisten nicht leisten, ohne Geld zu verdienen, also habe ich nicht die Zeit, ihn zu Hause zu haben. Jedenfalls nicht allein, ohne David …« Ihre Stimme versagte für einen Augenblick. »Er kommt an den meisten Wochenenden nach Hause.« Sie zögerte wieder und klang dann ruhiger. »Egal, das ist mein Problem, du musst dir darüber keine Gedanken machen. Aber ich fände es sehr unangenehm, wenn jemand – ein vollkommen Fremder – dort schlafen würde. Vor allem nach … nach dem hier. Es wäre wie Betrug an ihm und auch an David.«

»Ist schon okay«, sagte Maiden und streichelte ihr Haar. »Ich verstehe.«

Aber sie fuhr eilig fort. »Deswegen fühle ich mich jetzt ein bisschen komisch. Das sind wohl Schuldgefühle. Ich will nicht, dass du nach Hause gehst, selbst wenn es dir ein bisschen unangenehm ist. Ich muss über diese Brücke gehen, und du hilfst mir dabei.«

Als Antwort küsste Maiden sie auf den Scheitel. Er wartete ein paar Minuten und schaute hoch zur dämmrigen Decke, dann sagte er, obwohl er die Stimmung eigentlich nicht zerstören wollte: »Wir schlafen gleich beide ein, und wir müssen einen Wecker stellen. Hast du einen?«

Er freute sich über ihr leises Kichern und die Antwort: »Einen sehr lauten mit einer Glocke, deswegen steht er unter dem Bett. Dann tut es nicht so weh. Ist sechs Uhr in Ordnung?«

Er tat knurrig. »Es wird mich umbringen, aber wir haben ja keine andere Wahl.«

Maiden erwachte, weil ihn der Rotwein durstig gemacht hatte. Es war immer noch dunkel, er schätzte, dass es etwa fünf Uhr morgens sein könnte. Er sah Brown an, die auf einem seiner Arme lag. Ihm blieb keine Wahl, als sie zu stören, wenn er ihn wegzog.

»Was ist?«, fragte sie verschlafen.

»Ich gehe in der Küche etwas trinken.«

»Wasser im Kühlschrank«, murmelte sie und schlief sofort wieder ein.

Maiden marschierte nackt durchs Haus, während die Morgenkälte ihm Gänsehaut verursachte. In einem Plastikkrug im Kühlschrank stand kaltes Wasser, und nachdem er sich einmal umgesehen hatte, um sicher zu sein, dass Brown nicht aufgewacht und ihm gefolgt war, trank er einfach direkt aus dem Krug. Die Kälte war ihm unangenehm, er wollte schnell wieder zurück ins Bett, aber dann sah er ihr Telefon an der Wand, und aus einer besorgten Ahnung heraus ging er hinüber und griff nach dem Hörer. Er wählte seine eigene Nummer und wartete ungeduldig, tänzelte vor sich hin, um die Kälte zu ertragen, bis sein Anrufbeantworter ansprang. Als die Aufnahme endete, tippte Maiden zügig vier weitere Ziffern, damit die Maschine alle Nachrichten abspielte, die er bekommen hatte. Es war nur eine, aber kaum hörte er Martin Creanes Stimme, war er hellwach.

Zuerst hatte Creane gehofft, dass Maiden zu Hause wäre und nur den Anrufbeantworter anhatte. Er hatte gerufen: »John! John? Geh an dein verdammtes Telefon. Ich bin's, Martin.« Nach einer kurzen, entnervten Stelle fuhr die aufgezeichnete Stimme fort: »Okay, du bist also nicht zu Hause. Wenn du zurückkommst, nimm über die Zentrale Kontakt zu mir auf, ja? Wir haben Howletts Commodore gefunden, und rate mal, was im Kofferraum liegt?« Als Nachsatz fügte er hinzu: »Ah, es ist halb fünf morgens – also wo zum Teufel steckst du?«

»Verdammt«, murmelte Maiden und drückte auf die Gabel, um die Verbindung zu unterbrechen. Er rief die Zentrale an und legte, nachdem er leise mit dem diensthabenden Officer gesprochen hatte, den Hörer vorsichtig auf. Er kehrte schnell zurück ins Schlafzimmer, schüttelte Brown wach und erklärte ihr, was vorgefallen war. Sie setzte sich verschlafen im Bett auf und zog die Decke bis zum Hals hoch.

»Was machst du jetzt?«, fragte sie und gähnte.

»Ich nehme mir ein Taxi zu meinem Wagen.«

»Willst du eine Tasse Kaffee oder so?«

»Nein, bleib nur im Bett. Ich schleiche mich einfach raus.«

»Okay«, erklärte sie sich augenblicklich einverstanden und rollte sich wieder zusammen. Sie legte sich so hin, dass sie zusehen konnte, wie er sich anzog, schlief aber schnell wieder ein.

Maiden schlüpfte eilig in seine Sachen, überprüfte noch einmal, dass er alles hatte, und holte seine Schuhe aus dem

Wohnzimmer. Dann rief er ein Taxi und huschte noch einmal auf dem Weg zum Ausgang zurück ins Schlafzimmer. Er küsste Brown auf die einzige Stelle, die er über den Daunen sehen konnte – ihre Stirn. »Ich rufe dich nachher an«, sagte er. Sie antwortete nicht.

Er verließ leise das Haus und stand in der Kälte, die erste Zigarette zwischen den Lippen, die Hände in den Taschen vergraben. Als das Taxi nach ein paar Minuten noch nicht da war, begann Maiden zu bereuen, dass er sich keinen Kaffee gemacht hatte, um ihn hier draußen beim Warten zu trinken. Dann kam das Taxi, und Maiden tauchte dankbar in seine Wärme. Als er davonfuhr, sah er Janet Browns Haus hinter sich verschwinden.

Das war nicht gerade der »Morgen danach«, auf den er gehofft hatte.

17

Howard hatte etwas trinken wollen, und er wusste auch, wo. Es gab zwei Hotels in diesem Teil der Stadt, die um sechs Uhr morgens öffneten, um die Schichtarbeiter abzufüllen. Und er hatte die Taschen voller Geld.

Ihm war eine halbe Stunde geblieben, um auf den Stufen vor der Bar vor sich hinzubrüten, bevor sie öffnete. Er dachte an Vicki Colonel. Seine Geisel erregte und sorgte ihn zugleich. Jemand wie sie zu haben, den er anfassen und betasten konnte – mit dem er tun konnte, was er wollte –, gab ihm das Gefühl, ungeheuer mächtig zu sein. Er würde Sex mit ihr haben, bald. Howard hatte sich das bisher nur versagt, weil er dafür sorgen wollte, dass alles richtig lief. Er wollte, dass es auf seinem Bett passierte, wie in so vielen seiner Fantasien, und wo er zugleich auf perverse Weise Deckers Geist verhöhnen konnte. Howard wollte sich aber auch sicher fühlen, deswegen hatte er Vicki mit nach Hause genommen und es nicht gleich im Auto getan. Und er musste ein wenig Alkohol intus haben, damit er sich nicht blamierte. Obwohl sie seine Gefangene war und Howard wusste – aber noch nicht bereit war, darüber nachzudenken –, dass er sie wahrscheinlich umbringen musste, wenn er mit ihr fertig war, wollte er dennoch seine sexuelle Leistungsfähigkeit demonstrieren. Er wollte, dass sie ihn respektierte. Er wollte nicht zu schnell kommen. Und er ging davon aus, dass Alkohol ihm dabei helfen würde.

Seine Sorgen entsprangen dem Stress, sie in der Wohnung gefangen zu halten. Trotz aller Vorsichtsmaßnahmen bestand immer die Gefahr, dass sie entkam. Die Polizei würde schon nach ihr – und ihm – suchen, und zwar mit einem größeren Engagement als normalerweise nach einem bewaffneten Räuber. Und zu Hause musste er sie andauernd im Blick behalten oder fesseln, sonst könnte sie ihn angreifen.

Howard kam langsam zu dem Schluss, dass er seinen Spaß mit Vicki Colonel haben und sie dann schnell loswerden musste. Als er auf den Stufen vor dem Hotel saß, überlegte er in aller Ruhe, was genau er mit ihrer Leiche anfangen würde.

Der Lieferwagen einer Zeitung hielt vor ihm, der Fahrer warf Howard einen misstrauischen Blick zu und schmiss dann ein Bündel Zeitungen auf den Bürgersteig. Als der Wagen davongefahren war, betrachtete Howard die Zeitungen sofort gierig. Er schwoll an vor Stolz, als er feststellte, dass auf allen Ausgaben sein bewaffneter Überfall samt Entführung auf der Titelseite stand. Auf einer gab es ein großes Foto der Tankstelle samt Polizeiwagen und Absperrband. Howard las den Artikel, er mühte sich durch die Worte und sprach sie beim Lesen stumm vor sich hin, als die Hoteltür hinter ihm sich abrupt öffnete.

Eine Stunde später war Howard ganz schön betrunken. Drei weitere Leute hatten an der Bar gesessen, alle in dreckigen Overalls und miteinander bekannt. Keiner von ihnen machte sich die Mühe, mit Howard zu reden, der allein saß und in sein Glas starrte. Er wirkte muffelig und unnahbar, aber innerlich war Howard sehr zufrieden mit sich. Eine frühmorgendliche Talkshow säuselte aus einem Fernseher in einer Ecke. Irgendjemand da drin sagte »Vicki Colonel«, und Howard drehte sich um, um John Maiden bei der Pressekonferenz zu sehen. Als Maiden die Details durchging und Fragen beantwortete, betrachtete Howard ihn. Als der kurze Nachrichtenbeitrag endete, entschied sich Howard, dass der groß gewachsene Detective niemand wäre, dem er eine Chance geben würde, falls sie einander begegneten. Er würde ihn sofort erschießen. Dann zeigten sie ein Foto von Vicki, und einer der Männer im Overall grunzte anerkennend.

Er fand, jetzt wäre es Zeit, wieder nach Hause zu gehen. Howard hätte diesen Männern am liebsten erzählt, dass das hübsche Mädchen aus dem Fernsehen auf ihn wartete, aber dann ließ er es doch, denn er wusste, dass er sich dieses Vergnügen verkneifen musste. Alles andere konnte er tun – sich nehmen. Vor allem Vicki Colonel.

Er zahlte dem Barkeeper zwanzig Dollar für einen Sechserpack Bier und sagte, er sollte den Rest behalten. Howard fühlte sich gut. Endlich lief alles so, wie er es wollte.

Er fand sie genauso vor, wie er sie zurückgelassen hatte, sie lag auf der Seite und schaute zur Wand.

»Ich bin berühmt«, verkündete er ihrem Rücken, seine Sprache ein wenig verschwommen. Vickis Angst verdoppelte sich, als sie bemerkte, dass er betrunken war. Sie schloss die Augen und drückte Tränen auf ihre Wangen.

»Du bist auch berühmt«, sagte er und schwenkte eine der Bierdosen im weiten Bogen durch die Luft. »Aber dafür kannst du nichts, also zählt es nicht.« Als Vicki ihm nicht antwortete, beugte er sich vor und drehte sie auf den Rücken, wo sie unbequem, mit hinter dem Rücken gefesselten Händen lag. Er starrte auf sie herunter, und ein gieriges Lächeln breitete sich auf seinem Gesicht aus. »Ein paar Typen in der Bar halten dich für eine kleine Schönheitskönigin. Ich wette, die würden gern zu Gesicht bekommen, was ich jetzt zu sehen kriege.« Schwankend hob er das Bier an die Lippen und legte den Kopf in den Nacken, leerte die Dose. Vicki beobachtete panisch, wie sein Adamsapfel hüpfte. Sie wusste, mit jedem Schluck kam ihre Vergewaltigung einem Schritt näher. Howard trank das Bier leer und ließ die Dose einfach zu Boden fallen.

»Wehr dich nicht«, sagte er mit heiserer Stimme. »Wenn du dich wehrst und es mir schwer machst, werde ich dir wehtun, verstanden?« Vicki konnte ihn bloß mit weit aufgerissenen ängstlichen Augen ansehen.

Howard beugte sich vor und öffnete den obersten Knopf ihrer Jeans, er zog den Reißverschluss herunter und legte den obersten Teil ihres Höschens frei. Vicki wollte durch den Knebel hindurch schreien und sich wegrollen. Ein stechender Schlag traf sie im Gesicht, und in ihrem Kopf schien es zu klingeln. Sie hörte auf sich zu winden und erstarrte.

»Wehr dich nicht«, wiederholte er zischend, sein Gesicht dicht an ihrem, und sein stinkiger Atem zog über sie hin.

Dann widmete er sich wieder ihren Jeans, er schob sie hinunter bis zu ihren zusammengeklebten Knöcheln und ihre Unterhose auch halbwegs. Als Nächstes zerrte er sie ganz herunter und zerriss dabei den dünnen Stoff. Vicki presste die Beine zusammen, aber er stand einen Augenblick nur da und starrte mit offenem Mund das Schamhaar an, das oberhalb ihrer Schenkel zu sehen war. Dann setzte sich Howard so plötzlich wieder in Bewegung, dass sie zusammenzuckte. Er schob und riss ihren Pullover und ihre Bluse nach oben, dann ihren BH, bis alle drei unter den Armen um ihren Hals hingen und ihre Brüste zu sehen waren. Vicki war nackt, abgesehen von der Bekleidung, die sich um ihren Oberkörper und ihre Knöchel ballte. Sie weinte und konnte kaum atmen. Sie hatte die Augen wieder geschlossen und betete.

»Mach die Beine breit«, sagte er zu ihr, und sein Atem kam in erregten Stößen. Vicki bewegte sich nicht. Wieder ein Schlag, diesmal heftiger und auf ihren Schenkel ausgeführt, ließ sie trotz Knebel schreien. Als er eine Hand auf ihr Knie legte und ihre Beine auseinanderdrückte, ließ sie ihn.

Er trat vom Bett zurück und begann seine Jeans auszuziehen, mit zitternden Händen fummelte er an seiner Gürtelschnalle herum. Unbewusst schloss Vicki ihre Beine wieder, aber Howard war zu beschäftigt damit, sich auszuziehen. Er kämpfte eine volle Minute mit seinen Jeans, knurrte über die Verzögerung, als er zuerst versuchte, sie über seine Stiefel zu ziehen, sich dann aber auf den Boden setzen und die Hälfte seiner Mühen rückgängig machen musste, um erst seine Schuhe auszuziehen, bevor er schließlich die Jeans runterbekam. Er trug keine Unterhose. Howard trat zurück ans Bett.

Etwas flüsterte in seinem Kopf, und er zog auch sein Unterhemd aus – er erinnerte sich, dass richtige Liebhaber das so machten. Nackt. Diesmal warnte er Vicki nicht, sondern schlug gleich gegen ihren Oberschenkel.

»Mach deine verdammten Beine breit.«

Sie tat wie geheißen, aber es störte Howard, dass ihre Knöchel immer noch zusammenklebten. Er begann, an ihren Jeans zu zerren, um sie herunterzureißen, dann zerfetzte er das Klebeband, bevor er ihre Beine befreien und die Jeans endgültig entfernen konnte. Er packte Vickis Knöchel und spreizte sie an gegenüberliegende Ecken des Bettes. Dann kniete er sich zwischen ihre Beine. Vicki warf ihm einen Blick zu, bevor sie das Gesicht entsetzt abwandte. Ein saurer Gestank stieg aus seinem Schritt auf. Die Leere des Schocks drohte, sie zu überfluten. Nur das Adrenalin der Angst hinderte sie daran. Vicki fixierte einen Fleck an der Wand direkt vor ihrem Gesicht und wartete darauf, dass Howards Gewicht auf sie niederging.

Nach vielen langen Sekunden war das noch immer nicht geschehen. »Was zum Teufel ist *das?*«, hörte sie Howard ungläubig schnarren. Ohne den Blick von der Wand zu lösen, zwang Vicki sich, zuzuhören. Irgendetwas stimmte nicht.

»Was zum Teufel ist das?«, wiederholte Howard mit lauter Stimme. Langsam wandte Vicki ihm ihr Gesicht zu. Howard kniete immer noch zwischen ihren Beinen. Er starrte in ihren Schritt, sein Gesichtsausdruck war vollkommen ungläubig. Vicki hatte keine Ahnung, was los war. Sie unterdrückte ein Fünkchen Hoffnung, denn Hoffnung war unmöglich. Und doch hatte etwas ihn aufgehalten. Konnte es sein, dass Howard eine derartige Jungfrau war, dass er noch niemals eine nackte Frau gesehen hatte? War es möglich, dass er nicht wusste, was er zu erwarten hatte – und keine Ahnung hatte, was er nun tun sollte?

Howards Hand schoss vorwärts und berührte sie, er bohrte und strich seine Finger durch ihr Schamhaar, sodass sie entsetzt zusammenzuckte. Zitternd hielt er Vicki seine Finger vor die Augen. Es waren Blutspuren daran zu sehen.

Sie konnte es nicht sehen, aber auch auf der Innenseite ihrer Schenkel war Blut verschmiert.

»Hast du deine verdammte Periode?«, fragte er wütend. »Hast du?«

Er schaute so wütend, dass Vicki versuchte zu antworten, aber der Unterhemd-Knebel hinderte sie daran. Er streckte den Arm aus und zerrte den Knebel weg, streckte ihren Hals. Bei dieser Bewegung kam seine nackte Brust nah an ihr Gesicht. Sein Körpergeruch war machtvoll und überwältigend. Er kehrte zurück zu seiner knienden Position und starrte sie an, er wartete auf eine Antwort.

»Das ... das ist meine Regel«, flüsterte sie ängstlich. »Sie muss begonnen haben.« Vicki versuchte, trotz ihrer benommenen Verwirrtheit, nachzudenken, konnte sich aber nicht erinnern, ob ihre Regel fällig war oder nicht.

»Du blöde Kuh!«, sagte Howard und starrte sie weiter an.

Dann dämmerte es Vicki – ein echter Strohhalm, an den es sich zu klammern lohnen könnte. Howard war ein widerwärtiges Tier, das keine Probleme mit Stehlen, Morden und Vergewaltigen hatte, aber aufgrund seiner Ignoranz, oder vielleicht auch, weil er abergläubisch war, verweigerte er Kontakt mit einer Frau, die ihre Periode hatte. Sie kämpfte gegen den Nebel des Schreckens, der sich in ihrem Hirn ausgebreitet hatte, als die Vergewaltigung unausweichlich schien. Jetzt brauchte sie all ihren Verstand. Voller Verzweiflung setzte Vicki darauf, dass Howard wahrhaftig naiv und ignorant war.

»Sie ... Sie sollten mich nicht noch einmal anfassen«, hauchte sie voller Furcht, dass irgendein Wort, das sie verwendete, ihn mit mörderischer Wut erfüllte. »Jedenfalls nicht das Blut. Sonst infizieren Sie sich vielleicht«, fügte sie hinzu, bevor sie es sich anders überlegen konnte. Vielleicht hatte sie es jetzt zu weit getrieben.

»Infizieren?« Jetzt schaute er ihr wieder wütend ins Gesicht. »Womit? Hast du verdammt noch mal Aids?«

»Nein, nein, ich habe eine Form von ...« Vicki überlegte panisch. »Hepatitis. Eine milde Form von Hepatitis.«

»Hepatitis? Das habe ich schon mal gehört.« Howards Ausdruck verwandelte sich von Wut in ein besorgtes Stirnrunzeln, dann wieder in Wut. »Du kannst mich also krank machen? Du bist verflucht nutzlos für mich!«

»Nein! Überhaupt nicht«, sagte Vicki drängend, sie wollte Zeit schinden, solange er sie nicht gleich umbrachte. »Es ist nur gefährlich, solange ich blute – während meiner Regel, das ist alles.«

»Wie lange ist das?« Er schaute sie misstrauisch an. Sie konnte sehen, dass er überlegte, ob er sie am Leben lassen sollte.

»Vier oder fünf Tage, höchstens eine Woche. Ich brauche ein paar Tampons, um mich sauber zu halten.«

Howard wandte ungläubig sein Gesicht ab. »Du willst, dass ich losgehe und dir verdammte Tampons kaufe?«

»Bitte, es ist sehr wichtig. Sonst infiziere ich mich vielleicht selbst. Ich ... ich muss sauber bleiben. Dann können Sie ... alles tun, was Sie wollen.«

In Wahrheit hatte Vicki natürlich das Gegenteil vor. Ihre Blutung dauerte manchmal nur drei Tage. Aber sie hoffte, wenn sie schnell vier oder fünf Tampons benutzte und dann irgendwo im Zimmer versteckte, könnte sie einen alten wieder einführen, wenn ihre Regel zu Ende war, und Howard glauben machen, dass sie eine Woche dauerte. Es wäre ein Risiko für ihre eigene Gesundheit, aber besser als eine Vergewaltigung. Und in einer Woche war alles möglich. »Bitte, Howard«, sagte sie wieder, zum ersten Mal nannte sie ihn beim Namen.

Er bewegte sich so schnell, dass sie nur Zeit für einen kurzen, erstickten Schrei hatte. Howard warf sich auf Vicki, mit Hilfe seines Gewichts und seiner Hüften spreizte er weiter ihre Beine. Wie ein echter Lover drückte er sich auf sie, er legte seine Wange an ihre. Vicki wandte verzweifelt den Kopf ab. Ihre Arme – immer noch gefesselt hinter ihrem Rücken – schmerzten sehr. Traurig dachte sie, dass ihr Versuch fehlgeschlagen war – er würde sie trotz allem vergewaltigen. Aber Howard rieb sich bloß an ihrem Unterbauch, er zuckte verkrampft und grunzte ihr ins Ohr. Er ignorierte ihre Brüste. Er hatte die Kontrolle über sich verloren, kam ihrer Blutung aber nicht nahe. Es vergingen nur Sekunden. Galle stieg ihr in den Hals, und es gelang ihr gerade noch, sie herunterzuschlucken. Howard lag jetzt still auf ihr, er keuchte.

Dann rollte er sich ohne ein weiteres Wort von ihr herunter und stand auf. Mit wütenden Bewegungen sammelte er seine Klamotten und Stiefel auf und stapfte türenschlagend aus dem Zimmer.

Vicki rollte sich auf die Seite, um ihre Arme zu entlasten. Sie sagte sich immer und immer wieder, dass sie nicht weinen wollte, aber es fiel ihr schwer. Sie hatte sich Zeit erkauft, und vielleicht ihr Leben. Sie hatte gewonnen, mit ein bisschen Hilfe von Mutter Natur. Es bestand noch Hoffnung.

Von einem einzigen Gedanken besessen zog sich Howard an und verließ leise die Wohnung. Er ging hinunter zu dem vietnamesischen Supermarkt und suchte die Regale ab, bis er etwas fand, auf dem »Tampon« stand, dann trug er es zur Kasse. Er starrte den faltigen Besitzer an, der sollte bloß nichts Dummes sagen. Der Vietnamese schaute undurchdringlich, während er Howards Geld kassierte.

Zurück in der Wohnung marschierte Howard ohne Ankündigung ins Schlafzimmer. Er hielt ein Messer in der einen Hand und eine Plastiktüte in anderen. Den Inhalt der Tüte schüttelte er aufs Bett, bevor er mit einer blitzschnellen Bewegung das Klebeband aufschnitt. Es war ein Päckchen Tampons. »Sorg dafür, dass das schnell vorbeigeht!«, sagte er und verließ das Zimmer.

18

Der Verkehr zum Flughafen wurde immer schlimmer, was Maiden überraschte. Soweit er wusste, gingen zwar die üblichen Morgenflüge, aber eigentlich sollte nichts zu einem solchen Stau führen. Es wurden keine Würdenträger oder Stars erwartet, die Publikum anzogen.

»Was zum Teufel ist hier los?«, knurrte er, als es auf seiner Spur wieder stockte. Fünf Minuten später tastete er sich über eine Kreuzung, an der die Ampeln ausgeschaltet waren und wo uniformierte Polizisten den Verkehr regelten. Er kümmerte sich nicht um das Hupkonzert, das er augenblicklich auslöste, sondern hielt neben dem Polizisten, beugte sich zum Fenster hinaus und rief, wer er war, bevor er fragte: »Was zum Teufel ist los? Hat es einen Unfall gegeben?«

Der Polizist guckte, als hätte er schon genug von schimpfenden Fahrern und Leuten, die versuchten, ihm über die Zehen zu fahren. Er schaute die Schlange hinter Maiden mit gerunzelter Stirn an, als könnte er so die Leute daran hindern, sich wütend auf ihre Hupen zu stemmen. Er brüllte über den Lärm hinweg: »Wieder so 'ne beschissene Spontandemo gegen die neue Landebahn. Sie stehen vor beiden Terminals.«

»Scheiße, da muss ich hin!«

»Wahrscheinlich wäre es besser, Sie laufen, Sir«, sagte der Polizist. »Ab hier wird es nur noch schlimmer. Die Arschlöcher haben es geschafft, alles zu verstopfen. Können Sie jetzt bitte weiterfahren?«, setzte er erschöpft hinzu.

Maiden winkte ihm zu und fuhr davon. Es waren nur ein paar Meter, bevor er die hintere Stoßstange des Vorderwagens erreichte. »Großer Gott, warum heute?«, fragte er laut. Der Verkehrspolizist hatte recht – es wäre schneller, wenn

Maiden ausstieg und zu Fuß ging, aber es war immer noch weit bis zum Flughafen. Er ertrug den Stau also noch fünf Minuten, und seine Frustration erreichte neue Höhepunkte, als er ein Blaulicht im Rückspiegel bemerkte. In der Ferne bewegte sich ein Streifenwagen vorsichtig auf der falschen Straßenseite. Maiden traf eine Entscheidung, ließ den Motor aufjaulen und legte mit dem Ford eine enge Wende hin. Mit einem knirschenden Rumpeln parkte er am Straßenrand auf der gegenüberliegenden Seite, stieg aus dem Wagen und schloss die Türen ab, dann stellte er sich in die Mitte der Spur. Er ignorierte die neugierigen Blicke der Fahrer, die immer noch im Stau standen, und sah das Blaulicht näher kommen. Seine Marke hatte er schon in der Hand.

Drei Fahrzeuge, zwei davon Kleinlaster mit Männern, die Streikdienst hatten, näherten sich. Maiden hielt seine Marke hoch über den Kopf und trat vor den Polizeiwagen, der sie begleitete. Als der Fahrer anhielt, lief Maiden vor zu seinem Fenster. »Fahrt ihr zum Flughafen?«, fragte er drängend.

»Wer nicht?«, entgegnete der Fahrer und warf einen Blick auf Maidens Marke. »Wir sollen zum internationalen Terminal.«

»Irgendwo in der Nähe ist gut für mich. Wir haben einen Mord in einem der Parkhäuser. Könnt ihr mich mitnehmen?«

Der Fahrer schaute zweifelnd, sagte aber: »Klar, quetsch dich rein.«

Maiden stieg hinten ein, wo schon zwei kräftig gebaute Constables saßen. Für die drei Männer war es recht eng, aber zumindest gelangten sie so in einer erträglichen Geschwindigkeit Richtung Flughafen. Alle im Wagen begannen, Demo-Geschichte zu erzählen, und Maiden erklärte kurz den Mordfall, in dem er ermittelte, stellte aber auch klar, dass er nicht mehr darüber sagen konnte. In Flughafennähe durchquerte der Wagen langsam die Menge der Demonstranten, von denen die meisten Plakate schwenkten und riefen, sodass sie den Wagen hinter sich nicht kommen hörten. Der Fahrer drückte andauernd auf seine Hupe, aber das beeindruckte niemanden sonderlich, und die Demonstranten machten nur zögernd Platz. Oft beugte sich jemand herunter und schaute hinten hinein, in der Hoffnung, jemand Wichtiges oder Offizielles zu sehen, den sie piesacken konnten. Die Polizisten starrten zurück, und Maiden musste den Drang niederkämpfen, das Fenster runterzukurbeln und jedem, der reinschaute, in die Schnauze zu hauen.

Schließlich sagte der Fahrer: »Dreck«, und schaltete für ein paar Sekunden die Sirene an. Der Effekt, den das auf die Leute in der Nähe hatte, war spektakulär.

»Gleich treten die sich tot«, sagte einer der Constables neben Maiden grinsend.

»Blöde Idioten«, entgegnete der Fahrer über die Schulter hinweg. »Schlimmer als Schafe.«

Er setzte die Sirene noch mehrmals ein, und so kamen sie besser durch die Menschenmasse bis zum Terminal. Eine Reihe Polizisten sperrte das Gebäude ab und ließ nur Leute mit Flugtickets durch. Maiden bedankte sich beim Fahrer fürs Mitnehmen und drängte sich durch die Menge in die andere Richtung, zu den Parkhäusern. Bald schon hatte er das Terminal hinter sich gelassen und die Straße dorthin auch und konnte sich freier bewegen. Er fand das offene Langzeit-Parkdeck und stieg hinten auf einen Pick-up-Truck, um sich von dort oben umsehen zu können. Bald entdeckte er ein paar Streifenwagen und die farbigen Absperrbänder auf der anderen Seite des großen Blocks. Wenige Minuten später, außer Atem vom schnellen Marsch und genervt darüber, im Zickzack durch das Meer der geparkten Autos rennen zu müssen, duckte sich Maiden schließlich unter dem Absperrband durch und erreichte ein Grüppchen Polizisten, Spurensicherer und Fotografen. In der Mitte befand sich ein brauner Commodore-PKW mit offenem Kofferraum. Creane stand daneben und winkte, als er Maiden kommen sah.

»Da bist du ja. Nette Fahrt?«

»Sehr lustig«, grunzte Maiden. Er brauchte einen Augenblick, um sich auf seine Aufgaben hier zu konzentrieren, dann schaute er in den Kofferraum. »Was haben wir da?« Er starrte wütend hoch zu einem Passagierflugzeug, das einen Riesenlärm machte.

Creane hob die Stimme und rief: »Mr Howlett, vermuten wir – oder was von ihm übrig ist. So wie es aussieht, wurde er erwürgt. Und es fehlt natürlich ein Arm.«

Howletts Leiche war zusammengekrümmt wie ein Baby in den Kofferraum gequetscht worden, seine Füße zeigten zum Rücksitz, sein Kopf und seine Schultern nach hinten. Er lag auf der Seite, der nackte Stumpf seines fehlenden Arms war unter seinem Körper versteckt. Maiden hatte den eigenartigen Eindruck, dass die Leiche durch den Wagenboden griff.

»Habt ihr irgendwas angefasst? Irgendwas bewegt?«

»Natürlich nicht. Wir haben auf dich gewartet.« Der milde Spott in Creanes Stimme war offensichtlich.

Maiden schaute ihn an. »Darf ich kein Privatleben haben? Muss ich immer zu Hause bleiben, nur für den Fall, dass du versuchst, mich anzurufen?«

»Nein, natürlich nicht«, sagte Creane mit einem kleinen Lächeln. »Ich hätte nur nicht gedacht, dass du der soziale Typ bist, der bis vier Uhr morgens weg bleibt.«

»Woher willst du wissen, dass ich nicht zu Hause war? Vielleicht lag ich ja auch im Bett und wollte einfach nur mal nicht ans Telefon gehen.«

»Ah ja.« Creanes Lächeln verbreiterte sich.

»Ich halte es nicht für angemessen, dass du im Angesicht eines Mordfalls so blöde grinst, Detective Constable Creane.«

»Ich habe bloß Freude an meiner Arbeit, Sir. Also, wer war sie? Kenne ich sie?«

»Jetzt legst du's aber darauf an, oder?«

»Es war also tatsächlich eine Sie?«

»Ermitteln wir jetzt in einem Mordfall oder tauschen wir

Bettgeschichten aus? Lass stecken, okay? Haben alle ihre Arbeit getan? Fotos, die Spurensicherung?«

Creane wurde wieder ernst. »Alle sind fertig, soweit es geht, bevor wir etwas anrühren.«

»Gut, denn genau das will ich jetzt machen. Holen wir ihn raus und sehen wir ihn uns einmal genauer an.«

Creane wandte sich ab und rief: »Okay, Leute, wir wollen die Leiche aus dem Wagen holen!«

Jemand breitete eine Plastikplane auf den Asphalt. Vier Männer, darunter auch Maiden und Creane, versammelten sich um den Wagen und begannen, die Leiche aus dem engen Kofferraum zu ziehen. Sie war starr, und es bedurfte eines respektlosen Ausmaßes an Zerren und Drehen, bevor Howletts Überreste sich aus dem Auto auf den Boden verfrachten ließen, diesmal mit dem Armstumpf nach oben. Das sorgte nun wieder für flirrende Aktivität bei den paar Journalisten, denen es entweder gelungen war, den Stau zu überwinden und an den Tatort zu gelangen, oder die sich von der Flughafen-Demo losgerissen hatten. Blitzlichter flammten hinter dem Absperrband auf. Maiden beugte sich herunter, verdeckte den Journalisten mit Absicht die Perspektive und berührte mit einem Stift deutlich erkennbare Quetschungen am Hals der Leiche. »Der wurde erwürgt, wohl wahr.« Er steckte den Stift weg und streckte seine Hände aus. Er hielt sie gespreizt über die Leiche, um etwas zu demonstrieren. »Von einem Täter mit sehr großen, starken Händen.«

Creane fiel auf, dass Maidens eigene Hände auf diese Beschreibung passten, er sagte aber nichts. »Warum betonst du das?«, fragte er stattdessen.

»Weil die meisten Leute, die jemand erwürgen, keine Ahnung haben, was sie da treiben. Sie sind wütend oder irgendwie aufgeregt. Trotzdem ist es normal, dass sie ihre Kraft auf die weiche Luftröhre im Hals konzentrieren, und da sollte der Großteil der Quetschung zu sehen sein. Selbst ein ausgebildeter Soldat, der einigermaßen bei Verstand ist und methodisch auf diese Weise tötet, würde sich auf die Gegend um den Kehlkopf herum konzentrieren. Sie wissen, dass hinten am Hals rumzudrücken reine Kraft- und Zeitverschwendung ist. Aber sieh dir das einmal an«, sagte Maiden und nickte hinunter zu der Leiche. »Die Verfärbung um den Hals herum ist praktisch gleichmäßig. Als hätte sich etwas darum geschlungen und zugedrückt, einfach alles zerquetscht. Das bedarf einer abartig großen Kraft.«

»Vielleicht wurde ein Seil verwendet, oder ein Draht?«

»Dafür ist die Quetschung zu breit. Außerdem kann man fast schon die Finger ausmachen. Nein, der Mörder war ein großer, kräftiger Mann, der seine Hände benutzt hat.« Maiden starrte Creane an. »Erinnert dich das an jemand?«

»Sie haben absolut kein Motiv. Überhaupt keine Verbindung«, erinnerte ihn Creane leise. »Beide nicht.«

»Vielleicht sind die beiden einfach verdammt viel klüger, als wir ihnen zutrauen. Wenn eine Frau mit im Spiel ist, ist sie jedenfalls hübsch genug für diese Rolle. Sie lockt sie an, er bringt sie um.« Maiden sagte das leise, daher fragte Creane ebenso zurück: »Sie haben diese Idee sonst mit noch niemandem besprochen, oder?«

»Nein, aber bald ist Zeit dafür, denke ich. Ich will nur nicht, dass es in den Zeitungen steht.«

Andere Polizisten und die Spurensicherung umschwärmten die Leiche jetzt ebenfalls. Sie sammelten Beweisstücke und machten Fotos aus jeder nur denkbaren Perspektive. Jemand untersuchte den Kofferraumboden nach Hinweisen. Creane kauerte sich neben Maiden hin und starrte gedankenverloren die Leiche an, während Maiden die Taschen des Toten durchsuchte.

»Sag mal«, sagte Creane locker, »wenn du jemand den Arm absäbeln würdest, wo würdest du anfangen?«

Bevor er antworten konnte, reichte jemand Maiden Howletts Geldbörse, die im Kofferraum unter der Leiche gelegen hatte. Nachdem er sie durchgesehen hatte, zeigte er

Creane schweigend den Führerschein, dann warf er sie einem Constable zu, der die Beweisstücke eintütete. »Das ist gut genug, um ihn als Mr Gregory Howlett zu identifizieren«, sagte er und wandte sich dann wieder Creane zu. »Ich weiß nicht – vielleicht an der Schulter.«

»Ja, aber wo an der Schulter?«

»Woher zum Teufel soll ich das wissen?« Maiden betrachtete ratlos den Armstumpf. »Genau. Ich persönlich würde wahrscheinlich wie ein betrunkener Fleischer drauf rumhacken und eine Riesenschweinerei anrichten, bevor ich das verdammte Ding abkriege. Ich bin kein Arzt, aber das hier sieht doch einigermaßen ordentlich aus, findest du nicht?«

Maiden ließ sich Zeit mit der Antwort. »Du willst wieder darauf hinaus, dass jemand, der etwas von menschlicher Anatomie versteht, damit zu tun hat, zum Beispiel ein Arzt.«

»Es könnte immer noch einer von Longmans Medizinstudenten sein, bloß ist es kein Scherz mehr. Es muss auch nicht jemand mit einer vollen Arztausbildung sein. Ich habe ja selber ein Jahr Medizin studiert, bevor ich aufgehört habe.« Er deutete auf die Leiche. »So viel weiß ich auch … ungefähr.«

Maiden runzelte die Stirn und verbarg seine Überraschung. »Es könnte also eine Krankenschwester sein, zum Beispiel, ein Leichenbestatter oder ein Chiropraktiker – im Grunde jeder mit irgendeiner medizinischen Ausbildung. Vielleicht sogar ein Studienabbrecher wie du. Ach, es könnte sogar jemand sein, der Zeit hat, sich die Farbbilder des menschlichen Körpers in einem anständigen Lexikon anzusehen. Wir sind schon der Meinung, dass der Täter mindestens von durchschnittlicher Intelligenz sein muss, was unseren bewaffneten Raubüberfallkandidaten ausschließt. Aber wie viel Hirnschmalz braucht man, um sich zu überlegen, wie man einen menschlichen Arm abtrennt, wenn man weiß, was man vorhat, und sich vorbereitet?«

Creane machte eine hilflose Geste. »Okay, vergiss die Arzt-Theorie.«

»Nein«, sagte Maiden, erhob sich und klopfte Creane kurz auf den Rücken. »Das war schon gut. Aber behalt es für dich. Mir wäre es lieber, die Spurensicherung kommt selbst auf diese Idee. Ich möchte ihnen keine Vorgaben machen.«

Einer der Constables, die den Kofferraum durchsuchten, fluchte und sagte: »Scheiße, das ist eine Nachricht!«

Sofort schauten ihn alle an, als er sich vom Auto abwandte, er hielt ein Stück Papier vorsichtig an einer Ecke. Das Blatt war blutverschmiert, denn es hatte auf dem Boden des Kofferraums gelegen. Es flatterte im Wind.

Maiden blaffte: »Vorsicht! Verlier es nicht, um Gottes willen!« Der Constable löste das Problem, indem er Maiden das Blatt hinhielt, der es an einer anderen Ecke nahm und es umdrehte, sodass er es lesen konnte. Die Schrift war groß, aber ordentlich und mit einem dicken Marker vorgenommen. Maiden wollte es laut für alle vorlesen, die sich schnell versammelt hatten, dann wandte er sich aber um und deutete mit der freien Hand auf die Journalisten, die hinter dem Absperrband warteten.

»Auf keinen Fall!«, rief er ihren erwartungsvollen Gesichtern laut entgegen. »Wir haben im Moment vielleicht einen Nachahmer, der ein junges Mädchen als Geisel genommen hat. Was in dieser Botschaft steht, könnte uns helfen, die beiden Ermittlungen voneinander abzugrenzen. Wenn diese Botschaft an die Presse gerät, werde ich persönlich die Sau verhaften, die dafür verantwortlich ist.«

Die Journalisten schauten insgesamt enttäuscht. Dennoch senkte der Detective die Stimme, sodass ihn nur diejenigen hören konnten, die in unmittelbarer Nähe standen.

»Okay, hier steht: ›Sie hacken uns in Stücke wie Hunde, die um Futter kämpfen. Sie ruinieren unser Leben und lassen uns nichts. Jetzt sind sie dran. Die Gierigen und Grausamen. Vielleicht werden sie dann lernen, dass die Namen in ihren Büchern echte Menschen sind, die echte Leben leben.‹«

Es folgte eine Stille, bis Creane sagte: »Du machst doch

wohl Scherze. Howlett hat jemand in den Konkurs getrieben, also haben sie ihn umgebracht?«

»Nicht Howlett«, sagte Maiden leise. Er stand still, dachte intensiv nach, dann bedeutete er dem Constable mit den Tüten für die Beweisstücke, die Botschaft einzustecken. »Howletts Firma, würde ich sagen. Jemand rächt sich an den Auftraggebern, indem er Leute umbringt, die für sie arbeiten. Howlett war einfach nur die arme Sau, die sie sich geschnappt haben.«

»Aber ... was ist mit den anderen?«

»Den anderen?«

»Dem Finger und der Hand.«

Maiden schaute nachdenklich, aber sein Hirn arbeitete wie wild. »Da wird es dasselbe sein. Wir müssen jetzt nur noch jemand in den Firmenunterlagen finden, der mit allen dreien zu tun hatte, dann können wir unsere Suche einschränken.« Etwas in Maidens Tonfall ließ Creane aufhorchen, und er fragte: »Ist das nicht gut? Hilft uns das nicht?«

»Glaubst du? Hast du eine Ahnung, wie viele Leute eine Firma wie Howletts in den letzten, sagen wir, fünf Jahren vertreten hat? Wahrscheinlich Tausende. Und das sind nur die persönlichen Mandate. Vielleicht suchen wir auch nach jemand, der selbst eine Firma hatte, oder eine Unterfirma, und dessen Name gar nicht in den Büchern steht.« Er winkte dem Constable zu, der die Botschaft genau betrachtete. »Diese Nachricht ist ein Hinweis, aber ein sehr kleiner. Derjenige, der sie geschrieben hat, weiß ganz genau, dass er so seine Botschaft mit einem minimalen Risiko verbreiten kann.«

»Geben Sie sie an die Presse? Dafür ist sie doch geschrieben worden, nicht wahr?«

»Vielleicht muss ich, sonst könnte man mir vorwerfen, die Geschäftswelt nicht vor dieser möglichen Gefahr gewarnt zu haben«, sagte Maiden bitter. »Nein«, entschied er dann aber. »Wir behalten das für uns.«

Creane schüttelte erstaunt den Kopf. »Es ist also eine persönliche Vendetta gegen Firmen, die jemand um Kopf und Kragen gebracht haben. Das ist ja wirklich eine kranke Art, sich an denen zu rächen.« Er begann, an den Fingern abzuzählen. »Was haben wir bisher? Buchhaltung, jetzt mit Howlett, Dawes war bei einer Softwarefirma, und der Finger kam von – wo?«

»Er arbeitete für ein Inkassobüro.«

»Haha, das und die Buchhalter passen sicherlich in eine Gruppe, an der sich ein gescheiterter Geschäftsmann rächen wollen würde. Aber was ist mit der Softwarefirma?«

»Könnte einfach nur ein Gläubiger sein – und vergiss nicht, ich habe auch die Möglichkeit noch nicht ausgeschlossen, dass das ein anderer Fall ist. Peter Dawes engelsgleiche Freunde können sich bei diesem Typen etwas abgeguckt haben.« Maiden nickte in Howletts Richtung.

»Vielleicht sind sie auch hierfür verantwortlich? Dieser Riesenkerl scheint mir zu allem fähig.«

»Aber warum sollte er noch jemand umbringen? Immerhin hätte er ein Motiv, seinen Mitbewohner zu töten.«

»Sie haben vielleicht Spaß daran gefunden. So was kommt doch vor, nicht wahr?«

»Gott sei uns gnädig«, murmelte Maiden. »Wenn es so weitergeht, dann werden die Leute die verdammten Nachahmer noch nachahmen.« Er meinte es halb ernst.

Creane schwieg, während jemand eine Bahre heranfuhr, um Howletts Leiche abzutransportieren. Eine Plastikplane wurde über die Leiche gebreitet, um sie vor den neugierigen Blicken der Journalisten zu schützen. Er wartete, bis die Bahre unterwegs zu einem zivilen Kleinlaster war, dann fragte er: »Aber wenn das nicht der Fall ist und wir es mit einem Mörder zu tun haben, dann ist die Frage doch wohl, wie weit will er es treiben?«

»Wie viele Leute braucht es, um ein Geschäft zu ruinieren? Der Mörder hatte vielleicht hundert Gläubiger am Ende, und er ist sauer auf sie alle. Und da ist noch nicht mal das Gerichtssystem eingeschlossen, oder alle, die ihm eine Vorladung zugestellt haben, einen bösen Brief schrieben oder in irgendeiner Weise mit seiner Firma zu tun hatten. Scheiße. Vielleicht schiebt er die Verantwortung sogar dem Staat zu, der Regierung und allen anderen, und bringt demnächst einen Politiker um. Wenn man mal darüber nachdenkt, dann haben wir hier das Potenzial für einen ganz grausigen Serienmörder, Martin.«

Creanes freche Lässigkeit war verschwunden. »Ja, und was machen wir jetzt?«

Maiden hob ratlos die Hände, sagte aber: »Wir überlegen uns, was *er* als Nächstes tut. Und in der Zwischenzeit lassen wir alle Unterlagen dieser Firmen genauer durchsehen – mit wem sie zu tun hatten, insbesondere Leute, die Schulden hatten. Ich wette, das wird eine riesenlange Liste, und Gott weiß, wann wir die Chance bekommen, sie uns anzusehen. Aber trotzdem können wir die Möglichkeit eines Treffers nicht außer Acht lassen. Ich frage mich, ob wir dafür Hilfe bekommen könnten«, sagte er, schaute aber zweifelnd. Dann wurde sein Ausdruck grimmiger. »Und ich denke, wir sollten Mr Fischer noch einmal besuchen.«

Maiden klopfte laut an die Tür des Hauses. Als innerhalb von ein paar Sekunden niemand öffnete, tat er es noch einmal, fester. »Tom Fischer?«, rief er laut. »Hier sind Detective Senior Sergeant John Maiden und Detective Constable Martin Creane. Wir wollen mit Ihnen reden, jetzt.«

Niemand antwortete, aber Maiden warf Creane einen wissenden Blick zu, als sie drinnen ein Geräusch hörten. Es folgte das Klacken eines Schließbolzens, dann öffnete sich die Tür. Jennifer Musgrave schaute durch den Spalt.

»Was zum Teufel wollen Sie?«, fragte sie mit schläfriger Stimme. »Tom ist nicht hier – er ist bei der Arbeit.«

»Dann reden wir mit Ihnen«, sagte Maiden unfreundlich. »Lassen Sie uns rein?« Seinem Ton nach zu urteilen, blieb ihr keine Wahl. Jennifer trat zögernd zur Seite und öffnete die Tür.

»Hereinspaziert«, sagte sie sarkastisch.

Im Inneren der Wohnung war es dämmrig, und die Luft roch nach kaltem Rauch. Jennifer ging vor ihnen her zur Küchenspüle. Sie trug nur einen sehr kurzen Bademantel. Creane schaute ihre Beine an und warf dann Maiden einen Blick zu. Der wirkte ausdruckslos.

»Lange Nacht, Jennifer?«, fragte Maiden. Mit langsamen Bewegungen füllte sie Wasser in einen Kessel. »War Tom bei Ihnen? Wir möchten gern wissen, was Sie beide letzte Nacht getrieben haben.«

»Warum zum Teufel?«

»Weil wir es wissen wollen.«

»Ich kann diesen Scheiß gar nicht glauben«, sagte sie zu ihnen und schnitt eine Grimasse. »Toms bester Freund ist verschwunden, und ihr glaubt, er wäre ermordet worden. Und dann kommt ihr her und nervt uns.«

»Toms bester Freund?« Maiden klang überrascht. »Ich hatte den Eindruck, sie waren ganz froh, ihn los zu sein.«

»Sie wissen schon, wie wir das gemeint haben«, sagte sie. »Scheiße, wir wollten doch nicht, dass er stirbt.«

»Wir haben nicht gesagt, dass er tot ist.«

Jennifer schaute ihn abschätzig an. »Lassen Sie diese Spiele. Ich weiß nicht, ob er tot ist oder nicht, oder was sonst mit ihm los ist.« Sie nahm eine Tasse aus dem Schrank, wischte sie mit dem Saum ihres Bademantels aus, verschaffte den beiden Männern dabei einen Blick auf ihren weißen Oberschenkel und stellte die Tasse auf den Tisch. Dann suchte sie nach Kaffee.

»Also, waren Sie letzte Nacht hier?«, fragte Maiden wieder.

»Aus. Tanzen.«

»Beide?«

»Was glauben Sie?«

»Wo waren Sie?«

»Wie zum Teufel soll ich mich daran erinnern?« Jennifer warf die Hände in die Luft, dann stand sie still, unwillig dachte sie darüber nach. Dann ratterte sie die Namen einiger Clubs herunter.

»Hat jemand Sie dort gesehen? Leute, die für Sie aussagen?«

»Wer? Leute denen Sie glauben? Das bezweifle ich. Worum geht es überhaupt? Haben Sie Peter gefunden?«

Maiden schaute amüsiert. »Ich habe mich schon gefragt, wann Sie das fragen. Sie sind nicht unbedingt wild auf ihn, oder?«

»Das ist meine Sache«, sagte sie schmollend und konzentrierte sich darauf, Kaffee in ihre Tasse zu löffeln.

Creane überraschte Maiden damit, dass er, vor dem Buchregal kauernd fragte: »Wer von Ihnen studiert Medizin? Sie?«

Mehrere dicke Bände standen auf einem Regal. Sie warf einen Blick darauf und sagte: »Die gehören meiner Schwester. Ich bewahre sie nur auf.« Jennifer vollführte eine wegwerfende Handbewegung. »Sie ist ein Jahr im Ausland.«

Creane nahm ein Magazin von einem Stapel. »Ich nehme an, das ist eher Ihre Lektüre?« Es war ein Softporno-Heft in schlechter Qualität. Jennifer starrte ihn an, ohne zu antworten, mit einem eigenartigen Ausdruck auf dem Gesicht. Creane hatte einen Geistesblitz und blätterte in dem Heft. Er fand Bilder von ihr kurz vor der Mitte und erkannte die Möbel im Hintergrund. Er zeigte es Maiden und fragte sie: »So ein Fotoladen ist das also, in dem Tom arbeitet?«

»Es ist ein richtiger Job«, sagte sie abwehrend. »Er darf die Ausrüstung nur nach der Arbeit für seine eigenen Zwecke nutzen. Nichts Illegales ist passiert.«

»Wann kommt er nach Hause?«, fragte Maiden sie. Creane blätterte ein weiteres Heft durch.

»Er kommt spät. Ich weiß nicht genau, wann«, sagte sie schulterzuckend.

»Richtig spät, nachdem Sie ihn angerufen haben, dass wir zurück sind, oder?«

»Scheiße, was erwarten Sie?«

»John«, sagte Creane leise. Ohne es sie sehen zu lassen, zeigte er Maiden eine weitere Fotoserie. Diesmal führte Jennifer einen Striptease auf. Sie begann in einer Krankenschwesternuniform und war am Ende vollkommen nackt.

»Hey«, sagte sie laut. »Wenn ihr das gut findet, kauft euch eure eigenen Hefte. So läuft das nämlich, wisst ihr. Wir versuchen alle, von irgendwas zu leben.«

Maiden tippte mit der Hand auf die Seite. »Was hat Peter Dawes davon gehalten?«

Jennifer lachte grausam. »Er ist ausgerastet. Er dachte, wir würden alle verhaftet werden oder so. Andererseits hat er mich so nackt gesehen, und damit ging der Ärger los.«

»Was für Ärger?«

»Ich hab doch schon gesagt – macht keine große Sache daraus.« Maiden nahm das Magazin und ging zurück zum Buchregal, wo er es auf den Stapel warf. Creane kam auf ihn zu, außer Hörweite des Mädchens, und sie flüsterten miteinander.

»Was denkst du?«, fragte er Maiden.

»Sie hat uns am Arsch, Martin. Sie kann behaupten, dass sie letzte Nacht irgendwo in der Stadt waren, und wir können ihr nicht das Gegenteil beweisen. Ihr Freund wird zu hören bekommen, dass er dasselbe sagen soll, ganz egal, was sie wirklich getrieben haben. Wir verschwenden unsere Zeit.«

Creane runzelte überrascht die Stirn. »Was hast du erwartet?«

»Weniger, als wir bekommen haben. Ich frage mich, wie gern sie Krankenschwester spielt. Hier stimmt etwas nicht, Martin. Ich kann es riechen.«

»Und was machen wir jetzt?«

Maiden schaute grimmig. »Nichts. Sie hat uns trotzdem am Arsch. Hauen wir ab.«

19

Die Ermittlungen wurden ausgeweitet, mehr Männer, mehr Stunden, mehr Ressourcen. Maiden konnte das meiste delegieren, sodass er selbst am »spitzen« Ende bleiben und dem Mörder auf der Spur sein konnte.

Howletts Wagen und die Leiche darin waren bisher die besten Möglichkeiten für Maiden, sich seiner Beute zu nähern. Aber in Wirklichkeit war es genauso, wie er es Martin Creane erläutert hatte. Die Leiche zusammen mit der Botschaft zurückzulassen, damit die Polizei sie irgendwann fände, war von Seiten des Mörders Absicht gewesen, und Maiden musste bald schon feststellen, dass er trotz allem jetzt nicht mehr wusste, als der Mörder ihn wissen lassen wollte. Der Tag des Fundes war voller ermüdender Vorgänge, die man nicht auslassen konnte, obwohl Maiden schon wusste, dass dabei nichts herauskommen würde. Die Fingerabdrücke von Howletts Wagen und allen in der direkten Nachbarschaft zu nehmen, sorgte nur für einen Berg an Proben, von denen die meisten am Ende unidentifizierbar waren, unbekannt oder den unschuldigen Besitzern eines Autos zugehörig. Die Besitzer ausfindig zu machen, war für sich schon ein schwieriger Vorgang. Man begann bei der Kfz-Meldestelle, dann überprüfte man Reisepläne und erledigte frustrierende Anrufe bei Reisebüros, Hotelanlagen und Veranstaltungszentren im ganzen Land, um einen Fingerabdruck zu erbitten – worauf die meisten Leute keinen Wert legten – und zu fragen, ob sie zufällig den Fahrer eines braunen Holden Commodore gesehen hatten.

Am Ende des Tages war Maiden körperlich wie geistig erschöpft. Er zwang sich, noch einen Anruf zu erledigen, und es gelang ihm gerade noch, sich anständig zu benehmen. Dann wählte er Janet Browns Büronummer. Sie meldete sich nach dem ersten Klingeln.

»Hi«, sagte Maiden leise, sodass die anderen Detectives an den Nebentischen nicht mithören konnten. »Ich wollte nur anrufen und mich für letzte Nacht bedanken, und hören, ob es gut geht.«

»Alles bestens«, entgegnete sie. »Und es gibt keinen Grund, sich zu bedanken.«

»Vielleicht sollten wir uns beieinander bedanken.«

»So in der Art.«

Bevor er sich bremsen konnte, fragte Maiden: »Was machst du heute Abend? Ich hatte einen Misttag und hätte nichts gegen ein paar Drinks und ein bisschen Gesellschaft.«

In Browns Antwort lag ein kleiner Hauch Kühle. »Sich zwei Abende nacheinander zu treffen, passt nicht wirklich zu dem, was wir uns letzte Nacht vorgenommen haben. Und ich bin ehrlich müde. Ich muss früh ins Bett und gut schlafen.«

Maiden kam sich dumm vor und ärgerte sich über sich selbst. »Du hast recht«, sagte er. »Wie gesagt, ich hatte einen Misttag. Ich hätte nicht anrufen sollen.«

Die Pause am anderen Ende ließ ihn eine weitere barsche Abwehr erwarten, aber Brown hob seine Laune, indem sie sanft sagte: »Hey, versteh mich nicht falsch. Gestern Nacht hat mir wirklich gefallen, und ich würde das gern bald wiederholen. Aber nicht heute. Ich wäre heute einfach keine nette Gesellschaft.« Eine weitere Pause folgte, dann setzte sie hinzu: »Ruf mich morgen an, wenn du die Gelegenheit hast. Vielleicht können wir am Wochenende etwas unternehmen.«

»Das klingt gut«, sagte er. »Ich muss jetzt los.« Maiden verabschiedete sich und legte sofort auf, als wollte er sicher gehen, dass Brown keine Gelegenheit hatte, ihre Aufforderung zurückzunehmen, sie am nächsten Tag anzurufen. Er starrte das Telefon an. »Ich bin ja schlimmer als ein verdammter Teenager«, sagte er zu sich.

20

Julie MacQuarrie und Susan Easton genossen ihre gemeinsamen Mittwochabende.

Erstens waren es Überstunden, die ihr Arbeitgeber gern bezahlte.

Besser noch: Wenn die acht Partner der Kanzlei ihr wöchentliches Meeting beendet und sich in ein japanisches Restaurant in zehn Minuten Entfernung verzogen hatten, durften die zwei jungen Frauen sich eine Flasche Wein teilen, während sie die letzten geschäftlichen Angelegenheiten der Woche erledigten, die Mitschrift des Meetings abtippten und sich auf die neue Woche vorbereiteten. Bei Lawson und Bates ging die Woche von Donnerstag bis Mittwoch.

Dieser ansonsten eher öde Teil der Arbeit wurde viel erträglicher durch die entspannte Atmosphäre um diese Zeit.

Mehrere Jahre lang war nur Julie geblieben, aber letzten Monat hatte man Susan gebeten, das ebenfalls zu tun, denn aufgrund der steigenden Auftragslage brauchte man am Mittwochabend mehr als eine Mitarbeiterin. Normalerweise hatten sie beide eigene Büros und waren als Assistentinnen für jeweils vier Partner tätig, aber an diesen Abenden setzte sich Julie an den Schreibtisch eines der Partner, sodass sie durch die Tür hindurch mit Susan tratschen konnte.

Es war nach neun Uhr abends, und die Partner waren vor fünfzehn Minuten zum Essen gegangen.

»Wie viel hast du noch?«, rief Susan, während sie ihr Weinglas auffüllte.

Aus dem Büro nebenan entgegnete Julie: »Ich bin fast am Ende mit den Bändern, das war's. Und du?«

»Ich hab noch ewig mit dem Horden-Vertrag. Aber wenn

du nach Hause willst, bleib nicht meinetwegen. Es ist schon spät.«

»Ich habe noch ein bisschen was zu tun. Ich habe die Abgelaufenen noch nicht geschreddert.«

Die Anwaltskanzlei belegte den gesamten zwölften Stock, und Büroraum war teuer. Deswegen achteten die Partner sehr darauf, dass tote Akten, die aus rechtlichen Gründen nicht mehr aufbewahrt werden mussten, allwöchentlich herausgesucht und geschreddert wurden, und die großen Plastiksäcke mit dem Papiermüll landeten dann in der Recyclingtonne hinter dem Gebäude.

Julie tippte zu Ende, überprüfte ihr Werk und druckte es dann aus. Sie schenkte sich Wein nach, als sie an Susans Schreibtisch vorbeiging, dann weiter zum Laserdrucker, wo sie wartete, bis sie sah, dass er die Arbeit aufgenommen hatte. Als Nächstes ging sie ins Lager, wo der Aktenvernichter stand. Es war ein lautes Gerät, und dieser Raum befand sich am weitesten weg von den Büros der Partner. Auf einem Tisch lag ein Stapel Mappen. Julie startete den Aktenvernichter und begann, die alten Akten hineinzustopfen, wobei sie darauf achtete, dass ihre Finger nicht zwischen die rotierenden Klingen gerieten. Der Gedanke allein ließ sie jedes Mal erschauern, wenn sie die Maschine in Gang setzte. Der Plastiksack unter dem Gerät begann sich zu füllen, und Julie musste ein paar Mal dagegenstoßen, um noch Platz genug für die Akten des Abends zu schaffen. Als alle geschreddert waren, nahm sie den Sack mit raus, verschloss ihn mit einer Plastikklammer und ging dann zur Hintertür, wo sich der Service-Fahrstuhl befand, der sie zum Hinterausgang des Gebäudes brachte.

Sie blieb stehen, bevor sie hinausging, und rief durch den Flur: »Kann ich den Safe schon zumachen?«

Nach einer kurzen Stille rief Susan zurück: »Ja. Ich habe nichts mehr, was dort hineinmuss.«

Der Safe war ein eigener Raum mit einer dicken Stahltür

und Zahlenschloss. Er befand sich in Richtung des Lagers, und Julie entschied sich, ihn doch erst bei ihrer Rückkehr zu schließen. Sie öffnete die Tür und ging durch einen schmalen Flur zum Service-Fahrstuhl.

Dieser Teil des Gebäudes war ein Wirrwarr aus spartanischen Durchgängen, die niemals der Öffentlichkeit zu Gesicht kommen sollten und die vor allem das Reinigungspersonal benutzte, damit es auch tagsüber, ohne zu stören, seine Arbeit verrichten konnte. Als Julie in den Fahrstuhl trat, begrüßte er sie mit dem bekannten Geruch nach Reinigungs- und Desinfektionsmitteln. Den großen, aber leichten Sack mit geschreddertem Papier zu tragen, war kein Problem. Sie drückte den Knopf zum Erdgeschoss.

Aus dem Service-Fahrstuhl nach draußen waren es nur ein paar Schritte durch eine Feuertür, danach durch eine Doppeltür mit Notöffnung. Julie ging rückwärts in Richtung der Tür und stieß die Notöffnung mit dem Rumpf auf, mit einem Klappern öffneten sich die Türen. Der Papier-Recycling-Container stand direkt draußen.

Es war einer jener Behälter, die, wenn sie voll sind, hinten auf einen Laster geladen und durch einen leeren ersetzt werden. Das Ding wurde eingeklinkt in eine hydraulische Presse, die mit einem grünen Knopf gestartet wurde. Julie musste nur ihre Plastiktüte ins Maul des Kompressors werfen und, wenn sie wollte, den Knopf für die Presse drücken. Alles kehrte anschließend automatisch in die Anfangsposition zurück. Normalerweise konnte man sehen, ob das Maul des Kompressors voll genug mit Kartons und Papier war, dass es sich lohnte, die Presse anzuwerfen. Julie, die Angst vor einem derart riesigen mechanischen Gerät hatte, drückte den Knopf nie.

Normalerweise wäre sie weniger als dreißig Sekunden außerhalb des Gebäudes gewesen. Diese Aufgabe des Nachts zu erledigen, machte ihr keine Angst, obwohl es um den Container herum dunkel und verschattet war. Sie kannte sich aus, und die Rückseite des Gebäudes war auch kein Ort, an dem sich irgendwelche Leute herumtrieben. Schlimmstenfalls würde sich hier ein obdachloser Säufer einen Platz für die Nacht suchen, aber es gab wenig Schutz, und in den sieben Jahren, die Julie jetzt für die Kanzlei arbeitete, war sie hier niemals jemandem begegnet, außer Angestellten der anderen Firmen, die den Container ebenfalls nutzten.

Sie ging also zuversichtlich zum Kompressor und warf den Plastiksack hinein, vergnügt ließ sie ihn einen hohen Bogen beschreiben. Der Wein tat seine Wirkung. Sie schaute die schmale Gasse entlang und bewunderte wie jedes Mal, dass ein Lastwagenfahrer es schaffen konnte, durch diese enge Gasse zurückzusetzen und den Container einzusammeln. Sie hatte es einmal gesehen: Der Laster schnaufte und die Bremsen quietschten, als er eine enge Kurve vollführte, es war, als würde man ein riesiges Tier bezwingen. Julie wandte sich vom Kompressor ab und schaute in Richtung der heimeligen Lichter des Lieferanteneingangs.

Da trat jemand vor sie, ihr direkt in den Weg. Die Silhouette war schlank. Julie, deren Herz plötzlich in ihrem Hals schlug, dachte, es wäre ein Straßenjunge.

»Entschuldigung, was willst du denn hier?«, fragte sie mit zitternder Stimme, die autoritär klingen sollte. »Dies ist ein Privatgrundstück.«

Die Bewegung vollzog sich vor ihren Augen zu schnell, als das Julie auch nur schreien konnte. Eine große Hand legte sich über ihren Mund. Eine Handfläche drückte seitlich gegen ihren Kopf, und sie wurde brutal zur Seite gestoßen. Ihre Schläfe traf heftig auf den Stahl des Recyclingcontainers, und in Julies Kopf erstrahlte ein Feuerwerk. Beim zweiten Mal wurde sie bewusstlos. Beim dritten Mal starb Julie MacQuarrie.

Medizinisch gesehen war sie noch nicht tot, als man sie auf den kalten Beton legte, aber Julie war nicht mehr zu retten. Ein Messer wurde hervorgezogen und durchschnitt das

Bündchen von Julies Designerkostümrock. Eine weitere Wendung der scharfen Klinge, und ihr Höschen war entfernt, zusammen mit ihrer Strumpfhose, das Nylon riss leicht. Man schob ihre Bluse und das Jackett nach oben aus dem Weg.

»Halt sie fest«, sagte die Frau leise. Diesmal übernahm sie die Arbeit mit dem Messer.

Das abgetrennte Bein wurde in eine grüne Mülltüte verfrachtet.

»Wir können sie hier in den Recyclingcontainer entsorgen.«

Julies Leiche landete mit einem leisen Rascheln auf dem Papier. Sie wog jetzt noch weniger, mit nur einem Bein.

Susan tippte wie wild, und es war ihr egal, ob sie Fehler machte, denn die Software würde sie schneller korrigieren, als sie das selbst konnte. Sie fühlte sich schuldig, denn sie wusste, dass Julie sie nicht allein lassen würde und dass sie sie daran hinderte, nach Hause zu gehen. Sie horchte mit einem Ohr darauf, wann Julie von unten zurückkäme, wollte sich entschuldigen und sagen, dass sie nicht mehr lange brauchte. Sie war so eingenommen davon, ihre Arbeit erledigen zu wollen, dass sie eher dankbar als besorgt war, dass Julie länger als sonst für ihren Ausflug zum Recyclingcontainer brauchte. Jede Sekunde, die verging, bevor ihre Freundin zurückkehrte, sorgte dafür, dass sie den Vertrag eher fertig bekäme und sie beide nach Hause gehen konnten.

Durch den Flur hallte das Geräusch der sich öffnenden Hintertür.

»Ich bin fast fertig, Julie«, rief sie fast verzweifelt und ließ ihre Finger noch schneller fliegen. »Wenn du den Safe noch nicht zugemacht hast, mir ist eingefallen, dass ich noch etwas hineinlegen könnte, aber es macht auch nichts, wenn doch.«

Keine Antwort. Aber Susan machte sich keine Sorgen. Julie war wahrscheinlich zurück ins Lager gegangen, und dann hätte sie nicht gehört, was sie gerufen hatte. Wie als Bestätigung hörte sie das hohle Klappen der zufallenden Safetür.

Den Vertrag würde sie in ein paar Minuten fertig haben, noch schneller konnte sie ihn ausdrucken. Und vier Überstunden waren bei ihrem Stundenlohn auch nicht zu verachten.

Susan nahm an, dass Julie sich nicht beschweren würde.

Zehn Minuten, nachdem Susan Julie von unten hatte zurückkehren hören, rumpelte der Laster, der die Recyclingcontainer abholte, lautstark durch die Gasse. Der Fahrer war viel zu beschäftigt damit, sein Gefährt den schmalen Weg entlangzusteuern, um den roten Blutsee vor dem Container zu bemerken. Er war ein alter Hase in seinem Job und hatte den Container schnell aufgeladen. Eine Viertelstunde später erreichte er die Mülltrennanlage.

Harold Betterman hasste den Großteil aller Menschen. Über die Jahre hatte dieser Hass tiefe Wurzeln geschlagen. Er hasste sie alle, weil sie ihm die Arbeit so erschwerten.

Er war dafür verantwortlich, den Schacht zu überwachen, in den die Trucks wiederverwertbares Material kippten. Sie ließen das Zeug einfach in Harolds Reich rauschen – eine zehn Meter lange, bewegte Aluminiumfläche, auf der sich der Müll verteilte, sodass er alles, was nicht hergehörte, aussortieren konnte, bevor die Stoffe weiter verarbeitet wurden.

Blöderweise war es nicht nur dann und wann eine Getränkedose oder Flasche. Die Leute schmissen im Grunde eigentlich alles in die Papiercontainer, weil sie sich nicht die Mühe machen wollten, den richtigen Container zu suchen. Harold verbrachte seine ganze Schicht damit, verzweifelt allen möglichen Müll rauszufischen. Die Leute waren faule Säcke, so sah er das. Papier war Papier, Pappe war Pappe – so einfach war das. Man würde doch denken, die Leute könnten das begreifen. Aber er fischte Essensreste, Bierdosen, Flaschen und allen möglichen anderen Dreck aus den zehn Metern, für die er verantwortlich war. Einmal hatte er sogar ein paar kleine Kätzchen gerettet. Da war er in die Zeitung gekommen. Harold bezweifelte, dass es irgendwelchen Müll gab, den er nicht schon irgendwann einmal aus einem der Papiercontainer aussortiert hatte. Oft sagte er sich, dass er wohl schon jeden menschlichen Müll gesehen hatte. Die Leute waren einfach zu faul und dachten überhaupt nicht an Arbeiter wie ihn.

Aber auf Julie MacQuarries Leiche, die hinten aus dem neuesten Laster kullerte, war er doch nicht vorbereitet.

21

Maiden versuchte, Bercouttes Nachtschicht-Vertreter, einen Mann namens Atkinson, dazu zu bewegen, im Grunde alle Vorschriften zu ignorieren. Statt die üblichen Spurensicherer an den Tatort zu schicken und die Gasse voll mit uniformierten Polizisten, Fachleuten und Detectives zu stopfen, wollte Maiden sie alle raushalten. Er wollte von Atkinson nur Männer für eine Beobachtung des Blocks, in dem sich die Anwaltskanzlei befand. Aber Atkinson hatte keine Lust, seine eigene Karriere zu riskieren, nur weil die Tagschicht mit ihrem Kram nicht fertig wurde – Mord hin oder her.

Maiden wurde an Creanes Handy immer ärgerlicher, während er einhändig durch die Innenstadt jagte. »Hören Sie«, sagte er zu Atkinson, während er gleichzeitig Creane auf dem Beifahrersitz anschaute und frustriert den Kopf schüttelte. »Das Opfer ist bereits identifiziert. Ihre Kollegin hat sie bei der Polizei als vermisst gemeldet, und zeitgleich rief uns die Recyclingfirma an, um zu sagen, dass sie eine Leiche in einem ihrer Container gefunden hätten. Es ist reines Glück, dass sie das verdammte Ding nur ein paar Minuten, nachdem sie da reingestopft wurde, entleert haben müssen. Aber es gibt keinen Fund des amputierten Beins. Noch nicht. Wir haben das Mädchen ohne großes Theater aus dem Büro geholt, und vielleicht sind wir damit davongekommen. Es besteht eine verdammt gute Chance, dass der Killer das Ding noch irgendwo im Gebäude hinterlassen will. Ich will das alles nur bis zum Morgen überwachen, und dafür brauche ich Leute.« Schweigend hörte er einen Augenblick zu. »Ich weiß, dass die Chance gering ist. Möglicherweise ist der Mörder schon meilenweit weg, und das Bein liegt im Hafen, aber man weiß ja nie. Vielleicht riskiert er es auch, und wir erwischen ihn.« Maiden schwieg wieder. Creane konnte Atkinson aus dem Hörer quäken hören. Maiden seufzte und sagte mit deutlichem Sarkasmus: »Danke, Sir. Ich weiß das zu schätzen. Ja, ich übernehme die volle Verantwortung.«

Er reichte Creane das Handy und sagte: »Wie schaltet man das Ding aus?«

Creane tat es für ihn und legte es weg. »Siehst du?«, sagte er. »Praktische kleine Dinger. Du solltest dir auch eins anschaffen. Komisch, dass du immer noch ohne so was auskommst, ich wüsste gar nicht mehr, wie das Leben ohne dieses Gerät funktionieren sollte.«

»Es ist bloß ein verdammtes Spielzeug«, grunzte Maiden.

»Aber ein praktisches Spielzeug. Was hat Atkinson gesagt?«

»Er gibt uns ein paar Leute, ist aber nicht glücklich darüber. Er sagt, er hatte eine Drogenrazzia für fünf Uhr früh geplant, die würde ihn zum Helden machen. Eine Drogenrazzia, um Gottes willen! Die kann er von mir jede Nacht kriegen, wenn es das ist, was er will. Manchmal frage ich mich, ob wir alle auf derselben Seite stehen«, endete Maiden mürrisch.

»Glaubst du wirklich, der Täter wird noch versuchen, das amputierte Bein ins Gebäude zu bringen? Warum hat er das nicht schon getan?«

»Das weiß ich nicht – aber es ist tatsächlich nicht da. Das ist das Entscheidende. Heute Nacht hatten wir bisher einfach Glück.«

»Ich hoffe, es klappt«, sagte Creane leise und fragte sich, ob Julie MacQuarrie Maiden in der Glücksfrage zustimmen würde. »Das ist so gegen alle Regeln, wie ich es noch nie gehört habe. Wenn die Presse davon Wind bekommt, sind wir alle unseren Job los. Wir sollten schon lange mit der Spurensicherung da drinnen sein. Es ist ein Tatort, hast du das vergessen? Zumindest sollte man die kleine Gasse absperren.«

Er schüttelte den Kopf und wiederholte: »Wir werden alle beide morgen früh gefeuert. Das wird Longmans glücklichster Tag.«

»Jetzt hör mal, wenn die Leiche des Mädchens noch da drin wäre, dann wäre es unmöglich, da hast du recht. Aber die liegt zehn Kilometer weit weg in einer Wiederaufbereitungsanlage. Also können die Vorschriften auch mal ein paar Stunden Pause machen.«

Fünf Minuten später stoppte Maiden den Wagen einen halben Block vor dem Gebäude, in dem sich die Kanzlei befand. In der Nähe warb eine grässliche Neonreklame für irgendwelche Büromöbel. Maiden erklärte: »Atkinson hat gesagt, seine Leute würden sich hier mit uns treffen. Ich hoffe, die brauchen nicht lange. Jede Minute zählt.«

Creane starrte durch die Windschutzscheibe auf das Gebäude in der Ferne. »Soll ich schon mal rübergehen?«

»Ja, das ist gut. Check die kleine Gasse, und sei verdammt vorsichtig, bis ich komme. Ich werde alle anderen um das Gebäude herum verteilen, sodass sich niemand durchschlängeln kann, und dann komme ich zu dir. Irgendjemand holt angeblich einen der Partner. Wir gehen hinten rein, wo du stehst, also erschieß uns nicht.«

Creane nickte und stieg aus dem Wagen.

Maiden blieb, wo er war, und schaute zu, wie Autos vorbeifuhren, deren Scheinwerfer ihn anstarrten. Es war eine viel befahrene Stadtstraße, und es war kurz nach halb elf – es würde noch ein paar Stunden dauern, bevor der Verkehr deutlich abnahm. Aber alle Gebäude in der Umgebung waren entweder Geschäftshäuser oder Läden, die Bürobedarf verkauften, es gab keine Bars oder Restaurants, also liefen um diese Zeit auch praktisch keine Fußgänger herum. Im Moment konnte Maiden überhaupt niemand umherlaufen sehen, außer Creane, der in der Ferne verschwand.

Maiden begann darüber nachzudenken, was er sich nun erhoffte. Ein menschliches Bein war ein ganz schön großes

Päckchen. *Hoffe ich wirklich, dass jemand mit einem langen, eigenartig aussehenden Ding auf der Schulter den Bürgersteig entlangspaziert?* Es wäre auch schwer, aber dann erinnerte sich Maiden an die Quetschungen an Greg Howletts Hals und dachte, das Gewicht des Beins würde kein Problem darstellen. Der Mörder war kräftig. Warum das Bein nicht schon irgendwo hinterlassen worden war, war das wirkliche Rätsel. Immerhin war das die Hauptsache an dem Mord. Oder war der Mörder gestört worden? Der Service-Fahrstuhl wäre die offensichtlichste Möglichkeit gewesen. Leicht zu erreichen und im Einklang mit dem bisherigen Vorgehen des Mörders. Aber als zwei Constables und ein Detective in Zivil Susan Easton abgeholt und weggebracht hatten, hatten sie sowohl im Service-Fahrstuhl als auch in den übrigen Fahrstühlen nachgesehen und nichts gefunden. Das passte nicht.

Die Alternativen waren eindeutig und konnten bedeuten, dass Maiden sowohl die Zeit aller Beteiligten verschwendete, als auch am Morgen Longmans Zorn riskierte. Entweder war der Killer in die Flucht geschlagen worden, und das Bein würde nirgendwo hinterlassen werden, oder das Zielgebäude war nicht die Anwaltskanzlei. Dann hätte Maiden die unmögliche Wahl aus Hunderten von Büros in der Innenstadt. Er konnte genauso gut nach Hause gehen und darauf warten, wer am Morgen ein unschönes Präsent vorgefunden hatte.

»Nein, verdammt noch mal, das hier muss einfach besser sein, als ins Bett zu gehen«, sagte er sich.

Alle weiteren Zweifel wurden unterbunden durch drei Paar strahlende Scheinwerfer, die eines nach dem anderen hinter ihm hielten. Maiden stieg aus dem Wagen und ging zum ersten Fahrzeug. Zwei irgendwoher bekannte Gesichter schauten ihn von den Vordersitzen an. Drei weitere Männer saßen hinten. Die Türen an allen Fahrzeugen öffneten sich, und mehrere Detectives, alle für die Kälte gekleidet, versammelten sich auf dem Bürgersteig. Sie trampelten mit den Füßen und bliesen sich in die eisigen Hände. Fast alle zündeten

Zigaretten an. Maiden zählte kurz durch und bat sie dann, näher zu kommen. Er erklärte, was vorgefallen war und was er von ihnen wollte. Die meisten der Detectives hatten Derartiges schon oft erlebt. Die Männer wussten, dass sie viele Stunden in der kalten Dunkelheit stehen würden. Sie akzeptierten ihren Auftrag mit stiller Resignation.

Kleine Funkgeräte wurden ausgeteilt, eines für jedes Beobachterpaar und eines für Maiden selbst. Nachdem er allen erklärt hatte, wohin sie gehen sollten, und noch einmal betont hatte, wie gefährlich der Mörder war, schickte Maiden sie los. Die Detectives verteilten sich vom Bürgersteig aus in verschiedene Richtungen und ließen einen nervösen Mann mit Brille allein zurück.

Maiden sagte: »Mr Lawson, danke, dass Sie uns unterstützen. Es könnte wirklich etwas bringen.«

Lawson sprach zögernd. Maiden vermutete, dass er immer noch unter Schock stand und von den Ereignissen überwältigt war. »Wenn es hilft, den Täter dieses schrecklichen Verbrechens zu fassen, tue ich selbstverständlich, was ich kann.«

»Können Sie uns durch den Hintereingang reinlassen?«

»Ich habe einen Schlüssel, ja.«

Maiden nickte, nahm Lawsons Arm und führte ihn zu der kleinen Gasse, vorbei an den beiden Detectives, die den Ausgang bewachten. Es waren über hundert Meter von der Straße bis zu der Stelle, wo der Recyclingcontainer stand, und die Gasse führte an den Rückseiten verschiedener anderer Gebäude vorbei. Jedes davon hatte einen eingezäunten Bereich, in dem sich Mülltonnen und Lieferanteneingänge befanden. In der Gasse roch es stark nach vergorenem Abfall. An verschiedenen Stellen hatten sich dreckige Pfützen auf dem Asphalt gebildet, wo Reinigungsleute ihre Eimer ausschütteten. Maiden musste die Augen zusammenkneifen, um im Dämmerlicht etwas zu erkennen. Der Recyclingcontainer, vermutete er, musste allen Benutzern des Gebäudes gemeinsam zur Verfügung stehen. Er fragte Lawson.

»Wir teilen uns die Kosten«, entgegnete er. Er wirkte unsicher in der dunklen Gasse und schaute besorgt in die Schatten. Der Recyclingcontainer war auf Maidens Wunsch hin noch nicht durch einen leeren ersetzt worden. Maiden konnte das leere schwarze Loch des elektrischen Kompressors sehen. Papierreste steckten darin, andere klebten an dem Drahtgitter darunter.

»Martin?«, rief er vorsichtig, und Lawson zuckte zusammen. »Ich bin's.«

Creane trat hinter dem Kompressor hervor und leuchtete mit einer kleinen Taschenlampe kurz in ihre Richtung. Als Maiden näher kam, lenkte er den Lichtstrahl zu Boden. »Nicht hier reintreten«, warnte Creane. »Das ist Blut – mehrere Liter. Hier müssen sie das Bein abgeschnitten haben. Gott, John, das ist Wahnsinn. Hier sollte eine verdammte Armee von Leuten nach Beweisen suchen. Genau da, wo wir stehen, ist ein Mord begangen worden.«

Maiden warnte ihn mit einem Blick in Lawsons Richtung, aber das war in der Dunkelheit nicht zu sehen. Er bedeutete dem Anwalt, einen Augenblick zu warten, und wandte sich an Creane. »Wo hast du die Taschenlampe her?«, fragte er. »Was bist du, ein verdammter Pfadfinder?«

»War ein Geschenk«, sagte Creane und schaltete sie aus. »Ich habe sie immer bei mir. Ist praktisch.«

Maiden knurrte. »Und dein Telefon klingelt auch nicht im falschen Moment, oder?«

»Nein, ich habe es ausgeschaltet«, entgegnete Creane geduldig. »Okay, was machen wir jetzt? Solange ich noch einen Job habe, meine ich.«

Maiden schaute an der Presse vorbei. Die Gasse ging weiter bis zur Straße auf der anderen Seite des Blocks. »Ich habe Leute an beiden Seiten der Gasse, andere vorn, und ein paar beobachten die Straße. Es könnte sein, dass der Mörder aus einem dieser anderen Gebäude zurück in die Gasse schleicht, deswegen möchte ich, dass du hier alles im Auge behältst. Ich gehe mit Lawson hoch ins Büro, dann komme ich runter und leiste dir Gesellschaft.«

»Besten Dank«, sagte Creane trocken. Er sah vor sich, wie Maiden erst mal die Kaffeemaschine anwarf und es sich im warmen Büro gemütlich machte.

»Keine Sorge. Ich brauche nicht lange.« Er reichte Creane das Funkgerät. »Schrei da rein, wenn du Hilfe brauchst.«

Lawson hatte Abstand gehalten, er beäugte die ominöse Pfütze. Jetzt führte Maiden ihn vorsichtig darum herum und bat ihn, nichts anzufassen, als Lawson unbewusst die Hand ausstreckte, um sich an der Presse abzustützen. Auf der Rückseite des Gebäudes, neben der Feuertür, befand sich ein kleinerer Nebeneingang. Lawson schloss die Tür auf und ließ Maiden hinein. Sie gingen zum Fahrstuhl.

»Bitte rühren Sie nichts an«, wiederholte Maiden, als sie in den Fahrstuhl traten, um hochzufahren. Er betrachtete sorgfältig jeden Zentimeter im Inneren des Lifts. Nichts zu sehen – keine Kratzer oder Beulen von einem Kampf im Fahrstuhl. Und ganz sicher gab es kein Blut von einem amputierten Bein, das jemand hierher geschleppt hätte.

In der Anwaltskanzlei brannten alle Lichter. Es wirkte, als hätte jemand fluchtartig das Büro verlassen. Die Schreibtischlampen waren noch eingeschaltet, die Computermonitore glimmten, Programme liefen. Maiden ging langsam durch die Räume, gefolgt von Lawson, der Fragen beantwortete. Maiden neigte die Weinflasche und betrachtete das Etikett.

»Waren die Frauen betrunken?«

»Eine Flasche für beide, und sie waren es gewöhnt«, entgegnete Lawson.

»War es normal, dass eine von ihnen um diese Zeit nach unten ging?«

»Julie hat schon lange hier gearbeitet. Vielleicht hat sie es zu oft getan und ist unvorsichtig geworden. Immerhin ist es eine kleine Gasse auf einer Gebäuderückseite. Gott allein weiß, wer da herumlungern kann.«

Maiden starrte den Anwalt an. Lawson wirkte blass und erschüttert. »Genau«, sagte er. »Vielleicht sollten Sie die Arbeitsabläufe in Ihrer Kanzlei mal überdenken.«

Der Vorwurf blieb unbemerkt. »Mein Büro ist hier entlang. Möchten Sie etwas trinken?«

»Nein, nein danke«, Maiden schüttelte den Kopf, folgte Lawson aber trotzdem durch die Tür.

Es war ganz offensichtlich das Büro eines Seniorpartners, üppig ausgestattet und frei von Unterlagen und Unordnung. Ein großer Holztisch dominierte ein Ende des Raumes, ein teures Ledersofa stand an der anderen Wand. Lawson ging zu einem Schrank und öffnete die Tür; dahinter befand sich ein Regal mit Schnaps, Rotwein und einigen Gläsern. Ein kleiner Kühlschrank war in der unteren Hälfte eingebaut. Lawson griff nach einem Whiskyglas, ließ mit unsicheren Fingern einige Eiswürfel hineinklimpern und goss dann großzügig Scotch darüber. Maiden konnte den Drink geradezu schmecken und stand kurz davor, es sich anders zu überlegen.

»Was muss ich jetzt tun?«, fragte Lawson.

»Sagen Sie mir, ob im Moment in diesem Büro irgendetwas ungewöhnlich ist. Verschobene Möbel – irgendetwas.«

Lawson sah die anderen Räume gar nicht erst an. »Nichts«, sagte er sofort. »Das habe ich alles schon dem uniformierten Polizisten gesagt. Normalerweise, wenn ich nachts komme, oder als erster am Morgen, sind die Lichter alle aus und alles ist abgeschaltet, aber mehr ist mir nicht aufgefallen.«

Das war die Antwort, die Maiden erwartet hatte. Dennoch musste er fragen. »Wenn Sie nichts dagegen haben, dass wir hierbleiben, dann können Sie jetzt nach Hause gehen, Mr Lawson. Es gibt wirklich nichts mehr, was Sie tun können.«

»Ich würde ohnehin nur die ganze Nacht wach liegen. Ich kann genauso gut hierbleiben. Ich bin Junggeselle«, setzte er ein wenig schamhaft hinzu. »Ich lebe allein. Vielleicht kann ich wenigstens etwas arbeiten.«

Maiden vermutete, dass die Scotch-Flasche Lawsons eigentliches Interesse darstellte. Er nickte und sagte: »Wenn ich den Schlüssel, den Sie für die Tür unten benutzt haben, kriegen könnte, dann komme ich regelmäßig zurück und sehe nach Ihnen.«

Lawson machte den Schlüssel von seinem Schlüsselring ab und reichte ihn herüber. »Warum stellen Sie eigentlich das Büro unter Beobachtung? Warum glauben Sie, der Mörder wird zurückkehren?«

Maiden war gar nicht auf die Idee gekommen, dass Lawson nicht von dem amputierten Bein der Frau wusste. Oder von der Möglichkeit, dass es irgendwo im Gebäude abgelegt werden könnte. Er log geschmeidig: »Es kommt häufig vor, dass derartige Verbrecher an den Tatort zurückkehren, um die Panik und den Aufruhr zu beobachten, die sie verursacht haben. Manchmal glauben sie auch, dass sie dabei herausfinden können, ob wir ahnen, wer sie sind.«

Lawson akzeptierte das ohne Nachfrage. Er hatte seinen Scotch ausgetrunken und schaute in Richtung der Flasche, schien sein Glas aber nicht vor Maiden nachfüllen zu wollen. »Ich fahre wieder runter«, sagte Maiden. »Ich komme bald wieder.«

Er verließ das Büro nicht gleich, sondern schaute noch einmal in alle Räume und Flure. Aber er erwartete nicht wirklich, etwas zu finden – das hätte er dann schon von den uniformierten Kollegen gehört.

Auf der Fahrt nach unten bereute Maiden bereits, dass er den Anwalt gebeten hatte, das Büro für ihn zu öffnen. Es hatte fast nichts gebracht, und jetzt musste er sich um eine weitere Person kümmern. Aber die ganze Geschichte wäre unvollständig gewesen ohne Zugang zum Gebäude selbst, und Lawson, den sie abgefangen hatten, als er aus dem japanischen Restaurant kam, war die schnellste und einfachste Möglichkeit gewesen.

Die ganze Geschichte – von Susan Eastons Anruf bei der

Polizei, nur wenige Minuten nachdem Harold Betterman die Leiche von Julie MacQuarrie aus dem Container hatte fallen sehen, bis jetzt – war so ungewöhnlich wie unvorstellbar gewesen. Man konnte in einem solchen Zusammenhang nicht mehr davon sprechen, dass irgendjemand die Dinge ordnungsgemäß absolvierte – auf Polizei-Art. Maiden hatte in den letzten paar Stunden mehr Regeln übertreten als in seiner gesamten bisherigen Karriere. Aber seine Instinkte sagten ihm, dass er noch ein paar mehr übertreten würde, um diesen Mörder zu fassen, denn der Mörder hielt sich auch nicht wirklich an die Regeln.

Draußen stand er in der Dunkelheit neben der Presse und lauschte sorgsam. Er fragte sich, wo Creane wohl stand. Dann hörte er das leise Knistern eines Funkgerätes und ging in die entsprechende Richtung. Ein Schatten löste sich von der Wand. »John?« Es war Creane.

»Ich habe das Funkgerät eine Meile weit gehört.«

»Es ist das erste Mal, dass das Ding einen Ton von sich gibt. Ich wusste nicht, dass es so laut ist.«

»Was ist das Problem?«

»Nichts. Alle melden sich bloß bei allen anderen.«

»Okay.«

Maiden stellte sich zu Creane in den Schatten; sie lehnten sich an die feuchten Ziegel.

»Wie lange halten wir durch?«

»Bis zur Dämmerung, schätze ich. Ich kann mir nicht vorstellen, dass jemand ein ganzes Bein bei Tageslicht abwirft.«

Creane drehte seine Uhr, bis ein wenig Licht darauffiel. »Scheiße, es ist erst Mitternacht. Es dämmert erst in sechs Stunden!«

»Willkommen bei der Polizei.«

»Deinetwegen wird es vielleicht mein letzter Tag sein.«

»Ich sage Longman, die ganze Sache wäre meine Idee gewesen.«

»War es ja auch.«

Sie schwiegen und beobachteten die dunklen Gebäude um sie herum. Zehn Minuten später schlichen sie sich an eine andere Stelle, dann taten sie dasselbe. Es war eine öde Routine, und bald schon dachten beide Männer, dass sie nur ihre Zeit verschwendeten, aber keiner sprach es aus. Maiden wollte sich nicht von Creane trennen, um mehr Gelände zu überwachen. Sie hatten es mit einem Mörder zu tun, dem, soweit sie wussten, niemand allein begegnen sollte.

Eine Stunde später waren sie schon unendlich enttäuscht und hielten nur noch tapfer durch; Maiden unterdrückte die Bitterkeit darüber, dass es nicht besser lief. Bisher hatte die ganze Sache wie ein Glücksfall ausgesehen, der ihnen eine große Chance bot. Aber jetzt schien es nur eine weitere verpasste Gelegenheit zu sein. Maiden arrangierte sich bereits schweigend mit ihrem Scheitern, als Creane ihn am Arm berührte.

»Da«, flüsterte er und zeigte auf etwas. Hinter einem der nahegelegenen Gebäude bewegte sich ein Mann in einem langen Mantel mit angemessener Vorsicht in Richtung des Gebäudes, in dem sich die Kanzlei befand.

»Gott«, hauchte Maiden. »Gib mir das Funkgerät, schnell!« Maiden wandte dem Fremden seinen Rücken zu und versuchte, sein Gesicht in seiner Jacke zu vergraben, während er drängend in das Funkgerät flüsterte. Er gab niemandem die Chance, zu bestätigen, denn er fürchtete, dass auch das leiseste Knistern einer elektronischen Stimme durch die Gasse hallen und den Verdächtigen warnen würde. Er konnte nur hoffen, dass alle anderen noch aufpassten und seine Anweisungen verstanden hatten.

»John, wir verlieren ihn aus den Augen, wenn wir nicht losgehen«, sagte Creane besorgt.

»Ich weiß, ich weiß.« Maiden stopfte das Funkgerät in seine Tasche. »Also.«

Sie gingen vorsichtig, hielten sich aus dem Licht heraus und waren bereit, sich zu ducken, wenn es aussähe, als würde die Zielperson sich umdrehen und hinter sich schauen. Noch mussten sie nicht näher heran. Die beiden Detectives von der anderen Straßenseite würden ihm entgegenkommen.

Als der Mann im Mantel die Rückseite des Kanzleigebäudes erreichte, blieb er stehen und schaute sich unsicher um. Maiden und Creane duckten sich sofort an einen Zaun. Maiden schob sein Gesicht dicht an Creanes Ohr.

»Er ist verwirrt, weil der Container fehlt. Ich wette, das bringt den Saukerl durcheinander. Damit hat er nicht gerechnet.«

»Aber er hat nichts bei sich. Wo ist das Bein?«

»Hat er wahrscheinlich irgendwo versteckt. Vielleicht wurde er überrascht und hat es schnell versteckt. Teufel, wir haben nicht daran gedacht, die Mülltonnen und so zu durchsuchen. Jetzt ist er zurückgekommen, um die Sache ordentlich zu Ende zu bringen.«

»Das ist Wahnsinn.«

»Nein, Martin, das ist ein Gottesgeschenk. Wir kriegen das Schwein in flagranti.« Maiden blieb stehen und grunzte zufrieden, als sie den Mann durch das Tor in den kleinen abgezäunten Bereich hinter dem Gebäude gehen sahen. »Komm, mal sehen, ob wir ihn da drin schnappen können.«

Sie stießen sich aus dem Schatten ab. Das unverkennbare Klappern einer leeren Getränkedose, die über den Asphalt rollte, war aus der Ferne zu hören. Maiden fluchte und erstarrte. »Diese nutzlosen Schwachköpfe«, zischte er.

Der Mann in dem Mantel erstarrte ebenfalls, er stand da wie ein überraschtes Tier und suchte in der Dunkelheit nach demjenigen, der das Geräusch verursacht hatte. Es war nicht schwer zu entdecken, denn in diesem Augenblick huschte der Umriss eines der anderen Detectives durch einen Lichtstrahl.

Der Mann wandte sich um und rannte davon, er stieß gegen den Zaun, als er versuchte, eilig durch das Tor zu gelangen. Er wandte sich von dem Geräusch ab und begann, die Gasse entlangzulaufen – direkt auf Maiden und Creane zu.

Maiden zog das Funkgerät aus der Tasche und blaffte hinein: »Er flieht! Richtung Phillip Street.«

Die beiden Detectives mussten jetzt nur warten, dass der Mann ihnen in die Arme lief, aber mit der Aufmerksamkeit panischer Angst entdeckte er die bedrohlichen Umrisse vor sich. Er wurde langsamer, als er die Falle bemerkte, dann bog er zur Seite ab und versuchte, ein Tor zu einem anderen Lieferanteneingang aufzureißen. Der Zaun klapperte, aber das Tor gab nicht nach. Einen Augenblick später kletterte er verzweifelt den Maschendrahtzaun hoch.

Maiden und Creane liefen bereits, Creane rief dem Mann eine Warnung zu – er sollte anhalten. Als sie näherkamen, bemerkte Maiden einen schmalen Spalt zwischen den zwei Gebäuden, durch den die Person vielleicht in die dahinter liegende Straße entkommen konnte. Maiden fluchte und rannte schneller. Creane war ihm voraus, aber keiner der beiden Detectives erreichte den Zaun, bevor der Mann darüber hinwegpurzelte und auf den Beton stürzte. Er rappelte sich auf und verschwand im tiefen Schatten. Creane hechtete mühelos zum oberen Ende des Zauns und ließ sich auf der anderen Seite herunter. Sein Mantel verfing sich, aber er riss sich los. Maiden versuchte weniger elegant, den Zaun zu erklimmen, und der Draht gab unter seinem Gewicht ein wenig nach. Creane folgte dem Mann in den Durchgang. Er stürzte beinahe, als der Beton abrupt endete und er über einen kleinen Bereich nackter Erde lief. Es roch feucht und schmutzig. Der Spalt zwischen den Gebäuden war weniger als zwei Meter breit und vollkommen schwarz. Weiter vorn zeigte eine Lichtsäule, wo der Durchgang die Straße erreichte, aber das Licht war zu weit oben. Am Ende befand sich irgendeine Form von Barriere, über die der Flüchtige klettern musste.

Falls er überhaupt noch davonlief.

Die Gasse war die perfekte Falle. Creane konnte überhaupt nichts sehen und lief langsamer, weil er fürchtete, dass er gegen etwas stoßen würde. Er wusste, der Mann, dem sie folgten, konnte sich jetzt gegen sie gewandt haben wie ein in die Enge getriebenes Tier, und in der Dunkelheit darauf warten, zuzuschlagen. Creane erinnerte sich an die kleine Taschenlampe in seiner Tasche, entschied sich aber, sie nicht zu benutzen. Sie würde dem Mann nur verraten, wie nahe er war. Dann hörte er ein Schaben vor sich.

Der Mann versuchte immer noch, zu entkommen – er wartete nicht auf sie. Hinter sich hörte Creane Maiden in die schmale Gasse laufen.

»Martin, hast du ihn?« Maidens Stimme hallte von den Wänden wider.

Creane rannte blindlings den schmalen Weg entlang. Mit jedem Schritt erwartete er, kopfüber gegen ein Hindernis zu schlagen. Das Licht vor ihm kam näher, und er hatte immer noch keinen Umriss gesehen von jemand, der versuchte, über die Barriere zu gelangen. Dann hörte er Metall klappern, und Creane wusste, dass die Zielperson versuchte, die rostigen Eisentore am Ende zu überwinden.

Er wusste auch, dass er dort ankommen würde, bevor der Mann es schaffte.

»Sofort anhalten!«, rief er atemlos. Ein Kopf tauchte am oberen Ende des Tors auf, und er hörte Füße nach Halt auf dem Eisentor tasten.

Eine Sekunde später war Creane schon dort. Er angelte nach oben, gerade als der andere Mann ein Bein über das Tor hinwegschwingen wollte. Er konnte sich an den Mantel hängen und brachte den Mann aus dem Gleichgewicht. Creane zog kräftig, und mit einem ängstlichen Schrei stürzte der Mann rückwärts in seine Richtung. Creane wich dem fallenden Körper aus und warf sich dann auf seinen Gefangenen, der jetzt vor Schmerzen über seinen Sturz schrie. Am Fuße des Eisentores war es vollkommen finster, und Creane musste blindlings nach irgendetwas greifen, um den Mann daran zu hindern, sich davonzuwinden. Er war froh, als Maiden kam und ihm Hilfe leistete. Das Gewicht der beiden Polizisten überzeugte den Mann schließlich davon, sich nicht mehr zu wehren, und er erschlaffte.

»Bitte, ich habe nichts gemacht.« Die Stimme klang schwächlich, keineswegs wie die eines kräftigen, brutalen Mörders, den die Detectives erwartet hatten. Auch war der Mann überraschend klein. Wenn es nicht so dunkel wäre, hätte Creane ihn leicht allein überwältigen können. Der Mann verströmte einen sauren, ungewaschenen Geruch.

»Schnauze«, keuchte Maiden. Er zog eine Handschelle aus der Jacketttasche und tastete in der Dunkelheit zwischen den verwirrenden Gliedern nach den richtigen, um sie anzulegen. Dann zog Creane seine Taschenlampe hervor. Ein schmaler Strahl beleuchtete das weiße, ängstliche Gesicht eines jungen Mannes, der eulenhaft ins Licht blinzelte.

»Nehmen wir ihn mit zurück hinters Haus«, grunzte Maiden und streckte den Arm aus, um den jungen Mann unsanft auf die Beine zu stellen. Creane ging vor und führte sie mit Hilfe seiner Taschenlampe. Maiden folgte, zwischen ihnen taumelte der Gefangene. Vorn riefen die beiden anderen Detectives besorgt in den schmalen Spalt zwischen den Häusern, und Creane antwortete, um sie zu beruhigen. In diesem Augenblick fiel Maiden wieder das Funkgerät ein, und er informierte die Männer, die für ihn im Einsatz waren, dass sie erfolgreich jemand festgenommen hatten, dann meldete er sich bei der Zentrale, um sie wissen zu lassen, was geschehen war. Erleichtert forderte Maiden nun die üblichen Verdächtigen auf, sich an die Arbeit zu machen. Die ganze Zeit quatschte der junge Mann davon, dass er unschuldig wäre.

Zurück hinter dem Hochhaus wartete Maiden, bis ein Streifenwagen mit einem kräftigen Seitenschneider auftauchte, statt über den Zaun zu klettern und den Gefangenen auch irgendwie darüberzuhieven. Maiden nutzte die Gelegenheit, um den Mann auf Waffen zu untersuchen.

Als er mit den Händen die Kleider des jungen Mannes abtastete, sah er ihn sich genauer an. Creane half ihm, indem er ihn mit der Taschenlampe anleuchtete. Der Mann war Anfang zwanzig, blass, und sah krank aus. Seine Klamotten waren die zerfetzten Lumpen eines Obdachlosen. Da stimmte etwas nicht, und Maiden dachte schon wütend, dass sie wahrscheinlich den falschen Mann hatten.

»Du steckst tief in der Scheiße, Junge«, murmelte er, immer noch außer Atem von der Verfolgungsjagd. Er begann, die Taschen des Mantels zu durchsuchen. »Wie heißt du?«

»Darren«, entgegnete der Mann und drehte sich so, dass Maiden leichter an seine andere Tasche herankam. Seine Stimme zitterte.

»Darren? Darren was?«

»Darren Gallery. Hören Sie – was soll das? Was habe ich getan?«

»Erzähl du uns doch mal«, schnauzte Creane barsch. »Was wolltest du hier? Warum bist du losgerannt, als du uns gesehen hast?« Hinter ihnen erstrahlte die kleine Gasse plötzlich, als der Streifenwagen hineinfuhr. Nun sah das Gesicht des jungen Mannes noch viel weißer aus, und man erkannte die dunklen Ringe unter seinen Augen.

»Ich ... ich darf da nicht mehr hin.«

»Wohin?«

»Wo sie das Papier sammeln.« Gallery schaute verzweifelt abwechselnd die beiden Detectives an. »Da ist es trocken und sauber. Niemand sonst weiß davon, glaube ich.«

Es dauerte einen Augenblick, bis Creane und Maiden begriffen. Creane fragte überrascht: »Du meinst, du schläfst dort?«

»Nicht jede Nacht. Ich gehe auch woanders hin.« Gallery zuckte abwehrend mit den Schultern. »Manchmal liegt da nicht viel Papier drin, aber wenn der Container voll ist, ist es wie ein großes, weiches Bett. Aber jetzt haben sie ihn weggenommen«, setzte er traurig hinzu und schaute an ihnen vorbei in Richtung der Presse.

Das Funkgerät, das Maiden sich ans Revers geklemmt

hatte, hatte die letzten paar Minuten nervtötend vor sich hingequakt, aber jetzt erst bemerkte er, dass man seinen Namen rief. Er meldete sich, in seiner Stimme lag die Enttäuschung über den jungen Mann. Die metallische Stimme aus der Zentrale sagte ihm: »Wir haben einen Typen namens Lawson am Telefon, der Sie sprechen will. Er klingt hysterisch, und wir wissen nicht, was er will, aber wir haben immerhin herausbekommen, dass er weiß, dass Sie schon vor Ort sind. Was sollen wir tun? Einen Wagen schicken?«

Maiden warf Creane einen Blick zu und hauchte »Verdammt«, bevor er entgegnete: »Nein, ich kümmere mich darum.«

Ein Polizist aus einem Streifenwagen hatte sich daran gemacht, die Kette, die das Tor sicherte, zu bearbeiten. Maiden sagte ihm, er sollte sich beeilen, und als die Kette unter dem Biss des Seitenschneiders nachgab, drängte er sich hindurch, er stieß Gallery vor sich her in Richtung der Männer auf der anderen Seite. Maiden blaffte: »Kümmert euch um diesen Trottel. Komm mit, Martin. Ihr beiden Constables folgt uns.«

Die Gasse füllte sich jetzt immer weiter mit Streifenwagen und einem Kleinlaster, in dem die Spurensicherungsleute waren, die den Tatort absperrten. Scheinwerfer strahlten, und Blaulichter blinkten. Maiden wand sich zügig zwischen allen hindurch, Creane und die erstaunten Constables dicht hinter sich. Mehrere Leute hatten sich schon in der Nähe des Recyclingbehälters an die Arbeit gemacht, sie sperrten die Blutlache ab, aber niemand befand sich auf der Innenseite des Lieferanteneingangs zum Gebäude. Maiden suchte in seinen Taschen nach dem Schlüssel für den Hintereingang und ertastete ihn gerade, als sie die Tür erreichten. Keiner der Detectives sagte etwas, bis alle vier sich in den Lieferantenfahrstuhl gequetscht hatten und hochfuhren. Creane war noch nicht hier gewesen, deshalb schaute er sich um, so wie Maiden es zuvor getan hatte.

Er fragte: »Was glaubst du, ist passiert?«

»Ich kann's mir leider schon denken«, entgegnete Maiden grimmig. In Lawsons Büro zögerte er nicht, sondern marschierte direkt in das Büro des Anwalts. Dort fanden sie Lawson an seinem Schreibtisch vor, und eine fast leere Scotchflasche vor ihm. Lawson hob den Kopf und sah die Detectives an, als sie hereinkamen. Sein Gesichtsausdruck war voll dumpfen Entsetzens.

»Da liegt etwas im Safe«, sagte er heiser. »Ich habe ihn geöffnet, um Akten zu holen – und es gefunden.«

Maiden fluchte und lief sofort wieder aus dem Büro heraus, Creane direkt hinter ihm her. In seiner Eile bog Maiden mehrmals falsch ab, bevor er den Safe fand. Eine Tür öffnete sich zu einem großen begehbaren Raum voller Regale. Eine Neonröhre tauchte den Raum in helles Licht.

Auf dem schmalen Stück Boden zwischen den eng stehenden Regalen lag Julie MacQuarries amputiertes Bein.

Maiden starrte es lange an, dann schloss er erschöpft die Augen und lehnte sich an die Tür. »Scheiße, es war die ganze Zeit hier«, sagte er.

»Niemand konnte darauf kommen, in den Safe zu schauen«, sagte Creane leise. »Man konnte doch auch nicht davon ausgehen, dass der Mörder die Kombination kennt. Und es muss der Mörder gewesen sein, den die andere Sekretärin die Tür zumachen gehört hat, nicht das Opfer. Ich schätze, sie hat Glück, noch am Leben zu sein.«

Maiden schaute ihn an, das Gesicht ausdruckslos, und bemerkte Creanes Bemühen, ihn zu beruhigen, gar nicht. »Haben wir eine Botschaft? Kannst du etwas sehen?«

Creane drückte sich an ihm vorbei und betrachtete die Sache genauer. Er beugte sich über das Bein, sodass er sich umsehen konnte, ohne es zu berühren. »Ich glaube nicht«, entgegnete er.

»Nein«, sagte Maiden, seufzte und schüttelte langsam seinen Schreck ab. »Aber die brauchen wir auch nicht wirklich, oder?«

22

Der Brief war Vickis Idee.

Howard sah regelmäßig nach ihr, was ihm die Gelegenheit gab, in der Tür des Schlafzimmers zu stehen und sie gierig anzustarren, während er versuchte, ein Gespräch mit ihr zu führen. Seine ungeschickten Versuche, mit ihr zu reden, machten Vicki nur noch mehr Angst, denn sie wollte ihn nicht deutlicher ablehnen, als sie musste, aber die Themen waren immer naiv oder kindisch, und es fiel ihr schwer, auch nur so zu tun, als interessierte sie das. Er hatte diese Fiona nicht wieder erwähnt, und das machte Vicki Sorge. Howard war offensichtlich mehr an ihr interessiert. Fiona – wer immer das war – hatte er vergessen.

Vicki war klar geworden, dass Howard sich auf einem emotionalen Drahtseil befand. Manchmal behandelte er sie geradezu mit Freundlichkeit, als wäre er ein junger Verehrer, und dann wieder überfielen ihn schwarze, wütende Momente, in denen er sie grob beleidigte. Er wollte unbedingt mit ihr schlafen – und in seiner Vorstellung war das keine Vergewaltigung. Vicki konnte die aufgestaute Frustration auf seinem Gesicht sehen und an seinen zitternden Fingern erkennen, und daran, wie er sich offen zwischen den Beinen rieb, wenn er sie mit Klebeband fesselte, bevor er die Wohnung verließ. Jedes Mal, wenn Howard gehen musste, befahl er Vicki, sich auf den Bauch zu legen, und fesselte ihre Arme hinter ihrem Rücken und die Beine aneinander. Dann vergnügte er sich eine Weile, schob seine Hände unter ihren Körper, um ihre Brüste zu umfassen und ihre Brustwarzen zu drücken. Manchmal streichelte er auch ihre Pobacken und ließ seine Finger zwischen ihre Beine wandern. Sie war immer voll bekleidet, und er tat all das durch ihre Kleidung, als könnte er den Stoff ihrer Jeans und ihres Sweatshirts benutzen, um sich von der Bedrohung, für die er ihre Menstruation hielt, zu schützen. Wenn er zurückkehrte, von wo immer er gewesen war, löste Howard ihre Fesseln, dann stand er in der Tür und plauderte, während Vicki auf dem Bett blieb, als hätte er sie nie gefesselt oder begrabscht. Vicki versuchte benommen, zu sich zu kommen, nachdem sie manchmal stundenlang auf dem dreckigen Laken gesessen oder gelegen hatte. Sie verlor jedes Zeitgefühl, konnte aber am Nachthimmel draußen erkennen, dass Howard meist am Abend ging und in den frühen Morgenstunden zurückkehrte. Wenn er zurückkam, roch er nach Schnaps. Einmal erhaschte sie einen schwachen Hauch Parfüm.

»Wie viel Geld verlangen Sie für mich?«, fragte sie einmal, nachdem er sie losgebunden hatte. Es fiel Vicki ungeheuer schwer, ganz normal mit ihm zu sprechen, nachdem er sie umgedreht und befummelt hatte und dann so lange liegen ließ, wie er wollte. Aber sie wusste, dass sie nur so diesen Albtraum überleben würde: Sie musste ihn behandeln, als wäre sein Verhalten vollkommen normal.

Sie suchte bei allem nach einer positiven Seite. Zumindest waren es Augenblicke verhältnismäßiger Sicherheit, wenn sie gefesselt war, denn sie wusste, dass er nicht in der Wohnung war. Dann hatte sie Zeit, mit weniger Angst über alles nachzudenken und sich wieder und wieder zu sagen, dass ihre Qual ein Ende nehmen würde. Irgendwann.

»Geld?«, fragte er und schaute sie verwundert an. Er hatte ihr eine Flasche Cola mitgebracht. Eigenartigerweise tat er das jedes Mal, wenn er wegging, und Vicki trank sie immer dankbar, denn sie wollte das Wasser aus dem Hahn nicht trinken, wenn sie es vermeiden konnte.

Außerdem sammelte sie die Flaschen.

Jetzt öffnete sie die Flasche und nutzte den Augenblick, um einzuschätzen, wie zugänglich Howard sein könnte. »Wollen

Sie kein Lösegeld? Haben Sie mich nicht deswegen entführt?« Sie beobachtete, wie seine Augen glasig wurden, während Howard langsam über diese Idee nachdachte.

»Was glaubst du, wie viel du wert bist?«, fragte er vorsichtig.

»Ich weiß nicht.« Vicki wollte schon eine Million Dollar sagen, denn das war so eine magische Zahl, entschied sich aber im letzten Augenblick, dass etwas Realistischeres besser wäre. »Meine Eltern sind nicht reich, aber ich schätze, ihr Haus ist schon hunderttausend Dollar wert«, sagte Vicki, obwohl sie keine Ahnung hatte, was das Haus ihrer Eltern wert war. »Ich denke, die Bank würde ihnen so viel geben.«

»Hunderttausend?« Die Idee gefiel ihm, aber dann schaute er sie misstrauisch an. »Warum zum Teufel bist du so freundlich?«

Vicki versuchte, ruhig zu bleiben. »Weil ich weiß, dass Sie Geld für mich wollen. Ich möchte einfach nur nach Hause. Wenn Sie eine Summe fordern, die sie Ihnen nicht geben können, dann weiß ich nicht, was mit mir geschieht. Ich will einfach nur nach Hause, okay?«

Eine Andeutung von Verletztheit huschte über Howards Gesicht, und Vicki wappnete sich innerlich gegen einen Angriff. Sie fürchtete, zu weit gegangen zu sein. Aber er entspannte sich. »Okay, dann nehme ich so viel«, sagte er. »Ich habe darüber nachgedacht. Ich wollte ihnen heute einen Brief schreiben.«

»Bitte, lassen Sie mich den schreiben.« Wieder tauchte das Misstrauen auf Howards Gesicht auf, und Vicki fuhr eilig fort: »Meine Eltern kennen meine Schrift. Sie wissen dann, dass es mir gut geht. Wenn sie nicht sicher sind, dass es mir ... gut geht, zahlen sie vielleicht das Geld nicht.« Beinahe hätte sie »am Leben bin« gesagt, aber dann hatte sie es doch nicht getan. Sie wollte ihn einfach nicht auf die Idee bringen, dass er sie umbringen konnte.

Er nickte jetzt, hatte die Idee bereits als seine eigene akzeptiert. »Okay, wir brauchen Papier und einen Stift«, sagte er und sah sich um. Aber an seinem Ausdruck konnte sie ablesen, dass er keines von beidem in der Wohnung hatte. Vicki wäre nicht überrascht gewesen, wenn Howard gar nicht schreiben könnte. »Ich schicke ihn morgen an deine Eltern.«

Die Angst, dass Howard wusste, wo sie wohnte, ließ Vicki erschauern. Gesunder Menschenverstand reichte, um zu wissen, dass Howard, wenn sie überlebte, nicht den Rest seines Lebens hinter Gittern verbringen würde. Irgendwann würde er freikommen. Die Vorstellung, dass er Jahre später zurückkehrte, um sich an ihr zu rächen, ließ sie schnell sagen: »Nein, Sie sollten ihn an eine Zeitung schicken. Die kümmern sich eher darum, und sie werden glauben wollen, dass er echt ist.«

Ohne es ahnen zu können, hatte Vicki einen von Howards großen Wünschen angesprochen. Seine Besessenheit davon, in die Zeitung zu kommen, war größer als je zuvor. Jetzt starrte er sie auf eine eigenartige Weise an, und Vicki fürchtete wieder, dass sie zu weit gegangen war oder dass Howard darauf gekommen wäre, dass sie etwas anderes im Schilde führte.

In Wirklichkeit jedoch überlegte er, ob ein Brief an eine große Zeitung mehr Eindruck machen würde, wenn er einen von Vickis Fingern dazulegte.

»Ich muss Papier besorgen«, sagte er abwesend. »Ich muss los.«

Vicki wusste, was das hieß. Er verließ das Zimmer und kehrte Augenblicke später mit dem Klebeband zurück. Es half nichts, zu protestieren. Vicki rollte sich auf den Bauch und streckte ihre Arme hinter den Rücken. Sie hörte ein Reißen, und dann spürte sie, wie das Band um ihre Handgelenke gewickelt wurde. Die Haut dort war schon empfindlich. All die kleinen Härchen an ihren Unterarmen waren ausgerissen. Als Nächstes nahm er sich ihre Knöchel vor, drückte ihre Beine zusammen und wickelte das Klebeband über ihre Kleidung. Dann spannte sich Vicki an, weil sie das Unausweichliche erwartete.

Sie versuchte, bei der ersten Berührung nicht zu sehr zu zucken. Howard stieß seine Hand zwischen ihre Beine und begrabschte unerfahren ihren Schritt. Dann zog er sie heraus und schob sie unter das Bündchen ihrer Jeans und ihrer Unterhose, sodass seine Hand auf der nackten Haut ihres Pos lag. Es war das erste Mal seit seinem Vergewaltigungsversuch, dass Howard es wagte, die angebliche Sicherheit ihrer Bekleidung zu überschreiten, und Vicki geriet in Panik.

Verzweifelt hauchte sie: »Sei vorsichtig«, und augenblicklich zog er seine Hand wieder weg. Sie schaute nicht zu ihm hoch, aber sie konnte hören, dass sein Atem in kurzen, erregten Stößen ging.

Es folgte eine Stille, dann sagte er zu ihr: »Ich bin bald zurück.« Abrupt verließ er das Zimmer.

Vicki war nicht überrascht, dass Howard schneller als sonst zurückkehrte. Er trug ein Sixpack Bier in der einen Hand, eine Cola in der anderen, und unter seinem Arm klemmte eine Papiertüte. Er stellte alles ab, dann löste er das Klebeband von Vickis Armen und Beinen und warf ihr die Tüte zu. Nachdem sie ihre Handgelenke einen Augenblick massiert hatte, schaute sie hinein. Darin waren ein billiger Schreibblock, ein Stift und ein paar Umschläge. Die Umschläge waren viel größer als für das Papier nötig, aber sie sagte nichts dazu.

»Los, schreib«, sagte er zu ihr. Er setzte sich in ihrer Nähe aufs Bett und knackte eines der Biere.

»Aber ... aber was soll ich schreiben?«

»Sag ihnen, wer du bist und wie du hierhergekommen bist«, erklärte er zuversichtlich. Howard hatte darüber nachgedacht, während er weg war. »Sag ihnen, dass ich hunderttausend Dollar in benutzten Scheinen haben will, damit du gesund zurückkehrst, sonst werde ich dich umbringen.« Als

Vicki entsetzt keuchte, schaute er sie an und setzte hinzu: »Mach ich nicht. Aber sie müssen wissen, dass ich es ernst meine.«

Vicki war entsetzt über den vollkommenen Mangel an Überzeugung und Mitgefühl in seiner Stimme. Sie verbarg jedoch ihre Angst, schlug den Schreibblock auf und legte ihn auf ihre Knie. Der Stift zitterte, als sie mit dem ersten Satz begann, und nach ein paar Worten fluchte Vicki, so gut sie konnte, und riss die Seite ab, sie zerknüllte sie und warf sie in eine Zimmerecke. Sie fing noch einmal an; diesmal schrieb sie sorgfältiger. Es dauerte einige Zeit, bevor sie fertig war.

»Was sollen sie mit dem Geld machen?«, fragte Vicki.

Wieder folgte eine Stille, diesmal länger und angespannter. Schließlich sagte Howard wütend: »Ich weiß nicht. Mir fällt nichts ein, wie sie mir das Geld geben können, ohne dass sie mich verfolgen oder finden.«

Sein frustrierter und wütender Gesichtsausdruck wurde Vicki immer geläufiger, und sie wusste, dass er kurz davor stand, auszurasten. »Ihnen fällt schon etwas ein«, sagte sie eifrig.

»Ja, verdammt noch mal«, entgegnete er und presste die Worte angespannt hervor, aber dann schwieg er wieder und starrte mürrisch zu Boden. Er überraschte Vicki, indem er sie plötzlich ansah und fragte: »Blutest du noch?«

»Was? ... Natürlich. Es ist erst einen Tag her, dass es angefangen hat«, sagte sie, plötzlich wieder angsterfüllt.

»Zeig's mir.«

»Was?«

»Zeig's mir. Ich trau dir nicht.«

»Bitte, es dauert immer mindestens vier oder fünf Tage.«

»Zeig's mir, hab ich gesagt!«

Als Vicki ihm in die Augen sah, stellte sie fest, dass es nichts mit Vertrauen oder Glauben zu tun hatte. Es ging darum, sich an ihr zu rächen. Howard wollte den Boden zurückerobern, den er verloren glaubte, weil er keinen vollständigen Plan hatte und weil er, im Gegensatz zu Vicki, kaum in der Lage gewesen wäre, diesen Brief zu schreiben. Jetzt wollte er seine Macht über sie wiederherstellen und Vicki verletzen, um das klarzumachen.

Die Demütigung und Angst waren so allumfassend, dass sie einen Schmerz in der Brust empfand, als sie langsam ihre Jeans öffnete und herunterzog. Dann die Unterhose, über die Beine bis zu den Knien. Notizblock und Stift glitten zur Seite und fielen zwischen Bett und Wand, aber sie versuchte nicht, das zu verhindern. Sie konnte spüren, wie Howard ihre Nacktheit angierte. Das war fast so schlimm, als wenn er sie anfasste. Mit zitternden Fingern zog Vicki den Tampon heraus und hielt ihn für ihn hoch. Er war blutig und musste ausgewechselt werden, aber das würde sie nicht jetzt vor seinen Augen tun. Vicki hatte schon zwei andere Tampons unter dem Bett versteckt und wollte auch diesen behalten.

»Sehen Sie?«, sagte sie unglücklich. »Ich habe es doch gesagt.«

Howard antwortete nicht. Er erhob sich vom Bett, blieb aber neben ihr stehen, sah sie an. Vicki beugte den Kopf herunter und konzentrierte sich darauf, den Tampon wieder einzuführen. Als sie fertig war, hörte sie das Rascheln von Kleidung, und voller Furcht, was sie sehen würde, schaute sie auf. Er keuchte jetzt mit geschlossenen Augen.

Als er sich erholt hatte, zog Howard sich zügig an. Er schaute hochnäsig, aber doch auch mit einem Hauch Scham, und sagte kein Wort mehr. Dann griff er nach den Überresten seines Sixpacks, verließ das Zimmer und knallte die Tür hinter sich zu.

Vicki rührte sich lange nicht, sie lehnte ihr Gesicht an die kalte Wand und drückte ihre Handflächen dagegen, als wäre dies ein beruhigender Kontakt mit dem einzigen Freund, den sie auf der Welt hatte. Als sie ihre Jeans hochzog, drängte sie die Tränen zurück.

Es war im Grunde genommen alles nach Plan gelaufen.

Vicki hatte jetzt einen Stift und Papier – nicht nur die zerknitterte Seite, auf die sie gehofft hatte.

Das einzige Fenster im Zimmer konnte man nur weniger als zehn Zentimeter öffnen, das reichte nicht einmal für den entschlossensten Selbstmörder, um in den Tod zu springen. Aber es war mehr als genug, um eine leere Colaflasche mit einem Hilferuf darin nach draußen zu werfen.

Howard im Wohnzimmer konnte das Gefühl brennender Peinlichkeit und Unzulänglichkeit, das ihn erfüllte, nicht begreifen. Er sagte sich, dass es egal war. Das Mädchen war dazu da, zu tun, was er wollte. Sie war nicht wie Fiona, die ihm sagte, was er zu tun hatte. Vicki gehörte ihm.

Aber die Gefühle verschwanden nicht.

Er trank noch drei Bier und traf eine Entscheidung.

Wenn das Mädchen nicht mehr blutete, würde er mit ihr Sex haben, so oft er wollte. Ohne Pause, Tag und Nacht, bis er sie satt hatte und nicht mehr brauchte.

Dann würde er sie umbringen und ihre Körperteile dazu verwenden, irgendjemand dazu zu bringen, Lösegeld zu zahlen. Kleine Teile, damit sie nicht wussten, dass sie tot war. Vielleicht später größere Teile, nur um es ihnen zu zeigen, denn er war der Boss. Die Zeitungen würden voll davon sein.

Und außerdem konnte er sich beim nächsten Job wieder ein Mädchen schnappen. Es war ja schließlich ganz leicht gewesen.

23

Maiden war sauer. Die Tatsache, dass nichts Positives aus seinem Versuch geworden war, Julie MacQuarries Mörder eine Falle zu stellen, machte ihn zum idealen Sündenbock für Leute wie Longman, und er vermutete, dass der die Gelegenheit nicht ungenutzt vorübergehen lassen würde. Also saß er jetzt an seinem Schreibtisch und wartete darauf, dass der Zorn auf ihn herniederfuhr. Sein Ärger beruhte vor allem darauf, dass alle ganz groß darin waren, zu kritisieren, was er getan hatte. Nicht dass ihn sonderlich interessierte, was alle anderen dachten. Er hasste bloß das *Prinzip*. Niemand wollte anerkennen, dass er versucht hatte, etwas Neues auszuprobieren, um weiterzukommen, weil ihn eben das übliche Vorgehen nirgendwohin brachte. Sie meckerten alle nur.

Schlimmer noch, die Presse begann jetzt, sich immer aufmerksamer dem Fall zu widmen, was der Sache nicht sehr dienlich war. Irgendwer hatte ihnen gesteckt, was auf dem Zettel stand, der unter Greg Howletts Leiche gelegen hatte, und die Medien stürzten sich begeistert auf die Implikationen. Die Morgenausgaben brüllten mit großen Überschriften von einem Serienkiller, der »alle Geschäftsleute Sydneys« im Visier hatte. Jeder, behaupteten sie, der in einem Büro arbeitete, war in Gefahr, aber vor allem die Leute, die mit Schuldeneintreibung, juristischen Dienstleistungen, Buchhaltung und Insolvenzen zu tun hatten. Maiden musste zugeben, dass das sogar ungefähr stimmte. Und es war genau das, was der Mörder vermutlich versucht hatte, zu erreichen – Panik und Angst unter den Geschäftsleuten. Vor allem aber fürchtete er jetzt eine Flut an blödsinnigen Briefen und Botschaften, die alle angeblich vom Mörder stammten.

Er hatte Creane noch einmal losgeschickt, um Susan Easton zu befragen. Er war in Versuchung, mitzufahren, wenn auch nur, um zu sehen, wie die Frau darauf reagierte, wenn man ihr sagte, dass der Mörder kurze Zeit mit ihr im Büro gewesen war. Davon abgesehen, glaubte er nicht, dass Creane viel erreichen würde, aber so konnte Maiden ihn immerhin vom Großteil des Ärgers freistellen, der wegen der gescheiterten Operation bevorstand. Es war nur noch die Frage, wann Longman es endlich satt hatte, ihn warten zu lassen.

Das Telefon klingelte. Maiden atmete tief durch, schärfte sich noch einmal ein, Longman nicht zu sagen, wohin er sich seinen Job schieben könnte, und griff zum Hörer. Er war überrascht und sogar fast ein bisschen enttäuscht, als er hörte, dass es nur der Sergeant vom Empfang unten war.

»Wir haben hier jemand, der sagt, er könnte Ihnen bei Ihren Ermittlungen helfen, Sir«, sagte der Sergeant förmlich.

»Wer? Woher kennt er mich?«

»Tut er nicht. Er sagt nur, dass er Informationen hätte über das Mädchen, das in dem Müllcontainer gefunden wurde. Das ist doch noch Ihre Ermittlung, oder, Sir?«

Wahrscheinlich war es eine unschuldige Frage, aber Maiden hatte das Gefühl, dass jetzt schon die Typen am Empfang die Meinung vertraten, er habe so viele Regeln verletzt, dass er bald keinen Job mehr haben würde. »Ja, es ist noch meine«, sagte er müde. »Ich komme runter und sehe mal, ob es sich lohnt, mit ihm zu reden.«

Maiden angelte sein Jackett von der Rückenlehne, zog es an und verließ das Büro. Mit dem Fahrstuhl fuhr er direkt zum Haupteingang. Es war kurz nach Mittag, und überall waren Menschenmassen, die Maiden umso mehr irritierten, als er unglaublich müde war. Er war vom Tatort in Lawsons Büro nach drei Uhr nachts heimgekommen und hatte weniger als vier Stunden unruhig geschlafen, was einfach nicht reichte. Der Mann am Empfang sah ihn kommen und nickte in Richtung eines zerzaust wirkenden Mannes, der geduldig auf einer Bank wartete. Maiden ging direkt zu ihm hinüber. Als er näher kam, bemerkte er, dass der Mann eine Art Uniform trug. »Ich bin Detective Senior Sergeant Maiden«, sagte er und überraschte den Mann, der daraufhin aufsprang. »Sie wollen uns etwas mitteilen?«

»Paul ... Paul Jones.« Jones wirkte unsicher, ob sie einander die Hände schütteln sollten. »Ich habe heute Morgen im Radio gehört, dass man die Leiche eines Mädchens in einer Mülltonne gefunden hat.«

»Genau genommen war es ein Papierrecyclingcontainer, aber was ist damit?«

Jones' Blick zuckte nervös zu den ganzen Leuten, die um sie herumliefen, sodass Maiden resigniert sagte: »Okay, folgen Sie mir.«

Er nahm ihn mit in ein Verhörzimmer und setzte den Mann an einen nackten Holztisch. Maiden ging ungeduldig auf und ab. »Wenn Sie wollen, kann alles ganz inoffiziell bleiben. Sie kriegen keinen Ärger, solange sie nicht selbst etwas verbrochen haben.«

Jones schaute hoch zu Maiden und zögerte, bevor er sagte: »Also, ich glaube, ich habe noch eine gesehen.«

Maidens Magen zog sich zusammen, aber er versuchte, ganz ruhig zu schauen. »Noch eine was?«

»Noch eine Leiche, in einer Mülltonne, meine ich. Das ist mein Beruf – ich leere Mülltonnen.« Jones deutete mit einem Finger auf einen Aufnäher an seiner Uniform, und Maiden erkannte den Namen einer Entsorgungsfirma.

»Warum haben Sie uns das nicht früher gesagt?«

Jones entgegnete defensiv und schnell: »Hey, ich sehe alles mögliche Komische aus dem Müll fallen. Wenn ich das alles melden sollte, wäre ich jeden Tag auf der Wache. Außerdem war ich nicht sicher, was ich gesehen habe, aber als ich heute Morgen die Nachrichten hörte, dachte ich mir, Sie wollen das vielleicht wissen, kann doch sein.« Er zuckte mit den Schultern. »Es könnte doch helfen.«

Maiden wusste genau, was in dem Mann vorgegangen war. Er hatte keine Lust gehabt, sich zu melden. Statt seinen Unmut zu zeigen, was ihm schwerfiel, sagte sich Maiden, er sollte dankbar sein, dass Jones sich doch noch entschieden hatte, zu ihm zu kommen.

»Und wo steht diese Tonne jetzt? Glauben Sie, die Leiche ist noch drin?«

Jones schaute erstaunt. »Ich habe sie geleert. Da glaube ich, sie gesehen zu haben. Ich habe so einen Spiegel, mit dem ich sehen kann, was hinten los ist. Es kann auch eine dieser Aufblaspuppen gewesen sein, die jemand weggeschmissen hat. Es war nur so eine Form, die ich gesehen habe. Aber was auch immer es war, es liegt schon lange auf der Müllhalde.«

In Maidens Geist setzte sich das Puzzle im Eiltempo zusammen. Jones redete von der fingerlosen Leiche, die man auf der Müllhalde gefunden hatte. Er fragte gedankenverloren, während er alle Möglichkeiten überdachte: »Können Sie mir sagen, bei welcher Adresse Sie die Mülltonne abgeholt haben?«

»Nein«, gab Jones zu, fuhr dann jedoch fort, bevor Maiden reagieren konnte: »Aber ich kann es Ihnen auf einer Karte zeigen. Ich bin nicht gut mit Straßennamen und so, aber ich kann die Stelle auf einer Karte finden.«

»Das reicht mir schon. Okay, kommen Sie mit.« Maiden tippte ihm auf die Schulter, um Jones in Marsch zu setzen und aus dem Zimmer zu verfrachten. In der Zentrale starrte Jones mit aufgerissenen Augen die endlosen Reihen Telefone und Funkgeräte an, während Maiden ihn zu einer großen und genauen Karte der Stadt führte, die an der Wand hing.

»War es irgendwo hier?«, fragte ihn Maiden. »Im Geschäftsviertel?«

»Nein, es war draußen in Waterloo.«

Das enttäuschte Maiden, aber er ließ es sich nicht anmerken. Er wartete geduldig, während Jones die Karte betrachtete, dann einen Weg mit dem Finger nachfuhr. Er tippte auf eine Stelle.

Jones fragte: »Ist das da, wo der große McDonald's ist? Der Drive-in mit mehreren Autoschaltern?«

Maiden schaute jetzt über Jones Schulter die Karte an und dachte nach. »Ja«, sagte er schließlich.

Jones bewegte den Finger nach links. »Dann war es die Straße hier. Die Tonne gehörte zu den ersten Wohnungen in dieser Straße.«

Maiden notierte den Straßennamen, dann legte er Jones die Hand auf die Schulter. »Danke. Was Sie mir gesagt haben, wird uns tatsächlich sehr helfen, aber wir müssen es noch als offizielle Aussage niederschreiben.« Jones schaute besorgt. Maiden erklärte ihm: »Das ist nur eine Formalität für Sie. Sie werden wahrscheinlich nie wieder in dieser Sache von uns hören. Ich werde einen Sergeant bitten, die Angelegenheit zu übernehmen, denn ich werde sofort anfangen, daran zu arbeiten.«

Maiden wandte sich abrupt ab, ging zurück zu seinem Schreibtisch und ließ Jones verwirrt und immer noch besorgt zurück. Maiden musste nachdenken – genau nachdenken. Er glaubte jetzt doch, dass es eine Verbindung zwischen seiner Ermittlung und der fingerlosen Leiche von der Müllkippe gab, aber er hatte keine Beweise dafür. Es war nur so eine Ahnung.

Er hatte gerade angefangen, die Teile zusammenzusetzen, als sein Telefon klingelte. Maiden knurrte einen Fluch und griff danach. Plötzlich fiel ihm wieder ein, dass Longman noch auf die Gelegenheit wartete, ihn abzukanzeln. Das war jetzt das Letzte, womit Maiden sich beschäftigen wollte.

Aber es war Janet Brown. »Willst du mir so viel Arbeit schicken, dass ich abends gar nicht mehr wegkomme?«, fragte sie ihn in freundlich neckendem Ton.

Maiden, der Longmans ätzende Stimme erwartet hatte, musste umdenken. »Nein, natürlich nicht. Ich wäre viel glücklicher, wenn wir beide nichts zu tun hätten. Wieso, hast du was Neues für mich?«

»Nichts, was du nicht schon weißt oder dir zumindest gedacht hast.« Es folgte eine Pause. »Okay, es ist so: Die ermordete Frau starb an schweren Kopfverletzungen. Blut und Haarproben vom Stahl des Recyclingcontainers deuten darauf hin, dass ihr Kopf mehrfach dagegengeschlagen wurde, und das hat sie umgebracht. Außerdem haben wir die Wunde, wo ihr Bein war, mit dem Stumpf des Oberschenkels, den wir im Bürosafe gefunden haben, verglichen, und wir können zuversichtlich behaupten, dass es ihr Bein ist«, endete Brown. Maiden konnte nicht hören, ob sie es ernst meinte.

»Dem Himmel sei Dank für kleine Freuden«, sagte er in einem ähnlichen Ton. »Sonst müsste ich jetzt losziehen und nach noch einer einbeinigen Leiche und einem amputierten Bein ohne Besitzer suchen.«

»Du kannst dich bei der modernen Spurensicherung bedanken.«

»Okay, danke.«

Brown zögerte, bevor sie sagte: »Hör mal, es tut mir leid, dass ich dir gestern Abend einen Korb gegeben habe. Ich war wirklich müde. Ich habe nicht ... aus anderen Gründen abgesagt.«

»Ich weiß«, log er, aber sein Herz setzte einmal aus. »Ich bin auch nicht beleidigt, falls du dir darüber Sorgen machst.«

»Gut. Ich würde mich gern nach der Arbeit mit dir auf einen Drink treffen und es wieder gutmachen. Indem ich dich einlade, meine ich«, setzte sie besorgt hinzu. »Dann würde ich mich jedenfalls besser fühlen.«

»Das wäre nett«, sagte Maiden, den Bauch voll Enttäuschung. »Aber in meiner Ermittlung tut sich was, und ich will dem nachgehen. Ich weiß nicht, wie lange das dauern wird. Vielleicht versetze ich dich.«

Es folgte ein Schweigen, während sie beide überlegten, wie sie nun vorgehen sollten.

»Ist es eine gute Entwicklung?«, fragte sie, um das Schweigen zu brechen. »Mit der Ermittlung, meine ich.«

»Das weiß ich noch nicht. Ich warte nur darauf, dass Martin zurückkommt, dann stürzen wir uns darauf.« Der Gedanke an Creane ließ eine Idee in ihm aufkeimen. »Hey, Martin hat ein Handy. Vielleicht können wir Zeit und Ort verabreden, und dann rufe ich dich an, wenn es aussieht, als würde ich es doch nicht schaffen?«

»Das klingt, als könnte es klappen. Ich kann auch erst mal alleine was trinken, wenn du dich nur ein bisschen verspätest.«

»Und wenn du Glück hast, dann spricht dich auch noch ein gut aussehender Junggeselle an«, scherzte Maiden, dem klar war, dass diese Möglichkeit tatsächlich bestand.

»Ich trage meine Schwarze-Witwen-Uniform. Das schreckt die Junggesellen ziemlich ab.«

Er lächelte. »Vielleicht sollte ich einfach zusehen, dass ich zuerst da bin.«

»Das klingt noch besser.«

Maiden schlug eine Bar und eine Zeit vor. Sie war einverstanden und verabschiedete sich.

Er wollte gerade sein eigenes Telefon auflegen, doch dann entschied er sich dagegen und legte den Hörer neben die Gabel. Er wollte jetzt nicht mehr gestört werden.

Es dauerte eine Weile, bis er seinen Geist von Erinnerungen und Bildern seiner Nacht mit Janet Brown bereinigt hatte, aber als Maiden schließlich seine gesamte Konzentration auf das vor ihm liegende Problem richtete, versank er ganz und gar darin.

In Wahrheit passte nichts zueinander. Die Müllhaldenleiche wies viele Eigenschaften auf, die darauf hindeuteten, dass sie nichts mit Maidens Ermittlung zu tun hatte. Außerdem war es die falsche Art Opfer. Es war ein junger Hooligan in Jeans und Unterhemd, kein Büroangestellter wie die anderen Opfer des Mörders. Außerdem war er mit einem Gewehr getötet worden, während Maiden schon bei zwei Opfern wusste, dass sie mit bloßen Händen ermordet worden waren. Und obwohl er immer noch nicht wusste, wer der junge Mann war, deuteten seine Kleidung, sein Haarschnitt und seine Tattoos darauf hin, dass er ein hartes Leben geführt hatte.

Aber Maiden fragte sich, ob es möglich wäre, dass sein Serienmörder einen Probelauf absolviert hatte. Vielleicht wollte der Kerl seine eigene Entschlossenheit testen und überprüfen, ob er einen Mord begehen und damit davonkommen konnte. Und feststellen, ob er den Mumm hatte, das Opfer hinterher noch zu verstümmeln.

Das könnte mehrere Dinge erklären. Erstens die Benutzung einer Recyclingtonne, um die Leiche loszuwerden. Das wäre dann kein Zufall, denn es war nicht ungewöhnlich, dass ein Mörder ein erfolgreiches Vorgehen wiederholte. Die Finger abzuhacken, konnte einfach nur der Versuch gewesen sein, zu klären, ob er sich das traute. Viele Leute, die morden, haben nicht die Nerven, die Leiche hinterher auch noch zu zerstückeln. Und dass das Müllhalden-Opfer so ganz anders geartet war, könnte auch daran liegen, dass jemand eine bestimmte Tötungsmethode hatte ausprobieren wollen, und das tat man natürlich irgendwo, wo die Chance größer war, dass man nicht störend auffiel. Selbst das Gewehr hätte Teil des Experiments sein können, hatte sich dann aber vielleicht als zu laut erwiesen und war deshalb verworfen worden. Oder vielleicht hatte der kräftige Jugendliche auch ein härteres Vorgehen und damit den Einsatz des Gewehrs verlangt, wohingegen die Aktenschieber und Sekretärinnen aus dem Geschäftsviertel nicht mehr erforderten als zwei kräftige Hände.

Das war das letzte Teil des Puzzles, das Maiden im Geiste zusammensetzte. Der Mörder, nach dem er suchte, war die Mordwaffe – und sonst kaum etwas. Es war niemand, der eine Schreckenskampagne im Geschäftsviertel aushecken konnte. Das musste die Idee einer zweiten Person sein. Einer Person, die den Mörder, wenn sie jemand tot und kleingehackt haben wollte, ebenso geschickt zum Einsatz brachte, als hielte sie das Messer in den eigenen Händen.

Maiden war klar, dass es genau so gelaufen sein konnte, aber dass er vielleicht auch in eine Richtung spazierte, die ihn noch weiter weg davon brachte, seinen Mörder zu finden. Aber er hatte keine Wahl. Wie auch immer die Sache ausging, Maiden glaubte, dass es keine Möglichkeit mehr gab, die Müllkippen-Leiche eindeutig aus seiner eigenen Ermittlung auszuschließen. Sich die Sache genauer anzusehen, konnte hingegen entscheidend zum Erfolg beitragen.

»Fotos«, murmelte er vor sich hin und weckte das Telefon aus seinem Schlaf. Er erinnerte sich, wie er darum gebeten hatte, dass Fotos der Leiche im Geschäftsviertel und den Polizeistationen der Innenstadt herumgezeigt wurden, falls jemand sie erkannte. Jetzt wollte Maiden ein paar Abzüge für sich, aber es war nicht leicht, das hinzubekommen, weil die Fotoabteilung immer viel zu tun hatte und sich nicht gern unterbrechen ließ. Aber am Ende bekam Maiden mehr, als er erhofft hatte. Der Techniker, der gerade Dienst hatte, bot ihm an, sofort Kopien des Bildes zu machen, wenn Maiden sich nicht über die schlechte Qualität beschwerte. Seine Ausstattung sei einfach nicht so doll. Maiden war vollkommen einverstanden und sagte, er würde die Bilder abholen.

In diesem Augenblick trat Creane neben seinen Schreibtisch und setzte sich erschöpft auf die Kante.

»Was für eine unglaubliche Zeitverschwendung«, verkündete er. »Abgesehen davon, dass ich der armen Frau eine Höllenangst gemacht habe, als ich ihr sagte, dass der Mörder tatsächlich bei ihr im Büro gewesen ist. Sie hat nichts gesehen und glaubt, *vielleicht* etwas gehört zu haben, will sich aber nicht festlegen. Es war nur so ein Geräusch, als fiele eine Tür zu, mehr nicht.«

»Das überrascht mich nicht«, sagte Maiden beiläufig. »Egal, wir haben jetzt etwas Besseres.«

»Wirklich? Was?«

Maiden wiederholte die Geschichte, die der Müllwagenfahrer ihm erzählt hatte. Creane war nicht besonders begeistert und hielt auch nicht viel von Maidens Vermutungen. »Wir haben doch schon befunden, dass dieser Mord nicht zu unserem Fall gehört. Wenn wir jetzt wissen, woher die Leiche kommt, ändert das doch nichts.«

»Und was ist mit dem Abwurf in der Mülltonne?«

»Tolle Sache. Das ist eine ziemlich offensichtliche Möglichkeit, Leichen loszuwerden, wenn du mich fragst.«

»Okay, aber was ist hiermit?« Maiden erklärte detailliert seine Theorie, dass der Mörder nur der Komplize von jemand deutlich Intelligenterem und Motivierterem war und dass die Müllhalden-Leiche vielleicht das Ergebnis eines Übungslaufes sein konnte. Danach war Creane schon beeindruckter, hatte aber immer noch seine Zweifel.

»Das klingt ja alles ganz gut, John. Aber bist du sicher, dass du da nicht zu viel reinliest? Du hast nicht gerade überwältigende Mengen an Beweisen, um all das aufrechtzuerhalten.«

Maiden warf Creane einen wissenden Blick zu. Er sagte: »Entlegene Ideen wie diese bis zum Ende zu verfolgen, ist der Unterschied zwischen einem guten Detective und einem regelversessenen Blödmann wie Longman. Man muss eben alle Möglichkeiten durchgehen, vor allem wenn nichts anderes funktioniert. Und genau das ist im Moment bei uns der Fall.«

Creane gab ihm mit einem Nicken recht, konnte es sich aber nicht verkneifen, zu fragen: »Wieso sitzt er denn dann eigentlich als dein Chef in dem Büro da drüben, und du bist bloß ein normaler Detective?«

Maiden erhob sich und klopfte auf seine Taschen, um sicherzugehen, dass er alles hatte. In gereiztem Ton sagte er: »Weil ich nicht so gut arschkriechen kann wie Longman. Und wo wir schon über diesen Idioten reden, er hat mich wegen letzter Nacht noch nicht zur Sau gemacht. Und ich habe auch keine Lust mehr, darauf zu warten. Unten ziehen sie mir schon Fotos ab. Holen wir uns einen Wagen und fahren wir nach Waterloo. Vielleicht können wir ja die Müllhaldenleiche identifizieren. Das ist besser, als hier rumzusitzen und nichts zu tun.«

»Meinetwegen«, sagte Creane und zuckte mit den Schultern.

Maiden ging vor. Als sie an dem gläsernen Verschlag am Ende des Raumes vorbeikamen, bemerkte er, dass Longman, der gerade telefonierte, ihn sah. Er versuchte, seinen Anruf schnell zu beenden, und erhob sich schon halb hinter seinem Schreibtisch.

»Schneller«, sagte Maiden und schoss zur Tür hinaus.

Sie besuchten zuerst die Fotoabteilung. Dort mussten sie zehn Minuten in einem winzigen Empfangsbereich auf die versprochenen Kopien warten. Die Detectives bedienten sich an der Kaffeemaschine, saßen dann schweigend herum und nippten an ihren Plastikbechern, bis der Techniker auftauchte, der Fotos in den Händen hielt und mit einem Papiertuch darauf herumtupfte.

»Die sind okay«, sagte er, »aber nicht toll. Das Papier ist zu groß, dadurch verliert man ein wenig Schärfe. Aber sie sind brauchbar.«

Er legte sie auf den kleinen Couchtisch vor Maiden.

Die Bilder zeigten alles ganz genau. Die Leiche sah aus wie ein Toter, den man auf der Müllkippe gefunden und gewaschen hatte und dem die Augen für das Foto aufgebogen worden waren. Der nichtssagende tote Ausdruck war unverkennbar. Normalerweise wurden solche Bilder kleiner abgezogen, dann war der Todeseindruck nicht ganz so tragisch.

»Die sind prima«, sagte Maiden, nahm sie entgegen und steckte sie in einen Umschlag.

Sie fingen auf der Hauptstraße an, trugen die Bilder in jeden Gemüseladen, Schnapshandel und jede Tankstelle, die sie fanden. Diese Ecke von Waterloo war alt, und viele der Gebäude waren verfallen und heruntergekommen. Maiden und Creane teilten sich nicht auf, sondern blieben zusammen. Das bedeutete, ein Detective konnte die Fotos zeigen und Fragen stellen, während der andere auf Misstrauen erweckende Reaktionen achtete. In den ersten Stunden kamen sie recht weit, erreichten aber nichts.

Erst am späten Nachmittag sagte ein Barkeeper endlich, dass er glaubte, den Mann einmal in seiner Bar gesehen zu haben, er wäre aber nicht sicher. Er hatte keine Ahnung, wie der Tote hieß.

»Sieh's mal so«, sagte Maiden zu Creane, als sie die Bar verließen. »Wenigstens haben wir vielleicht seine Gegend erreicht.« Keiner der beiden Detectives bemerkte den Blick, den ihnen eine dünne, von Drogen ausgezehrte Frau hinterherwarf, die sich auf die Toilette verzogen hatte, als sie hereingekommen waren, und die sie durch einen Türspalt beobachtet hatte, bis sie gingen.

Draußen auf dem Bürgersteig stimmte Creane missmutig zu: »Ja, aber wir suchen immer noch nach einem Opfer, schon vergessen? Wir wollen doch den Mörder.« Er betrachtete die Leute, die hier so herumliefen, sah dann ein Grüppchen Jugendlicher mit zerrissenen Lederjacken und verblichenen Jeans an, und dachte sich, dass die Hälfte der Leute hier dafür in Frage käme.

Maidens Optimismus stellte sich als verfrüht heraus. Sie zogen eine weitere Reihe Nieten und ernteten Kopfschütteln, wann immer sie die Fotos zeigten. Zweifellos wurden einige der Leute abwehrend und stumm, wenn ihnen klar wurde, dass sie mit Polizisten sprachen, und das begann Creane zu ärgern. Er fand, dass sie ihre Zeit verschwendeten.

Als er seinen Unmut äußerte, antwortete Maiden gereizt: »Was hast du denn erwartet? Wir können noch nicht aufgeben. Wir werden nichts erreichen, wenn wir es nicht versuchen, oder?«

Aber er selbst war auch langsam entmutigt. Da war es beinahe ein Schock, als der faltige vietnamesische Besitzer eines kleinen Supermarktes das Foto lange anstarrte und dann nickte.

»Lange nicht war hier, dieser da«, sagte er düster.

»Was?«, fragte Maiden, und die beiden Detectives erwachten zum Leben. »Kennen Sie ihn?«

»Kommt her und essen, dieser da.« Der Besitzer zuckte mit den Schultern, reine Gewohnheit, und deutete in Richtung der Café-Tische. »Und kaufen, aber immer kaufen Dreck. Nichts gut.«

»Kennen Sie seinen Namen?«

»Nein, warum muss ich?«

Creane trat näher und fragte: »Haben Sie ihm jemals Ware geliefert? Wissen Sie seine Adresse?«

»Nein, nicht liefern«, sagte der Ladenbesitzer und schüttelte den Kopf. Er wiederholte: »Lange nicht war hier.«

»Verdammt«, sagte Maiden leise und wandte sich an Creane. »Wir kommen näher, aber in der Gegend stehen immer noch Hunderte von Wohnungen und Häusern. Er könnte sonstwo gewohnt haben.«

»Vielleicht kommen wir zu einer kleineren Fläche, wenn wir von dem Hotel und diesem Laden ausgehen?«, schlug Creane vor.

Der Mann schaute das Foto immer noch an, als bedeutete es ihm etwas Besonderes. Nebenbei, als wäre er nicht weiter daran interessiert, ob die Detectives zuhörten, sagte er: »Sein Freund immer noch kommen. Er auch kaufen nur Dreck.«

Das ließ die beiden Detectives aufhorchen. Maiden bemühte sich, dem Ladenbesitzer keine Angst einzujagen, und fragte: »Wollen Sie sagen, dieser Mann hatte einen Freund, und der kauft immer noch bei Ihnen ein?«

»Manchmal.«

»Wann? Wie oft? Jeden Tag?«

»Zwei Tage – vielleicht drei. Wer weiß?«

»Was für Sachen kauft er denn?« Creane hoffte, dass sie vielleicht den Gewohnheiten ihrer Zielperson auf die Spur kämen, sodass sie die Zahl der Läden, die sie überwachen mussten, reduzieren konnten.

Als Antwort schlurfte der Ladenbesitzer hinter seinem Tresen hervor und bedeutete ihnen, ihm zwischen die Regale zu folgen. Zwischen den Waren deutete er auf verschiedene Dinge und sagte: »Das, und das.« Es waren vor allem Kartoffelchips, Schokolade und Käsecracker. Nichts, was ihn von irgendjemand sonst unterschied. Enttäuscht ließen Maiden und Creane ihn weitermachen. Dann erreichten sie den Drogeriebereich, und der Ladenbesitzer nahm ein Päckchen herunter und zeigte es ihnen.

Es war ein Päckchen Tampons.

»Vor Tag er kauft das, ich nicht wissen warum. Kein Frau jemals will leben mit ihm. Er musste kaufen Seife!«, setzte er mit angewidert geschürzten Lippen hinzu. »Er riechen sehr schlecht. *Immer* riechen sehr schlecht, dieser da.«

Eine Erinnerung meldete sich in Maidens Kopf zu Wort. Einer der Wachmänner an der Tankstelle hatte nach dem Raubüberfall genau dasselbe gesagt. Entgeistert wandte er sich an Creane. *»Großer Gott«,* flüsterte er. »Weißt du, von wem er redet? Das ist der Typ, der das Mädchen entführt hat! Er *muss* es einfach sein!«

Sie eilten zurück zu ihrem Wagen, aber Maiden überraschte Creane, indem er ihm sagte, dass er noch nicht losfahren sollte. »Warte, Martin. Wir müssen überlegen, was wir jetzt wissen und was wir nun machen.«

Creane löste die Hände vom Zündschlüssel und sah ihn an. Maiden zählte die Informationen an den Fingern ab.

»Die Müllkippen-Leiche wurde durch einen Gewehrschuss getötet, und wir wissen, dass dieser Typ definitiv ein Gewehr hat, ja? Die Finger der Leiche waren abgehackt, und der Dieb hat im Fliehen gesagt, er würde das Mädchen zerstückeln wie die anderen, wenn jemand versuchte, ihm zu folgen. Vielleicht hat er von der Müllkippen-Leiche gesprochen? Er hat seinen *Freund* verstümmelt. Und jetzt haben wir einen Typen, der offenbar schweinehässlich ist und grauenhaft riecht – genau wie die Wachmänner gesagt haben – und plötzlich Tampons kaufen muss. Für wen, Martin? Ich sage dir, das ist unser Mann. Er hat sich mit seinem Kumpel gestritten, ihn mit dem Gewehr umgelegt und ihm, was weiß ich warum, die Finger abgehackt. Dann hat er allein einen Überfall durchziehen wollen, der total schiefgegangen ist, und am Ende saß er mit einer Geisel da, und das Mädchen bekommt seine Regel, während er sie entführt hat, und aus irgendeinem kranken Mitgefühl kauft er ihr Tampons. Was sagst du?«

»Das wäre ganz schön dünn, wenn da nicht diese Sache mit dem Gestank wäre«, sagte Creane und starrte nachdenklich durch die Windschutzscheibe. »Und auch die Sache mit dem Zerstückeln. Aber ich glaube tatsächlich auch, dass er das Mädchen hat. Das ist der Typ, das stimmt.«

»Wir müssen Leute zusammentrommeln und an alle Türen der Wohnblöcke in der Gegend klopfen. Aber ganz unauffällig. Zwei Männer in Zivil, ganz locker. Wir wollen den Typ nicht auf uns aufmerksam machen, damit er wieder fliehen kann. Wir sollten aber vorsichtshalber ein paar Leute mit Waffen um die Ecke haben, nur zur Sicherheit.«

Creane schüttelte den Kopf. »Hey, Augenblick mal – Leute zusammentrommeln? Schon wieder? Nach letzter Nacht hast du Glück, wenn sie dir einen ausgemusterten Schnüffelhund leihen.«

»Sehr lustig, Martin. Aber das hier ist viel schlagkräftiger. Außerdem will ich mich sowieso nicht mit dem blöden Longman herumschlagen. Ich lasse ihn außen vor und bewege Bercoutte, das Ganze zu genehmigen. Ich rufe die Zentrale an und werde ihn bitten, noch zu bleiben.« Maiden angelte das Funkgerät aus der Halterung am Armaturenbrett. »Wie spät ist es?«

Creane schaute auf seine Uhr. »Kurz vor halb sieben.« – »Verdammt! Leih mir mal dein Handy, ja?«

»Ich dachte, du magst die Dinger nicht? Du hast gesagt, es wäre ein Spielzeug …«

»Jetzt gib mir einfach das verdammte Telefon!«

Creane reichte es ihm. Er bemühte sich, nicht zu grinsen, als Maiden fragen musste, wie man es benutzte. Er wählte eine Nummer und wartete, dann senkte er die Stimme, als die Verbindung zustande kam. Creane ließ den Wagen an und löste sich vom Bürgersteig, hörte aber mit großem Interesse zu.

»Hi«, sagte Maiden leise ins Telefon, dann runzelte er in Creanes Richtung die Stirne, da die Augenbrauen des jüngeren Detectives aufwärts wanderten, als er Maidens Ton bemerkte.

»Wo bist du?«, fragte Janet Brown.

»Ich schätze, ich habe noch eine Stunde zu tun. Wollen wir dabei bleiben, oder sollen wir es verschieben?«

»Ich kann problemlos noch eine Stunde oder so arbeiten. Warum verschieben wir es nicht einfach auf acht Uhr? Am gleichen Ort?«

»Einverstanden«, sagte Maiden. »Ich muss los. Big Brother hört zu.«

Er schaltete das Telefon aus und ging direkt über zum Funkgerät, bevor Creane etwas sagen konnte. Seine Bitte, mit Bercoutte zu sprechen, sorgte für einige Verwirrung, und es dauerte fast fünf Minuten, bis ihm jemand antwortete.

»Mr Bercoutte ist derzeit in einer Besprechung und lässt ausrichten, er wird hierbleiben, bis Sie kommen«, sagte ihm die Funkzentrale schließlich.

»Gut«, sagte Maiden und nickte grimmig.

Creane fragte mit einem Seitenblick: »Habe ich eben gehört, dass du jemand gesagt hast, dass wir nur eine Stunde brauchen? Glaubst du wirklich, dass wir das so schnell organisiert kriegen?«

»Teufel, heute Nacht klopfen wir nicht mehr an Türen, Martin. Hinter jeder zweiten Tür, gegen die wir heute Nacht klopfen, spült irgendein Blödmann Drogen oder sonst was im Klo runter, und wir werden eine riesige Panik auslösen, die unsere Zielperson garantiert mitbekommt. Und vielleicht bringt er dann das Mädchen um und versucht zu fliehen.«

Maiden versuchte, sich beim Sprechen auch selbst davon zu überzeugen. »Nein, wir müssen bis zum Morgen warten, wenn wenigstens einige der Leute bei der Arbeit sind und nur die Schurken daheim bleiben, um uns zu öffnen. Außerdem will ich nicht, dass dieser Typ im Dunkeln abhaut. Ich will alle Vorteile auf meiner Seite haben.«

»Aber das heißt, du glaubst, dass das Mädchen noch eine Nacht überlebt.«

»Ja, ich weiß, das ist ein Risiko. Aber ich setze tatsächlich darauf, dass jemand, der seiner Geisel Tampons kauft, sie nicht gleich umbringen will.«

Bercoutte wartete in seinem Büro. Wenn Creane überrascht war, dass Maiden über die Möglichkeit verfügte, Longman derart zu umgehen, gelang es ihm, das zu verbergen. Nach einer kurzen Begrüßung ignorierte Bercoutte den jüngeren Detective gänzlich.

»John, ich habe den halben Tag damit verbracht, Schadensbegrenzung für Sie zu betreiben«, sagte Bercoutte eisig. »Was zum Teufel haben Sie sich bei der Geschichte letzte Nacht gedacht? Sie müssen jede Regel missachtet haben, die jemals schriftlich festgelegt worden ist.«

»Letzte Nacht war den Versuch wert«, entgegnete Maiden stur. »Okay, es hat nicht funktioniert, aber es war trotzdem den Versuch wert.« Bercoutte starrte ihn an, dann seufzte er und verabschiedete sich von seiner Wut. »In Ordnung, es stimmt, wir kommen auf den üblichen Wegen nicht weiter. Aber ich musste es trotzdem in Ordnung bringen. Worum geht es jetzt?«

Maiden erklärte, was sie am Nachmittag herausgefunden hatten. Bercoutte hörte geduldig zu, manchmal nickte er bei Details. Als Maiden fertig war, starrte Bercoutte eine Weile den Schreibtisch vor sich an. »Gut«, sagte er schließlich. »Ich denke, Sie haben recht. Der Gauner mit dieser Geisel muss irgendwo in einem der Hochhäuser in der Nähe wohnen. Aber wie zum Teufel sollen wir ihn finden?«

»Ich möchte gern ein paar Teams zusammenstellen, jeweils zwei Mann in Zivil, dann klopfen wir an alle Türen. Wir halten uns bedeckt, wir wollen nicht die ganze Gegend in Aufruhr versetzen. Eine massive Operation in so einem Bereich wird ihn nur in Angst versetzen, und dann entwischt er uns wieder. Wir geben allen Männern Bilder der Müllkippen-Leiche und sehen mal, ob wir nicht einen Nachbarn oder so finden, der uns die richtige Tür zeigt. Nach dem, was der Vietnamese uns gesagt hat, wird dieser Typ nicht viele Freunde haben. Er ist ein echter Sausack, und die meisten Leute würden ihn wohl gern anschwärzen.«

Bercoutte schaute zweifelnd. »Darauf können Sie sich nicht verlassen.«

»Nein, aber ich hoffe auch, dass wir sonst eben irgendwann an seine eigene Tür klopfen. Wir haben eine verdammt gute Beschreibung. Wir sollten ein Sondereinsatzkommando in der Nähe haben, nur für den Fall der Fälle.«

»Nach letzter Nacht wird es nicht leicht, Ihnen mehr Leute zu geben«, bemerkte Bercoutte trocken. »Sie haben schon mehr Mitarbeiter als ich, und raus kommt gar nichts. Erst mal brauchen wir Ergebnisse. Wer hat diese Geiselsache ursprünglich bearbeitet?«

»Ein Detective namens Bennett, aus Penrith.«

»Nun, der wird doch sicher auch ein paar Männer haben? Warum regeln Sie das nicht mit ihm? Das ist sinnvoll, und mir ist egal, wer in wessen Bereich arbeitet. Da sollen die sich später drüber streiten.«

Maiden hatte diese Idee auch schon gehabt, aber es

brauchte jemand mit Bercouttes Befugnissen, um so etwas zu ermöglichen. »Ich bin sicher, daran wäre er interessiert«, sagte er. »Ich kann ihn gleich anrufen.«

»Gut. Ich kümmere mich um den offiziellen Teil der Angelegenheit.«

Das Meeting war zu Ende, was Creane aber nicht bemerkte. Er war überrascht, als Maiden sich abrupt abwandte und zur Tür ging. Als die beiden Detectives hinausgingen, rief Bercoutte ihm nach: »Und John, kriegen Sie's hin. Wir brauchen einen Sieg.«

Maiden hielt lange genug inne, um zu nicken, dann ging er zur Tür hinaus, und Creane folgte ihm.

Draußen im Flur trat Creane nah an ihn heran. »Wieso kannst du einfach so in Bercouttes Büro marschieren und irgendwas wollen?«

»Na, ganz so ist es nun auch wieder nicht, Martin.«

»Nein? Für mich sah es aber so aus. Kein Wunder, dass Longman dir am Arsch vorbeigeht. Weiß er davon?«

»Nein – und das ist auch besser so«, setzte Maiden als Warnung hinzu.

»Natürlich nicht. Wo gehen wir jetzt eigentlich hin?«

»Wir rufen Bennett an und vereinbaren etwas für morgen früh. Und dann verpissen wir uns, denn morgen wird ein großer Tag.«

Creane schaute gezielt auf die Uhr. »Und dir bleibt nur noch – was? Eine halbe Stunde, bevor du dich mit irgendwem triffst?«

»Das geht dich nichts an.«

Creane grinste. »Darf ich mitkommen?«

»Nein.«

24

Obwohl er es erwartet hatte, war Maiden trotzdem erleichtert, als er sah, dass Janet Brown noch auf ihn wartete. Die Bar war klein, die Decken niedrig, sie hatte hohe Preise und einen guten Ruf.

»Du hast es geschafft«, strahlte sie ihn an.

»Ich habe ein paar Kriminelle frei rumlaufen lassen, aber die können auch bis morgen warten. Möchtest du noch einen Drink?«

»Bitte.«

Er kehrte mit den Getränken zurück und setzte sich ihr gegenüber an den Tisch. Brown beugte sich zu ihm herüber.

»Und, hattest du einen erfolgreichen Tag?«

»Besser als manche anderen.«

»Komm schon. Erzähl mir davon.«

»Ich dachte, du redest nicht gern über Arbeit?«

»Und ich habe dir doch schon gesagt, dass ich nur nicht gerne über *meine* Arbeit rede. Ich interessiere mich sehr dafür, was du tust.«

»Ach ja, das hatte ich vergessen«, gestand er mit einem Lächeln.

Maiden überprüfte, ob niemand in der Nähe lauschte. »Also, du weißt doch von dem bewaffneten Raubüberfall, der sich in eine Geiselnahme verwandelte?«

Brown nickte und schaute sehr interessiert.

»Sieht so aus, als hätten wir seinen Aufenthaltsort auf ein paar Quadratkilometer genau rausgekriegt. Morgen verwandeln wir uns alle in Avon-Beraterinnen und fangen an zu klingeln. Und hoffentlich finden wir ihn.«

Brown runzelte die Stirn. »Aber was hat das mit deiner Ermittlung zu tun? Ich dachte, du hättest gesagt, du hättest einen Durchbruch erzielt?«

»Ich glaube, es gibt eine Verbindung. Erinnerst du dich noch an die Leiche, die sie auf der Müllkippe gefunden haben? Von der alle Finger abgehackt waren? Ich möchte wetten, das war eine Art Probelauf unseres Mörders, deswegen passen auch so viele Feinheiten nicht.«

Sie schaute zweifelnd. »Du glaubst also, der Mann, der die Tankstelle überfallen und das Mädchen entführt hat, ist ein Serienmörder?«

Maiden zögerte mit seiner Antwort. Ihre direkte Frage, ohne das Netz aus Indizienbeweisen drum herum, war schwer zu beantworten. Oberflächlich betrachtet war es sehr unwahrscheinlich, dass der Geiselnehmer die gleiche Person war, die die Innenstadt mit abgehackten menschlichen Gliedmaßen vollschmiss. Seine Theorie, dass der Mörder nur ein Komplize im größeren Plan von jemand anderem war, ergab trotzdem den meisten Sinn, aber wenn Brown es so einfach formulierte und laut aussprach, begann er doch, Zweifel zu hegen.

Erstens war der Geiselnehmer – wenn schon sonst nichts dagegen sprach – in letzter Zeit ein bisschen zu beschäftigt gewesen, um eine zweite Karriere als Serienmörder anzustreben.

»Ich glaube schon«, sagte er schließlich.

»Du *glaubst?* Das verstehe ich nicht.«

Maiden starrte jetzt in seinen Drink, und in seinem Geist breiteten sich alle möglichen verschiedenen Theorien aus. Es war sehr verwirrend. Brown schaute ihn erwartungsvoll an. Er sagte: »Okay, ich glaube, dass dieser Typ vielleicht die Drecksarbeit macht. Das ergibt Sinn. Jemand anders – jemand, der viel klüger ist – hinterlässt die Finger und Hände in den Fahrstühlen.« Er schwieg einen Moment, aber seine Gedanken rasten. »Und ich habe gar nicht mehr weiter über die Frau nachgedacht, die wahrscheinlich auch beteiligt ist.«

Brown beugte sich näher. »Frau? Was für eine Frau?« Maiden war sich ihrer Lippen nur einen Atemhauch von seinen eigenen entfernt bewusst. »Wir glauben – also, ich glaube, und Martin stimmt mir zu –, dass irgendwie eine attraktive Frau im Spiel ist, die die Opfer anlockt, damit sie ohne Risiko getötet werden können. Zumindest die ersten paar Opfer. Das waren Männer, die sich ungewöhnlich benahmen. Sie gingen aus, aber an Abenden, an denen sie normalerweise nicht ausgingen, also waren sie wahrscheinlich mit jemand neuem oder anderem verabredet. Alles deutet auf eine gut aussehende Frau hin.«

Brown schaute amüsiert und fragte: »Ist das nicht ein bisschen altmodisch und sexistisch gedacht?«

»Es ist kein besonders innovatives Konzept. So was ist durchaus schon vorgekommen.«

»Was ist mit dem Opfer von letzter Nacht? Das war eine Frau.«

»Die musste nirgendwo hingelockt werden. Sie ist ganz allein an einen idealen Ort marschiert, um umgebracht zu werden.«

»Okay. Hast du irgendeine Vorstellung davon, wer diese rätselhafte Frau im Hintergrund ist oder woher sie kommt?«

Maiden stieß die Luft durch die Nase aus und nahm schließlich einen Schluck von seinem Drink. »Es ist nur eine Theorie, und keiner außer dir und Martin weiß davon. Aber selbst wenn ich sicher wäre, dass es sie gibt, hätte ich keine verdammte Ahnung, wo ich anfangen sollte, nach ihr zu suchen.«

Da hatte er eine Idee und schaute Brown mit anderen Augen an. »Du bist doch eine kluge Frau – und diese Person, von der ich rede, muss auch klug sein. Was glaubst du, wo ich sie finden kann?«

Brown war überrascht und lehnte sich zurück, dann lachte sie und sagte: »Ich weiß nicht. Lass mich einen Augenblick darüber nachdenken. Hast du eine Zigarette? Meine sind alle, und ich habe kein Kleingeld für den Automaten.« Es schien ihr zu gefallen, dass Maiden sie darum gebeten hatte, an seinem tödlichen Puzzle mitzuarbeiten. Er fand seine Zigaretten und klopfte für jeden von ihnen eine heraus, dann gab er ihr Feuer. Brown sog genüsslich die Lunge voll Rauch und ließ ihn dann zur Decke schießen.

Sie sagte: »Sie muss hübsch und jung genug sein, um diese Typen anzumachen, ja? Aber sie muss auch Geld haben, sonst würde der Dieb-Schrägstrich-Geiselnehmer nicht für sie arbeiten.«

Brown wedelte mit der Hand, und sie verwarf ihren eigenen Gedanken. »Aber dann müsste er ja keine bewaffneten Raubüberfälle begehen, oder?«

»Vielleicht bezahlt sie ihn mit Sex«, sagte Maiden interessiert. »Vielleicht sind sie verwandt, und er tut es aus Liebe, braucht aber auch irgendwoher Geld.« Er führte seine eigenen Gedanken weiter. »Vielleicht ist er außer Kontrolle geraten und sollte gar nicht Tankstellen überfallen – das würde auch für einen Verwandten sprechen. Es würde erklären, wieso die Verbindungen aufrechterhalten werden, auch wenn das nicht so sein sollte. Jemand, der bezahlt wird, auf die eine oder andere Art, darf höchstwahrscheinlich keine Fehler begehen. Verwandte oder Liebhaber tun aber oft Dinge eigenständig, weil sie beweisen wollen, dass sie genauso klug sind wie derjenige, der alles plant. Wenn meine Vermutung stimmt, dass die Müllkippen-Leiche ein Probelauf war, dann wäre ich auch nicht überrascht, wenn der gar nicht hätte stattfinden sollen. Ich frage mich, ob derjenige, der alles geplant hat, davon weiß.«

Brown schaute ihn jetzt voller offensichtlicher Bewunderung an. »Ich glaube, du musst ein guter Detective sein«, sagte sie leise.

Maiden lächelte ironisch. »Glaubst du? Na, dann kann ich dir sagen, dass ich nicht den mindesten Beweis habe, um alle diese Theorien zu untermauern. Es sind bloß Ahnungen und

Vermutungen meinerseits. Das hat nichts von der Wissenschaftlichkeit deiner Tätigkeit.«

»Liegst du mit deinen Annahmen normalerweise richtig?«

Irgendetwas daran, wie sie es sagte, veränderte den Ton des Gespräches. Maiden schaute ihr in die Augen und erkannte die Einladung, die Gefühle in seiner Brust anschwellen ließ. Schweigen breitete sich zwischen ihnen aus, das Maiden durchbrach, indem er vorsichtig fragte: »Willst du hierbleiben? Oder wir können auch irgendwo etwas essen gehen, wenn du möchtest.«

»Ich bin nicht hungrig. Warum holen wir uns nicht eine Flasche Wein und fahren zu mir? Wir müssen uns beide entspannen, und ich kann uns eine Kleinigkeit machen, wenn wir Hunger bekommen.«

»Das klingt toll«, sagte er und griff über den Tisch, um ihre Hand zu berühren.

Später, als sie sich in ihrem Bett liebten, hatte Maiden das Gefühl, eine neue Leidenschaft bei ihr wahrzunehmen. Zuvor waren sie zwei unabhängige Erwachsene gewesen, die einander Befriedigung verschafften und Dinge taten, von denen sie wussten, dass sie Vergnügen bereiteten, und die auf ihre Art eine enge persönliche Beziehung genossen, die ohne weitere Verbindlichkeiten auskam.

Jetzt streichelte und liebkoste Brown Maiden mit einem anderen Gefühl. Sie flüsterte seinen Namen und drückte ihren Körper an seinen mit einer Dringlichkeit, als wollte sie ihn mit jedem Teil ihres Körpers gleichzeitig berühren. Durch seine Leidenschaft hindurch vernahm Maiden leise Alarmglocken. Ohne dass er etwas Derartiges erwartet hätte – und obwohl er zugeben musste, dass er es sich wünschte –, bewegte sich alles schnell auf eine veränderte Beziehung hin. Es war die Plötzlichkeit, die ihm Sorgen machte. Sie deutete auf eine Instabilität bei Brown hin, die er nicht für möglich gehalten hätte, wenn er die ernsthafte, geradlinige Frau bedachte, die er in ihrem Büro kennengelernt hatte.

Aber es konnten auch, das wusste Maiden, jene eingebildeten Ängste sein, die dazu geführt hatten, dass er zwei Ehen versiebte. Stattdessen sollte er vielleicht die neue Zartheit ohne Zweifel annehmen. Sie war offensichtlich jemand, der seine Gefühle nicht leichtfertig teilte. Er sollte sie erwidern und abwarten, wohin ihre Gefühle sie führten. Sich darüber Sorgen zu machen, würde das Ganze nur von Anfang an ruinieren.

Die widerstreitenden Emotionen stiegen erneut in ihm auf, als es Zeit wurde, zu gehen. Er wäre lieber die Nacht geblieben, aber er brauchte neue Klamotten für morgen und, wichtiger noch, er wollte neben seinem eigenen Telefon schlafen. Wenn in der Nacht etwas geschah, was das Vorgehen am nächsten Morgen beeinflusste, wollte Maiden davon wissen. Er hätte im *The Rocks* anrufen und dort Browns Nummer hinterlassen können, aber das hätte ein weiteres Glied in die Kommunikationskette eingefügt, das verloren gehen konnte. Außerdem erschien es ihm einfach nicht richtig – wachsende Beziehung hin oder her.

Als Maiden ihr in der Dunkelheit erklärte, warum er los musste, nickte Brown schläfrig und murmelte, dass sie es verstand. Und trotzdem, als Maiden in die kalte Nachtluft hinaustrat, konnte er sich des Gefühls nicht erwehren, dass er etwas Falsches und Selbstsüchtiges tat. Dass er vielleicht bis zum Morgengrauen hätte bleiben sollen.

Gleichzeitig aber hasste er auch die persönlichen Komplikationen und fragte sich, ob er sie letztendlich wirklich wollte.

25

Bennett überraschte Maiden mit einer Gruppe von einem Dutzend Detectives. Das war mehr, als er erhofft hatte. Alle Männer trugen Freizeitbekleidung, Jeans und Laufschuhe und dazu weite, ausgebeulte Jacken verschiedener Art, die es ihnen erlaubten, ihre Waffen und Funkgeräte zu verbergen. Sie trafen sich um acht Uhr morgens auf dem Parkplatz des McDonald's. Der Parkplatz war schon voll mit Leuten, die sich hier Frühstück kauften, und die vierzehn Männer, die in einer Gruppe beisammen standen, hätten genauso gut Geschäftsleute sein können, die sich für den Tag besprachen.

Maiden und Bennett hatten sich bei ihrem Telefonat in der vergangenen Nacht für eine Vorgehensweise entschieden. Weil das Team vor allem aus Bennetts Männern bestand, ließ Maiden Bennett alle auf einem leeren Parkplatz versammeln und kurz darüber informieren, was sie vorhatten. Er erklärte, dass jedes Zweierteam eine bestimmte Straße oder einen bestimmten Wohnblock zugewiesen bekommen würde. Sie sollten an jeder Tür klingeln und auch die kleinste Merkwürdigkeit notieren, aber nicht eingreifen, wenn es nicht absolut notwendig war. Man würde dann die Überwachung einsetzen, und das Sondereinsatzkommando, das in einem zivilen Kleinlaster am hinteren Ende einer nahen Werkstatt wartete, würde alle nötigen Durchsuchungen durchführen.

Nachdem er das erklärt hatte, wandte sich Bennett an Maiden: »Möchtest du auch noch etwas sagen, John?«

Maiden nickte und trat vor. Ein Dutzend unbekannter Gesichter betrachtete ihn vorsichtig.

»Ich muss zugeben, dass wir viel vor uns haben, und wahrscheinlich werden wir heute Abend alle sauer sein und müde

Füße haben. Vielleicht müssen wir morgen und sogar übermorgen wieder kommen. Wer weiß.«

Maiden hielt inne und räusperte sich. »Aber – wenn wir Glück haben, müsst ihr Folgendes wissen: Wir haben eine gute Vorstellung davon, wen wir zu finden hoffen«, begann er, er sprach jetzt langsam und klar. »Wahrscheinlich habt ihr sogar eine noch bessere Vorstellung von ihm als Martin und ich, denn ihr habt viel intensiver nach ihm gesucht. Offensichtlich ist er mit einem Gewehr bewaffnet und gefährlich. Wir kennen seinen Namen nicht. Neue Beweise, die uns gestern erreicht haben, deuten sehr stark darauf hin, dass dieser Typ seinen Partner mit dem Gewehr erschossen und seine Leiche in eine Mülltonne geworfen hat, er hat also keine Angst, den Abzug durchzuziehen. Martin und ich sind hier bei euch, weil wir glauben, die Zielperson könnte etwas mit den Morden und Verstümmelungen in der Innenstadt zu tun haben. Einige unserer Indizien deuten darauf hin, dass dieser Mann stark ist – und ich meine, *sehr* stark.«

Maiden machte eine Pause, um diesen Punkt zu betonen. Sie hörten ihm schon konzentriert zu, aber die unerwartete Verbindung zwischen dem bewaffneten Raubüberfall und den Serienmorden ließ die Anspannung steigen. »Wir reden über eine beinahe abartige Kraft, die nicht unbedingt offensichtlich sein muss. Wenn sich die Möglichkeit bieten sollte, diesen Mann niederzuringen, überlegt es euch zweimal. Egal, wie gut ihr zu sein glaubt, es wird schwer, ihn in den Griff zu bekommen. Ihr könntet verletzt werden.« Maiden deutete mit dem Finger auf sie, damit sie das nicht vergaßen.

»Also, reden wir nicht drumrum. Seine Geisel ist eine attraktive junge Frau, die wahrscheinlich eine harte Zeit hinter sich hat. Niemand wird in Tränen ausbrechen, wenn ihr schießt, um diesen Schweinekerl aufzuhalten. Ich will ihn natürlich nicht tot, denn es gibt ein paar andere Sachen, die ich gern klären würde, aber ich würde dringend raten, dass ihr eure Waffen zu Hilfe nehmt, um ihn zu überzeugen. Ich bezweifle, dass er irgendeine andere Form von Stärke respektiert. Und natürlich ist die Sicherheit der Geisel das Allerwichtigste. Bitte keine Heldentaten. Für so was haben wir das Sonderkommando in der Nähe.« Maiden konnte erkennen, dass seine harschen Worte die Männer ein wenig verunsicherten. Heutzutage mussten Polizisten in einer unerfreulichen Umgebung arbeiten, voll mit Nachfragen bei Schießereien und öffentlicher Empörung, selbst wenn brutale Kriminelle im Feuerhagel zu Boden gingen. Und empörenderweise konnten Gangster sogar noch gegen die sie verhaftenden Polizisten Anklage wegen Gewaltanwendung erheben.

Maiden sprach sanfter weiter. »Okay, ich weiß, es kann verdammt hart sein, aber gebt euer Bestes. Und verausgabt euch nicht gleich am Anfang. Geht es locker an und holt euch einen Kaffee oder so. Versucht, erst mal ein Gefühl für die Gegend zu bekommen, in der ihr arbeitet.« Dann endete er mit einem Scherz: »Mit anderen Worten, versucht nicht auszusehen wie ein Haufen Polizisten.«

Das brachte die anderen zum Lachen. Es war ein Standardwitz – und nicht fern der Wahrheit –, dass es Mitgliedern der Polizei trotz aller Moden- und Stilveränderungen stets gelang, als Polizisten aufzufallen.

»Okay, Leute«, verkündete Bennett und schickte sie los. »Fangen wir an. Nicht vergessen, jede Stunde Meldung bei der Zentrale und eine persönliche Rückmeldung entweder bei mir oder Detective Senior Sergeant Maiden, wenn ihr euren Bereich fertig habt.«

Maiden und Creane begannen mit einem Hochhaus. Sie fuhren nach oben – in den zehnten Stock – und wollten sich herunterarbeiten. Die erste Tür, die sich ihnen öffnete – die dritte, an der sie klingelten – verhalf ihnen zu einem Vorgeschmack dessen, wie wahrscheinlich der ganze Tag laufen würde.

Vor ihnen stand ein übergewichtiger Jugendlicher in Jeans

und einem schwarzen T-Shirt, von dem der Heavy-Metal-Aufdruck abblätterte. Seine Augen waren rot unterlaufen, sein schlaffes Gesicht war bleich und erschien ungewaschen. Sein Haar war kurz geschoren. Eine Zigarette hing von seinen Lippen. Hinter ihm in der Wohnung jaulte Musik in verzerrter Lautstärke aus einer billigen Anlage.

»Ja?«, fragte er frech mit rauer Stimme. Sein saurer Atem erreichte Maiden, der vorne stand. Der Detective hasste den Jugendlichen sofort und wollte ihn am liebsten wegen irgendetwas festnehmen – ganz egal –, nur um die Genugtuung zu verspüren, den Kerl in eine Zelle zu werfen.

»Wir sind Polizisten«, sagte Maiden. Er genoss wenigstens die Panik, die sich auf dem Gesicht des Jugendlichen zeigte. »Wir suchen nach jemand.«

»Sicher nicht nach mir. Ich habe nichts gemacht.«

»Nein, natürlich nicht«, bemerkte Maiden trocken. »Wir möchten, dass Sie sich ...«

»Haben Sie einen Ausweis?«, unterbrach ihn der Jugendliche patzig, nachdem er sich wieder gefangen hatte.

Creane zog schon seine Geldbörse hervor, aber Maiden starrte den Jugendlichen nur böse an. »Ja«, entgegnete er scharf. »Aber wenn du Zweifel hast, können wir dich auch mit auf die Wache nehmen und uns alle ganz offiziell identifizieren lassen. Das könnte natürlich den ganzen Tag dauern. Willst du wirklich ein paar Stunden auf der Wache sitzen? Du musst dann bleiben, bis alles gottverdammt noch mal so dermaßen geklärt ist ...«

»Okay, okay«, sagte der Jugendliche und hob eine Hand. »War ja nur 'ne Frage. Ich meine, heutzutage ist es ja nicht ungefährlich, die Tür aufzumachen.«

Maiden schüttelte ärgerlich den Kopf und wandte sich ab. »Zeig ihm das Bild, Martin«, knurrte er, spreizte seine Hände auf dem Geländer und schaute hinunter auf das dreckige Fleckchen Vorort in der Umgegend. Er nutzte den Augenblick, um sich zu beruhigen.

»Kennen Sie diesen Mann?«, fragte Creane und zog das Bild aus einem Umschlag. Der Jugendliche sah es an, aber Creane konnte schon ahnen, dass die Antwort Nein sein würde, ganz egal, ob er ihn erkannte oder nicht.

»Nie gesehen«, entgegnete er kurz angebunden.

»Sind Sie sicher?«

»Ja. Was hat er gemacht?«

»Er ist gestorben«, sagte Creane und nahm ihm das Foto wieder weg. »Danke. Das ist alles.«

Wortlos trat der Jugendliche zurück und schloss die Tür gerade laut genug, um Creane seinen Protest zu zeigen.

Einen Augenblick später seufzte Creane. »Das ist ja ein toller Anfang.«

»Gewöhn dich dran«, sagte Maiden zu ihm und ging zur nächsten Tür. »Was glaubst du, wer hier wohnt? Die königliche Familie?«

Aber es war nicht so schlimm. Als sie sich die Türen entlangarbeiteten, begann Creane die absolute Unterschiedlichkeit zu faszinieren, die sie von einer Wohnung zur anderen erwartete. Manche waren sauber und ordentlich, und ihre Bewohner versuchten, das Beste aus dem zu machen, was man nur als schwierige Umstände bezeichnen konnte – die kleinen, engen Zimmer, die kaum Platz zum Atmen ließen. Und hinter der nächsten Tür konnte das genaue Gegenteil lauern. Vielleicht ein Grüppchen Jugendlicher, die sich eine Wohnung teilten und denen Sauberkeit oder auch nur die Nutzung eines Fensters, um den Gestank hinauszulassen, egal waren. Nicht alle Türen öffneten sich, wenn die Detectives klingelten. Manche Wohnungen, vermuteten sie, waren von Leuten behaust, die ihre Besucher ignorierten. Creane notierte die Nummern aller Wohnungen, bei denen niemand aufmachte. Wenn ihre Suche kein Ergebnis brachte, würde jemand wiederkommen und es zu einer anderen Zeit noch einmal versuchen.

Sie brauchten drei Stunden, um das erste Gebäude vollständig abzuarbeiten. Über die Hälfte der Bewohner waren da und sahen sich zumindest das Foto an, obwohl viele ganz offensichtlich unter keinen Umständen helfen würden. Niemand erkannte das tote Gesicht auf dem Bild. Stündlich benutzte Maiden das Funkgerät, um der Zentrale zu melden, dass mit ihnen noch alles okay war, und zweimal meldete er sich bei Bennett, um zu hören, ob irgendjemand anders Fortschritte gemacht hatte. Die Antwort war Nein.

Es war fast Mittag, als sie das Erdgeschoss erreichten und Maiden auf einen kleinen Eckladen auf der anderen Straßenseite zeigte. »Holen wir uns was zu essen.«

Der Laden war voll mit Kleinkram, Zeitschriften und Zeitungen. Zu Essen gab es nur Fleischpastete, die schon seit mehreren Tagen im Wärmer lag. Maiden litt unter dem Geschmack und der Textur und ging raus, um zu essen, wo er auf Creane wartete, der drinnen die Gelegenheit nutzte, noch das Bild zu zeigen. Augenblicke später kam er mit einem Pastetchen heraus, das in einer roten Sauce ertrank, und der Umschlag mit den Fotos klemmte unter seinem Arm.

»Kein Glück«, sagte er.

»Welche Überraschung.«

»Was jetzt?«

»Weitermachen, schätze ich. So lange meine Beine noch können.«

Vor ihnen lag ein weiteres Hochhaus, das ein zweites dicht daneben geradezu winzig aussehen ließ.

»Warum nehmen wir uns nicht erst das kleinere vor?«, beschwerte sich Creane.

»Ich hasse es genauso, Martin. Aber wir sollten es hinter uns bringen. Je weiter wir kommen, desto weniger wird mir danach sein, die großen Häuser anzugehen. Deswegen versuche ich, sie zuerst zu erledigen.«

»Aber vielleicht wohnt er auch in einem der kleineren. Dann musst du überhaupt nie durch die ganzen großen latschen.«

»Abgesehen davon, dass Murphys Gesetz auch für uns gilt«, sagte Maiden und warf seine halbe Fleischpastete in einen Mülleimer. »Glaub mir, wenn wir diesen Typen finden, dann ganz oben im höchsten Gebäude in der allerletzten Straße, die wir uns vornehmen.«

»Warum gehen wir dann da nicht zuerst hin?«

»Machen wir ja.«

Das nächste Haus erwies sich als genauso fruchtlos wie das erste. Die beiden Detectives wurden immer gereizter und aggressiver, während jede Tür, an der sie klingelten, ihnen dieselbe Antwort einbrachte. Resigniert gewöhnten sie sich daran, dass die Leute nur den Kopf schüttelten oder nichtssagend guckten, wenn sie ihnen das Foto zeigten. Die Kollegen hatten auch nichts Besseres zu melden.

Als sie mit dem Hochhaus fertig waren, war es nach vier Uhr nachmittags. Schlapp und müde, die Beine schwer von endlosen Treppen – es schien sich nie zu lohnen, für nur ein Stockwerk den Fahrstuhl zu nehmen – standen Maiden und Creane auf einem kleinen Fleckchen Möchtegern-Rasen und schauten hoch zu dem Gebäude, das sie gerade hinter sich gebracht hatten. Es war L-förmig mit zwei Flügeln. Mehrere Gesichter starrten zu ihnen herunter. Ein paar Leute schienen den Besuch der Polizisten als ein Ereignis zu betrachten, das es wert war, genauer beobachtet zu werden. Sie hatten sich auf ihren Balkonen versammelt und beobachteten Maidens und Creanes Fortschritt aus der Ferne des anderen Flügels.

»Wir unterhalten sie«, murmelte Creane düster.

»Natürlich. Nichts ist toller, als zwei Bullen nicht weiterkommen zu sehen.« Maiden wandte sich ab und begann, auf ihren Wagen zuzugehen, der auf der Straße gegenüber stand.

»Sind wir fertig für heute?«, fragte Creane überrascht und lief hinter ihm her.

Maiden brauchte einen Augenblick für die Antwort, dann

sagte er müde: »Ich weiß nicht. Fragen wir die anderen, und dann wollen wir mal sehen, was Bennett denkt. Ich will nicht aufgeben, aber ich habe die Schnauze voll davon, an den beschissenen Türen zu klingeln, wo ständig irgendwelche Leute ausrasten, wenn sie hören, wer wir sind.«

Als sie den Asphalt des Parkplatzes vor dem Hochhaus überquerten, das sie gerade hinter sich gebracht hatten, nickte Creane in Richtung des kleineren Wohnblocks, der im Schatten desjenigen stand, den sie eben verlassen hatten. Sie sahen die Rückseite – eine glatte Wand aus Beton, nur durchbrochen von Reihen kleiner Fenster. Die Balkone und Eingänge der Wohnungen mussten sich auf der anderen Seite befinden, und so weit Creane sehen konnte, gab es nur einen Flügel. »Das ist doch klein. Das dauert nicht lange.«

Maiden warf einen Blick über die Schulter. »Vielleicht können wir ein paar von den Häusern da drüben machen«, sagte er und verwarf das Gebäude. »Da gibt's wenigstens keine verdammten Treppen. Aber erst mal sehen, was Bennett zu sagen hat.«

Seine Hand lag auf dem Türgriff des Wagens, als sie den unverkennbaren, aber fernen Klang zersplitternden Glases hörten. Es war eine Explosion, als hätte jemand etwas aus großer Höhe fallen gelassen. Instinktiv schauten beide Männer in Richtung des Geräusches. Es schien von dem kleineren Haus hergekommen zu sein. Keines der Fenster, die sie sehen konnten, schien zerbrochen.

Aber Maiden sah etwas, das ihn leise sagen ließ: »Steig in den Wagen, Martin. Steig ein, als wäre nichts geschehen.«

Creane gehorchte, fragte aber dabei: »Warum? Was ist los?«

»Steig einfach ein.«

Als sie beide vorne saßen, mussten sie sich vorbeugen und durch die Windschutzscheibe aufwärts starren, um das Gebäude vernünftig sehen zu können. »Schau mal acht oder neun Stockwerke hoch«, erklärte Maiden. »Etwa drei Fenster von rechts. Siehst du das?«

»Da ist jemand am Fenster«, sagte Creane nach einem Augenblick. »Ist es das? Na und? Die Leute glotzen uns den ganzen Tag an.«

Sie konnten nur eine weiße Rundung sehen, die irgendjemandes Gesicht sein konnte, gerahmt von der kleinen Öffnung. Es war unmöglich, zu erkennen, ob das Gesicht männlich oder weiblich war. Creane war unbeeindruckt, aber etwas an dem Gesicht brachte eine Saite in Maiden zum klingen. Dann sahen sie eine Bewegung am Fenster, und ein kleiner Gegenstand tauchte auf, fiel. Eine leere Flasche glitzerte flüchtig in der Nachmittagssonne, dann zersplitterte sie spektakulär am Boden.

»Sollen wir hochgehen und sie wegen Vermüllung festnehmen?«, fragte Creane. »Vielleicht wollen sie nur, dass wir nah genug rankommen, um uns eine davon auf die Rübe zu schmeißen.«

»Also, ich möchte auf jeden Fall da hoch und an diese Tür klopfen, selbst wenn wir heute keine anderen machen«, sagte Maiden angespannt zu ihm. »Aber nicht von hier aus. Fahr um den Block, und park irgendwo anders. Wenn das ist, wer ich glaube, dass es ist, dann will ich ihr keine Hoffnung machen und sie dazu bringen, etwas zu riskieren.«

Während Creane nervös den Wagen anließ, versuchte Maiden, die Stockwerke und Fenster in dem Wohnblock zu zählen. Er kalkulierte exakt, zu welcher Wohnung das Fenster gehören musste. Ein paar Minuten später hielt Creane am Bürgersteig auf der anderen Seite des Hauses. Sie stiegen aus und gingen ganz ruhig auf den Fahrstuhl zu.

»Du glaubst, es ist Vicki Colonel, die uns ein Signal geben will«, sagte Creane leise.

»So ist es, Martin.«

»Sollten wir dann nicht das Einsatzkommando rufen?«

»Lass uns erst mal klingeln – mal sehen, wer da ist.«

26

Vickis Mut war gesunken. Sie fühlte sich schmutzig und schlecht, obwohl das zum Teil ihre eigene Schuld war. Sie wollte nicht duschen.

Erst hatte Vicki nicht riskieren wollen, ihre Sachen auszuziehen, weil sie fürchtete, was Howard in den Sinn kommen könnte, wenn er wusste, dass sie nackt auf der anderen Seite der Badezimmertür war. Schlimmer noch, er könnte darauf bestehen, ihr beim Waschen zuzusehen. Außerdem wollte sie dreckig sein in der kleinen Hoffnung, dass Howard sie dann weniger attraktiv fände. Wenn man jedoch seinen eigenen Hygienestandard zugrunde legte, würde es ohnehin nie so weit kommen. Howard hatte nicht einmal gefragt, warum sie nicht baden wollte. Er schien das als vollkommen normal anzusehen. Während ihrer gesamten Gefangenschaft hatte sich Vicki nur die Hände gewaschen. Auf diesen kurzen Besuchen im Bad entdeckte sie ein einziges dreckiges Handtuch und keine Seife.

Sie blieb im selbst auferlegten Gefängnis des Schlafzimmers. Howard war normalerweise im Wohnzimmer und schaute unerkennbar Fernsehen. Einmal hatte er es ihr erlaubt, dazuzukommen, aber Vicki begriff schnell, dass das schlimmer war, als eingeschlossen zu sein. Obwohl das Fernsehprogramm praktisch nicht erkennbar war, erinnerten sie einzelne Klangfetzen von Werbespots und Sendungen an zu Hause und die Normalität. Wann immer das Bild ein wenig Klarheit erreichte, erinnerten die lächelnden Gesichter der Leute in den Werbespots – glücklich und alltäglich – Vicki nur an ihre eigene Situation. Die Sehnsucht danach, dass alles so war, wie es sein sollte, statt dieses andauernden Terrors, baute sich dann in Vickis Brust auf wie ein Mauerblock, der sie erdrückte.

Und Howard fing dann auch wieder mit seinen unpassenden Fragen an, als wäre sie nur eine Freundin auf Besuch und könnte jederzeit zur Tür hinausmarschieren. Vicki hatte sogar überlegt, genau das zu tun. Es gab einen Augenblick, in dem alles so merkwürdig normal erschien, dass sie sich fragte, ob sie die Wohnung vielleicht tatsächlich einfach verlassen konnte. Würde Howard sie aufhalten? Vielleicht würde er sie in seinem Wahnsinn gehen lassen.

Aber der Moment verging, und Vicki hatte nicht den Mut.

Da war es besser für sie, weiter ihre Menstruation vorzuschieben und zu behaupten, dass sie sich deswegen müde fühlte und sich ausruhen musste. Vicki blieb im Schlafzimmer und schloss die Tür, um das Fernsehen nicht zu hören, aber statt sich hinzulegen, ging sie im Zimmer auf und ab, oder sie wechselte zwischen Sitzen, Liegen und Gehen. Sie war ein eingesperrtes Tier, das nirgends hin konnte.

Oft stand sie dicht am Fenster, lehnte ihre Stirn an das kühle Glas und starrte hinunter auf die unerreichbare Freiheit dort draußen. Das in der Nähe stehende Hochhaus mit den Parkplätzen davor war kein schöner Anblick, aber Vicki hätte praktisch alles gegeben, um allein über diese offene Asphaltfläche gehen zu können.

Fast alles.

Sie wusste, was Howard am allermeisten von ihr wollte. Er hatte nie wieder ein Lösegeld erwähnt. Es ging nur um Sex. Vicki fragte sich manchmal, was er tun würde, wenn sie ihm anbot, freiwillig mit ihm zu schlafen. Würde er sie danach gehen lassen? Konnte sie einen Deal machen? Sie wusste es nicht, und die Chancen standen jedenfalls gegen sie. Sie hatte keinen Grund, zu glauben, dass Howard irgendeine Absprache einhalten würde, und er wartete sowieso nur, bis ihre Regel vorüber war.

Dann würde er sie nehmen, wie es ihm passte. Nur so lange

er mit Vicki keinen Sex haben konnte, obwohl das nur an seinem eigenen Unwissen über die Menstruation lag, war ihr Überleben gesichert. Ihre Hoffnung, aus diesem lebendigen Albtraum zu entkommen, schwand immer mehr, während es problematischer wurde, die Abwehr aufrechtzuerhalten. Ihre Blutung war jetzt definitiv fast vorüber, und sie benutzte andauernd schmutzige Tampons, nur falls Howard noch einmal nachsehen wollte. Vicki begann die Hoffnung zu verlieren, lebend aus dieser Wohnung zu kommen.

Und dann, spät eines Nachmittags, sah sie zwei Männer über den Parkplatz gehen.

Irgendetwas an ihnen ließ Vicki den Atem anhalten. Es sah aus, als wären sie genauso freizeitmäßig gekleidet wie alle anderen, die hier wohnten, aber irgendetwas passte nicht. Die Klamotten und die weiten Jacken sahen zu ordentlich aus, die beiden Männer schienen einfach nicht hierher zu passen. Und der Wagen, auf den sie zugingen, war neu und in zu gutem Zustand, um nachts in diesem Teil der Stadt gestanden zu haben.

Vicki wusste nicht, wer diese Männer waren, aber sie vermutete, dass es Fremde waren. Versicherungsleute oder Gesundheitsaufseher – Leute, die sich anzogen wie die dort draußen, taten das, um da, wo sie nicht hingehörten, weniger aufzufallen. Egal. Vicki blieb kaum Zeit zu handeln, und sie entschied sich verzweifelt, dass es den Versuch wert war, die beiden auf sich aufmerksam zu machen.

Bloß war sie nicht darauf vorbereitet. Vicki hatte die Colaflaschen und das Papier und den Stift, aber sie hatte noch keinen Hilferuf geschrieben, um ihn zum Fenster herauszuwerfen. Sie hatte Angst gehabt, dass Howard den Zettel finden könnte. Und jetzt hatte sie keine Zeit dafür.

Sie schnappte sich eine der leeren Flaschen, steckte sie durch die kleine Fensteröffnung, und während sie wartete, hauchte sie ein Gebet. Sie hatte keine Ahnung, was sich direkt unter ihr befand. Soweit Vicki wusste, konnte dort auch langes Gras stehen, das den Fall der Flasche bremsen und ihr Zerbrechen verhindern würde.

Die Glasexplosion dort unten jagte ihr einen Schrecken ein. Sie war lauter, als sie erwartet hatte, und plötzlich hatte sie Angst, dass die Leute von unten nachfragen kamen. Howard würde sie an der Tür abspeisen können, keine Frage. Und dann wäre sie seiner Wut ausgesetzt.

Die Männer hatten den Wagen erreicht, als die Flasche zerplatzte. Sie konnte nicht sagen, ob sie deswegen zögerten oder ob sie nur etwas über das Dach des Autos hinweg besprachen. Vickis Herz schlug schneller, als sie eindeutig bemerkte, dass sie in Richtung des Hauses schauten.

»Bitte, *bitte* kommt hierher«, flüsterte sie. Wenn die Männer herkamen, um sich die Sache anzusehen, hätte Vicki Zeit, einen Zettel zu schreiben und in die nächste Flasche zu stecken.

Aber sie öffneten die Wagentüren und stiegen ein.

»O nein!«, klagte Vicki. Der Wagen rührte sich nicht. Die Männer saßen darin, fuhren aber nicht fort. Überlegten sie sich etwas? Panisch griff sie nach einer weiteren Flasche und warf sie hinaus. Sie zuckte zusammen, als sie zerbarst, und erwartete schon, dass Howard wütend zur Tür hereingestürmt käme.

Wieder drückte Vicki ihr Gesicht an die Fensterscheibe und hielt den Atem an. Sie starrte zum Fenster hinaus und wünschte sich, dass die beiden Männer aus dem Wagen ausstiegen.

Aber das Auto fuhr los, löste sich vom Bürgersteig und verschwand die Straße hinunter.

Vicki brach in unkontrollierbares Schluchzen aus. Jetzt war ihr egal, ob Howard käme, um nachzusehen, was los wäre – falls er sie hörte –, obwohl sie sofort Panik bekäme, wenn er das täte. Mit dem Gesicht nach unten lag sie auf dem Bett, vergrub ihr Gesicht in den stinkigen Laken und weinte so sehr, dass ihre Brust schmerzte.

Als Howard ein Klopfen an der Wohnungstür hörte, war er überrascht, aber nicht alarmiert. Er fühlte sich sicher in der Anonymität seines Wohnblocks und dachte nicht für einen Augenblick, dass es jemand sein könnte, der eine Gefahr für ihn darstellte. Dennoch erhob er sich schnell und huschte zum Schlafzimmer. Vicki hatte ihr Gesicht aufs Bett gedrückt und rührte sich nicht. Er war nicht einmal sicher, ob sie wach war.

»Keinen verdammten Ton«, sagte er mit tiefer, bedrohlicher Stimme.

Vicki rührte sich nicht. Sie hatte das Klopfen an der Tür nicht gehört und wollte im Moment nur, dass er ihr tränenverschmiertes Gesicht nicht sah. Sie erwartete, zu fühlen, wie er sie zu fesseln begann, und war überrascht, zu hören, dass Howard das Schlafzimmer wieder verließ.

Howard öffnete die Tür, als es noch einmal klopfte. Der Anblick zweier ernst dreinschauender Männer statt eines Nachbarn überraschte Howard, und er bemühte sich, das zu verbergen. »Ja?«, fragte er und öffnete die Tür gerade weit genug für seinen eigenen Körper.

Maiden sagte schnell, während er seinen Ausweis hochhielt: »Guten Tag, Sir, wir suchen nach jemand, von dem wir glauben, dass er in dieser Gegend lebt.« Er nahm Creane den Umschlag mit Fotos ab, zog eines heraus und zeigte es Howard, der überrascht zwinkerte und versuchte, sich zu erinnern, wo er Maiden schon einmal gesehen hatte. »Kennen Sie diesen Mann?«

Maiden war augenblicklich beunruhigt beim Anblick Howards, eines jungen Mannes, auf den die Beschreibung des vietnamesischen Ladenbesitzers passte, und war auf alles vorbereitet. Er wusste, dass er sehr geradlinig vorging und vorsichtiger sein sollte, aber dafür war es jetzt zu spät.

»Wer sind Sie?«, fragte Howard, ohne das Bild anzusehen.

Maiden hob wieder seinen Ausweis. »Wir sind Polizisten. Dieser Mann wird für eine Befragung als Zeuge gesucht, das ist alles. Aber er ist ein bisschen schwer zu finden.« Die Lüge fiel ihm nicht leicht, vor allem weil Maiden sich darüber klar war, dass der Mann auf dem Foto nicht wie ein potenzieller Zeuge aussah – er sah verdammt tot aus.

Howard senkte seinen Blick auf das Bild, und Deckers Leiche starrte ihn an. Das verunsicherte ihn, und er brauchte einen Augenblick zu lange für seine Antwort.

»Nie gesehen«, sagte er kurz angebunden.

»Sind Sie sicher?«, fragte Creane.

Howard schaute den jüngeren Detective an und bemerkte das Misstrauen in seinem Blick. »Ich bin gern allein, okay? Ich treib mich nicht viel rum.«

»Schon in Ordnung«, sagte Maiden freundlich und nahm das Foto zurück. »Vielen Dank, wir werden Ihre Zeit nicht weiter beanspruchen.«

Er wandte sich ab, bedachte Creane mit einem bedeutungsvollen Blick und begann, zurück in Richtung des Fahrstuhls zu gehen. Creane nickte Howard zu und eilte hinter Maiden her, aber er lauschte nach dem Geräusch einer sich wieder schließenden Tür. Das erklang erst, als die beiden Detectives außer Sichtweite waren und vor den Fahrstuhltüren standen.

»Gott«, sagte Creane, sobald er konnte. »Ich kann nicht glauben, dass du wieder abgezogen bist! Hast du den Kerl gesehen? Der sah genauso aus wie unsere Beschreibung.«

»Mehr als das«, sagte Maiden eilig, zog das Funkgerät aus seinem Jackett und bestellte mit seiner freien Hand den Fahrstuhl. »Hast du ihn gerochen? Er stank zum Himmel. Der Geruch aus der Wohnung hat mich fast kotzen lassen.«

»Du glaubst also, er ist es? Warum sind wir dann nicht rein?« Creane sprach drängend, er war aufgeregt bei der Aussicht auf Action.

»Immer mit der Ruhe, Martin«, sagte Maiden und trat in den Fahrstuhl. »Machen wir es ordentlich.«

Sie fuhren ins Erdgeschoss, während Maiden Bennett anfunkte. Er konnte über das Funkgerät hören, dass die Stimme des anderen Detectives ebenfalls erfreut klang, aber auch vorsichtig.

»Sind Sie sicher, John?«

»So sicher man sein kann. Der Typ ist auf jeden Fall eine Durchsuchung wert. Er sieht genauso aus, und das Foto hat ihn ganz schön mitgenommen. Und er stinkt wie ein ganzer Saustall.«

»Er stinkt?«

Maiden wurde klar, dass er das am Morgen nicht erwähnt hatte, als er sich an die übrigen Detectives gewandt hatte. »Glauben Sie mir, das hat etwas zu sagen. Ich will es ordentlich machen. Holen Sie das Sondereinsatzkommando her – alle Mann.«

Bennett klang ärgerlich. »Teufel, die habe ich vor noch nicht mal fünf Minuten weggeschickt. Sie waren stundenlang in Bereitschaft und brauchten eine Pause. Ich wollte Sie anfunken und es Ihnen sagen. Die sind jetzt schon unterwegs zurück in die Zentrale.«

Maiden war entsetzt. »Um Gottes willen, rufen Sie sie zurück.«

»Es ist wahrscheinlich zu spät, John.«

»Versuchen Sie's!«

Maiden ließ die Funktaste los und schaute hoch zu dem Gebäude, das über ihnen aufragte. Creane beobachtete ihn besorgt. Maiden sagte: »Was für ein Scheiß. Wir können es nicht allein machen. Dann muss sie vielleicht dran glauben. Vielleicht müssen wir hier nur beobachten und bis morgen warten.«

Howard in seiner Wohnung war zutiefst besorgt. Das Bild von Deckers Leiche hatte ihn mitgenommen. Er hatte nicht damit gerechnet, dieses Gesicht je wiederzusehen. Wenn man Sachen in den Müll stopfte, sollten sie doch für immer verschwinden.

Selbst Leichen.

Jetzt musste er sich entscheiden. Wenn die Polizei einmal bei ihm klingelte, dann würde sie es vielleicht auch noch ein zweites Mal tun, und beim nächsten Mal würde er möglicherweise nicht nur Fernsehen schauen. Das Mädchen hätte bei ihm im Zimmer sein können! Und das Gesicht des Polizisten ließ ihn auch nicht los. Aber Howard konnte sich nicht erinnern, warum.

Howard verspürte den Drang, sofort etwas zu unternehmen. Die Störung hatte ihn zutiefst beunruhigt. Aber er wusste, wenn er jetzt gedankenlos vorging, vor allem um diese Zeit und mit zwei Polizisten irgendwo in der Nähe, würde er vielleicht einen Fehler machen. Howard glaubte, dass er zu klug war, so etwas Dummes zu tun. Decker hatte ihn immer aus irgendeinem Grund dumm genannt, aber so war Howard gar nicht. Und immerhin war Decker tot, nicht er.

Er riss ein warmes Bier aus dem Sixpack auf dem Fußboden. Es war der Versuch, Zeit zu gewinnen. Howard wollte darüber nachdenken, was er tun sollte. Das hieß, er würde ein oder zwei Biere trinken und mal sehen, was ihm einfiel. Ein kompletter Blackout dräute am Rand seines Bewusstseins, aber Howard trank ihn beiseite. Jetzt war nicht die Zeit, sich in die Sicherheit dieser dunklen, stillen Ecken in seinem Kopf zurückzuziehen.

Er ließ das Bier zügig einlaufen, die Nervosität brachte seine Hände zum Zittern.

Dann traf er eine Entscheidung. Das Mädchen musste weg. Es war jetzt zu gefährlich, sie hierzubehalten.

Er dachte über sie nach. Sie nackt zu sehen war der Höhepunkt seiner Fantasien, und er wollte sie unbedingt. Dieser Drang quälte ihn. Nur eine komplexe Mischung lächerlicher Tabus und größter Ignoranz hatte ihn bisher daran gehindert. Und jetzt, wo sich noch die Angst hineinmischte, sexuell zu versagen, selbst bei einer hilflosen Geisel, begann sein Geist überzukochen.

Howard entschied sich, dass er eines wollte, egal welche Konsequenzen es hatte. Er wollte Vicki Colonel. Und dann würde er sie töten.

Er warf die Bierflasche achtlos in die Ecke, dann ging er zu seiner Leinentasche und zog die Machete heraus. Er hielt sie vor sich, als er einfach ins Schlafzimmer hereinmarschierte.

Vicki hatte sich auf den Rücken gerollt, sie lauschte nach Geräuschen aus dem Rest der Wohnung. Trotz ihrer Verzweiflung war sie auch überrascht. Howards Anweisung, keinen Laut von sich zu geben, und sein abruptes Verlassen des Zimmers hatten sie verwirrt, und Vicki befürchtete, eine entscheidende Chance verpasst zu haben. Als Howard wieder ins Zimmer kam, starrte sie die Machete mit großen Augen an.

»Zieh dich aus«, sagte er zu ihr. Vicki bemerkte, dass er kurz vor dem Durchdrehen stand. Sie brauchte einen Augenblick, um zu begreifen.

»Aber ich ... ich blute immer noch. Sie können nicht ...«

»Das ist mir scheißegal.«

Ihr Hirn schaltete im Angesicht dieses plötzlichen Angriffs auf Leere. Sie versuchte, ihn aufzuhalten, und die Säure der Angst breitete sich in ihrem Mund aus, als sie sagte: »Sie ... Sie könnten krank werden oder so.«

»Ich hab doch schon gesagt, das ist mir scheißegal!« Plötzlich schrie er Vicki ins Gesicht.

Sie zuckte verängstigt zurück und flüsterte mit Tränen in den Augen: »Bitte, zwingen Sie mich nicht.«

Vicki hatte keine Ahnung, was Howards Verhaltensänderung ausgelöst hatte. Sein Benehmen war jetzt beängstigend, sein Blick wild, seine Augen schienen hervorzuquellen. Er bemerkte gar nicht, dass er mit der Machete wild durch die Luft vor ihr fuchtelte.

Mit einer hässlichen Grimasse schnarrte er: »Wir werden es treiben, und es wird dir gefallen. Verstanden? Ich bin der beste Kerl, den du je hattest.«

»Bitte, Howard, so geht das nicht. So funktioniert es einfach nicht.«

Wütend beugte er sich vor, Bosheit und Wahnsinn in jedem Wort. »Ich warte nicht mehr. Ich will diesen Scheiß nicht mehr hören. Ich werde dich hiermit verletzen, irgendwo, wo es mich nicht stört, wenn du es nicht gut machst. Am Bein oder am Arm – mir egal.« Mit der freien Hand holte er aus und gab ihr eine Ohrfeige, aber es war seine linke Hand, und der Schlag war nicht sehr kräftig. Dennoch schrie Vicki, als er ihr Gesicht traf.

»Zieh dich aus«, sagte er barsch.

Vicki saß auf dem Bett, die Knie hochgezogen, und hatte die Arme um sich geschlungen. Jetzt hatte sie nur noch eine Möglichkeit, zu überleben, aber ihr Schicksal anzunehmen, fiel ihr schwer. Langsam begann sie, ihr Sweatshirt auszuziehen.

»Mach schon!«, blaffte Howard. Er streckte den Arm aus, packte den unteren Rand ihres Sweatshirts und zerrte daran, sodass er es ihr mitsamt der Bluse über den Kopf zog. Dann warf er die Kleidungsstücke beiseite und tat schnell dasselbe mit ihrem BH, er packte ihn am hinteren Halter und zerrte ihn über ihren Kopf. Vicki begann zu weinen und versuchte, ihre Brüste mit den Armen zu bedecken.

»Jetzt den Rest«, sagte er und starrte sie gierig an. »Zieh den Rest aus.« Als Vicki sich nicht rührte, legte er die Spitze der Machete an ihren Oberarm. Sofort begann sie wieder zu schreien und stieß sie weg, dann begann sie, ihre Jeans zu öffnen, bevor er sie irgendwo tatsächlich verletzte. Kaum hatte sie den Knopf geöffnet und den Reißverschluss heruntergezogen, ließ Howard die Machete fallen und begann, ihre Jeans herunterzureißen. Er zog so heftig daran, dass er Vicki vom Bett riss. Einer ihrer Knöchel verdrehte sich, und sie schrie vor Schmerzen, als er ihr die Jeans herunterzerrte. Gleichzeitig verlor sie ihre Schuhe. Ihr Höschen hing bereits auf Kniehöhe. Mit einer Hand riss er es herunter.

Vollkommen nackt, abgesehen von ihren weißen Söckchen, kauerte sie sich so weit weg von ihm wie es ging auf das Bett. Howard schlug wieder nach ihr, diesmal traf er sie kräftig auf dem Oberschenkel.

»Lieg still!«, befahl er. »Mach es richtig.« Als Vicki nicht reagierte, schlug er sie wieder, diesmal auf den Po, dann noch einmal an derselben Stelle. Beide Male schrie sie auf. »Ich habe dir doch gesagt, leg dich anständig hin!«

Vicki machte die Beine gerade und legte sich langsam auf den Rücken. Sie schloss die Augen und begann, stumm zu beten, dass es zu Ende ginge – egal wie. Selbst tot zu sein wäre besser als das hier. Unbewusst bedeckte sie die Brüste mit einem Arm und legte die andere Hand zwischen die Beine. Howard zog ihre Hand weg und befahl ihr, sie an der Seite liegen zu lassen. Sie konnte die Tränen über ihre Wangen laufen fühlen.

»Nimm es raus. Nimm das Ding raus«, sagte er.

Sie hatte den Tampon ganz vergessen. Mit zitternden Fingern griff sie herunter und zog ihn heraus. Sie betete, dass sein Anblick Howards Wunsch auslöschen würde, aber er schlug bloß auf ihre Hand, sodass sie ihn fallen ließ. Er packte ihre Knöchel und zog ihre Beine auseinander.

»Warte«, sagte er mit zitternder Stimme, diesmal nicht vor Wut, sondern vor Erregung.

Vicki hielt die Augen geschlossen und versuchte, ihren Geist abzuschalten, aber das war unmöglich. Sie hörte jedes Geräusch und sah alles genauso deutlich vor sich, als hätte sie die Augen offen. Howard riss sich hastig die Klamotten vom Leib. Der Gestank seines Körpergeruches wurde stärker, verschlimmert noch durch die stechende Säure aus seinem Schritt. Das Bett quietschte, und Howards Gewicht drückte auf sie nieder. Sein Gestank war überwältigend. Er begann ungeschickt zu stoßen, bohrte herum. Dann begann er zu grunzen, als litte er Schmerzen.

Wieder klopfte jemand an der Tür. Diesmal lauter.

Howard erstarrte. Vicki öffnete die Augen und sah die Überraschung in seinem Blick. Dann klopfte es noch lauter, und die Tür bebte im Rahmen.

Vicki konnte nicht anders. All ihre Vorsicht und Überlebensinstinkte verließen sie, und sie schrie: »*Um Gottes willen, helft mir! Er bringt mich um!*«

Auf beiden Seiten der Tür standen einsatzbereit je drei Mitglieder des Sondereinsatzkommandos. Die anderen warteten am Balkongeländer. Maiden klopfte; er hoffte, dass der junge Mann erneut öffnen würde. Als er den Schrei hörte, warf Maiden augenblicklich seine Schulter gegen die Tür. »Hilf mir«, befahl er dem nächststehenden SEK-Mitglied. Gemeinsam versuchten sie, die Tür zu durchbrechen. Das war nicht leicht, und sie hatten nicht viel Platz, um Anlauf zu nehmen. Maiden wusste, jedes Mal, wenn sie die Tür nicht aufbekamen, hatte der junge Mann dort drinnen mehr Zeit, sich zu bewaffnen.

»Du blöde Kuh!«, blökte Howard, sprang vom Bett und schlug mit der Faust nach Vickis Kopf. Sie hob die Arme gerade rechtzeitig und fing den Schlag ab, aber es schmerzte trotzdem, und sie kreischte. Sie wartete auf den nächsten und brauchte eine Sekunde, um zu begreifen, dass kein weiterer Angriff kam. Howard ignorierte sie jetzt. Er riss die Schranktür auf und griff auf das höchste Regal, holte die abgesägte Flinte heraus, lud sie und hielt sie in einer Hand. Dann beugte er sich vor und griff nach Vickis Haar, um sie zum Stehen hochzuziehen. Er ließ sie einen Moment los, packte die Machete, trat dann hinter sie und schlang seinen Arm um ihre Schulter. Er drückte die Klinge des Messers an ihren Hals, und Vicki war vor ihm als menschlicher Schutzschild gefangen. Howard kümmerte es nicht, dass sie beide nackt waren. Er fluchte durchgehend und zerrte sie aus dem Schlafzimmer ins Wohnzimmer, sodass sie die Tür sehen konnten, die unter den Angriffen von außen erzitterte. Das Holz am Schloss begann zu splittern.

Mit dem nächsten Schlag flog die Tür auf, Maiden und der SEK-Mann stürzten herein.

»Stehen bleiben!«, brüllte Howard und zielte mit dem Gewehr auf sie beide. »Raus, sonst bringe ich sie um.«

Maiden versuchte, seine Vorwärtsbewegung zu stoppen, ohne dabei das Gleichgewicht zu verlieren. Der SEK-Mann hatte sich beim Anblick des Gewehrs automatisch zur Seite abgerollt. Jetzt erstarrten alle, inklusive der Polizisten draußen, die durch die Tür hereinsehen konnten. Howards Blick war wahnsinnig, und er wedelte wie wild mit dem Gewehr. Maiden erwartete den Knall des Abfeuerns jeden Augenblick.

»Ihr verpisst euch jetzt alle!«, sagte Howard. »Ich hack dieser blöden Kuh den Kopf ab, wenn ihr näher kommt. Und schmeißt die Waffen weg.«

Maiden hatte seinen Revolver, der SEK-Mann ein kleines Automatikgewehr. Keiner von beiden legte die Waffe weg. Stattdessen hob Maiden langsam seine freie Hand und sagte: »Immer mit der Ruhe. Tun Sie dem Mädchen nichts, dann wird alles gut ausgehen.«

Maiden war nicht sicher, ob der Geiselnehmer Vicki nicht schon lange etwas angetan hatte. Sie war nackt und so dreckig, dass es ihn entsetzte.

Howards irrer Blick landete auf ihm. »Hey – ich mach hier die Regeln, okay? Einen Schritt näher, und sie ist tot. Und ich sterb im Kugelhagel. Ich hab gesagt, werft die Waffen weg!«

»Niemand muss zu Schaden kommen«, sagte Maiden zu ihm, behielt aber seine Waffe in der Hand. Es würde nichts bringen, seine Waffe niederzulegen und sich selbst als mögliche Bedrohung des Täters aus dem Spiel zu nehmen. Der SEK-Mann folgte Maidens Beispiel und tat es ihm gleich. Maiden fuhr fort: »Garantieren Sie die Sicherheit des Mädchens, dann kommen Sie viel besser bei der Sache weg, als

Sie wahrscheinlich glauben. Wir reden schließlich nur über eine Entführung. Bedenken Sie das. Selbst Entführer verbringen nicht den Rest ihres Lebens im Knast.« Er wandte seinen Blick Vicki Colonel zu, die ihn mit hilflosem Bitten anstarrte. »Hat er Ihnen wehgetan, Vicki? Sie sind doch Vicki Colonel, oder?«

Sie nickte zitternd und flüsterte: »Ja.«

»Hat er Ihnen wehgetan, Vicki?«

Vicki dachte an all das Leid, das sie ertragen hatte. Howard, der sie begrabschte, und die Beinahe-Vergewaltigung von eben. Sie wollte gerade versuchen, etwas zu sagen – irgendetwas –, was diesem Polizisten eine Ahnung verschaffen würde davon, wie Howard sie verletzt hatte. Sie wollte nicht, dass Howard jemals wieder aus dem Gefängnis kam. Aber als Vicki den Mund öffnete, begriff sie, was für eine Antwort Maiden im Moment hören wollte.

»Nein«, sagte sie zögernd; gerade noch rechtzeitig hatte sie das Spiel begriffen. »Nein, er hat mich nicht verletzt. Er hat mich … sehr gut behandelt.«

»Das ist gut«, sagte Maiden und schaute wieder Howard an. Hinter sich konnte er hören, wie die SEK-Leute die Schaulustigen wegschickte. »Das ist sehr gut für Sie. Lassen Sie das Mädchen gehen, und das Ganze wird vernünftig enden.«

Howard packte Vicki bloß fester, er brachte sie zum Keuchen, als er ihr die Machete fester an den Hals drückte. »Dieser Scheiß interessiert mich nicht. Ich will keinen mehr hören. Ich will hier raus, und sie kommt mit. Sie ist meine beschissene Garantie.«

Maidens Blick verhärtete sich. Er sagte streng: »Hör mal, mein Freund. Du kommst hier nicht raus, ohne dass wir wissen, wohin du gehst. Du kannst alle Tricks der Welt versuchen – jede Forderung stellen, die du willst –, aber wir werden trotzdem wissen, wo du bist. Es wird niemals besser als jetzt, verstehst du? Mach es uns schwerer, und es wird schwerer für dich, wenn die Zeit kommt.«

»Du hast verdammt recht, dass ich jede Forderung stellen kann, die ich will.« Howards Blick zuckte konstant zwischen Maiden, dem SEK-Mann im Zimmer und den Gesichtern außerhalb der Tür hin und her. »Ich hau ab, und ihr Wichser werdet mir dabei helfen. Und ihr werdet mir nicht folgen, verstanden? Wenn ich auch nur glaube, dass ihr mir folgt, schmeiß ich die Finger dieser Kuh einzeln aus dem Wagenfenster, bis ihr abhaut – und ich hör noch lange nicht auf, wenn die Finger alle sind.«

Creane sagte leise von irgendwo hinter Maiden: »John, du kannst raus. Ein Verhandlungs-Experte ist auf dem Weg. Zehn Minuten, höchstens.«

Maiden ignorierte ihn. Jetzt rauszugehen würde dem jungen Mann nur die Möglichkeit geben, das Gewehr auf das Mädchen oder sich selbst zu richten. Keines von beidem wollte er.

Vicki bat mit zitternder Flüsterstimme: »Bitte, er darf mich nicht mitnehmen. Ich will nicht. Ich … ich kann das nicht mehr ertragen.«

»Schnauze!«, blaffte Howard ihr seitlich ins Gesicht, ließ die Machete zucken, und Vicki schrie wieder ängstlich.

»Beruhigen Sie sich, beruhigen Sie sich«, sagte Maiden und hob wieder seine Hand. »Warum sagen Sie uns nicht, was Sie wollen? Dann können wir uns etwas überlegen.«

Der leere Blick, der sich auf Howards Gesicht ausbreitete, verriet Maiden, dass der junge Mann keine Ahnung hatte, wie er sich dieser Situation entziehen sollte. Sein peinliches Schweigen drohte in schrecklichen, frustrierten Ärger umzuschlagen.

Und dann breitete sich ein ganz anderer, eigenartiger Ausdruck auf dem Gesicht des Entführers aus.

Vicki wusste nur eines – sie würden nirgends mit Howard hingehen. Die Vorstellung, wieder allein seine Geisel zu sein, war unerträglich, selbst wenn es stimmte, was der Polizist sagte, dass sie immer wussten, wo sie waren. Vicki würde diese Qualen nicht noch einmal durchleiden, und sie wusste, dass Howard, wenn er die Gelegenheit hatte, sie als allererstes vergewaltigen würde. Vicki würde lieber verletzt werden oder sterben, als sich noch einmal von Howard entführen zu lassen.

Aber durch ihre Angst hindurch wurden ihr zwei Dinge klar: Die Machete war stumpf. Selbst wenn Howard sie fest gegen die weiche Haut an ihrem Hals drückte, verspürte Vicki nicht den scharfen Schmerz, mit dem Haut durchschnitten wurde. Also vermutete sie, dass ein Fluchtversuch vielleicht eine Verletzung nach sich ziehen würde, aber höchstwahrscheinlich keine tödliche. Und außerdem hielt Howard die Machete seitlich an ihrem Hals, nicht vor ihrer Luftröhre, und wenn sie sich in die richtige Richtung drehte, dann würde die Klinge nach hinten wandern. Jeder Kampf, wie kurz er auch immer sein mochte, würde den Polizisten Zeit verschaffen, Howard zu überwältigen. Für diese Chance war Vicki eindeutig bereit, eine Verletzung zu riskieren.

Die zweite und entscheidende Information lieferten ihre Fingerspitzen. Howards kraftvoller Griff von hinten, quer über ihre Schultern, drückte Vickis Arme an ihren Seiten herunter. So sehr sie sich bedecken wollte, alle derartigen Versuche ließen Howard nur kräftiger zudrücken. Alle konnten ihre Nacktheit sehen, und trotz ihres Schreckens litt Vicki auch Scham. Aber Howard war ebenfalls nackt. Und Vickis Fingerspitzen ertasteten versehentlich sein verfilztes, dicht gelocktes Schamhaar. Sie hatte es vom ersten Augenblick an, in dem er sie berührt hatte, ekelhaft gefunden, wenn er sie anfasste, und auch jetzt wollte sie am liebsten ihre Finger wegziehen. Aber sie sagte sich, dass sie anders vorgehen musste. Sein verletzlichster Teil war in ihrer Reichweite.

Die Veränderung von Howards Gesichtsausdruck erfolgte, als er spürte, dass Vickis Finger sich sanft um seinen Penis schlossen. Es war das Gefühl seiner Träume, dass er noch nie in Wirklichkeit erfahren hatte. Nicht einmal die

Prostituierte hatte ihn so berührt. Es war ein gefühlsmäßig unfassbarer Augenblick für Howard, und Vickis Streicheln fühlte sich so fantastisch an, dass er augenblicklich entgeistert und von dem Gefühl eingenommen war. Selbst als ihre Hand mit einem Streicheln zu seinen Hoden herunterwanderte, konnte Howard nur das Gefühl wahrnehmen, dass endlich die Finger einer Frau mit seinen Genitalien spielten.

Zu spät begriff er, wie gefährlich es war, dass sie seine Hoden in die Hand nahm. Denn urplötzlich drückte sie so fest zu, dass ihre Fingernägel in ihre Handfläche schnitten, sie zerquetschte den sanften Hautsack und zerdrückte das Fleisch seiner Eier.

Howard schrie unmenschlich, und seine Knie gaben nach. Vicki löste sich mit einem Schrei ihrerseits von ihm, sie befreite sich aus seinem Griff und spürte, wie die Machete als stechender Schmerzensblitz über ihren Hals ratschte. Howard stürzte zu Boden, zielte aber mit dem Gewehr noch aufwärts. Er schwang den Lauf mit einer gequälten Maske des Hasses in Vickis Richtung.

Maiden hatte seine Waffe gehoben, aber noch bevor er abdrücken konnte, erklang ein ohrenbetäubender Donner im Inneren der kleinen Wohnung. Er wusste, dass er es nicht gewesen war, und konnte sehen, dass es auch nicht Howards Gewehr war, als er einen Blick in Howards Richtung warf. Maiden warf sich auf Vicki, ließ sie zu Boden gehen. Er beschützte ihren Körper mit seinem eigenen und drückte sie herunter, sein Gesicht auf ihrem Hinterkopf. Er konnte ihre Haare an seiner Wange spüren.

Eine Ewigkeit wartete er auf weitere Schüsse. Aber es kamen keine.

Seine Ohren klingelten. Ein Augenblick verging. Jemand klopfte ihm auf die Schulter und sagte leise: »Alles vorbei, John. Er ist tot.«

Maiden spürte, wie sich das Mädchen unter ihm wand. Er rollte sich zur Seite, und sie hob den Kopf. Sie schaute sich benommen um. Vicki entdeckte Howard und schrie. Maiden drückte sie schnell an sich, legte seine Arme um sie, und sie presste ihr Gesicht an sein Jackett, um nichts mehr sehen zu müssen.

Der Schuss, den der SEK-Mann abgegeben hatte, war in ein Auge eingedrungen und hatte beim Austreten den Großteil von Howards Kopf mitgerissen. Entsprechend sah die Wand hinter der Leiche aus.

Maiden drückte Vicki fest an sich und hoffte, dass sie in seiner Berührung jemand erkannte, der ihr half und ihr nicht wehtat. Er senkte seine Lippen auf ihr Haar und sagte: »Es ist okay. Es ist alles vorbei. Du kommst wieder in Ordnung.« Sie schluchzte unkontrollierbar an seiner Brust. Ein Tröpfchen Blut lief aus dem Schnitt an ihrem Hals über ihre Schulter, Maiden schaute auf und wandte sich an den SEK-Mann, der Howards Leiche untersuchen wollte.

»Vergiss den Kerl«, schnauzte er. »Holt dem Mädchen ein Laken, um Gottes willen.«

Die SEK-Leute hatte ihre eigene Ausrüstung. Innerhalb von Sekunden hatten sie eine Wärmedecke gebracht, und ein Krankenwagen war unterwegs. Maiden blieb, wo er war, hielt Vicki in dem Umhang und schützte sie mit seinem Körper sowohl vor Howards Leiche als auch vor der offenen Tür. Bald begann sie, um ihre Sachen zu bitten, aber Maiden sagte ihr sanft, dass sie so besser dran war, und obwohl er verstehen könne, warum sie sich anziehen wollte, war die Decke warm und sauber, und ihre Sachen wären dreckig. Vicki wäre besser dran, wenn sie die Sachen niemals wieder trug oder sah.

Sie war in Sicherheit unter Polizisten, und sie war voll und ganz eingehüllt in die Decke.

Maiden hatte noch etwas anderes im Sinn. Er wollte die Bekleidung des Mädchens in der Wohnung behalten, wo die Spuren besser gesichert werden konnten. Wenn sie sie im Krankenwagen und bis ins Krankenhaus trug, dann konnten hundert neue Sachen hinzukommen, die die Spurensicherung dann aussortieren musste.

Weitere Polizisten kamen, darunter auch eine Kollegin, die sich um Vicki kümmerte. Sie sorgte dafür, dass der Weg aus der Wohnung bis zum Krankenwagen unten frei war; Männer sicherten den Fahrstuhl. Erst dann, ohne neugierige Blicke der Nachbarn, packten sie Vicki auf eine Trage und fuhren sie davon. Ihr Schock von dem Schuss und Howards Tod wandelte sich in Erleichterung darüber, gerettet worden zu sein. Es gelang ihr sogar, Maiden ein schwaches, aber dankbares Lächeln zu schenken, der die Gelegenheit nutzte, um Vicki zu fragen, ob Howard jemals eine andere Frau erwähnt hätte – eine Frau, mit der er sich traf und Zeit verbrachte.

»Nur jemand namens Fiona«, flüsterte sie, während er neben der Trage herging. »Aber die habe ich nie gesehen. Ich weiß nicht einmal, ob es sie wirklich gibt.«

Maiden drückte ihre Hand, um sich bei ihr zu bedanken, und verbarg seine Enttäuschung. Er hatte sich mehr erhofft.

In der nächsten halben Stunde wurde das Sondereinsatzkommando durch die üblichen Tatort-Profis ersetzt. Maiden und Creane blieben und untersuchten die Dinge unter ihrem eigenen Blickwinkel.

»Wie zum Teufel kann jemand so leben?«, fragte Creane, nachdem er die oberste Schicht eines Müllhaufens berührt und eine Welle des Gestanks freigesetzt hatte.

»Er ist krank im Kopf. Ein asozialer Perverser«, sagte Maiden und beugte sich herunter, um in die Schränke zu sehen. »Die Experten werden dir eine Menge darüber erzählen können, falls es dich interessiert. Mich persönlich interessiert es nicht. Ich sage, er ist einfach ein Arsch.« Er trat beiseite, damit ein Fotograf ein Bild machen konnte.

»Das sehe ich. Aber glaubst du, er ist unser Arsch?«

»Ich weiß es nicht, Martin«, sagte Maiden mit einem Seufzer, der verriet, dass er nicht besonders hoffnungsvoll war. »Irgendwas stimmt nicht. Irgendwas passt nicht.«

Creane inspizierte behutsam die dreckigen Teller in der Spüle. »Würde irgendjemand sich mit so einem ekelhaften Schwein wie dem zusammentun? Wie könnte man es mit ihm aushalten? Ich meine, er lebt nicht nur im Dreck, er kann auch nicht ganz gesund im Kopf sein. Vielleicht hat Vicki Colonel recht, und Howard hat sich diese Fiona auch nur eingebildet. Eine kranke Fantasie?«

Maiden nickte. »Das ist das, was mir daran auch nicht gefällt. Er erscheint mir als Einzelgänger, zumindest seit er seinen Kumpel umgebracht hat. Wer weiß, vielleicht haben sie sich sogar über seine Hygienevorstellungen gestritten, und er war halt der Erste am Gewehr. Wir können Fiona nicht gleich abschreiben. Schlimmer noch, wir müssen jetzt nach ihr suchen, was Zeitverschwendung ist, weil Howard keine Bedrohung mehr darstellt.«

»Und wenn es sie nicht gibt? Was ist mit dem Zusammenhang zwischen diesem Fall und den Serienmorden? Gibt es einen? Oder war das alles nur Zufall?«

»Vielleicht – wahrscheinlich, so wie es aussieht. Wir werden uns den Arsch abarbeiten müssen, um es rauszukriegen.« Maiden deutete auf die Leiche, die jetzt von einer Plastikplane bedeckt war. »Vor allem, wo unser bester Zeuge sein halbes Hirn an der Tapete kleben hat.«

»Ewig schade«, sagte Creane ohne besonderen Nachdruck.

»Scheiße, Martin. Abgesehen von ein paar unbeantworteten Fragen finde ich, wir haben das beste Ergebnis erzielt. Und ich bin sicher, Vicki Colonel sieht das auch so.«

An diesem Abend ging Maiden direkt nach Hause und blieb dort, um in Ruhe ein paar Bier zu trinken, bevor er früh einschlief. Er war körperlich und geistig so sehr erschöpft, dass er nicht einmal Janet Brown anrufen wollte. Zwischen ihnen begann eine Beziehung zu wachsen, und jetzt, wo er zuversichtlich war, dass das geschah, wollte er nicht zu schnell vorgehen. Er wollte sie besser kennenlernen, bevor es weiterging, trotz ihrer überraschenden Zuneigung am Abend zuvor. Aber heute war er zu müde, um solche Spielchen zu spielen. Außerdem, sagte er sich, war es gut, einer Frau nicht zu intensiv nachzustellen. Oft war das Beste, was man in einer neuen Beziehung tun konnte, einfach gar nichts.

Und am nächsten Tag würden sie sich sowieso ausführlich sehen, wenn sie den Bericht der Spurensicherung über die Wohnung des Entführers, seine Klamotten und Waffen durchgingen.

27

Geoff Parsons hatte Zeit, die Spätnachrichten auf einem tragbaren Fernseher anzuschauen. Was er sah, ließ ihn sich gut fühlen. Der Geschäftsbezirk schien wieder sicher zu sein.

Er besaß eine Druckerei, die auf Briefköpfe, Visitenkarten und so weiter spezialisiert war. Er arbeitete bis spät abends, weswegen er sich den tragbaren Fernseher gegönnt hatte. So konnte er seine Lieblingssendungen sehen, während er einfache Arbeiten verrichtete wie das Verpacken von Aufträgen, die am nächsten Tag verschickt würden. Als Letztes sicherte er, wie auch heute, alle Dateien auf dem Buchhaltungscomputer. Das dauerte, weil Parsons die weniger anspruchsvolle Arbeit der alltäglichen Buchhaltung auf eine der älteren Maschinen verlegt hatte. Der Computer hätte schon lange zusammen mit den anderen erneuert werden müssen, woran er sich stets erinnerte, wenn er davor saß und darauf wartete, dass die Sicherungskopien erstellt wurden. Aber so hatte er andererseits Zeit, die Spätnachrichten zu sehen. Seine Mitarbeiter waren schon lange heimgegangen. Freitag war die einzige Ausnahme von dieser Routine, da bemühte er sich, nicht so lange zu arbeiten, und normalerweise tranken sie alle zusammen etwas, während der Computer allein seine Arbeit verrichtete. Aber heute war kein Freitag.

Die Nachrichtensendung, die ihn erfreute, war der Bericht über einen nachmittäglichen Polizeizugriff in einem Hochhaus. Eine attraktive junge Frau, die Tage zuvor von einem bewaffneten Räuber entführt worden war, hatte gerettet werden können, und der Entführer war dabei ums Leben gekommen. Parsons lächelte, als er hörte, dass der Fernsehreporter vermutete, der tote Entführer sei auch für die Serienmorde und Verstümmelungen im Geschäftsbezirk verantwortlich. Die Polizei gab offiziell keinen Kommentar dazu ab (und in diesem Moment erlaubte sich der Reporter ein kleines, wissendes Lächeln), aber Aussagen des Entführers während seiner Flucht von der Tankstelle und seine Drohung, dem Mädchen die Finger abzuhacken, ließen entsprechende Schlüsse zu.

In dem Bericht folgten dann Aufnahmen des Hochhauses, eines vor dem Krankenhaus vorfahrenden Krankenwagens, einer Trage, die in die Notaufnahme gerollt wurde, und die übliche Aufnahme aus großer Entfernung, wie eine Leiche aus dem Haus getragen wurde.

Parsons' Aufmerksamkeit löste sich vom Fernseher, als ein Piepsen des Computers verkündete, dass die Sicherung abgeschlossen sei. Er seufzte, zufrieden darüber, dass die Arbeit eines weiteren Tages erledigt war. Er tat gern das meiste selbst. Dann musste er keine Überstunden zahlen und wusste zugleich, dass die Arbeit ordentlich erledigt wurde. Er beugte sich vor und schaltete den Fernseher aus. Es war Zeit, nach Hause zu gehen. Heute, schien es, musste er sich keine Sorgen machen, dass ihm ein Serienmörder auf der Straße nachstellte.

Er spazierte noch einmal durch die Büros, um sicher zu gehen, dass alle Geräte ausgeschaltet waren und keinen Strom verschwendeten. Dann zog er seine Jacke an, überprüfte, ob er seine Geldbörse, den Haustürschlüssel und seinen Rückfahrschein für den Zug nach Bondi Junction hatte. Er nahm seine Aktentasche hoch und begann schließlich, alle Lichter außer einem auszuschalten. Er sorgte sich nicht in der Beinahe-Dunkelheit. Er kannte das Büro in- und auswendig.

Er ging hinaus in den Empfangsbereich und dann durch die Doppelglastür, die er hinter sich abschloss, in den Flur mit den Fahrstühlen. Es gab nur zwei Fahrstühle in diesem zwölfstöckigen Haus, und um diese Zeit war er wahrscheinlich der einzige Mensch hier. Er drückte den Rufknopf des

Lifts und erwartete, dass einer von beiden in kürzester Zeit käme. Deswegen erstaunte es ihn, als nach mehreren Minuten noch immer kein Fahrstuhl da war. Parsons trat einen Schritt zurück und betrachtete die Anzeigetafeln über den Türen. Beide Fahrstühle befanden sich immer noch im Erdgeschoss.

»Verdammt«, sagte er laut. Wahrscheinlich hingen sie irgendwie fest. Vielleicht wurden sie gereinigt? Er war im sechsten Stock, also war es keine große Sache, stattdessen die Feuertreppe zu nehmen.

Parsons ging durch die Feuertür. Die Betontreppe war nicht besonders gut beleuchtet, nur einige weit auseinanderliegende Lämpchen erhellten die Stufen. Er lauschte dem Echo seiner eigenen Schritte, als er die erste Treppe nahm. Ein lautes Klicken von oben erinnerte Parsons daran, dass er die Zugangsberechtigungskarte in seiner Geldbörse brauchte, um jetzt wieder rauszukommen. Nur so konnte man von dieser Seite die Feuertür öffnen.

Dann wurde ihm klar, dass er so dachte, weil ihn das Dämmerlicht im Treppenhaus ein wenig verängstigte, und er überlegte, ob er wieder hochgehen und noch einmal den Fahrstuhl probieren sollte.

»Sei nicht albern«, sagte er sich halblaut. »Es wird kaum eine Minute dauern, die Treppe runterzugehen, dann bist du draußen. Ich bin sicher, der Schwarze Mann liegt auch schon längst im Bett ...«

Er hielt mitten im Schritt inne, weil er über sein Murmeln hinweg glaubte, ein Geräusch von irgendwo weiter unten vernommen zu haben. Ein Schaben, als würde jemand mit den Füßen über den Boden streichen. Er lauschte einen Moment, hielt den Atem an, hörte es aber nicht wieder.

»Jetzt stellst du dich aber wirklich albern an«, hauchte er. Er starrte wieder abwärts und erreichte den nächsten Absatz, bevor ein weiteres Geräusch ihn innehalten ließ. Zumindest *glaubte* Parsons, ein weiteres Geräusch vernommen zu haben. Diesmal klang es wie ein einzelnes Schniefen oder ein unterdrücktes Niesen.

Warum zum Teufel sollte jemand mitten in der Nacht in diesem Treppenhaus herumstehen?

Parsons wurde nervöser mit jeder Sekunde, die verging, und versuchte, sich zu sagen, dass es nur eines sein konnte – wenn überhaupt: jemand anders, der spät nachts arbeitete und auf der Treppe eine Zigarette rauchte. Tagsüber passierte das andauernd. Fast alle Büros in diesem Gebäude waren rauchfrei. Er überlegte noch einmal, ob er umdrehen und wieder hochgehen sollte. Er konnte mit seiner Zugangskarte in den Flur treten und gucken, ob die Fahrstühle jetzt funktionierten. Aber vielleicht musste er lange warten und dann doch die Treppe nehmen, wenn die Fahrstühle gerade von einem Techniker überprüft wurden.

Bevor er sich anders besann, rief er auch schon: »Hallo? Ist da unten jemand?« Er kam sich albern vor. Er klang wie ein verängstigtes Kind, und wer auch immer dort unten stand, lachte sich jetzt wahrscheinlich tot über ihn.

Aber es war kein Gelächter von unten zu hören. Es war überhaupt nichts zu hören.

»Nun, das beantwortet die Frage«, sagte Parsons mit unsicherer Erleichterung; er war sich der Tatsache bewusst, dass er versuchte, sich selbst zu überzeugen. Er ging weiter hinunter und fand, dass er jetzt schon lächerlich lange auf der Treppe unterwegs war. Wäre er sie einfach ganz normal hinuntergegangen, statt bei jedem Schritt eingebildete Monster zu hören, könnte er jetzt schon auf der Straße stehen.

Diesmal war es definitiv ein gedämpftes Hüsteln.

Irgendwo auf der Treppe dort unten hatte irgendwer sich die Hand auf den Mund gepresst, bevor er hustete.

Parsons blieb bei dem Geräusch wieder stehen. »Hören Sie, wer ist da unten?«, rief er, wobei er versuchte, ein wenig Autorität in seine Stimme zu legen, aber selbst für ihn klang es so, als bekäme er Angst – was auch der Fall war. Er schaute über die Schulter die Treppe wieder hoch. Die Versuchung war groß, umzudrehen und zurück in den Flur zu treten. Er konnte das jedoch nur auf seinem eigenen Stockwerk tun, wegen der Kartenanlage. Aber wenn der Fahrstuhl sich dann weigerte, wenn er oben war? Sollte er dann die Nacht in seinem Büro verbringen, zu furchtsam, um nach Hause zu gehen, nur weil irgendein Obdachloser am Fuße der Feuertreppe pennte?

»Verdammt, mal sehen, wer zum Teufel das ist«, sagte er, packte seine Aktentasche fester und fragte sich, ob sie als Waffe geeignet wäre. Konnte er jemand mit einem Plastikaktenkoffer voll Papier und einer leeren Lunchbox in die Flucht schlagen? Wieder begann er, die Treppe hinunterzugehen, aber statt zu schauen, wo er hintrat, versuchte Parsons jetzt, um die nächste Ecke und in die Schatten zu starren.

Ein weiteres Husten von unten ließ ihn innehalten, aber dann ging er weiter.

»Dies ist ein Privatgebäude, wer immer Sie da unten sind«, sagte er laut und versuchte, ärgerlich zu klingen. »Ich hoffe, Sie haben einen verdammt guten Grund, hier zu sein!«

Es blieb nur noch eine Treppe, und Parsons sah, wie sich ein Schatten unten bewegte. Diesmal blieb er stehen.

»Wer sind Sie?«, fragte er streng.

Die Bewegung stoppte für einen Augenblick, begann dann erneut. Jemand trat unter der letzten Treppe hervor, wandte sich um und starrte zu ihm herauf.

»Großer Gott«, hauchte Parsons. »Wer …« Aber der Rest der Worte blieb in seinem Hals stecken, erstickt durch kalte Angst.

Es war ein Mann mit drohenden, massiven Schultern und der kräftigen Figur eines Sportlers. Sein ganzer Körper war angespannt und bereit, sich die Treppe hinauf auf seinen nächsten Gegner zu stürzen. Aber dies war kein Spiel. Dies war kein unschuldiger Wettbewerb. Parsons begriff, dass er in das Gesicht eines Jägers starrte. Dunkle Augen fixierten ihn mit engstirniger Intensität.

Es war der Blick eines Wesens, das vorhat, zu töten.

Parsons sagte zittrig: »Hey, Kumpel, ich glaube nicht, dass du hier sein solltest. Alles in Ordnung? Hast du dich verlaufen?«

Eine leise Stimme murmelte aus den Schatten, und der Mann nickte. Er griff nach dem Geländer, sodass man sehen konnte, wie groß seine Hände waren. Etwas an der Entschlossenheit, mit der er den Aufstieg begann, wobei sein Blick niemals Parsons' Gesicht verlor, war genauso beängstigend wie der mörderische Ausdruck in diesen Augen.

»Sie ... Sie können hier nicht hoch.« Parsons hob die Hand. »Und man kommt sowieso nirgendwohin. Nur aufs Dach. Alle anderen Türen sind zu.«

Die Worte wurden ignoriert. Der Mann ging weiter. Als er nur noch ein paar Stufen vor ihm war, verlor Parsons die Nerven und wirbelte herum und zog sich schnell fast bis zum nächsten Absatz zurück. Dann hielt er inne, um zu überprüfen, ob das etwas brachte, aber dem war nicht so. Der Mann folgte Parsons sturheil mit dem Blick, während er selbst ruhig weiterging.

Im vollkommenem Unglauben, dass das Schlimmste eingetreten sein könnte, zeigte Parsons mit dem Finger auf den anderen und sagte zittrig: »Hören Sie, ich weiß nicht, was für ein Spiel Sie da spielen – aber ich muss nicht mitspielen! Sie verschwenden Ihre und meine Zeit, und ich hätte nicht übel Lust, die Polizei zu verständigen. Sie finden das vielleicht lustig ...« Parsons musste sich unterbrechen und erneut bis zum nächsten Treppenabsatz hochgehen. Der Mann hätte taub sein können, jedenfalls reagierte er nicht auf Parsons' Wut. Er ging einfach im gleichen Tempo immer weiter, das Gesicht nach oben gerichtet, um Parsons nicht aus den Augen zu verlieren.

»Verdammt!«, schnauzte Parsons vom nächsten Absatz

aus und wandte seinem Verfolger einen Augenblick das Gesicht zu. »Ich gehe jetzt zurück in mein Büro, wohin Sie mir nicht folgen können, es sei denn, Sie haben eine Zugangskarte«, setzte er in schalem Triumph hinzu. »Dann rufe ich die Polizei und sage denen, sie sollen Sie und Ihre Freunde hinauswerfen. Dann haben Sie Glück, wenn Sie nicht die Nacht im Gefängnis verbringen. Mir ist egal, ob Sie auf Drogen oder betrunken sind oder ob jemand Sie auf mich angesetzt hat ...« Wieder musste Parsons den Rest seiner Drohung für sich behalten, denn er musste ein paar Schritte zurückweichen.

Diesmal hielt er nicht inne, sondern eilte die Treppe weiter hinauf. Alarmiert hörte er einen gezischten Befehl vom unteren Ende der Treppe, und die Schritte seines Verfolgers beschleunigten sich auf sein eigenes Tempo. Parsons' Angst wurde unkontrollierbar, als er begriff, dass er tatsächlich verfolgt wurde. Panisch versuchte er, schneller zu laufen, und stolperte, sodass er beinahe gestürzt wäre. Ein Teil des Problems bestand darin, dass er nur eine Hand zur Verfügung hatte, mit der anderen umklammerte er immer noch die Aktentasche. Er überlegte, ob er sie zurücklassen sollte, und hatte stattdessen eine Idee. Eilig beugte er sich über das Geländer und schaute hinunter. Der Mann war nur zwei Treppen unter ihm und kam schnell hinter ihm her. Parsons hob seine Aktentasche über den Kopf und warf sie. Zu spät wurde ihm klar, dass es unmöglich war, in diesem Winkel zu treffen, und dass er hätte warten sollen, bis sein Verfolger das untere Ende seines eigenen Treppenlaufs erreichte. Die Aktentasche prallte spektakulär vom Geländer ab, knallte dann mehrere Stockwerke lang über die Betonstufen, bis sie schließlich außer Sicht geriet.

Parsons stieß einen ängstlichen Schrei aus, als ihm klar wurde, dass seine kurze Pause den Abstand erheblich verringert hatte. Er begann wieder, ungeschickt die Treppe hinaufzulaufen, und zerrte im Laufen seine Geldbörse aus der Jackentasche. Ihm blieb nur noch ein Stockwerk, aber Parsons wurde mit großer Angst klar, dass er keine Zeit mehr hatte, seine Karte zu benutzen. Das System brauchte ein paar Sekunden, sie auszulesen, nach seiner Geheimzahl zu fragen und die Tür zu öffnen. Und diese paar Sekunden waren zu lang. Sein Angreifer würde ihn erreicht haben.

Also rannte er blindlings an seinem eigenen Stockwerk vorbei – seiner einzigen Chance, das Treppenhaus so zu verlassen, dass ihm niemand folgen konnte. Das Dach schien ihm die bessere Möglichkeit zu sein. Er hatte keine Ahnung, was sich dort oben befand. Irgendwann einmal, vor langer Zeit, hatte er an einem kalten, windigen Tag hinausgeschaut und eine wenig einladende Fläche unbemalten Betons, umgeben von grauen Wolkenkratzern gesehen. Parsons hatte keine Erfahrung mit Höhen, abgesehen von der vollkommenen Sicherheit eines Bürofensters, und hatte damals entschieden, dass es kein guter Tag dafür war, herauszufinden, ob er vielleicht unter Höhenangst litt. Peinlich berührt über seine eigene Zögerlichkeit war er zurückgetreten und in sein Büro gegangen.

Jetzt wünschte er sich, er hätte genauer hingesehen. Was war dort oben? Konnte er sich dort verstecken? Voller Optimismus fragte sich Parsons, ob die Fahrstühle selbst vielleicht bis aufs Dach führten. Vielleicht gab es einen Serviceschalter, mit dem er den Lift rufen konnte. Ein wilder Plan bildete sich in Parsons' Panikhirn heraus. Er könnte die Tür am oberen Ende der Treppe verbarrikadieren, zumindest lange genug, bis der Fahrstuhl kam und ihn in die Sicherheit nach unten transportierte.

Hysterisch dachte er: *Dann werden wir ja sehen, wie schnell dieses Arschgesicht die Treppe wieder runterrennen kann! Nicht schnell genug, möchte ich wetten.*

Aber der Augenblick verging. Parsons war nur noch ein Stockwerk unterhalb des Dachausgangs. Er konnte die grunzenden, beinahe tierischen Laute hören, die jener Mann von sich gab, der ihn mühevoll die Treppe hoch verfolgte. Andere eigenartige Geräusche verwirrten Parsons, bis ihm klar wurde, dass er sie selbst von sich gab. Es waren kleine Angstquiekser, die Schreie hätten sein können, wäre er nicht so atemlos gewesen.

Er brach durch die Tür in die kühle, unheimliche Nacht hinaus. Der gruselige Eindruck entstand durch farbig flackernde Lichter naher Dachwerbeschilder. Eines auf einem gegenüberliegenden Gebäude war so nah, dass er das elektrische Summen vernehmen konnte. Es tauchte das Dach in einen eigenartigen blauen Schimmer. Parsons wirbelte herum und knallte die Tür hinter sich zu. Mit einem Seufzer zwischen Angst und Frustration sah er, dass er sie nicht abschließen konnte. Er blickte sich um, entdeckte aber im Dämmerlicht nichts, womit er die Tür verkeilen oder den Griff blockieren konnte. Parsons lehnte sich mit seinem gesamten Gewicht gegen die Tür, er konzentrierte den Großteil seiner Kraft auf den Öffnungsmechanismus selbst und hoffte, seinen Verfolger daran hindern zu können, die Klinke zu drücken. Er wartete auf die ersten Anzeichen, dass jemand versuchte, zu ihm hinauszugelangen.

»Lieber Gott, jemand muss mir helfen. Warum passiert mir das?«, flüsterte er elendiglich. Dann fiel Parsons ein, dass er im Freien war und ihn nichts daran hinderte, so laut er konnte, um Hilfe zu rufen.

»Hilfe! Hilfe! Ich werde … ich werde angegriffen. Jemand versucht, mich umzubringen!«

Es rummste auf der anderen Seite der Tür, als jemand versuchte, sie zu öffnen, und auf unerwarteten Widerstand traf. Parsons schrie vor Angst. Der Griff begann sich unter seinen Händen zu senken, und er legte all seine Kraft in seine Handgelenke, um das zu verhindern. Langsam, aber unausweichlich, verlor er an Boden. Als die Klinke komplett heruntergedrückt war, wurde die Tür nach außen gestemmt. Einmal gelang es Parsons, sie wieder zuzudrücken, aber beim zweiten Mal schob sich ein dicker Arm bis zur Schulter durch den Spalt. Eine große Hand tastete nach ihm und bekam den Aufschlag seiner Jacke zu fassen.

Mit einem heiseren Angstschrei gab Parsons den Kampf mit der Tür auf und ließ sich nach hinten fallen. Er riss sich die Jacke vom Leib und entkam gerade noch einem Mann, der aus dem Treppenhaus trat, um ihn besser zu fassen zu kriegen. Im blauen Neonlicht sah Parsons, dass der Ausdruck auf dem Gesicht des Mannes immer noch reglos war – eine seelenlose Maschine, die nur darauf eingestellt war, ihn zu schnappen.

»Lass mich in Ruhe! Verschwinde!« Taumelnd rannte Parsons in Richtung der quadratischen Fahrstuhlmechanik in der Mitte des Daches. Er konnte sehen, dass man von hier aus keinen Zugang zu den Fahrstühlen selbst hatte, aber es gab eine Tür mit der Aufschrift »Kein Eingang«, und er war verzweifelt genug, alles zu probieren.

Abgeschlossen.

Er schaute über seine Schulter, während er sich sinnlos gegen die Tür warf, und konnte sehen, dass ihm Zeit blieb, den Rest des Daches zu überprüfen. Parsons lief seitwärts wie eine Krabbe und betete bei jeder Ecke, die er erreichte, dass sich dahinter ein Fluchtweg auftun würde. Aber er fand nichts außer nacktem Beton. Als er zu der Tür zurückkehrte, war sein Angreifer nur wenige Meter entfernt und kam mit der Lässigkeit eines Jägers, der weiß, dass seine Beute in der Falle sitzt, über das Dach auf ihn zu.

»Wer zum Teufel bist du?«, kreischte Parsons und ging rückwärts zur gegenüberliegenden Ecke des Gebäudes. Er hatte eine weitere verzweifelte Idee, wandte sich um und lief zum Rand des Gebäudes. Ein kleines Mäuerchen drückte sich in seinen Bauch, als er hinüberschaute. Der schwindelerregende Anblick der Straße zwölf Stockwerke tiefer schien zu versuchen, ihn hinabzusaugen, und Parsons taumelte erschrocken zurück. Er rappelte sich auf, eilte zur nächsten

Fassadenseite und schaute wieder hinunter. Dann die nächste und die übernächste. Jedes Mal änderte der Mann, der ihn verfolgte, seinen Weg und achtete dabei darauf, dass Parsons nicht direkt zur Treppe zurücklaufen konnte. Und anders als in jedem Film, den er jemals gesehen hatte, gab es kein an das Gebäude anschließendes Dach, auf das Parsons mutig hätte hinüberspringen können, um zu fliehen.

Sein Verfolger kam immer näher. Parsons duckte sich zu einer Seite und schaffte es, der Hand zu entwischen, die nach ihm schnappte, aber nun befand er sich in einer Ecke. Er würde nicht mehr lange durchhalten. Verzweifelt trat er wieder an die Ecke und beugte sich hinüber.

»Um Himmels willen, helft mir!«, schrie er hinunter auf den Straßenverkehr. Desinteressiert und ohne ihn zu bemerken, bewegten sich Autos und Laster weiter wie Ameisen, sie achteten nicht auf Parsons' Schreie in der Nacht. Zu spät drehte er sich um und sah den Mann auf sich zukommen.

Unfassbar kräftige Hände packten Parsons am Hals und begannen zuzudrücken. Er wehrte sich, er schlug und versuchte, seinen Gegner mit dem Knie in den Unterleib zu treffen, aber seine Kraft verebbte mit dem Schmerz und Schock des Würgens. Benommen wurde ihm klar, dass man ihn über den Rand des Gebäudes hielt, und die Hälfte seiner Bemühungen bestand darin, zu verhindern, dass er hinuntergeworfen wurde, statt sich zu wehren. Die farbigen Neonlichter begannen sich zu drehen, dann zu verschwimmen. Ein unglaublicher Schmerz in seinen Lungen nahm ihm die letzte Kraft. Wie ein ertrinkender Mann, der sein Leben vorüberziehen sieht, war das Letzte, was Parsons wahrnahm, ein in sich zusammenfallendes Bild des Fernsehnachrichtensprechers, der seinen Zuschauern mit wissendem Lächeln erklärte, dass der Serienmörder höchstwahrscheinlich tot war.

Sie war während der letzten Minute der Jagd ebenfalls aus dem Treppenhaus auf das Dach getreten. Sie sah, wie Parsons getötet wurde, sein halber Körper hing über die Dachkante, während er nutzlos nach seinem Angreifer schlug. Dann wurde seine Leiche sanft auf den Beton gelegt.

»Ist es vorbei?«, fragte sie leise und ging hinüber.

Er kauerte vor der Leiche, schaute über seine Schulter und nickte einmal.

»Gut.« Sie streckte die Hand aus und streichelte liebevoll seine Wange. »Ich habe deine Belohnung im Wagen. Sobald wir hier fertig sind, kannst du sie haben.«

Er schaute sie jetzt mit vor Vorfreude strahlendem Blick an, und sie fuhr mit der Hand durch sein kurz geschorenes Haar.

Dann ging sie neben Parsons Leiche in die Knie und murmelte: »Das ist besser. Das Treppenhaus wäre gut gewesen, aber hier draußen ist besser.« Sie trug einen Leinenbeutel über der Schulter. Daraus nahm sie eine Schere und begann, zügig den Kragen und den größten Teil von Parsons' Hemd wegzuschneiden. Sie durchtrennte auch seine Krawatte und warf sie zur Seite. Als Hals und Brust frei lagen, ersetzte sie die Schere durch ein Chirurgen-Skalpell.

»Bieg seinen Kopf nach hinten, wie wenn ich dich rasiere.«

Er gehorchte, legte eine seiner großen Hände hinten in Parsons' Nacken, und hob ihn an. Auf den Knien und weit vorgebeugt, setzte sie das Skalpell unter einem Ohr an und vollführte einen tiefen, gezielten Schnitt quer über Parsons' Hals bis zu seinem anderen Ohr.

Von der Straße unten hallte eine Polizeisirene herauf, und sie verkrampfte sich, lauschte aufmerksam. Aber die Sirene verklang schnell in der Ferne. Zufrieden widmete sie sich wieder ihrer Aufgabe. Sie wollte nur den Kopf, nicht auch noch seinen Hals. Der Kopf war die Botschaft – sonst nichts.

Als sie alles durchtrennt hatte, rollte Parsons' Kopf tatsächlich einfach von seinem Körper weg, die Wirbelsäule bot keinen Widerstand, nachdem sie einmal mit der Klinge zwischen den Wirbeln hindurchgefahren war.

»Lass ihn liegen«, sagte sie. »Hier ist es genauso gut wie anderswo.« Sie zog eine Plastiktüte aus ihrer Tasche. Dann nahm sie Parsons' Kopf am Haar, legte ihn vorsichtig in die Tüte und drehte sie zu. Die Form von Parsons' Gesicht, deutlich erkennbar durch das dünne Material, wirbelte grotesk durch die Luft.

»Komm mit«, sagte sie und erhob sich. »Wir legen das hin, wo es hingehört, dann bringe ich dich zurück.«

Wenig später saßen sie beide in ihrem Wagen, und es war Zeit für seine Belohnung. Das war alles, was er jemals brauchte, um zu tun, was sie sagte. Manchmal sorgte es sie, dass er so leicht zu befriedigen war.

Sie griff hinter den Sitz und zog eine kleine in Plastik eingeschlagene Schachtel hervor. Sie gab sie ihm, und er starrte die Schachtel gierig an in dem Versuch, im schlechten Licht die Illustration zu erkennen.

»Erst öffnen, wenn wir zu Hause sind«, sagte sie streng zu ihm, woraufhin er sie enttäuscht anschaute.

28

Maiden saß in Janet Browns Büro. Sie war gerade mit zwei Bechern Morgenkaffee für sie beide zurückgekommen. Er war direkt von zu Hause hierhergefahren, statt zuerst zum *The Rocks*.

»Wir haben die ganze Nacht Leute an dieser Sache arbeiten lassen. Ich hoffe, du bist dankbar.« Ihre Stimme war von kühler Professionalität. Maiden hatte keine Ahnung, ob das an den Umständen lag oder an der Tatsache, dass er sie am Abend zuvor nicht angerufen hatte.

»Natürlich.« Er versuchte es mit einem Lächeln.

»Schlechte Neuigkeiten. Glaube ich jedenfalls.«

Es folgte eine Pause, und er genehmigte sich ein enttäuschtes Schulterzucken. »Bringen wir's hinter uns.«

»Ich habe es heute Morgen auch noch einmal überprüft, als Allererstes. Ich habe diesen verdammten Finger wieder rausgeholt und mir noch einmal angesehen. Ich weiß nicht, wie oft ich mir das Ding schon angeguckt habe, auf der Suche nach irgendetwas. Dann habe ich auch die amputierte Hand und das Frauenbein untersucht. Ich glaube, sie sagen mir alle dasselbe – auf keinen Fall sind diese Amputationen mit einer Machete vorgenommen worden. Die Schnitte sind zu sauber. Da wurde nichts abgehackt.«

»Verdammt«, sagte Maiden leise und dachte nach. »Das hätte die Sache viel einfacher gemacht. Jetzt müssen wir die richtige Waffe finden. Sonst noch was?«

»Es gibt keine Hinweise auf eine mangelnde Hygiene an den amputierten Körperteilen oder den beiden Leichen, die wir haben. Zugegeben, die Frau lag so kurz im Recyclingcontainer, dass man sie nicht mitrechnen kann, aber die Leiche im Kofferraum des Wagens hätte Spuren der ekelhaften Umstände, in denen dieser Mörder lebte, aufweisen können – wenigstens geringe Spuren. Es ist nicht immer einfach, aber es lohnt sich, danach zu suchen.«

»Dann können wir wohl aufhören, ihn als Mörder zu bezeichnen, oder? Du glaubst nicht, dass er für die Verstümmelungen verantwortlich ist.« Maiden grunzte frustriert. »Wenigstens habe ich jetzt nicht so ein schlechtes Gewissen, weil wir nicht wirklich nach Fiona gesucht haben, wer zum Teufel das auch immer ist. Ich werde gleich die Suche nach ihr komplett abblasen. Damit muss nun wirklich keiner mehr seine Zeit verschwenden.«

Brown schaute ihn mitfühlend an. »Höchstwahrscheinlich hat er seinen Mitbewohner ermordet, vergiss das nicht. Vielleicht kann sie dir etwas darüber erzählen.«

»Vielleicht, aber ehrlich gesagt ist mir das ziemlich egal. Das ist lange her und hat mit meiner Ermittlung nichts zu tun.«

Brown schnalzte in gespielter Missbilligung mit der Zunge.

»Okay, ich weiß«, sagte er und seufzte. »Sonst noch was?«

»Nichts, was du hören willst. Wir arbeiten weiter daran, aber ich bin sicher, alles was wir finden, sind nur weitere Nägel für den Sarg deiner Theorie, dass Howard Quentin dein Serienmörder ist.«

»Howard Quentin«, ließ Maiden den Namen im Mund zergehen. »Klingt wie ein Uni-Professor, nicht wie ein gemeiner Krimineller.«

»Er war aber ein übler Kerl, in jeder Hinsicht. Hast du das Mädchen verhört?«

»Mache ich nachher.«

»Der geht es bestimmt schlecht.«

»Ich habe gehört, dass sie ganz schön hart im Nehmen ist. Sie hat versucht, das Beste draus zu machen und die Hoffnung nicht aufzugeben. Das ist oft das Schwierigste, wenn man eine Geisel ist.«

Brown nickte nur und schaute ihn erwartungsvoll an. Es folgte ein verunsicherndes Schweigen.

»Hör mal«, sagte er unsicher. »Ich vermute, ich hätte dich gestern Abend anrufen sollen, aber ich war total kaputt.«

Sie unterbrach nicht ihre ruhige Betrachtung. »John, so was musst du nicht sagen. Ich mag dich gern – und das sage ich nicht leichtfertig zu einem Mann. Ich mag deine Gesellschaft und respektiere dich. Wir scheinen voneinander angezogen zu werden, aber wir sind noch weit davon entfernt, dass wir einander erklären müssten, was wir zu jeder Stunde des Tages tun. Du musst mich nicht jeden Abend anrufen. Genau genommen würde ich es wahrscheinlich gar nicht mögen, wenn du das tätest.«

Er fragte sich, ob er ebenso aufrichtig sein sollte, entschied aber, dass er schon genug hatte, worum er sich sorgen konnte. Einstweilen akzeptierte er den Status quo dankbar. Die Feinheiten konnte man später noch klären.

»Das freut mich. Tut mir leid. Ich habe alles Mögliche im Kopf und denke gerade nicht besonders gut.«

Sie lächelte und schaute wirklich mitfühlend. »Ich denke, ich werde dir vergeben.«

Das Telefon klingelte – die perfekte Unterbrechung. Brown hörte nur kurz zu, bevor sie Maiden den Hörer reichte. »Für dich.«

Er nahm ihn und nickte zum Dank. »John Maiden«, sagte er hinein.

»John, hier ist Martin.« Es folgte eine kleine Pause, aber irgendetwas an Creanes Stimme hinderte Maiden daran, ihn zu unterbrechen. Es lag ein Zittern darin. »Diesmal haben wir einen ganzen Kopf, John. Einen abgehackten Kopf in einem verfluchten Fahrstuhl.«

Entsetzt flüsterte Maiden: »Großer Gott ... wo? Und wo bist du?«

Creane nannte ihm die Adresse und setzte hinzu: »Ich bin gerade dabei, *The Rocks* zu verlassen.«

»Hol mich hier ab. Ich lasse meinen Wagen hier.« Er legte den Hörer auf und erklärte als Antwort auf Browns fragenden Blick schnell, was sich zugetragen hatte.

»Gott«, sagte sie leise. »Damit hast du wohl definitiv deine Antwort auf Howard Quentin.«

Maiden war schon halb zur Tür hinaus.

Die Masse der Polizei-, Kranken- und Nachrichtenwagen rund um das zwölfstöckige Gebäude brachte den Verkehr vollkommen zum Erliegen. Maiden war wütend, als Creane ihren Wagen in einiger Entfernung parken musste. Sie gingen auf das farbige Absperrband zu, das den Bürgersteig vor dem Eingang zum Gebäude sicherte, und mussten sich dazu durch eine Gruppe Neugieriger und Pressefotografen drängeln. Manche von ihnen machten Fotos der beiden Detectives, als sie vorbeigingen, und die Blitzlichter flammten direkt vor Maidens angespanntem Gesicht auf. Es war beinahe eine Erleichterung, sich unter dem Band hindurchzuducken und den relativ freien Bereich dahinter zu betreten. Eine Reihe Polizisten ließ nur diejenigen durch, die nachweisen konnten, dass sie in dem Gebäude arbeiteten.

Maiden ging direkt hinein. Im Erdgeschoss hatte man mit Hilfe von Trennwänden aus einem der Büros die Fahrstuhlschächte abgeteilt. Weiteres Absperrband sorgte dafür, dass nur diejenigen, die den schaurigen Anblick wirklich sehen mussten, hindurchkamen.

Maiden drängte sich an einem Polizeifotografen vorbei und schaute in den Fahrstuhl. »Großer Gott«, murmelte er entsetzt, nachdem er einen Moment hingesehen hatte. Der Kopf lag in der Mitte des Fahrstuhls, einen großen Blutfleck um sich herum. Aufgrund der Art, wie das Opfer enthauptet worden war, kippte der Kopf leicht nach hinten. Die offenen Augen schienen Maiden forschend anzustarren, wie die eines Mannes, der dabei war, im Treibsand zu versinken. Creane trat hinter ihn und fluchte bei dem Anblick leise.

Dann sagte Creane: »Sieh nur den Spiegel.« Eine Seite des Fahrstuhls war voll verspiegelt. Mit dem Finger und dem Blut des Opfers waren Worte geschrieben worden, aber das hatte nicht gut funktioniert, und sie waren kaum leserlich. »Ich sollte alle Gierigen und Grausamen enthaupten.«

»Was zum Teufel soll das heißen?«, fragte Creane. Er sah aus, als wäre ihm ein wenig übel.

»Dasselbe wie der Zettel in dem Auto am Flughafen«, erinnerte Maiden ihn grimmig. »Normalerweise könnten wir jetzt ziemlich sicher sagen, dass wir es mit demselben Mörder zu tun haben, aber da die Presse Wind von dieser Botschaft bekommen hat, können wir nicht ganz sicher sein.«

»Aber es war doch sicher derselbe Täter.«

»Das denke ich auch. Ich bin bloß gründlich. Wissen wir, wer das ist?«, fragte er laut, eine prinzipielle Frage an alle.

Ein Constable in der Nähe erwiderte: »Die Frau, die ihn fand, hat einen Schock und ist bereits im Krankenhaus. Sie und eine Kollegin sind die einzigen, die den Kopf gesehen haben. Die Kollegin glaubt, es sei ein Mann, der eine Druckerei im fünften Stock betreibt.«

»Eine *Druckerei?*«

Ein weiterer Detective, der bis zu Maidens Ankunft für den Tatort zuständig gewesen war, streckte den Arm aus und zupfte ihn am Ärmel. »John, wir haben den Rest der Leiche gefunden. Auf dem Dach.«

Maiden schaute ihn überrascht an. »Das ist gut. Und schnell. Wer ist darauf gekommen, dort zuerst nachzusehen?«

»Niemand«, gestand der Detective zögernd. »Einer der Nachrichten-Helikopter hat es gesehen, als er drüberflog. Sie haben wahrscheinlich ausführlich das arme Schwein gefilmt, bevor sie sich die Mühe gemacht haben, uns netterweise zu informieren.«

Maiden verkniff sich einen Fluch. Es war nicht zu ändern. Die Polizisten hätten das Gebäude nach dem Rest der Leiche abgesucht, und zwar systematisch, höchstwahrscheinlich von unten nach oben. Es hätte keinen Anlass gegeben, auf dem Dach anzufangen.

»Sehen wir uns das einmal an«, sagte er und nickte in Richtung des freien Fahrstuhls.

Die Morgenluft war klar und kalt, und es wehte eine Brise, sodass alle auf dem Dach ihre Jacken enger zogen. Ein größeres Grüppchen hatte sich um ein blutiges Bündel am Rand versammelt. Es wurden Fotos gemacht. Ein Hubschrauber flog dicht über sie hinweg, und Maiden starrte hinauf, als könnte er ihn damit verscheuchen. Als sie sich der Leiche näherten, blätterte gerade jemand in einer Geldbörse, die der Tote bei sich hatte. Der Polizist reichte Maiden die offene Geldbörse.

»Das bestätigt die Identifizierung«, sagte er und nickte gleichzeitig zum Gruß. »Er heißt Parsons und leitet eine Druckerei in diesem Gebäude.«

Maiden machte sich nicht die Mühe, die Leiche selbst zu untersuchen. »Kennen wir die Todesursache?«

»Keine Schuss- oder Stichwunden, abgesehen von den offensichtlichen«, sagte der Polizist und deutete auf den blutigen Halsstumpf der Leiche. »Auch nicht am Kopf selbst.«

»Der Leichenbeschauer wird Würgemale finden, kein Zweifel«, sagte Maiden zu ihm. Er trat zurück und betrachtete langsam die umliegenden Gebäude. Viele von ihnen waren höher als das, auf dem sie jetzt standen, und es gab Bürofenster, die zu diesem Dach hinausgingen. »Wir müssen in den benachbarten Häusern herumfragen«, sagte er und deutete auf sie. »Konzentrieren wir uns erst einmal auf die Büros in Richtung dieses Daches, die hoch genug sind, darauf hinunterzusehen.«

Es war kein Befehl, Maiden dachte bloß laut nach. Nur Creane antwortete. »Und wie sollen wir das machen? Willst du Longman anrufen und nach noch mehr Leuten fragen?«

Maiden stand schweigend da und traf Entscheidungen.

Schließlich sagte er: »Wir fahren jetzt zurück zum *The Rocks* und kriegen raus, ob ich die ganze Geschichte noch leite. Es wird immer größer, vor allem wegen der Presseberichte, die das hier kriegen wird. Wir müssen jetzt wahrscheinlich eine Einsatzgruppe bilden. Und ich wäre nicht überrascht, wenn sie mich die nicht leiten lassen.«

»Glaubst du, Longman wird das selber machen?«

»Hoffentlich nicht. Ich glaube, ich würde eher kündigen, als Longmans Laufburschen zu spielen. Außerdem sollten wir Fischer und seine Freundin kommen lassen. Wir müssen bei den beiden sichergehen. Ich habe es satt, mit ihnen Spielchen zu spielen. Dieser arme Kerl hier wurde von einem Gorilla erwürgt, und Tom Fischer passt auf die Beschreibung. Es ist mir egal, dass wir kein Motiv haben. Vielleicht erzählt er uns ja, warum, wenn wir ihn nur richtig fragen.«

Creane war besorgt. Maiden schien die Kontrolle über sich zu verlieren. Leute ohne Grund zu verhaften, war die beste Möglichkeit, einen Fall in den Sand zu setzen. »Aber John, warte mal. Du kannst ihnen gar nichts vorwerfen.«

»Dann werfen wir ihnen einfach das erste Beste vor, was sie abstreiten. Irgendwas werden sie schon sagen, da mach dir keine Sorgen.«

Diesmal öffnete niemand die Tür. Maiden hatte einen Durchsuchungsbefehl und schwenkte ihn vor Creanes Gesicht, bevor er die Schulter gegen die Tür knallte. Sie bog sich und ging schon beim ersten Mal beinahe auf. Noch einmal, dann flog sie nach innen.

Maiden rief: »Tom Fischer? Jennifer Musgrave? Hier ist die Polizei! Machen Sie jetzt keine falsche Bewegung.« Beide Männer hatten die Waffen gezogen und warteten angespannt im Dämmerlicht des Wohnzimmers. Aber es kam niemand aus den anderen Zimmern.

»Scheiße«, fluchte Maiden und ließ seine Waffe sinken. »Wo zum Teufel sind die?«

»Sollten wir versuchen, die Tür wieder hinzubekommen?« Creane betastete das gesplitterte Holz. »Und später noch mal wiederkommen?«

»Sehr lustig, Martin ...« Maiden hielt inne. Irgendetwas kam ihm komisch vor.

Creane teilte sein Gefühl. »Die Magazine sind weg«, sagte er nachdenklich. »Eigentlich scheint eine Menge Zeug zu fehlen. Sind sie vielleicht abgehauen?«

»Nein«, sagte Maiden schwer. Er ging hinüber zu einer Schublade, die halb offen stand. »Ich glaube, sie haben schon Besuch bekommen, bevor wir hier waren.«

»Aber wen?« Creane schaute wieder angespannt, er hob seine Waffe ein wenig und sah zur Tür.

»Uns, Martin«, sagte Maiden verzweifelt. »Verdammt noch mal, *uns*. Hier fehlen alle möglichen Beweisstücke.«

Creane brauchte einen Augenblick, um das zu begreifen. »Was?«

»Die sind *hochgenommen* worden, Martin.« Obwohl er wütend schaute, wackelte Maiden spielerisch mit den Fingern durch die Luft. »Einkassiert von ein paar gottverdammten Bullenschweinen.«

Creane ließ einen Bericht auf Maidens Tisch segeln.

»Es ist kaum zu glauben. Fischer schickte Drogensendungen quer durchs ganze Land, und das in Päckchen mit dem Logo seines Arbeitgebers – er hat sogar das Porto aus deren Kasse genommen. Und er war gerissen genug, immer ein paar Familienfotos dazuzulegen. Die chemischen Ausdünstungen der Abzüge haben alle anderen Gerüche überlagert.«

»Zum Teufel, ich hab dir doch gesagt, irgendwas stimmt nicht.«

Maiden machte sich nicht die Mühe, den Bericht zu lesen. Es war schon schlimm genug.

»Aber es ist ein tolles Alibi für unseren neuesten Mord«, wandte Creane mit einem schiefen Grinsen ein. »Sie waren beide die letzten vierundzwanzig Stunden in U-Haft auf der Wache Day Street. Besser hätte es gar nicht laufen können.«

»Freut mich, dass du so beeindruckt bist, Martin. Hast du noch irgendeine tolle Idee, um die einzigen anständigen Verdächtigen, die wir hatten, zu ersetzen – nicht, dass sie so besonders toll waren.« Maiden fuhr sich müde mit einer Hand über das Gesicht.

»Ja, ich habe eine Idee. Aber willst du sie auch hören?«

Maiden schaute zu ihm auf. »Ist sie gut?«

»Im Moment weiß ich das noch nicht, aber vielleicht bald.«

»Sag mir Bescheid, wenn es so weit ist. Ich bin damit beschäftigt, zu überlegen, wie ich mir Longman vom Hals halte.«

29

Eine kleine Einsatzgruppe aus zwanzig Junior Detectives und Streifenpolizisten wurde einberufen, um an nichts anderem zu arbeiten als den Serienmorden. Diese Detectives waren anders eingestuft als die normalen Streifenpolizisten, die man kurzzeitig anfordern konnte, um Untersuchungen durchführen zu lassen. Maiden blieb als Senior Detective immer noch der Chef, konnte aber das Gefühl nicht abschütteln, dass das nicht lange so bleiben würde. Er vermutete, dass er vielleicht sogar als Sündenbock ausersehen war für den mangelnden Erfolg bei der Suche nach dem Mörder. Das Einzige, was ihn im Moment wahrscheinlich über Wasser hielt, war sein Erfolg, Howard Quentin ausfindig gemacht und Vicki Colonel gerettet zu haben. Wenn der Beifall für diese Operation verhallte, erwartete Maiden, das Fallbeil auf seinen eigenen Hals niedersausen zu hören.

Er schickte seine Männer in die dem Tatort benachbarten Büros, blieb selbst aber im *The Rocks* und begann, alle Beweise, die sie hatten, noch einmal durchzusehen. Er musste von vorne anfangen, jetzt wo man Howard und seine mögliche Verwicklung in den Fall vergessen konnte, ebenso wie Tom Fischer und Jennifer Musgrave. Es frustrierte und enttäuschte Maiden, zugeben zu müssen, dass er wieder am Anfang stand.

Sie hatten praktisch keine Ahnung, wer hinter den Morden steckte, abgesehen von der hohen Wahrscheinlichkeit, dass der Name des Mörders als Schuldner in den Kundendatenbanken aller Firmen auftauchen würde, deren Angestellte zu Opfern geworden waren. Aber diese Listen waren riesig, und wie sie schon wussten, gab es keine Garantie, dass der

Name, den sie brauchten, nicht hinter einem Firmennamen verborgen war und gar nicht auffiel.

Maiden betrachtete eine Karte und suchte nach Hinweisen die Orte betreffend, an denen die amputierten Körperteile platziert worden waren. Aber ihm fiel nichts auf. Er ging noch einmal die gesamten Berichte der Spurensicherung durch, aber auch dort fand sich nichts, was auf die Identität des Mörders hinwies. Die einzigen soliden Informationen, die sie besaßen, waren mittlerweile positive Zusammenführungen von Körperteilen mit vorhandenen Leichen oder vermissten Personen. Das reichte nicht.

Maiden wurde müde und war wütend, nachdem er dieselben Gedanken wieder und wieder durchging und auf nichts Neues kam. Am frühen Nachmittag beschloss er, nach Creane und seinen Männern zu sehen, nur um eine Weile aus dem Büro zu kommen und sein Hirn durchzulüften, aber Creane überraschte ihn, indem er neben seinem Schreibtisch auftauchte und eine Liste daraufsegeln ließ.

Maiden zog die Augenbrauen hoch. »Was ist das? Ein Durchbruch?«

»Hat nichts mit den Befragungen zu tun. Wie ich schon andeutete, hatte ich eine Idee und habe sie überprüft, bevor ich damit zu dir komme. Das ist sie.« Er nickte hinunter auf das Blatt Papier.

»Was ist das?« Maiden schaute auf die Liste. Darauf standen etwa dreißig Namen und Firmennamen.

»Das Opfer von heute Morgen, Parsons, besaß eine Druckerei. Sonst nichts, ja? Er hat nur Sachen gemacht wie Visitenkarten, Briefpapier – so Zeug. Ich kam nicht drauf, was der Typ getan haben könnte, dass jemand so wütend war, ihm die Rübe abzuhacken. Also bin ich seine Unterlagen durchgegangen und habe mir die Namen von ein paar Leuten rausgesucht, mit denen er zu tun hatte. Dann bin ich losgezogen und habe mit ihnen gesprochen. Ich habe sie gefragt, was sie von Parsons hielten und wie er sie behandelt hat.«

Creane hatte wie immer auf Maidens Schreibtischkante Platz genommen. Jetzt machte er eine Pause und sah Maiden an, der mit den Händen durch die Luft fuhr, um Creane klarzumachen, dass er weiterreden sollte.

»Okay, Martin, du musst nicht so blöd gucken, damit ich verstehe, dass du etwas gut gemacht hast. Spuck's einfach aus.«

»Offenbar war Parsons ein guter Geschäftsmann, aber ziemlich hart mit seinen Schuldnern. Also, wenn man zum Beispiel ein paar Tage zu spät mit der Rechnung war, dann konnte es schon passieren, dass er einen anrief und einen selbst daran erinnerte. Er hat ein paar Leute verärgert und ein paar Kunden verloren, aber es sieht aus, als hätte er nur sehr wenig unbezahlte Rechnungen.«

Maiden schaute nicht beeindruckt, akzeptierte aber, dass es besser war als nichts. Besser als alles, was er nach einem Tag mit allen vorhandenen Informationen zustandegebracht hatte. »Du willst also sagen, unser Mörder ist jemand, der seine Rechnungen nicht bezahlt hat – das wissen wir schon. Parsons Firma war eine von denen, die ihr Geld nicht bekommen haben, also hat Parsons ihn angerufen und daran erinnert, und das hat unseren Mörder so dermaßen wütend gemacht, dass er Parsons auf seine Liste mit Leuten für eine Sonderbehandlung gesetzt hat?«

»Ich kann es ein bisschen genauer sagen«, sagte Creane und nickte in Richtung der Liste. »Das sind alle Leute oder Firmen, die in den letzten drei Jahren bankrott gegangen sind und Parsons Namen als Schuldner gelistet haben. Alle, die finanziell im Eimer waren und Insolvenz beantragt haben und bei denen Parsons geltend machte, dass sie ihm Geld schulden, stehen auf dieser Liste. Ich schätze, wenn wir dasselbe mit den Firmen der anderen Opfer machen und nur die Namen vergleichen, die Insolvenz beantragt haben, dann kommen wir zu viel kürzeren Listen, oder? Ich meine, der Zettel neben Howletts Leiche erklärte doch, dass der Killer ruiniert worden ist, aber ich denke, vielleicht meint er ganz und gar ruiniert: ein offizieller Bankrott.«

Maiden war wütend auf sich. »Natürlich! Warum sind wir nicht vorher darauf gekommen?« Er schwieg einen Augenblick und entschuldigte sich dann selbst: »Ich dachte, er meinte bloß finanziell ruiniert – total pleite oder verzweifelt, was weiß ich? Nicht offiziell *insolvent*. Wie blöd bin ich eigentlich?«

Creane zuckte mit den Achseln. »Ich habe auch nicht weiter darüber nachgedacht. Ich habe diese Listen im Grunde sogar gemieden, weil sie so unendlich lang sind. Ich habe immer gehofft, dass wir den Fall auf eine andere Art knacken, bevor wir diesen Papierberg angehen müssen.«

»Dann sind wir beide große Blödmänner. Gute Arbeit, Martin. Sehr gut. Ich möchte, dass du dasselbe mit den anderen Firmen machst – und zwar selbst. Ich will keine Zeit damit verschwenden, jemand anders damit zu beauftragen.«

»Kein Problem«, sagte Creane grinsend, zufrieden mit sich. Er erhob sich vom Tisch und wollte gerade gehen, hielt dann aber inne, beugte sich vor und tippte auf die Liste vor Maiden. »Die beiden Namen, die ich markiert habe, sind die zwei, gegen die Parsons von sich aus ein Insolvenzverfahren angestrengt hat. Mit anderen Worten, er ist derjenige, der ihnen den Teppich unter den Füßen weggerissen hat, und dann folgten alle anderen.«

»Umso besser«, sagte Maiden und musste erneut widerwillig zugeben, dass Creane gut mitgedacht hatte. »Ich fange mit denen an. Mach dasselbe bei den anderen Firmen.«

»Das hatte ich vor.« Creane zog davon auf der Suche nach einem freien Computer.

Maiden schaute auf die Liste, aber seine Gedanken waren anderswo, denn er versuchte schon, weiter zu denken. Aber einer der Namen, die Creane markiert hatte, sprang ihn urplötzlich an.

Feitler. Janet Browns Mädchenname.

Vollkommen ungebeten huschte eine Erinnerung durch Maidens Kopf und entgeisterte ihn. Es war etwas, was Creane am Flughafen gesagt hatte, als sie Howletts Leiche untersuchten: »*Ich bin kein Arzt, aber das hier sieht doch einigermaßen ordentlich aus, findest du nicht?*«

Janet Brown war Ärztin. Und eine attraktive Frau.

»Sei nicht albern«, sagte Maiden leise zu sich, aber der Gedanke blieb. Es war nicht nur der Zufall, dass Browns einigermaßen ungewöhnlicher Mädchenname auf der Liste stand. Es war eine von Maidens Ahnungen, die sich kraftvoll breit machte – auch wenn sie unwillkommen war.

Er wandte sich den Ausdrucken aller Firmenkontakte der Opfer zu. Es waren die vollständigen Listen, nicht die eingekürzten mit ausschließlich den Bankrotteuren, die Creane zusammenstellte, aber egal. Maiden suchte schließlich nur nach einem einzigen ungewöhnlichen Namen.

Auf den anderen Listen tauchte er nicht auf. Aber es gab jede Menge Browns.

Wie war sein Name noch? Sie hat es einmal gesagt – wie hieß er noch?

David.

Er nahm sich die Listen noch einmal vor. Alle außer einer führten einen D. Brown als ehemaligen Kunden in den Datenbanken.

»Das ist verrückt«, murmelte Maiden, aber eine unverkennbare Kälte breitete sich in seinem Bauch aus.

Er musste das selbst überprüfen. Das konnte nichts anderes sein als ein verrückter Zufall, und Maiden vermutete, er wäre immerhin müde genug, dass ihm die Fantasie durchging. Das war alles. Er durfte noch nicht einmal den Hauch einer derartigen Vermutung durchsickern lassen, denn wenn Brown auch nur möglicherweise Verdächtige in irgendeiner Ermittlung wäre – egal aus welchem Zufall, und egal wie unwichtig –, konnte das den Rest ihres Berufslebens beschädigen, vor allem, wenn der Mörder nie gefasst wurde.

So unmöglich es schien, im Moment konnte man Janet Brown als eine, wenn auch unwahrscheinliche Verdächtige betrachten, zumindest als mögliche Komplizin. Ihr zuliebe, und auch aus Eigeninteresse, musste Maiden diese Sache so schnell wie möglich im Keim ersticken, bevor jemand anders ihr mögliches Auftauchen auf den Firmenlisten bemerkte.

Plötzlich dachte er: *Aber niemand sonst kennt ihren Mädchennamen. Vielleicht kann ich es einfach vergessen.*

Das reichte ihm nicht. Doch immerhin standen so die Chancen besser, dass niemand sonst die Verbindung realisieren würde, bevor er sie entkräften konnte.

The Rocks verfügte auch über eine kleine Abteilung für Geschäftsbetrug. Sie gehörten zum Betrugsdezernat, waren aber spezialisiert auf Dinge wie Computereinbrüche, die Nachverfolgung getürkter Firmen und andere Ermittlungen, die verlangten, dass man sich in den Papierirrgärten der Geschäftswelt auskannte. Sie hatten die ursprünglichen Listen zur Verfügung gestellt, die Maiden jetzt benutzte, und arbeiteten auch noch daran, aber er wollte direkt und diskret mit dem Leiter der Abteilung sprechen, einem beflissenen Mann namens Gould.

Dessen Blick klebte auf einem Computerbildschirm, als Maiden hinter ihn trat. Ohne sich umzuschauen, sagte er: »Tut mir leid, John, aber alle haben den Rest des Tages und morgen bis Mittag zu tun. Ich habe gerade schon deinen Partner weggeschickt, um seine eigene Wühlarbeit zu erledigen. Er hat sich wohl bei dir ausgeheult?«

»Nein, Bob«, sagte Maiden locker, in dem Bewusstsein, dass man mit Gould vorsichtig umgehen musste. »Der kommt schon klar. Ich habe nur ein paar kurze Fragen an dich, für die wir deine elektronischen Zaubereien gar nicht brauchen.«

Mit einem Seufzer löste sich Gould von dem Computerarbeitsplatz und sah Maiden an. »Okay, schieß los.«

»Wir haben nach einem Namen gesucht, der auf allen Listen auftaucht, die ihr uns besorgt habt, und ich glaube, ich habe einen gefunden. Aber da ist ein Haken. Es ist ein Mädchenname.«

»Du meinst: der Mädchenname der Frau eines Verdächtigen?«

»Genau.«

»Und?«

»Ja, wie schwierig ist so etwas? Zum Beispiel, ein Geschäft unter dem Mädchennamen deiner Frau anzumelden?«

»Leicht ... und allgemein üblich. Manche Leute machen das aus Steuergründen, weil sie dann ihre Ehe als Geschäftspartnerschaft absetzen können. Auf diese Weise kann man dem Finanzamt beweisen, dass die Frau aktiv am Geschäft teilhat und nicht nur steuerlich partizipiert. Vollkommen sinnlos, aber eine Menge Leute fürchten das Finanzamt.« Gould zuckte mit den Schultern. »Manchmal machen sie es auch aus ganz anderen Gründen, zum Beispiel wenn sie Geldprobleme haben und keinen Kredit mehr unter ihrem eigenen Namen bekommen, aber der Mädchenname ist noch sauber.«

»Es bestünde also eine Chance, dass diese Namen zusammenhängen? Es gibt kein Gesetz, dass einen daran hindert, den Mädchennamen zu benutzen?«

Gould zuckte wieder mit den Schultern. »Was willst du hören? Wie geläufig sind denn diese Namen?«

Maiden zögerte.

»Ziemlich häufig«, log er.

»Dann ist das das Einzige, worum du dir Sorgen machen musst. Davon abgesehen, ist es absolut üblich. Vielleicht solltest du dir gar nicht die Mühe machen, die Geschäftsleute zu befragen, sondern stattdessen gleich die Buchhalter. Der Geschäftsmann kann dumm wie Brot sein, aber so was fädeln Buchhalter ein, und zwar durchaus auch, ohne es mit ihren Mandanten abzusprechen, verstehst du?«

Maiden nickte bereits und wandte sich zum Gehen.

»Danke, Bob. Mehr musste ich nicht wissen.« Er winkte erschöpft.

»Ich hoffe, es hilft.«

Maiden kehrte an seinen Schreibtisch zurück. Eine Möglichkeit hatte er somit ausschließen können, oder genau genommen war es eine Chance weniger, Janet Brown von der Verdächtigenliste zu streichen. Das Nächste, was er überprüfen wollte, würde ein bisschen schwieriger sein.

Creane fand ihn muffig auf die Liste starrend vor.

»Hast du es dir anders überlegt? Du siehst nicht allzu glücklich aus.«

Maiden schaute schuldbewusst auf. »Nein, ich hab nur nachgedacht.«

»Hast du die Zeitungen gesehen?«

»Nein, warum? Wollen sie uns lynchen?«

»Wahrscheinlich. Aber: Nein, ich meinte diese totale Hysterie, die sie schüren. Plötzlich ist unser Mörder wieder eine große Sache – und ich meine: wirklich riesig. Die Zahl der Überstunden ist praktisch auf Null gefallen. Niemand will spät abends noch arbeiten. Sie raten sogar, dass niemand allein in einem Fahrstuhl fahren sollte.«

»Um Himmels willen, es wurde doch niemand in einem Fahrstuhl *umgebracht.*«

»Versuch das mal den Zeitungen zu erklären.«

»Sensations-Heinis.«

»Jedenfalls machen Sie deinen Namen bekannt. Man liest ›Detective Senior Sergeant John Maiden‹ in praktisch jedem Absatz.«

»Wie zum Teufel kann das sein? Ich habe mit niemandem geredet! Das ist das Letzte, was ich jetzt will.«

»Dann pappt offensichtlich jemand deinen Namen auf alle Pressemitteilungen oder Informationen, die dieses Haus verlassen. Du hast doch die ursprünglichen Pressekonferenzen gegeben, schon vergessen?«

»Wie könnte ich?« Maiden starrte durch den Raum in Richtung von Longmans Glasbüro.

Creane folgte seinem Blick. »Du glaubst, er ist es?«

»Ich glaube, ich soll am Ende den Ärger kriegen, sagen wir mal so.« Maiden köchelte noch einen Augenblick vor sich hin, dann schob er die Sache gedanklich beiseite. »Hör mal, Martin, ich möchte, dass du etwas für mich tust.«

Creane erkannte an seinem Ton, dass etwas nicht stimmte. »Sicher«, sagte er vorsichtig. »Was?«

»Weißt du noch, dass wir darüber gesprochen haben, dass diese Amputationen sehr gut ausgeführt waren, als hätte es ein Arzt gemacht? Wir standen auf dem Flughafenparkplatz.«

»Du hast gehofft, die Spurensicherung merkt es selbst.«

»Genau, und das haben sie nicht.«

»Und jetzt soll ich sie fragen?« Creane war erstaunt. »Warum rufst du nicht einfach Janet Brown an? Ihr scheint euch doch gut zu verstehen.«

»Das ist ein Teil meines Problems«, sagte Maiden und versuchte, ganz beiläufig zu klingen. »Ich fürchte, sie ist diejenige, die den Fehler begangen hat. Sie sieht vielleicht nicht die Möglichkeit, dass da ein Profi am Werk war.«

Nach einer Pause fragte Creane: »Das verstehe ich nicht. Seit wann macht es dir etwas aus, jemanden zu kritisieren?«

»Seit jetzt. Ich habe mir gedacht, das Beste wäre, wenn du rübergehst und einen ihrer Mitarbeiter danach fragst. Tu einfach so, als wolltest du irgendeine Kleinigkeit überprüfen – etwas, was nicht ihre Flughöhe hat, und deswegen ist es okay, einen der Mitarbeiter zu fragen. Du kannst dir den erstbesten Typen schnappen, dem du begegnest. Die sind alle absolute Fachleute da unten. Frag einfach.«

Creane runzelte die Stirn. »Das klingt nach einer Menge Trickserei, wenn ein Anruf von dir die Sache in fünf Sekunden klären könnte.«

Maiden atmete tief durch und verfluchte still Creanes Aufmerksamkeit. »Martin, sagen wir, ich habe ... mich mit Janet Brown angefreundet. *Deswegen* kann ich nicht selbst hingehen, denn dann wird sie mir mit Sicherheit persönlich helfen wollen, ganz egal wie unwichtig die Frage ist. Und ich kann auch schlecht dort anrufen und nach ›irgendwem außer Janet Brown‹ fragen. Und im Moment ist es so, dass es ungünstig wäre, wenn ich ihre Fähigkeiten in Zweifel ziehe.«

Creanes Erstaunen wandelte sich in kaum verhohlenes Amüsement. »Ah, ich verstehe ...«

»Nein, tust du nicht«, unterbrach ihn Maiden. »Aber ich wüsste es zu schätzen, wenn du mir den Gefallen tust. Vielleicht gibt es irgendeinen ganz einfachen medizinischen Quark, von dem wir nichts wissen, der aber bedeutet, dass wir falschliegen und sie recht haben.«

»Okay«, sagte Creane und schwieg, da er bemerkte, dass es Maiden wirklich ernst war. »Muss ich nach allen Körperteilen fragen?«

»Nein, eins reicht. Vielleicht die Hand.«

»Wie wäre es, wenn ich frage, ob das Opfer Rechts- oder Linkshänder war, und dann noch mal nachhake mit den Amputationsfähigkeiten?«

»Gute Idee. Das sollte klappen.«

»Wo erreiche ich dich?«

»Hier. Ich warte immer noch auf die Ergebnisse der Bürobefragung, und ich muss auch noch ein paar andere Dinge klären.«

Creane nickte. »Ich rufe aus Surry Hills an, mal sehen, was ich herausbekomme. Und dann schließe ich mich den Kollegen bei der Befragung an.«

Maiden sah ihm nach, dann brütete er weiter über den Listen. Schließlich hatte er eine Idee und griff nach dem Telefon.

Er musste mehrere Anrufe machen, die alle einige Zeit in Anspruch nahmen, zumal er jeweils darauf bestand, sofort eine Antwort zu erhalten; Leute mussten Akten ziehen und ihm den Inhalt laut vorlesen. Er ließ sich auch Faxe schicken, aber Maiden brauchte sie nur als Bestätigung – er wollte die Informationen sofort hören.

Schließlich wusste er, was er wissen wollte. David Brown war bei einem Autounfall ums Leben gekommen. Nichts Ungewöhnliches, nur eine weitere Tragödie für alle Beteiligten, aber ansonsten etwas, was es nicht mal an dem Tag in die Zeitung geschafft hatte. Brown hatte eine Woche zuvor Insolvenz beantragt und war möglicherweise deprimiert und vielleicht sogar selbstmordgefährdet gewesen, aber die Umstände des Unfalls deuteten nicht darauf hin, dass es tatsächlich ein Selbstmord gewesen wäre.

Aus dem Fax zog er einige der Unterlagen, die er angefragt hatte. Eines davon war eine Liste mit Browns Geschäfts-Informationen, aber aufgrund des ganzen Juristengequatsches war es schwierig, zu verstehen, wie genau David Brown sein Vermögen verdient und warum er es wieder verloren hatte. Maiden überlegte, ob er Bob Gould bitten sollte, ihm das in eine verständliche Sprache zu übersetzen, entschied sich dann aber, dass er schon genug riskiert hatte.

Er kehrte zurück zu seinem Schreibtisch, hatte aber den Eindruck, dass er sinnlos im Kreis rannte. Kaum saß er, klingelte sein Telefon.

Bercoutte war dran.

»John, ich hätte gern, dass Sie zu mir rüberkommen. Haben Sie Zeit?« Maiden hatte in Wahrheit keine Wahl. Er brauchte zehn Minuten zur College Street.

Bercoutte saß an seinem Schreibtisch und bedeutete Maiden, die Tür hinter sich zu schließen. »Was können Sie mir über heute Morgen sagen?«, fragte er ohne Gruß.

Maiden erklärte alles und setzte am Ende hinzu: »Man hat mir zwanzig Mann gegeben. Die durchkämmen im Moment die Gegend. Ich hoffe, irgendwer hat irgendwas auf dem Dach gesehen.«

»Ich habe Ihnen diese Leute gegeben, John. Und Sie sollten zusehen, dass Sie sie zu einem Erfolg führen. Die Leute fangen an, nach unserem Kopf zu schreien.«

Maiden sagte angespannt: »Wenn Sie nicht das Gefühl haben, dass ich alles Menschenmögliche tue, dann können Sie mich gern ersetzen. Ich bin sicher, das würde einigen Leuten gefallen. Gewissen Leuten vor allem.«

Bercoutte schaute gereizt. »Sie zu ersetzen bringt nichts außer einer Verzögerung, während ein anderer Mitarbeiter sich in die Ermittlung einarbeiten muss. Aber ich warne Sie. Die Sache wird so groß und betrifft mittlerweile so viele Leute, dass ich bald aus *politischen* Gründen einen Gesamtleiter der Einsatzgruppe ernennen muss. Sie sind nicht ranghoch genug, um das zu übernehmen.«

Maiden spürte den Ärger in sich und entgegnete frech: »Dann befördern Sie mich doch. Löst das Ihr Problem?«

»Ich möchte, dass Sie den *Fall* lösen, John«, retournierte Bercoutte. »Haben Sie wenigstens irgendwelche vernünftigen Verdächtigen?«

»Nicht wirklich«, log Maiden. »Aber wir haben eine Idee entwickelt, die uns weiterhelfen könnte. Noch ein paar Tage, dann haben wir vielleicht ein Ergebnis. Es dauert einfach eine Weile, diese beschissenen Computerlisten mit Möglichkeiten durchzusieben. Aber das ist alles, was wir haben.« Er rieb sich müde das Gesicht. »Wir hören nichts von unseren üblichen Quellen – es scheint keine Verbindungen zu anderen Morden zu geben. Soweit wir sehen, ist das ein ganz normaler, unschuldiger Mensch, der einfach durchdreht und jetzt andere normale, unschuldige Leute umbringt.«

»Was, vollkommen zufällig?«

»Nein«, sagte Maiden. »Da bin ich inzwischen sicher. Der Mörder sucht sich die Opfer vorher aus und beobachtet sie – er ermittelt Orte und Zeiten, an denen sie verwundbar sind und leicht angegriffen werden können.«

»Was ist mit dem Entführer und seiner Geisel? Keine Verbindung?«

Maiden schüttelte den Kopf. »Ich dachte, es gäbe eine, aber das war wohl nur Zufall.«

»Trotzdem, gute Arbeit«, gab Bercoutte widerwillig zu. »Und das hat Sie auch vorerst gerettet, sonst hätte dieses Gespräch schon gestern früh stattgefunden, und ich hätte Ihnen nicht mehr weiterhelfen können.« Er schwieg einen Moment und nahm einen Zettel vom Tisch, während er über Maidens Lage nachdachte. Nach einem Augenblick sagte er: »Ich gebe Ihnen bis Montag, John. Wenn Sie dann nichts vorzuweisen haben, muss ich jemand Neues in die Ermittlungen einführen.«

Das war die höfliche Formulierung dafür, dass Maiden jemand vor die Nase gesetzt bekam und seine Karriere durch den Anschein des Versagens Schaden nehmen konnte – und zwar ernsthaft, wenn jemand wie Longman sich darauf stürzen wollte.

Maiden fragte säuerlich: »Und was ist mit Ihren großen Plänen, Longman ins Nirwana zu befördern?«

»Das passiert dann nicht«, sagte Bercoutte kurz angebunden und starrte ihn an. Maiden erkannte, dass die Verantwortung schlicht und ergreifend ihm aufgebürdet wurde. Da er sich nicht traute, noch etwas Vertretbares zu sagen, nickte er Bercoutte nur kurz zu und verließ das Zimmer.

Zurück im *The Rocks* schaute Sayers zu Maiden hinüber. Während Maiden sich zwischen den Schreibtischen im Raum hindurchdrängte, bemühte er sich, Ärger und Frustration zu verdrängen, die er Bercoutte verdankte.

Sayers war unangenehm fröhlich. »Wie läuft's, John? Creane hat gerade versucht, dich anzurufen. Er hat seine Handynummer hinterlassen, damit du ihn gleich zurückrufen kannst. Ich habe sie auf deinem Schreibtisch notiert.«

Maiden bedankte sich und wählte die Nummer. Es klingelte, dann ging Creane ran. »Hallo?«

»Martin, ich bin's.«

»Augenblick«, sagte Creane, dessen Stimme blechern klang. »Ich habe keinen guten Empfang. Ich gehe mal raus.« Es dauerte fast eine Minute, und man konnte nur gedämpfte Schritte und sich öffnende oder schließende Türen hören. »Schon besser. Jetzt stehe ich vor Surry Hills.«

»Was hast du rausbekommen, wenn überhaupt?«

»Ich hab einen ganz hellen Typen erwischt, der gar nicht damit aufhören konnte, seine Meinung zu verkünden. Ein echter Klugscheißer, aber es klang so, als wüsste er, was er redet. Wir haben uns auch das Frauenbein angesehen. Der Kopf ist in einem anderen Labor, und Janet Brown kümmert sich selbst darum.«

Er machte eine Pause.

»Sie wird wahrscheinlich von meinem Besuch erfahren, und was ich gefragt habe. Tut mir leid.«

»Darüber mache ich mir Sorgen, wenn es so weit ist«, entgegnete Maiden. »Vielleicht können wir das auch als Ausrede benutzen – dass sie nicht verfügbar war, als du kamst.« Er war angespannt, denn er wollte hören, was Creane herausbekommen hatte. »Also, wie sieht's aus?«

»Der Typ hält es für definitiv. Wer auch immer die Hand und das Bein amputierte, wusste genau, was er tut. Sie haben nicht versucht, Leben zu retten oder so, aber die Fähigkeiten waren unzweifelhaft da. Die Glieder wurden auf die schnellste und effektivste mögliche Art abgetrennt, und zwar von jemand, der wusste, wie das geht. Wusste, wie und wo man zu schneiden hatte.«

»Also können wir anfangen, nach jemand zu suchen, der bankrott *und* medizinisch vorgebildet ist.«

»Das verkleinert das Feld«, sagte Creane enthusiastisch.

»Ja«, sagte Maiden und nickte; er versuchte, genauso zu klingen. Das üble Gefühl in seinem Bauch kehrte zurück.

»Was soll ich jetzt machen?«

»Ich muss noch ein paar Anrufe erledigen. Kannst du rüber zu den anderen gehen und mal fragen, wie es steht? Und sieh dir Parsons Geschäftsunterlagen an. Er wird sowieso die kleinste Datenbank haben. Halte Ausschau nach der medizinischen Kompetenz.«

»Okay, bin schon unterwegs. Ich melde mich später.«

Creane legte auf, er wollte los und weitermachen.

Maiden wählte Janet Browns Durchwahl, wobei er erwartete, mit einer Sekretärin oder einem Anrufbeantworter verbunden zu werden. Er war nicht darauf vorbereitet, ihre eigene Stimme zu hören.

»Janet Brown.« Es folgte ein Schweigen, während Maiden seine Gedanken sortierte, und sie fragte: »Hallo? Wer ist da?«

»Janet – äh, tut mir leid, Janet. Ich bin's, John.«

»Du bist schnell. Ich komme gerade aus dem Labor. Ich habe noch nicht mal die Ergebnisse vom Band abgeschrieben.«

Maiden brauchte einen Augenblick, um zu begreifen, dass sie über ihre Untersuchung des abgetrennten Kopfes sprach. »Ach ja, aber deswegen rufe ich gar nicht an.«

»Oh?«

»Ich wollte mich mit dir treffen. Mit dir reden.«

Sie klang genervt. »Das ist jetzt kein guter Zeitpunkt dafür. Ich habe mir gerade einen abgehackten Kopf angeschaut, um Gottes willen.«

»Ich weiß, tut mir leid. Aber es ist wichtig ... sehr wichtig.«

Das ließ sie innehalten. »Worum geht es?«

»Nicht am Telefon. Ich möchte heute Abend vorbeikommen.«

»Das geht nicht. Nicht heute.« Sie antwortete so schnell, beinahe panisch, dass es Maiden überraschte.

»Ich denke, es kann nicht warten, Janet. Was immer du geplant hast, nimm dir Zeit für mich.«

»Geht es um uns? Dich und mich?«

»Nein.«

Diesmal war die Stille länger. So lang, dass Maiden schon dachte, die Verbindung sei unterbrochen worden. Er wollte gerade etwas sagen, als Brown entgegnete. »In Ordnung. Komm nach neun. Dann bin ich zu Hause.«

»Okay«, sagte Maiden erleichtert. Er wollte die Stimmung aufhellen, er hasste die Tatsachen, die ihn dazu gebracht hatten, dies zu tun. »Mach dir keine Sorgen«, sagte er. »Ich bin sicher, wir können das schnell klären.«

»*Was* klären?«

Er bereute seine Worte. »Janet ... heute Abend, okay? Und mach dir keine Sorgen.«

»Was erwartest du denn dann von mir?«, sagte sie barsch.

Maiden suchte nach beruhigenden Worten, hörte aber nur das Klacken des aufgelegten Telefonhörers.

30

Maiden hätte jetzt eine Menge Dinge tun können. Er hatte eine vernünftige Theorie, tragfähiger als alles andere seit Beginn der Ermittlungen. Alle Unterlagen lagen vor ihm. Bei der Priorität, die der Fall endlich eingeräumt bekommen hatte, konnte er nach allem verlangen und in wenigen Minuten ein Ergebnis erhalten.

Stattdessen brütete er vor sich hin und beschäftigte sich mit Kleinigkeiten, die nicht wirklich wichtig waren. Schließlich wurde ihm klar, dass er ein ausgezeichnetes Ziel für Longman abgab und dass ihm im Moment nicht nach derartigen Konfrontationen zu Mute war, vor allem, wo Bercoutte so dicht davorstand, ihm seine Unterstützung wieder zu entziehen. Also sagte er Sayers, er würde mit ein paar Leuten sprechen wollen und seinen Piepser mitnehmen.

Kaum war Maiden draußen, schaltete er das Gerät aus.

Es war spät am Nachmittag, und bald schon würden sich die ersten Staus bilden. Maiden wollte in einer Bar in der Nähe etwas trinken, überlegte es sich dann aber anders und ging zu seinem Wagen. Er konnte eine Bar in der Nähe seines Hauses nehmen. Irgendwo, wo der Verkehr nicht störte.

Er schlug nur Zeit tot, und er hatte eine Menge Zeit zum Totschlagen bis neun Uhr.

Zwanzig Minuten später nippte er an einem Light-Bier und versuchte, die Details der Ermittlung im Kopf durchzugehen. Eine Jukebox in der Nähe spielte genau die falschen Lieder und störte ihn. Ein Grüppchen Büroangestellter an einem Tisch stopfte andauernd Münzen in das Gerät, wählte immer wieder dieselben Lieder und nervte alle mit dem lautstarken Versuch, wenigstens die erste Strophe mitzusingen.

Die Leuten sahen betrunken genug aus, um seit Mittag hier zu sitzen, und Maiden war kurz davor, zu ihnen rüberzugehen, seine Marke zu zeigen und ihnen zu erklären, dass keiner von ihnen mehr nach Hause fahren sollte. Nicht, weil es ihn kümmerte, ob sie besoffen unterwegs waren. Er wollte ihnen einfach nur die Laune verderben. Die Fröhlichkeit in ihrer Ecke der Bar erschien ihm unfair. Er war überhaupt nicht fröhlich.

»Warum nur glaube ich das Schlimmste?«, fragte er sich laut, woraufhin ihn der Barkeeper erstaunt anschaute. Um davon abzulenken, deutete Maiden mit dem Finger auf das fast leere Glas vor sich, dann trank er aus, während der Barkeeper ihm noch eins brachte.

Ich habe ihr schon am Telefon gesagt, wir werden das schnell klären können. Das Problem ist, sie wird richtig sauer sein, dass ich es überhaupt für nötig befunden habe, sie zu fragen.

Er begann zu überlegen, wie er die Sache Janet gegenüber ansprechen sollte, aber die Jukebox und die lauten anderen Gäste störten ihn noch immer.

Maiden trank sein zweites Bier schnell aus. Plötzlich wollte er nicht mehr in der Bar sitzen. Alle und alles nervten ihn, und er würde etwas Dummes tun, wenn er nicht von hier verschwand. Er ging zügig hinaus zu seinem Wagen, stieg ein und fuhr nach Hause. Dort konnte er sich genauso gut die Zeit vertreiben. Er hatte immer noch keine Ahnung, was er Janet Brown sagen sollte.

Fast ohne es zu bemerken, fuhr er jedoch an der Abzweigung zu seinem Haus vorbei und immer weiter. Er wollte nur einmal an ihrem Haus vorbeifahren. Nur um seine Neugier zu befriedigen.

Als er in ihre Straße einbog, wurde er langsamer, stets bereit, eine Kehrtwende hinzulegen und zu fliehen, wenn Brown in ihrem Garten stand. Je näher er ihrer Einfahrt kam, desto überzeugter war er jedoch, dass sie überhaupt nicht zu Hause war. Ihr Wagen war nicht da. Ein schneller Blick auf seine Uhr erinnerte Maiden daran, dass er sehr früh dran war. Brown wäre immer noch bei der Arbeit … gerade noch. Er fragte sich, ob sie nach Hause kommen würde, bevor sie sonst wohin ausging. Und wohin wollte sie eigentlich?

Um Gottes willen, rief er sich zur Ordnung. *Sie hatte ein Leben, bevor sie mich kennenlernte. Es ist Freitagabend. Wahrscheinlich trifft sie sich mit irgendjemand nach der Arbeit auf ein paar Drinks.*

Das kam ihm aber nicht stimmig vor, wahrscheinlich weil er am Telefon den Eindruck bekommen hatte, dass es für sie nicht ganz einfach wäre, um neun zu Hause zu sein. Das klang nicht wie ein Drink unter Freunden. Schlimmer noch, Maiden musste zugeben, dass er einen Hauch Eifersucht verspürte, wenn er daran dachte, dass Brown ihre Zeit mit jemand anders verbrachte, mit jemand anders etwas trank, statt mit ihm.

Er stoppte seinen Wagen vor ihrem Haus.

Wonach suche ich? Ich war doch schon drinnen! Was könnte ich jetzt sehen, was ich nicht heute Abend sehe?

Trotzdem musste er nachsehen.

Maiden war nervös, als er durch das Tor ging. Er klopfte zweimal an der Vordertür und ließ ausreichend Zeit vergehen, damit jemand öffnen konnte. Nichts passierte. Dann ging er in den Garten und auf die Rückseite des Hauses. Er musste vorsichtig sein, wenn er keinen Mist bauen wollte. Wenn Nachbarn wissen wollten, was er da trieb, hatte Maiden kein Problem, ihnen seine Marke zu zeigen und zu sagen, sie sollten sich um ihren eigenen Kram kümmern. Aber vielleicht rief schon jemand die Polizei, und dafür hatte er nicht vorgesorgt, indem er der nächstgelegenen Polizeiwache seinen Namen nannte und die Adresse, an die er sich begäbe. Aber dann musste er sich selbst gegenüber eingestehen, dass er es vielleicht *doch* geplant hatte, seit er seinen Schreibtisch verlassen hatte, um etwas trinken zu gehen, denn er wusste ja, dass Brown nicht zu Hause sein würde.

Was auch immer er sich dabei gedacht hatte, jetzt war es zu spät.

Der hintere Garten war verwildert, aber er hatte Brown auch nicht für eine große Gärtnerin gehalten. Außerdem war sie tagsüber sowieso kaum zu Hause. Die Rückseite des Baus bildete eine offene Waschküche. Die Tür zur Küche war abgeschlossen.

Maiden stellte sich neben der Waschküche auf die Zehenspitzen und versuchte, in die Küche zu schauen. Es war schwierig, im Schatten etwas zu erkennen. Vom Nachmittagshimmel draußen fiel nur wenig Licht ins Haus. Er konnte bloß die bekannten Umrisse der Dinge sehen, die er von seinen Besuchen kannte. Nichts Besonderes. Er entfernte sich und ging zur anderen Seite des Hauses. Dort befanden sich zwei Fenster, und er musste einen Augenblick überlegen, zu welchen Zimmern sie gehörten.

Eines, begriff er schnell, war das Bad. Milchglas und ein Spitzenvorhang machten es unmöglich, hindurchzuschauen. Das andere Fenster, fiel Maiden ein, musste das Zimmer sein, in das Brown ihn nicht gelassen hatte.

Warum? Weil es das Zimmer ihres Sohnes war. Ihr Kind, das »besonderer« Aufmerksamkeit bedurfte. Janet hatte nie gesagt, was genau eigentlich das Problem war.

Auch hier waren die Vorhänge vorgezogen. Es blieb nur ein kleiner Spalt dazwischen. Maiden erwartete jeden Augenblick, einen empörten Nachbarn rufen zu hören, drückte sein Gesicht aber dennoch ans Glas und versuchte, mit einem Auge durch den Spalt zu linsen. Erst konnte er nichts sehen, aber er wartete darauf, dass seine Augen sich an die Dunkelheit im Inneren gewöhnten. Und schließlich wurde er belohnt mit einem merkwürdigen Umriss, der vor ihm schwebte. Erstaunt starrte er ihn an. Das half nicht, also sah er bewusst in eine andere Ecke des Zimmers und versuchte es mit dem

Rand seines Blickfeldes. Und plötzlich wusste Maiden, was es war.

Er konnte den Teil eines Modelflugzeuges sehen, das an einem dünnen Faden von der Decke hing.

Das ergab Sinn und bestätigte Maidens Vermutung darüber, wie alt dieses Kind sein musste. Enttäuscht, dass er nichts Besseres herausbekommen hatte, löste er sich von dem Fenster.

Als er einen Wagen in die Straße einbiegen hörte, zuckte er zusammen. Er drückte sich an das Haus, wobei ihm bewusst war, dass es albern war, das zu tun, falls Janet Brown käme. Sein Wagen stand vorne. Wie sollte er erklären, dass er ihr Haus ausspionierte? Der andere Wagen fuhr vorbei, ehe ihm eine Antwort eingefallen war.

»Verdammt. Hau ab«, sagte er zu sich. Das Ganze hatte nichts gebracht, und vielleicht hatte ein Nachbar ihn tatsächlich bemerkt und wartete nur auf Browns Rückkehr, um es ihr zu sagen. Und wahrscheinlich würde sie ihn aufgrund der Beschreibung erkennen, und er müsste es heute Abend erklären.

Er war nervös auf dem Weg zurück zum Wagen und noch die halbe Minute, die er brauchte, um die Straße zu verlassen. Erst danach hatte er das Gefühl, nicht mehr erwischt werden zu können, und fragte sich, was das Ganze eigentlich sollte.

Als Maiden um neun Uhr abends zurückkehrte, war er vollkommen verwirrt und erschöpft. Er war nach Hause gefahren und hatte versucht, alles zu vergessen, bis er mit Brown gesprochen hatte. Fernsehen zu schauen, war ihm wie eine vernünftige Idee vorgekommen, aber in den Nachrichten war der Mord an Parsons die Hauptgeschichte, und die Reporter molken jedes Fünkchen Horror aus der Sache. Maiden war entsetzt.

Glaube ich wirklich, dass Janet irgendwie damit zu tun hat? Werde ich verrückt? Glaube ich, dass Sie jemand erwürgen und dann die Leiche verstümmeln könnte?

Zum ersten Mal bemerkte Maiden das große Loch im Gewebe seiner Furcht. Janet Brown verfügte ganz offensichtlich *körperlich* nicht über die Kraft, die sich zumindest beim Erwürgen eines der Opfer gezeigt hatte, Greg Howlett. Maiden hatte die Quetschungen selbst auf dem Flughafenparkplatz gesehen. Natürlich hatte er schon immer einen Komplizen vermutet. Tatsächlich hatte der Schwerpunkt von Maidens Theorie umgekehrt gelegen – dass eine attraktive Frau die Opfer einem motivierten männlichen Mörder in die Hände spielte. Nicht eine Frau mit einem Motiv, die einen männlichen Komplizen als Werkzeug einsetzte.

Während er allein in seinem Wohnzimmer hockte, einzig in Gesellschaft des quakenden Fernsehers, bildeten seine Gedanken wieder ein konfuses, unentschiedenes Wirrwarr. Er hätte Creane helfen sollen. Er hätte im *The Rocks* bleiben und versuchen sollen, die Verbrechen aufzuklären, bevor Bercoutte ihn ersetzte. Er hätte hart arbeiten sollen, statt dass seine verfluchten Gefühle ihn daran hinderten, Ergebnisse zu erzielen.

Nun aber saß er zu Hause und wartete bis ein paar Minuten vor neun, als es Zeit wurde, zurück zu Browns Haus zu fahren.

Janet Brown öffnete die Tür in einem dicken Bademantel, der sie kleiner wirken ließ. Sie schlang ihre Arme um ihren Oberkörper, weil es draußen so kalt war, und trat schnell beiseite.

»Komm rein«, sagte sie kurz angebunden.

»Hi«, sagte er und drückte sich an ihr vorbei. Sie schien es nicht auf einen Begrüßungskuss anzulegen, also versuchte er es gar nicht erst. Er ging direkt ins Wohnzimmer und setzte sich. Das Deckenlicht war an, die Helligkeit zerstrahlte jede Intimität. Das Elektroheizgerät glühte im Kamin. Brown folgte ihm ins Zimmer, setzte sich auf das gegenüberliegende Sofa und schaute ihn kühl an.

»Worum geht's?«

»Hör mal, tut mir leid, wenn ich dich in Sorge versetzt habe, aber es war einfach etwas, worüber ich mit dir nicht am Telefon reden wollte.«

»Willst du sagen, es ist gar nicht so wichtig?«

»Nein, das will ich nicht sagen.«

Brown schlug die Beine unter. Maiden konnte nicht anders, als einen Blick auf das Stückchen Schenkel zu werfen, das er zu sehen bekam. Falls Brown das bemerkte, ignorierte sie es. Sie sagte streng: »John, ich lasse mich nicht gern so behandeln. Wenn ich sage, dass es kein guter Abend für dich ist, um vorbeizukommen, meine ich es so. Ich mag es gar nicht, wenn du mir dann das Gegenteil weismachen willst, es sei denn, es muss sein.«

Maiden entgegnete offen: »Natürlich glaube ich, es muss sein. Ich denke mir doch nicht einfach etwas aus, nur um mich mit dir zu treffen. Es geht um meine Ermittlung.«

Es folgte ein Schweigen, und Browns Ausdruck verhärtete sich noch weiter. »Es geht um die Arbeit?«

»Wenn du so willst. Das Problem ist, dass dein Name – der Name deines Mannes – als gemeinsamer Faktor in der Vergangenheit aller Opfer aufgetaucht ist. Er hat mit allen Firmen zu tun gehabt, für die sie gearbeitet haben.« Nachdem es ausgesprochen war, schien es nicht mehr die ganze Sorge wert zu sein, und Maiden fühlte sich schlecht.

Es folgte ein weiteres kurzes Schweigen. Ihr Ärger hatte nicht abgenommen. »Ich verstehe nicht, was du mir sagen willst.«

Maiden wollte so professionell wie möglich bleiben. Die Situation passte ihm gar nicht, und auch nicht, wie sie ihn ansah. Dass sie sich ärgerte, brachte ihn nur noch mehr dazu, die Sache schnell klären zu wollen. Es fiel ihm schwer, es geduldig zu erklären.

»Sieh mal, Janet, wir haben Listen erstellt mit allen Leuten, die mit den Firmen zusammengearbeitet haben – den Firmen, bei denen die Opfer angestellt waren. Die sind unheimlich lang, bis Martin auf die Idee kam, nur nach Kunden zu suchen, die Insolvenz beantragt haben. Auf einer der Botschaften, die wir bei einem Opfer gefunden haben, gab es eine Referenz auf Bankrott, aber ich habe sie nicht wörtlich genommen. Jetzt haben wir das getan, und die Listen sind viel kürzer. Der Name deines Mannes steht auf allen Listen, außer einer. Auf der steht dein Mädchenname.« Das war gelogen, denn es gab eine Firma, bei der weder ihr Mädchenname noch der Name ihres Mannes aufgeführt waren. Aber im Moment war das unwichtig.

Brown zog die Augenbrauen hoch. »Mein Mädchenname?«

»Feitler.« Er nickte hinüber zu dem gerahmten Dokument, das immer noch an der Wand lehnte. »Ich erinnere mich, weil ich ihn darauf gesehen habe.«

Der Ausdruck auf Browns Gesicht wandelte sich langsam von Irritation und kaum verhohlenem Ärger zu leichtem Entsetzen. »Was um Himmels willen willst du mir damit sagen?«, flüsterte sie.

Plötzlich tat sie Maiden leid, am liebsten wäre er aufgestanden und hätte sie in die Arme genommen, aber er zwang diesen Drang nieder. »Janet, in Kürze wird das System dich als Verdächtige ausspucken. Verstehst du? ... Als *Verdächtige*. Wir müssen diese Möglichkeit sofort entkräften, bevor jemand anfängt, dir Ärger zu machen.«

»Du meinst, ich brauche ein Alibi?«

»Etwas in der Art.«

Sie wurde lauter. »Für einen Haufen Serienmorde, um Gottes willen?«

»Du musst mir nur sagen, wo du warst.«

»Aber das ist verrückt! Wahnsinn!« Sie begann auszuflippen, sie richtete sich ängstlich auf ihrem Sofa auf.

Maiden spreizte die Hände. »Es ist die ganz normale Vorgehensweise, Janet. Sonst nichts. Das versuche ich dir ja zu erklären!« Maiden fühlte sich gefangen und nutzlos. »Der gesunde Menschenverstand wird sich durchsetzen, das verspreche ich dir. Aber das System wird zuallererst mal den Namen deines Mannes – und damit deinen Namen – als Verdächtigen ausspucken.«

»Und du glaubst, dass ich rumlaufe, Leute erwürge und dann zerstückele?«

»Nein, natürlich nicht! Was meinst du denn, warum ich jetzt hier bin, statt dich zu verhaften?«

Das hatte sie offenbar verstanden, denn sie sackte in sich zusammen und hob eine Hand vor ihr Gesicht. Maiden hatte nicht den Mut, etwas zu sagen. Schließlich sprach sie durch ihre Finger hindurch.

»Es kann nicht so schlimm sein, wie es klingt«, sagte sie leise. »Ich muss nur meine Unschuld beweisen, dann ist die Sache erledigt, oder? Ich meine, ich hatte nichts zu tun mit Davids Geschäften. Ich weiß nicht mal, mit wem er Geschäfte gemacht hat.«

»Es dürfte sehr einfach sein«, sagte Maiden und versuchte, zuversichtlich zu klingen. »Es ist eigentlich überhaupt kein Problem. Ich bin doch nicht hier, weil ich glaube, du wärst eine Serienmörderin, um Gottes willen. Das ist doch lächerlich. Ich mache mir Sorgen um dein berufliches Vorankommen. So eine Geschichte könnte deiner Karriere schaden, wenn es sich herumspricht. Du weißt genau, dass die verdammten Computer solche Sachen für den Rest deines Lebens ausspucken, wenn sie erst einmal gespeichert sind. Wir müssen das begraben, bevor es aktenkundig wird und bevor irgendjemand anfängt, dumme Fragen zu stellen.«

»Wer denn?«

»Irgendwer, Janet! Es werden immer mehr und mehr Leute diesem Fall zugewiesen. Es ist nicht mehr allein meine Baustelle. Und wenn ich bis Montag keine Antworten habe, wird Bercoutte mich sowieso von der Sache abziehen, und dann bin ich geliefert.«

Brown drückte den Steg ihrer Nase mit den Fingern zusammen. So blieb sie eine Weile sitzen, dann fragte sie: »Also, was muss ich machen?«

»Wir gehen deine Alibis durch. Lass mich dich als Verdächtige ausschließen, solange ich den Fall noch in der Hand habe. Im Moment bin ich sowieso der Einzige, der von dieser Verbindung weiß.« Maiden machte eine Pause, dann fiel ihm etwas ein, und er zuckte mit den Achseln. »Teufel, ich bin der Einzige, der deinen Mädchennamen kennt, so ist das.«

Sie starrte ihn an. Er war überrascht von ihrem zurückkehrenden Ärger.

Sie sagte streng: »Ohne deine Schnüffelei, ohne dass du unsere Beziehung ausgenutzt hättest, wäre es also nie so weit gekommen?«

»Nein, so ist das nicht!«, sagte Maiden erschöpft. Dann zuckte er mit den Schultern. »Okay, vielleicht hätte es länger gedauert, aber am Ende wäre es doch so weit gekommen.«

»Wie kannst du das wissen? Wäre es nicht leichter, wenn du einfach meinen Mädchennamen vergisst?«

Trotz seiner Zuneigung zu ihr und des Wissens, dass das alles für sie ein Schock sein musste, empfand Maiden nun seinerseits Zorn. »Um Gottes willen, Janet! Ich kann doch nicht nach Belieben Indizien ignorieren! Wenn das herauskommt, klärt sich für dich am Ende trotzdem alles, aber *meine* Karriere ist stattdessen im Eimer. Glaub mir, das Beste ist, die Sache einfach jetzt zu klären.«

»Aber wie könnten sie denn wissen, dass du etwas ignoriert hast?«

»Weil ich dieses Risiko nicht eingehe.«

»Schon gut, schon gut«, sagte sie und hob die Hand. »Reg dich nicht auf.«

»Ich rege mich nicht auf ... ich mache mir bloß Sorgen. Wenn du mir nicht so viel bedeuten würdest, hätte ich dich jetzt schon ins *The Rocks* bestellt und würde dich erklären lassen, wo du an fünf verschiedenen Abenden warst.«

Sie schaute ihn eigenartig an, und ihre Stimme wurde weich. »Was bedeute ich dir denn, John?«

Er zögerte, das war unbekanntes Gebiet. »Du weißt schon, was ich meine«, sagte er und versuchte, ihrem bohrenden Blick standzuhalten. »Wir verstehen uns ziemlich gut, du und ich. Es scheint zu passen. Oder so. Das mag ich – ich mag dich.«

Sie überraschte ihn mit einem schiefen Lächeln. »Das ist das bizarrste Gespräch, das ich seit Jahren geführt habe. Erst wirfst du mir vor, eine Handvoll Morde begangen zu haben, und dann sagst du, du würdest mich gut finden.«

»Ganz schön verrückt«, stimmte Maiden zu und versuchte zurückzulächeln. Wieder breitete sich ein unangenehmes Schweigen zwischen ihnen aus. Er bemühte sich, wieder zu sich zu finden. Sie waren schließlich noch nicht fertig.

Er sagte: »Hör mal, lass uns diese Alibis klarkriegen, dann ist die Sache erledigt. Morgen kann ich Martin alles erzählen und dich gleichzeitig ausschließen, und dann kann ich versuchen, den wirklichen Mörder zu finden, bevor Bercoutte mich zu Tod und Sinnlosigkeit verdammt.«

»Aber John, doch nicht jetzt, oder?«

»Nicht jetzt?«

»Ich meine, müssen wir das heute Abend noch machen?«

»Ich habe dir doch schon gesagt, ich muss morgen früh mit Martin reden. Ich will keine Verzögerung riskieren.«

Sie schaute ihn hilflos an. »Du erwartest, dass ich mich erinnern kann, wo ich in einer bestimmten Nacht war – wann, vor zwei oder drei Wochen? Gott, meine Gedanken rasen wie wild umher. Ich kann gar nicht mehr nachdenken.«

»Du musst aber, Janet«, sagte er sanft. »Wir können es uns nicht leisten, zu warten. Jemand könnte die Sache gerade jetzt im Augenblick überprüfen und über den Namen deines Mannes stolpern.«

»Dann bleib doch heute Nacht hier, John«, sagte sie und beugte sich einladend vor. »Wir können morgen extra früh aufstehen und alles durchgehen. Morgens geht alles leichter. Ich kann mich auch an mehr erinnern, wenn ich ausgeschlafen bin.« Maiden war überrascht und zögerte. Er hatte erwartet, rausgeworfen zu werden. Verdutzt fragte er: »Bist du sicher?«

»Bin ich.« Brown schien sich zu schämen. »Weißt du, mir wird jetzt klar, dass du heute gekommen bist, um mir zu helfen. Und ich habe sehr schlecht darauf reagiert. Das tut mir leid.«

»Na ja – schon in Ordnung. Das ist natürlich in Ordnung. Keine Frage.«

»Und, bleibst du?«

Brown schaute verloren und verwundbar, aller Kampfgeist und Zorn waren aus ihr gewichen. Maiden deutete mit dem Finger auf sie und sagte mit gespielter Strenge: »Aber nur, wenn du mir versprichst, früh genug aufzustehen, dass wir miteinander reden können. Ich brauche Orte, Zeiten und vor allem Leute, die das bestätigen können.«

»Das sollte kein Problem sein, John«, sagte sie und lächelte dankbar. »Ich möchte wetten, ich war sowieso immer nur im Büro.«

»Das wäre prima, wirklich prima.«

»Wirklich prima«, murmelte sie. Sie erhob sich vom Sofa und ging zur Tür. Es klickte und wurde dunkel im Zimmer, dann schimmerte nur noch das rote Glimmen des Elektrofeuers. Brown kehrte zurück und blieb vor Maiden stehen, sie schaute auf ihn herunter.

»Ich brauche dich«, sagte sie und ließ ihren Bademantel von den Schultern gleiten, sodass er zu Boden fiel. Sie trug nichts darunter.

Maidens Mund wurde trocken. »Das musst du nicht tun«, sagte er heiser.

»Ich weiß. Ich tue das nicht, weil ich glaube, es zu müssen. Ich tue es, weil ich will.« Sie griff nach einer seiner Hände und legte sie auf ihr Schamhaar.

Einen Augenblick lang wusste er gar nicht, was er machen sollte. Dann überkam ihn das Verlangen nach ihr. Maiden beugte sich vor, presste seine andere Hand auf ihren Po, und er zog sie zu sich heran. Sie fielen gemeinsam. Es war eigenartig, sie beide auf dem Sofa, aber im Augenblick kümmerte das keinen von ihnen. Maiden küsste ihren Bauch und ihre Brüste, während Brown sich darauf konzentrierte, seine Krawatte zu öffnen, seine Hemdknöpfe und seine Hose. Es war ein wenig unromantisch, als er sich aus seinen Klamotten schlängelte, aber sie lachte nur leise darüber und half ihm. Schließlich, als sie beide nackt waren, streichelten und liebkosten sie sich intensiver.

»Machen wir es uns gemütlich«, murmelte Brown ihm mit warmem Atem ins Ohr. Er erwartete, dass sie ihn ins Schlafzimmer führte, aber stattdessen zog sie ihn auf den Boden vor dem Kamin. »Das habe ich mir schon immer gewünscht«, sagte sie.

»Ohne echtes Feuer oder einen Teppich?«, fragte er und lächelte, während er sie herunterdrückte.

»Man kann nicht alles haben.«

Sie schlang die Beine um ihn, hielt Maiden gefangen. Dann griff sie nach ihm, und er hörte sie keuchen. Er versuchte, vorsichtig zu sein, weil er glaubte, sie wäre noch nicht so weit, aber da lag er falsch. So blieben sie, Maiden stützte sein Gewicht auf die Ellenbogen und bewegte sich langsam auf und ab. Brown begann zu stöhnen, jedes Mal lauter, wenn er eindrang. Er konnte sie jetzt im roten Elektroglühen sehen, den Mund offen, die Augen vor Vergnügen geschlossen. Nach einigen Minuten kam sie zur Ruhe und schaute zu ihm hoch.

»Bitte«, sagte sie und schob ihn hoch, stieß ihn aber nicht weg. Sie drückte mit den Fingerspitzen gegen seine Brust, und er löste sich von ihr. Kaum war Brown frei, drehte sie sich um und richtete sich auf Hände und Knie auf, bot sich ihm dar. »Bitte«, flüsterte sie ihm über die Schulter zu.

Maiden gehorchte, er drang von hinten in sie ein. Diesmal rief sie laut vor Vergnügen, als er in sie eindrang, dann wiederholte sie den Ruf wieder und wieder, jedes Mal drängender, während seine eigene Erregung ihn überflutete und Maiden sich an sie drückte. Er spürte seinen Höhepunkt unabwendbar nahen und kämpfte dagegen an, versuchte, auf sie zu warten, versuchte, an alles zu denken außer an die nackte, sich windende Frau vor ihm und was sie da taten. Er drehte das Gesicht zur Seite, um sie nicht zu sehen, und schaute an die Wand.

Da sah er den monströsen Schatten darüberhuschen.

Er wirbelte verzweifelt von Brown weg, tat ihr weh und hob schützend einen Arm, gerade als zwei riesige weiße Hände nach seinem Hals griffen. Brown krabbelte zur Seite, als Maiden rücklings stürzte. Jetzt drängte sich jemand Starkes und Schweres über ihn hinweg, kniete auf ihm.

Er starrte in das breite, entstellte Gesicht eines offensichtlich geistig behinderten Jungen. Maidens Arm, den er immer noch gehoben hatte, um die Hände daran zu hindern, seinen Hals zu erreichen, zitterte vor Anstrengung. Der Junge hatte seinen anderen Arm mit dem Knie festgenagelt, wie ein Ringer.

»Janet, um Gottes willen, er soll das lassen!«, rief Maiden, der instinktiv wusste, dass sie damit zu tun hatte. Sie kontrollierte alles.

Browns Gesicht tauchte neben dem ihres Sohnes auf. Sie starrte reglos auf Maiden herunter. »Ich glaube, so ist es besser«, sagte sie ruhig. Sie verschwand aus Maidens Blickfeld.

Nur Jeremys Blick zeigte eine Regung, als er sich gnadenlos auf Maiden stürzte, dem schnell die Kraft ausging. Der Junge war entgeistert. So viel Widerstand war ihm noch nie entgegengesetzt worden. Er hatte noch nie gegen jemand von Maidens Kraft gekämpft. Ein Speichelfaden fiel auf Maidens Gesicht, während der Junge versuchte, sich zu konzentrieren. Jeremy bemühte sich um einen besseren Winkel und veränderte seine Beinhaltung, sodass er für einen Augenblick Maidens anderen Arm freiließ.

Maiden erkannte die Chance – und spürte die Hitze des Elektroheizers an dieser Seite seines Körpers. Er gab wertvolle Millimeter nach bei dem Kampf, Jeremy von seinem Hals fernzuhalten, und konzentrierte sich stattdessen darauf, das Feuer zu ertasten. Er verbrannte seine Finger daran, dann packte er das Metallgehäuse von hinten, er spürte die Hitze an seiner Handfläche.

Er hoffte, das Kabel reichte, und drückte die Heizschlange kräftig gegen Jeremys Oberschenkel.

Mit einem unmenschlichen Schrei riss sich der Junge von Maiden los.

Der Gestank versengten Haars und verbrannten Fleisches erfüllte die Luft. Brown schrie plötzlich ebenfalls, sie geriet in Panik, als sie sah, dass ihr Sohn Maiden frei ließ. Jeremy rollte mitten im Raum herum, umklammerte sein Bein und schrie vor Schmerzen. Maiden krabbelte auf Händen und Knien in seine Nähe und schaute genau zu, immer in Erwartung des richtigen Augenblicks.

Dann schlug er Jeremy mit aller Kraft die Faust ins Gesicht – einmal, zweimal, anschließend boxte er ihm in den Bauch. Das Schreien veränderte sich zu einem jaulenden Würgen, bis Maiden ihm wieder ins Gesicht schlug. Er spürte unter seinen Knöcheln Knochen krachen.

Brown stürzte sich auf Maidens Rücken, kratzte wild auf seiner Haut. Maiden schüttelte sie mühelos ab, indem er sich aufrichtete. Als sie sich vom Boden erhob, um ihn erneut anzugreifen, schlug er sie mit aller Kraft, unterbrach dadurch ihr eigenes Kreischen und ließ sie durchs Zimmer wirbeln. Gnadenlos folgte er ihr, schlug sie noch zweimal, bis sie zu Boden ging und von ihm wegkroch. Blut sickerte aus ihrem Gesicht über ihre Brust. Maiden drehte sich um in der Erwartung, dass Jeremy versuchen würde, sich aufzurichten, aber der Junge hatte sich zu einem wimmernden Ball zusammengerollt und tastete außer sich vor Schmerz nach der großen Brandblase an seinem Bein.

Entgeistert versuchte Maiden zu begreifen, was geschehen war. Er starrte Jeremy fassungslos an. Janet Browns Sohn war in vielerlei Hinsicht fürchterlich entstellt, aber die Natur hatte ihn dafür mit unglaublich kräftigen Armen und Schultern ausgestattet. Maiden begann zu dämmern, welches Glück er gehabt hatte, ihm zu entkommen. Er bemerkte, dass Brown sich rührte, und nahm schnell eine Position ein, in der er sich gegen beide wehren konnte. Sie schaute ihn mit tränenerfüllten Augen an. Es hatte sich bereits eine Schwellung auf ihrer Wange gebildet. Blut, das im Licht des Heizgerätes schwarz erschien, lief über ihre Lippen und ihr Kinn, bedeckte ihre Zähne.

Maiden fragte sie heiser, während er mit einem zitternden Finger auf Jeremy zeigte: »Wer ist das? Wer ist dieser arme Kerl? Du hast ihm beigebracht, wie ein tollwütiger Hund zu töten, nicht wahr?«

Brown spuckte Blut aus und sagte mit schmerzhafter, erbärmlicher Langsamkeit: »Du weißt, wer er ist. Er ist mein Sohn.«

Maiden starrte sie ungläubig an. Das Zimmer begann sich zu drehen, und er musste sich konzentrieren, damit es wieder stillstand.

In dem Wirbel bemerkte er das Weiß des Telefons und begann, darauf zuzutaumeln, aber als er den Hörer von der Gabel nahm, schrie Brown entsetzt und begann, in seine Richtung zu kriechen.

»Bleib weg«, knirschte er und hob die Faust.

»Nein … nein!«, rief sie und schüttelte den Kopf. Blutstropfen spritzten. »Bitte!«

Maiden zog sich zurück, nahm das Telefon mit sich, bemerkte aber, dass sie ihn nicht angreifen wollte. Sie hatte irgendetwas anderes vor. Ohne sich vom Boden zu erheben, griff sie vorsichtig nach oben und nahm ein Adressbuch von dem kleinen Tisch. Sie begann, panisch darin zu blättern. Blut tropfte auf die Seiten.

»Hier«, sagte sie verzweifelt, die Worte gedämpft durch ihre geschwollenen Lippen. »Bitte, hier.« Sie streckte Maiden das Büchlein hin. »Das ist das Krankenhaus. Sie kommen und kümmern sich um ihn – um Jeremy. Sie wissen, dass er schlimm sein kann, und sie stellen keine Fragen. Bitte, sag ihnen nur, dass er dich angegriffen hat – sonst nichts. Ihm zuliebe, bitte.«

»Sei nicht albern!«, blaffte Maiden, dem die Worte beinahe im Hals steckenblieben. »Für wie dumm hältst du mich?« Das Zimmer schwankte noch immer, und sein Kopf schmerzte dumpf. Ihm wurde klar, dass Brown ihm einmal kräftig auf den Kopf geschlagen haben musste, bevor er sie hatte abwerfen können.

»Bitte, John! Bitte. Was ist mit dir und mir?«

»Dir und mir? Uns?« Seine Stimme hallte schmerzhaft durch seinen Schädel.

Brown kniete vor ihm und streckte ihm immer noch das Adressbuch entgegen. Blut sickerte über ihren Bauch, während sie ihn beschwörend ansah. »Es ist vorbei, John«, sagte sie in drängendem Flüsterton. »Parsons war der letzte. Ich kann es nicht mehr. Ich *will* nicht mehr. Etwas in mir ist zerbrochen, ich bin fertig damit. Es ist, als wäre die Janet Brown, die so voller Hass war, jetzt tot, so wie David tot ist. Wir können von vorn anfangen – du und ich.«

Maiden konnte kaum glauben, was er hörte.

Zu seinen körperlichen Schmerzen kam der Schmerz in seinem Herzen.

»Du verlogenes Biest! Du magst mich nicht einmal!«, sagte er qualvoll. »Du wolltest nur wissen, wie meine Ermittlung läuft. Du hast was mit mir angefangen, damit du herausbekommst, ob ich dich kriege.«

»Nein!« Brown rutschte auf ihn zu. »Zuerst – ja. Aber nicht mehr. Ich habe mich in dich verliebt!«

»Nein, du bist verrückt«, sagte Maiden zu ihr, während er auf sie herunterstarrte. Aber auch er selbst hatte einen verrückten Gedanken, als er ihre Nacktheit sah.

Selbst in diesem Zustand, geschlagen und blutig, wollte er sie. Diese Wahrheit entsetzte ihn.

Brown flehte ihn an. »John, ruf nicht die Polizei. Ruf bloß das Krankenhaus an. Alles kommt in Ordnung, ich schwöre bei seinem Leben!« Sie streckte die Hand in Jeremys Richtung aus, dessen Wimmern jetzt leiser wurde. »Die Morde hören auf, ich schwöre es. Ich weiß nicht einmal, wer diese schrecklichen Dinge getan hat. Ich glaube nicht, dass ich es war, ehrlich. Ich war es nicht!«, endete sie verzweifelt. Sie berührte ihre Brust mit der Hand, bevor sie wieder das Adressbuch hob.

»Bitte, John. Ruf sein Krankenhaus an. Sie schicken einen Wagen.«

Die handgeschriebene Telefonnummer verschwamm vor Maidens Augen. Er hatte direkt im *The Rocks* anrufen wollen, statt der Notrufnummer dreimal Null. Er wollte Leute um sich haben, die er kannte. Jetzt mischten sich die beiden Nummern in seinem Kopf. Er schüttelte ihn, um der Verwirrung zu entrinnen, und konzentrierte sich für einen Augenblick auf Janet Brown, die zu seinen Füßen kniete.

Er musste sich entscheiden, was ihm mehr bedeutete – wie viel sie ihm bedeutete. Was ging – und was unmöglich war. Und was er zu tun hatte.

Er versuchte zu wählen, mit dem Telefon in einer Hand und dem Hörer in der anderen, mit einem Finger hackte er auf die Tasten ein, aber er schaffte es nicht. Also stellte er das Telefon zurück auf den Tisch, damit er sich nicht verwählte, denn er wusste, zweimal würde er es nicht hinbekommen.

Epilog

Sie war immer ein außergewöhnlich hübsches Mädchen gewesen. Sie war nicht spät erblüht oder hatte sich aus einem hässlichen Entlein in einen Schwan verwandelt, sondern aus einem wirklich hübschen Mädchen war ein attraktiver Teenager geworden und dann eine schöne Frau.

Von außen betrachtet.

Im Inneren war sie unheilbar entstellt worden, als ihr Vater sie mit vierzehn vergewaltigte – und seinen Samen keimen ließ. Sie lief von zu Hause weg und trug das Kind aus. Sie machte dem Baby keine Vorwürfe. Es war bloß ein weiteres Opfer, genau wie sie, mit dem man Mitleid haben musste, für das man keinen Hass empfinden sollte. Sie würde das Verbrechen nicht weitertreiben, indem sie dieses Kind in ihrem Leib umbrachte.

Sie hätte sich vielleicht anders entschieden, hätte sie gewusst, wie viel Mitleid das Kind verdient hatte. Es war schon bei der Geburt offensichtlich, dass die Mischung verbotener Gene größten Schaden angerichtet hatte. Das Kind war schwer missgebildet, und als es zur Welt kam, stieß eine der Krankenschwestern unwillentlich einen angeekelten Schrei aus. Die Mutter unterdrückte ihr eigenes Entsetzen und den Hass auf eine Welt, die ihr erneut einen schweren Schlag zugefügt hatte. Sie münzte dieses Gefühl um in eine neue Entschlossenheit. Ihr Ziel war, zu überleben und ihr Kind zu lieben und großzuziehen.

Innerlich zerfiel sie bereits, aber das zeigte sich nur an Kleinigkeiten, die stets verborgen blieben oder ignoriert wurden, weil sie so hübsch lächelte.

Das missgebildete Kind kam in ein Heim, und seine Mutter ging zurück zur Schule. Sie wollte Medizin studieren, damit sie irgendwann in der Zukunft zu Hause ihren Sohn versorgen konnte. Es war ihr Traum – der erste Traum, den sie sich seit langem erlaubte –, einen Doktor in Medizin zu erlangen, ein gutes Einkommen zu haben und ein schönes Haus, in dem sie für ihr Kind sorgen konnte. Vielleicht auch einen Mann, aber ihre kurze Erfahrung mit Männern hatte hier eine besondere Blockade verursacht.

Einige Jahre vergingen, und dann geschah das Schlimmste, was dieser Frau zustoßen konnte.

Ihr Traum wurde wahr.

Der Mann war das sanfteste Menschenwesen, das sie je getroffen hatte. Er behandelte sie mit einer Zärtlichkeit, die sie zuvor nicht gekannt hatte. Er wollte dafür nichts von ihr, denn er wusste, dass seine Mühen am Ende belohnt werden würden. Es dauerte ewig, bis sie den Mut hatte, zuzugeben, dass sie sich verliebt hatte, vor allem, weil alle ihre anderen Ziele in Reichweite waren. Es schien lächerlich, sie alle für ein Gefühl wie Liebe aufs Spiel zu setzen, aber trotzdem wuchsen die Gefühle. Es dauerte noch länger, bis sie ihn akzeptiert hatte und es sich erlaubte, einem anderen Menschen vollkommen zu vertrauen. Es dauerte Jahre, bis sie ihn mit in das Heim nahm und ihm ihren Sohn vorstellte.

Der Mann war weder schockiert noch entsetzt beim Anblick des missgebildeten Kindes. Stattdessen setzte er sich und sprach mit dem Jungen, als wären sie alte Freunde.

Und wenig später heiratete er sie, und bald danach schien es, als wäre der Traum wahr geworden. Das Unmögliche war geschehen. Selbst die zerstörten Teile ihrer Psyche begannen zu heilen und wurden verdrängt in unerreichbare, vergrabene Ecken ihres Geistes.

Aber nichts hält ewig.

Er war ein erfolgreicher Geschäftsmann. Ihr Mann war bekannt und vermögend wegen einer genialen Idee. Diese Idee ernährte ihn jahrelang, aber eines Tages, als er einen einzigen Fehler beging, begannen die Wölfe der Geschäftswelt, ihre Kiefer um seinen Hals zu schließen, und da sie ein leichtes Opfer witterten, begann eine Reihe von Ereignissen, die nicht nur zum Tod einer Karriere, eines Geschäfts und des Traums einer Frau führten, sondern unter anderem auch zum Tod eines Mannes namens Parsons auf dem Dach seines eigenen Bürohauses.

Ihr Mann war das gütigste Menschenwesen, das sie je kennengelernt hatte. Er wusste nicht, wie er sich gegen bösartige Anwälte, Buchhalter und Schuldeneintreiber zur Wehr setzen sollte, die überzeugt waren, dass er stürzen würde und dass sie deshalb noch schnell zuschnappen sollten, bevor andere ihn auffraßen. Sie jagten ihn gnadenlos, wie Tiere, die ihre Beute zu Tode hetzten.

Er starb in seinem Wagen, als er ein Stoppschild übersah und unter einem Laster zerquetscht wurde, der Bahnschwellen aus Beton geladen hatte.

Offiziell war es ein Unfall. Aber die Frau, deren Traum zerbrochen war, wusste, dass es kein Unfall war. Ihr Mann hatte das Stoppschild übersehen, weil er gequält und vollkommen überstresst gewesen war. Besorgt. Verängstigt von der Frage, was die Zukunft ihm bot, seiner Frau und ihrem behinderten Sohn.

Die Wölfe der Geschäftswelt hatten ihn getötet, als hätten sie selbst am Steuer gesessen und darauf gewartet, dass der Laster kam.

Und da waren die zerschmetterten Teile ihrer Seele plötzlich wieder zum Leben erwacht. Sie hatte gelitten nach der Vergewaltigung, hatte all das viel zu lange viel zu weit verdrängt, während sie versuchte, ihr neues Leben aufzubauen, bevor alle bitteren Erinnerungen schließlich zur Seite geschoben wurden durch das Glück und die Liebe ihres Mannes. Aber in Wahrheit waren diese Trümmer immer da gewesen, ganz lebendig, und sie warteten nur auf die Gelegenheit, sie zu vernichten, seit jener Nacht, in der sie die Augen verschlossen hatte vor dem Anblick des ekstatischen Gesichtes ihres Vaters, das über ihr aufragte, während er sich zwischen ihre Beine schob und ihr aufgeregt keuchend sagte, es wäre sein *Recht*.

Sein Recht.

Sie wusste, was Recht war. Hatte es schon immer gewusst. Und sie glaubte, die Geschäftswölfe hatten kein *Recht,* ihren Mann zu Tode zu hetzen, sein Leben und seine Karriere auseinanderzureißen wie Geier, die einen Kadaver zerfledderten. Ihn Stück für Stück zu zerreißen.

Und so war sie auf die Idee gekommen, ihnen allen eine Lektion zu erteilen. Sie ein für allemal wissen zu lassen, wie es war, wenn Träume zerplatzten und nur Überreste blieben. Menschliche Überreste hatte sie gebraucht, damit sie ihre Lektion auch wirklich lernten.

Vielleicht würde sie das beim nächsten Mal nachdenken lassen, bevor sie glaubten, zehn bankrotte Cents pro Dollar wären mehr wert als ein menschliches Leben.

Weltbild Buchverlag – Originalausgaben –
Deutsche Erstausgabe 2008

2. Auflage 2008

Projektleitung/Redaktion: Dr. Ulrike Strerath-Bolz
Übersetzung: Ulrich Hoffmann
Umschlaggestaltung: Zeichenpool, München
Umschlagabbildung: © Fotolia
Satz: avak Publikationsdesign, München
Gesetzt aus der Sabon 10,5/12,5 pt
Druck und Bindung: CPI Moravia Books s.r.o., Pohorelice

Gedruckt auf chlorfrei gebleichtem Papier

Printed in the EU

ISBN 978-3-89897-829-3